中央民族大学一流专业建设资金资助

陈莉 著

神秘文化与先秦两汉诗学

中国社会科学出版社

图书在版编目（CIP）数据

神秘文化与先秦两汉诗学/陈莉著. —北京：中国社会科学出版社，2024.3

ISBN 978-7-5227-3692-1

Ⅰ.①神… Ⅱ.①陈… Ⅲ.①古典诗歌—诗歌研究—中国—先秦时代②古典诗歌—诗歌研究—中国—汉代 Ⅳ.①I207.22

中国国家版本馆 CIP 数据核字（2024）第 110752 号

出 版 人	赵剑英	
责任编辑	王小溪	
责任校对	师敏革	
责任印制	戴　宽	

出　　版	中国社会科学出版社	
社　　址	北京鼓楼西大街甲 158 号	
邮　　编	100720	
网　　址	http://www.csspw.cn	
发 行 部	010-84083685	
门 市 部	010-84029450	
经　　销	新华书店及其他书店	

印　　刷	北京君升印刷有限公司	
装　　订	廊坊市广阳区广增装订厂	
版　　次	2024 年 3 月第 1 版	
印　　次	2024 年 3 月第 1 次印刷	

开　　本	710×1000　1/16	
印　　张	24.75	
插　　页	2	
字　　数	344 千字	
定　　价	129.00 元	

凡购买中国社会科学出版社图书，如有质量问题请与本社营销中心联系调换
电话：010-84083683

版权所有　侵权必究

目 录

绪论　神秘文化与人类的诗意栖居　1

第一章　巫鬼神灵观念与先秦两汉诗学　15

　　第一节　史前的巫鬼观念及其在艺术中的折射　17

　　第二节　商代王权和神权统一语境下的艺术及艺术观念　30

　　第三节　西周到春秋战国天命观念的嬗变及其对艺术的影响　33

　　第四节　两汉时期的神灵鬼怪仙与诗学的神秘性　49

第二章　"道"与楚汉诗学的神秘性　75

　　第一节　混沌宇宙及其在诗学观念上的折射　77

　　第二节　楚地艺术的神秘感　83

　　第三节　楚地艺术神秘梦幻特征在西汉的绵延　91

第三章　天人关系与先秦两汉的诗学观念　99

第一节　天人同在及天地的大美气象　101

第二节　"以己度物"与"天人同构"观念的美学特质　107

第三节　"象天法地"与汉代艺术观念　115

第四节　天人感应及其对汉代诗学的影响　121

第四章　阴阳五行宇宙图式与先秦两汉神秘诗学　149

第一节　阴阳五行：从素朴的宇宙框架到神秘的万物关联体系　151

第二节　阴阳五行框架中的艺术观念　161

第三节　四时六方十二月二十四节气框架中的艺术　199

第五章　"气"与先秦两汉神秘诗学　209

第一节　云气弥漫的时代　211

第二节　《淮南子》中的阴阳之气及其美学内涵　222

第三节　《春秋繁露》：元气的情感化和伦理化　230

第六章　谶纬神学：神秘文化的极端化及其对诗学的影响　237

第一节　谶纬神学及其对汉代生活和艺术的影响　239

第二节　谶纬神学阶段的"天意"及其对艺术观念的影响　247

第三节　谶纬神学阶段的阴阳五行观念及其对审美观念的影响　267

第四节　谶纬神学中庞大的气化宇宙体系　290

第七章　神秘主义诗学的休止与余音　309

   第一节　汉代经验论哲学的兴起　311
   第二节　王充对神秘诗学的否定　319
   第三节　物质性的元气与走不出的神秘怪圈　343
   第四节　汉代科学中的神秘色彩及其对文艺思想的影响　358

结论　神秘文化与人类的精神生存空间及艺术的灵晕　365

参考文献　380

后　记　386

绪论

神秘文化与人类的诗意栖居

一　何谓神秘文化

神秘是中国古代文化（尤其是先秦两汉文化）的重要特征。

神秘是人类对超出自己认知能力和范围的事物或现象的感受。神秘文化既指非理性的认知方式（思维方式），也指以神秘认知为出发点形成的一切人类活动及其产物。神秘文化以丰富的、毫无约束的想象力为基础，具有超验性和非逻辑性等特点。神秘文化可分为五类。

其一，一切没有规律、不可解释、不可把控的自然和社会现象，如黑夜降临、风雨雷电、三足乌、九尾狐等，对古人而言都是不可解释的神秘现象。

其二，人的神秘体验，如人神契合时的瞬间体验、人被某种神秘力量控制或服食某种药物后主体意志丧失的状态、人对世界的神秘感知等。

其三，人类对宇宙自然的神秘认知，如万物有灵观念、鬼神观念、物我混同观念、天人合一观念、阴阳五行观念等，都是人类对宇宙自然的神秘主义解读。

其四，以对世界神秘认知为基础的各种人类活动，如巫师作法、道士画符、供奉神灵、祭祀祖先等各种活动，以及舞龙舞狮、划龙舟、包粽子、放鞭炮辟邪等包含着神秘观念的习俗。

其五，各种神秘活动的载体和结晶，如神话故事、玉琮、桃符、五色绳、神鬼怪形象、龙凤图案等，都是具有神秘色彩的文化载体。

这些具有神秘色彩的自然现象、神秘体验、神秘认知、人类活动或文化产品，蕴含着丰富的想象，有着鲜明的民族特征，成为中华文化的重要组成部分。

神秘主义是神秘文化的一个重要方面，主要指的是对世界的非理性的认知模式和理论主张。在所有探索生命、探索宇宙和探索人的深层灵魂的思考中，都有神秘主义不断闪现。神秘主义是与客观、理性、科学、实证相对的一种世界观和认识论。神秘主义对世界的认知主要包含以下几个方面。

第一，神秘主义认为，宇宙中存在着无法用理智把握的神秘力量，存在着一个超验的或终极的实在。这些神奇的、不可把握的力量，往往能引起恐惧、敬畏等心理反应。

第二，神秘主义认为，宇宙中的万事万物都有生命和灵魂，无论山河大地还是草木虫鱼，都有着与人同样的生命和情感。

第三，神秘主义认为，万物之间存在着超越逻辑的相互联系，整个世界具有混沌一体、主客不分、物我不分、人神杂糅、虚构与真实交织的特点。

第四，神秘主义认为，人通过某种特殊的身心状态（直觉、梦幻、心醉神迷、精神恍惚）能够同神或超自然力进行直接的精神交流，人借助这种交流就能领悟宇宙的秘密，或通过修炼可以达到"与神合一"的境界。

神秘主义的核心是超越逻辑和理性的特殊思维模式。这种思维模式以直觉的、情感性的方式来感知万事万物，以类比、联想、想象、关联的方式来把握世界。意大利学者维科在《新科学》一书中将这种思维称为诗性思维或诗性智慧，认为这种思维是早期人类思维的主要方式。他指出，早期人类在面对未知的事物时，无法通过科学、理性的方式进行解释，于是"凭想象来创造"，通过"以己度物"[1]的方式来认知世界。在诗性思维中，万物有灵，天地万物被赋予生命气息。诗性思维虽然缺乏严密的逻辑性和清晰的因果推论，但是保留了对世界的模糊认识，以及人类对世界最

---

[1] ［意］维科：《新科学》，朱光潜译，人民文学出版社1986年版，第174页。

为丰富和多样的感知。一定程度上讲，这种模糊性和无序性恰恰是世界原本的样子。虽然先秦两汉时期，人们的认知能力提升，理性和逻辑分析能力增强，但是诗性思维并未完全消失。此外，诗性思维与艺术思维有着较多相通之处，均以丰富的想象为基础，多用隐喻、象征等方式来表达，因而较多运用诗性思维的哲学和文化具有一定的诗意性和美学价值。

二 作为人类生存维度的神秘文化

天地伊始，宇宙洪荒。人类睁开懵懂的双眼，看见的是海天茫茫的景象。面对空间上广大无边、时间上无始无终的宇宙，人们感到自己的无能为力和渺小。雷鸣电闪、春秋代序、万物繁衍、灾难疾病和死亡等各种神奇的自然或社会现象，让人感到惊悚，也驱使人们想象在天地间有灵魂和鬼神飘荡，在大自然的背后隐藏着神秘莫测的力量。带有神秘感的想象世界就成为人类生存的一个重要维度和精神故乡。无论走出多远，回望精神故乡都能得到一定程度的心理抚慰。

神秘文化是人与世界的诗性联系，是人运用直觉、想象和情感与无限宇宙进行的对话和沟通。但是，在进入有阶级的社会后，这一文化成果很快就被统治者利用。甚至在理性认知觉醒后，统治者依然会利用超验的神秘力量巩固自己的权威地位。有着席卷天下、包举宇内、囊括四海之意、并吞八荒之心的秦始皇，可以一举焚毁天下诗书，可以制定严明的法律，却不能完全无视神秘力量的威力。相反，他对神秘力量也心怀敬畏，统一六国后，封泰山、禅梁父，希望得到上苍的庇佑，也希望借助神秘力量而长生不死。刘邦作为一介平民，没有文化积累，没有敬畏意识，以最简单的方式直奔目的，但是，随着大汉政权的稳定，刘邦同样认识到神秘文化是实现其统治必不可少的手段，很重视立祠祭祀各种神灵。汉武帝通过封泰山、禅梁父，祭祀"泰一"完成与大一统时代相协调的神学体系的建构。光武帝刘秀则利用巧合事件并将其神秘化，从而登上天子宝座。可以说，统治者利用了神秘文化，统治者的政治需要对神秘文化的发展也具有巨大的推动作用。

神秘文化是在科学技术落后的历史时期，人们对世界的想象性解读。想象力是神秘文化得以成立的条件，非理性、非因果性是神秘文化的突出特征。随着科学技术的发展，越来越多的自然和社会现象得到科学、理性的解释，因而神秘空间必然会越来越小。但是，从生存论的角度看，人类除需要通过眼、耳、鼻、舌、身等感官能感触到的世界外，还需要放飞想象的翅膀；除需要可以客观量化的世界外，还需要一个不可实证的梦幻世界。假如没有这个未知的、神秘的空间，想象的翅膀将失去一片飞翔的天空；假如没有天堂，没有地狱，没有狐妖仙魅，也没有冥冥之中的各种神灵，人的生活将变得枯燥、单调和贫乏，人类文化将失去一个非常精彩的层面。

在中国古代，神秘的、超验的天命鬼神构成了人类生存和发展的必要约束力量。但天命鬼神具有模糊性，还不是明确的、唯一的神灵，也不具有成熟宗教对人的极端禁锢作用。因而，人心怀敬畏地站在大地之上，苍穹之下，与天地构成"三才"，参与天地之化育，形成天人之间的互动和平衡。在中国古人的观念中，万物有灵，因而宇宙不是一个可以随意把控和宰制的物理对象，而是与人一样具有生命的同类。面对这具有生命和灵魂的天地万物，古人充满敬畏，他们反对急功近利地消耗资源，反对将人的物质欲望奉为世界的最高原则和动力，主张遵循天地的秩序，融身自然之中，追求诗意地栖居。从人性发展的角度来看，人类在特定历史时期需要一种未知力量来协调和控制自己的各种欲望。倘若失掉了一切令人恐惧和惊悚的外在力量，人类的欲望可能会泛滥成灾。

神秘文化超越时空，能够将不同时空的事物联系在一起，灵魂和祖先神想象超越了生命的有限，将有限的时间拉长，成为无限和永恒。从文化心理的角度讲，人类需要这种超越时空的文化想象。相反，如果完全否定灵魂，否定神灵的存在，人就没有了前生后世，生命就被赤裸裸地定格在今生几十年，人死后，一切都不复存在，这容易使人的情感失去依托，使人缺乏意义感。所以，灵魂和祖先神的存在，丰富了人的精神生存空间，增强了人类对前生和后世的牵挂。这种牵挂也增强了人类存在的意义感和价值感。

人类伊始，天地混沌一体，人类也处在懵懂和混沌的状态，他们分不清主客体，分不清梦幻和现实。假如说人类可以理性把握的世界如同人类的清醒状态，那么，迷离恍惚的神秘世界则如同人类的白日梦或梦境。对于人类而言，白日梦或者梦境可以放松人类疲惫的灵魂，是生命存在最原始的状态和必不可少的组成部分。不能因其不能带来明确的社会效益就极端压缩这一空间。当人类越来越多地处于理性生存状态后，迎来的可能是精神的疲软，白日梦般的放松则成为人类生存的一种精神需求。在科技飞速发展的同时，人类却出现了精神的困顿和贫乏，于是越来越多的人认识到，神秘文化是人类生存的重要维度，也是人类诗意栖居之地和生命智慧的重要源泉之一。

三 中国诗学的灵晕与探讨先秦两汉诗学的价值和意义

诗学这一概念最初指的是亚里士多德对古希腊悲剧创作规律的研究，后来其内涵逐渐扩大，对艺术规律、艺术美学的研究均被称为诗学，甚至对世界进行诗意体验和诗性把握的智慧及思维方式也被纳入诗学范畴。比如《淮南子》对宇宙的神话想象，虽是哲学，但有着艺术的精神和特质，也可以称为诗化哲学。因此，本书采用较为宽泛的诗学内涵，将中国古代艺术现象、艺术美学，以及具有诗意性、想象性、情感性的哲学思考均纳入诗学范畴。

中国古代文化中有着浓郁的神秘气息。神话传说通过梦幻、暗示、象征等手法，将人类对世界的神秘感知记录下来；《左传》《国语》中真诚地记载着各种神灵鬼怪现象；《史记》始于传说中的三皇五帝时代；《庄子》以浪漫的艺术手法展现了一个恢诡谲怪的世界；《山海经》塑造了各种奇形怪状的形象，创造了各种神奇的想象性地理时空；《离骚》以丰富的想象穿梭于虚实两界之间；商周青铜器纹饰、秦汉画像石、楚地刺绣等以图像化的方式记载了古人对世界的神秘主义解读。从巫、鬼、天、帝观念到阴阳五行学说，从"道"到"气"，均表现出神秘主义倾向，充满了诗性智慧。如果沿着艺术史往下梳理，就会发现魏晋时期的游仙诗和志怪小说，李贺、韩愈的诗歌，唐宋传奇，明清花妖狐魅小说，等等，构成了一条贯穿中国艺术发展始终的神秘主义线索。

直到今天，中华大地上依然广泛存在着各种神秘文化现象，人们的生活中依然保留着各种神秘观念。比如我们执着地认为，十二属相与人的性格命运有密切关系；我们认为，过年放鞭炮能辟邪祈福；我们认为，喜鹊落于庭院是好的兆头，然后能带着欣喜过完这一天，即使这一天其实什么都没有发生。当代作家贾平凹对商洛神秘文化的书写、迟子建对东北鄂温克部落鬼魅世界的书写、莫言对高密神秘文化的书写，还有陈忠实的《白鹿原》、倪景翔的《龙凤旗》、刘醒龙的《圣天门口》等作品中浓郁的神秘书写，都体现了这一观念。当代文学中的神秘书写，不但受到西方现代主义思潮的影响，也是中国文化土壤中必然会滋生出来的艺术奇葩，与古代神秘文化一脉相承。可以说，神秘文化赋予中国艺术扑朔迷离的精神气质，也使中国艺术着上一层神秘的灵晕。灵晕这个概念来自19世纪德国哲学家本雅明。本雅明称，在机械复制时代，传统艺术中的灵晕逐渐消失。他所说的灵晕，一方面指的是艺术品的独一无二性和不可复制性，另一方面指的是这些艺术品上有着神灵的光晕。本雅明所说的这种灵晕在中国先秦两汉时期的艺术中有充分的体现。因此，从源头上追溯中国诗学的精神特质有利于解读中国当代艺术中依稀存在的神秘现象。

西方艺术也与神秘文化有着深远的渊源关系。中世纪神学在音乐、绘画、文学、建筑等各种艺术形式中都留下了深深的烙印。18世纪，启蒙主义者为了强调理性的至高无上，压制一切对理性有威胁的因素，诸如情感、幻想、直觉、神秘和超自然现象。但19世纪以来，一方面是科学的迅猛发展；另一方面人们逐渐认识到了非理性文化的价值和意义，神学和神秘文化逐渐复苏，基督教神学引起广泛关注。20世纪以来，西方艺术及美学对神秘现象和神秘体验有一定程度的关注。比如哥特艺术对超验的神性目标的追求，以及哥特艺术中表现出来的神秘气氛和神奇想象，成为改造西方日益颓败的现代物质文明的重要资源。再比如象征主义认为现实世界是不可信的，艺术应该远离现实，在一花一石上倾听来自宇宙深处的声音，表现微妙复杂的内心世界。超现实主义以柏格森的直觉主义和弗洛伊德的潜意识学说为理论基础，强调艺术创作中的无意识，否定理性的作用，主张艺术要离开现实，返回原始。抽象表现主义认为艺术是抽象的，且强调无意识的偶然创作。只有从源头上揭示中国诗学的神秘主义特质，才能追寻到当代文学神秘主义的"根"。只有对中国神秘主义美学和诗学有深入了解，才能形成认识西方神秘主义文化的参照系，才能认清中西文化和艺术的根本差异，也才能更全面地领悟哪些思想具有人类普遍性。

中华传统文化历史悠久，这种传统的厚重感让我们身居其中却不自知，历史的飞速发展更淡化了对民族传统的自觉意识。长期以来，我们吸收和借鉴西方文化却丧失了对本民族文化的自信，我们在西方话语面前

"失语"，进而对西方价值观念亦步亦趋。比如多年来，为了让西方认可中华武术，我们对武术的改革越来越接近西方体育的标准。由于渴求得到认可，在西方体育标准的要求下，主流的竞技武术丢失了太多中华传统文化的内涵，变成了艺术体操。即使这样，中华武术依然无缘成为奥运会比赛项目。武术追求西方认可的道路让我们认识到：一个民族失去了自己的文化，这个民族也就失去了内在精神和灵魂。而且，失掉了自身文化个性的民族未必就能够得到西方社会的认可。因此，在文化方面，没有必要为了西方的认可，将自己改得面目全非。文化多元是多彩世界的保障。而且在全球一体化的今天，一个民族的文化特色和文化个性将是这个民族和世界沟通的软实力。只有民族的才是世界的，保持民族文化个性是进行文化交流的前提。中国文化要想不被完全西化，要想保持民族特色，就需要激活属于自己的文化基因。

文化基因主要指的是隐含在文化现象背后的某种思维模式、哲学思想、价值观念、民族文化心理等。文化基因渗透在物质生活和精神生活的各个方面，影响着人们的思想和行为，且代代传承，具有稳定性和继承性。文化基因具有初始性和长久的影响力，常常产生于民族文化形成的初期，并奠定了一个民族的文化性格。中华文化之所以能够绵延不断，靠的就是其内在富有生命力的遗传密码。先秦两汉时期是中华文化的奠基期。这一时期中华文化还未受到外来文化的影响，因此保留着最为纯粹的华夏文化特征和中华文化基因，对后世文化发展产生了深远的影响。因此，以先秦两汉神秘文化及诗学观念为研究对象，可以更深刻地认识中华文化的独特之处，对揭秘中华文化基因具有重要意义。

先秦两汉神秘文化中保留着丰富的精神资源，也许能够为当代文化发展提供有益参考，能够激活当代文化。正如谭桂林所说："神秘主义诗学不仅像一股清澈的水流，永不干枯，而且常常在人类审美思想走向板结和枯滞的时代里，它以自己的幽深与暗昧引领人类审美思想走出一片崭新的天地。"❶ 研究神秘文化，自然不是简单复古，不是重新造神，不是打造鬼鬼祟祟的文化气氛，而是探析传统文化精神，为弥补理性生活的片面化，为走出精神的贫乏提供一些启示。

四 中国的神秘文化及神秘主义诗学研究综述

20世纪80年代之前，学界基本将神秘文化归于封建迷信而予以简单否定。80年代之后，思想解放，加之受到西方非理性主义思潮的影响，神秘文化得到正视并引起学界关注。1992年中华神秘文化学术研讨会在武汉召开，之后广西人民出版社出版"中华神秘文化书系"共18册，显示出神秘文化研究的活力。美国学者卡普拉的《现代物理学与东方神秘主义》、李中华的《神秘文化的启示·纬书与汉代文化》、王步贵的《神秘文化》、王玉德的《神秘主义与中国近代社会》等都是有关神秘文化研究的代表作品。这些研究多围绕汉代谶纬神学展开，对神秘文化语境中的艺术观念也偶有涉及。

新时期以来，随着神秘文化研究的兴起，神秘主义诗学研究也得到关注。如肖君和《论神秘美》（《贵州社会科学》1989年第4期）、陶东风《艺术与神秘体验》（《学术月刊》1990年第9期）、徐岱《论神秘——审美反应的体验性阐述》（《文学评论》1997年第3期）等论文对艺术的神秘主义特征以及艺术与神秘体验的关系等问题进行了理论分析。尤其是毛峰的《神秘主义诗学》（生活·读书·新知三联书店1998年版）以诗化的语言和宏阔的视野对古今中外神秘主义诗学和美学进行了全面梳理，是神

---

❶ 谭桂林：《论现代中国的神秘主义诗学》，《文学评论》2008年第1期。

秘主义诗学研究影响较大的一部著作，但该论著恰恰在先秦两汉时期着墨较少，缺乏了对作为中华诗学源头处的神秘艺术精神的探讨。

就先秦两汉诗学的神秘性研究来看，目前的研究成果还不是很丰富。于民《春秋前审美观念的发展》（中华书局1984年版）从生产工具的制作、劳动生活的需要、诸子百家思想的形成等几个层面对春秋前的审美观念进行了探源溯流，涉及春秋前审美观念的神秘性问题，但并未专门展开论述。施昌东《汉代美学思想述评》（中华书局1981年版）较早对汉代美学基本状况进行了全面的述评，且涉及汉代美学的神秘性问题，但也未能充分展开论证。此外，蒋孔阳《先秦音乐美学思想论稿》（人民文学出版社1986年版）把音乐与整个宇宙联系起来，在天、地、人构成的系统中谈音乐美学。朱志荣《商代审美意识研究》（人民出版社2002年版）聚焦人类早期造物，阐释其中的审美意识。轩小杨《先秦两汉音乐美学思想研究》（中国社会科学出版社2011年版）以"和"作为核心与主脉，论证先秦两汉时期的音乐美学思想。刘成纪《形而下的不朽：汉代身体美学考论》（人民出版社2000年版）以身体观念作为线索，对汉代形神关系、生死观念等美学问题进行了探讨。从以上研究成果可以看出，在先秦两汉美学研究方面不可逾越的话题是"美学和艺术的神秘性"。研究者或多或少涉及这个话题，但基本与这个话题擦肩而过，没有进行专门探讨。

围绕某一部典籍探讨先秦两汉美学和诗学并涉及其神秘特征的论文，如包兆会《〈庄子〉中的神秘主义》分析了《庄子》"创世神话"和"混沌世界"的宗教神秘主义色彩，以及庄子审美观念的神秘主义色彩；聂春华《董仲舒与汉代美学》以天人感应为基础对汉代的自然美、社会美等美学问题进行了梳理；姚君喜《董仲舒天人感应说的美学意义》详细分析了董仲舒天人感应思想的美学价值及其对中国美学的影响。这些论文大都认识到了先秦两汉美学的神秘特征，但囿于具体的典籍来探讨，未能拓展开来将神秘主义归结为这一历史时期审美观念和诗学的共同特征。总体来看，之前的研究者对先秦两汉时期的神秘文化有所涉及，但并没有作为专题进行探讨。

五　本书的研究思路

解读富有灵晕的先秦两汉文化，捕捉和分析先秦两汉艺术中的神秘气息，最终扩展至思考神秘文化与诗学的普遍规律是本书的研究目标。探讨中国古代神秘主义诗学的表现形态及嬗变历程，揭示中国传统诗学的民族性和本土特征，相信这一研究对于构建具有民族特色的艺术学具有一定的借鉴作用，能够为从理论上回答艺术与神秘文化的关系问题提供富有启示性的答案。

本书按照神秘文化在不同历史阶段的特征，将先秦两汉时期的神秘文化分为史前、商、周、春秋战国及汉代等几个时间段，且以汉代神秘文化与诗学关系的探讨为重心。在论述的过程中，本书体现的内在逻辑线索是，将先秦两汉时期的神秘文化分为史前到春秋战国时期以天命鬼神为核心的神秘文化、楚汉时期以混沌和梦幻为特征的神秘文化、汉代以天人关系和阴阳五行为核心的神秘文化三种类型，以便能够对神秘文化与艺术的关系进行更具体和有效的研究。

本书包括三个层面的研究内容：第一，对先秦两汉时期哲学中的诗性蕴含进行梳理，探讨诗化哲学中的神秘性根源和美学价值；第二，探析先秦两汉时期艺术现象中的神秘性；第三，探析先秦两汉艺术理论与神秘文化的关系。在具体的论述中，以"天命鬼神""混沌梦幻""天人关系""阴阳五行""气"等几个哲学范畴为横向切入点，对神秘思维模式与诗学的关系进行专题探讨，概括和提炼出神秘主义诗学的总体特征。以王充作为本书探讨时间段的终结点，其"求实诚"和"疾虚妄"的理论主张成为先秦两汉神秘诗学的一个休止符，这一休止符的存在恰好是我们对中国早期神秘诗学进行全面反思的契机。

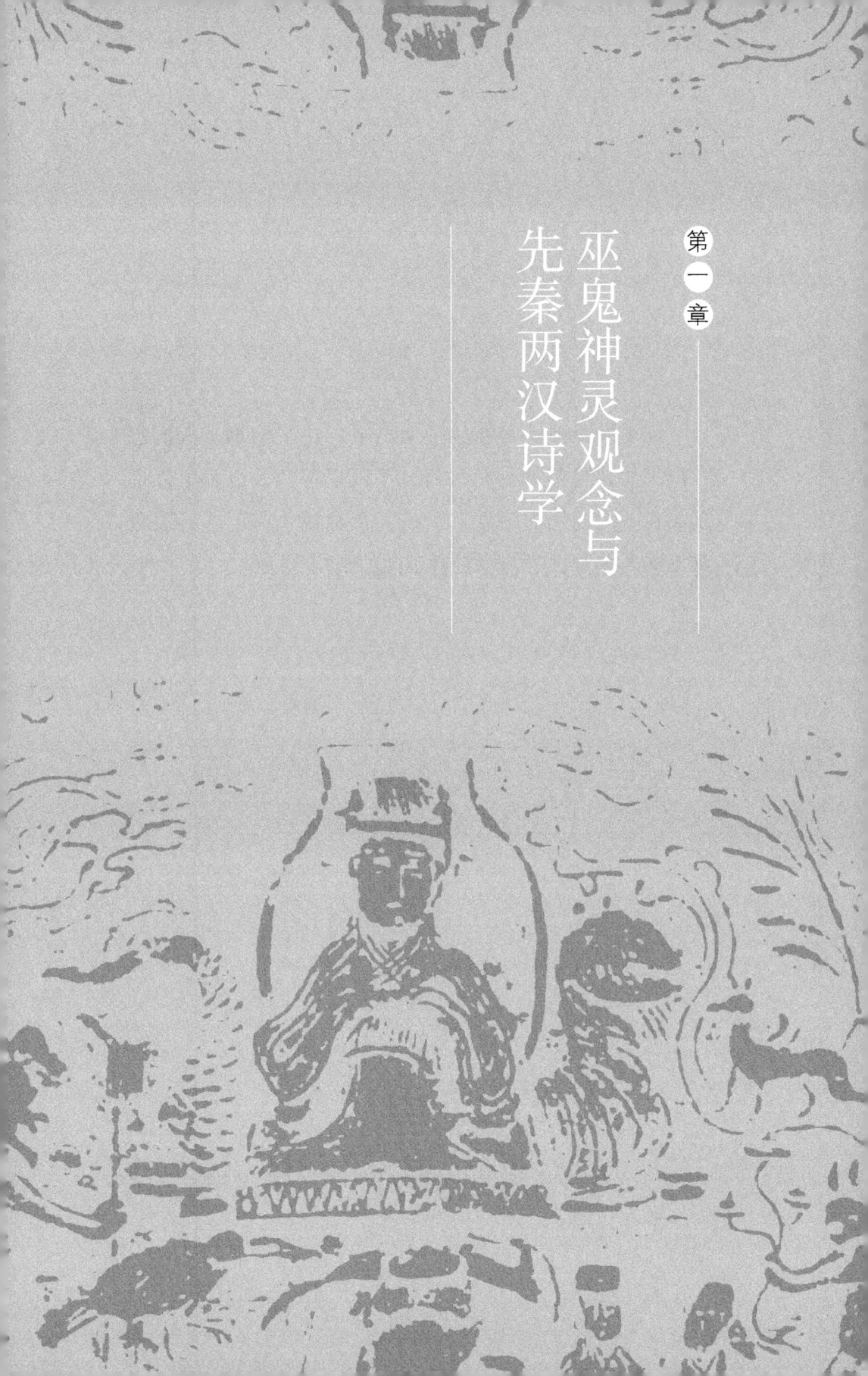

第一章 巫鬼神灵观念与先秦两汉诗学

巫鬼天帝神等是在生产力低下的历史时期，人们想象出来的超自然的神秘力量，不可以证实，也不可以证伪。在不同的历史时期，巫鬼天帝神观念有不同的表现和不同的侧重，对艺术也有不同的影响。

第一节 史前的巫鬼观念及其在艺术中的折射

一 史前时期的灵魂和巫鬼观念

远古时期，人类的祖先在广袤的大地上从事狩猎、农耕等简单的生产劳作。大自然滋养万物、孕育众生，也丰富了人们的认知。人们认为，自然界的万事万物都和人一样有生命和灵魂，植物、动物有灵魂，山河大地、风雨雷电等也和人一样有灵魂、有喜怒哀乐。可以说，在史前人类的观念里，几乎每一种与人关系密切的自然物都有生命、有感知。这就是"万物有灵"的观念。正如英国人类学家詹姆斯·乔治·弗雷泽所说："在原始人看来，整个世界都是有生命的，花草树木也不例外。它们跟人一样都有灵魂，从而也像对人一样地对待它们。"❶ 万物有灵的观念使世界变成了一个富有生命和灵性的世界。这本身就是一个具有美学价值的哲学观念。

另外，原始先民生活的自然环境也表现出非常不友好的一面，风雨雷电、洪水猛兽、严寒酷暑、瘟疫疾病经常给人们带来毁灭性的灾难。面对宇宙洪荒和超出认知范围的自然现象，人们感到恐惧，也深感自身的渺小。于是，想象自然的背后有一股看不见、摸不着的神秘支配力量。人们对自然神灵顶礼膜拜，以缓解内心的恐惧情绪。《礼记·祭法》云："山林、川谷、丘陵能出云，为风雨，见怪物，皆曰神。"❷ 意思是山林、川谷、丘陵等有云雾、多风雨的地方都有神。其实古代的神灵更多，河有河神，山有山神，树

---

❶ [英] 詹·乔·弗雷泽：《金枝：巫术与宗教之研究》，徐育新等译，中国民间文艺出版社1987年版，第169页。

❷ （清）孙希旦：《礼记集解》，沈啸寰、王星贤点校，中华书局1989年版，第1194页。

有树神,因此,自然神灵是万物有灵的另一种表现形式,只是神灵对人具有控制力和威慑力,自然成为人们希望通过膜拜以获得其保护的神。

原始先民还认为,人可以借助超自然的神秘力量对人和事施加影响或给予控制,这便是巫术观念。原始先民生活的时代,自然环境恶劣,人类无法解释自然界发生的各种现象,更不能主宰自己的命运,面对强大的自然界,他们无能为力。但是,具有想象和梦幻色彩的巫术可以帮助人们达到对自然进行控制的目的。在巫术观念中,人们认为可以超时间、超距离对另一物体施加影响。巫是人神之间的中介,通过念咒、跳舞、祭拜等手段,巫师可以上达人的祈愿,下达神的旨意,可以调动鬼神之力消灾避祸、呼风唤雨。同样,在巫术观念中,人们把前后发生的事件联系起来,把一些不存在必然因果关系的事物或现象联系在一起。弗雷泽认为,巫术有两种。一种是接触律,即一个事物被某人接触过,这个事物上就附着上了某人的灵魂,即便是在中断实际接触后还会继续保持与某人的联系。根据这一原则,巫师可以对某人的接触物作法,从而达到对他本人间接施加影响的效果。比如,对某人穿过的衣物进行咒骂践踏就被认为能达到诅咒他本人的目的。还有一种是相似律,即对同形同构的事物而言,作用于其中一种事物,就会达到影响另一事物的结果。根据这一原则,巫术施行者可以通过"模仿"相似的事物或过程,达到他的目的。法国人类学家爱弥尔·涂尔干在《宗教生活的基本形式》中对巫术的效果进行评价:"倘若真的有人仅凭一句话或一个手势,就能够调兵遣将、转斗移星、呼风唤雨,对原始人来说,这也是不足为奇的。在原始人看来,借助仪式使土地肥沃、猪羊满圈,使自己繁盛兴旺起来,这完全是合情合理的事情,就像在我们的眼里,利用农学技术手段可以获得同样的结果一样。"❶ 英国学者

---

❶ [法]爱弥尔·涂尔干:《宗教生活的基本形式》,渠东、汲喆译,上海人民出版社2006年版,第23页。

科林伍德看到了巫术和艺术的相通性，他说："巫术和艺术之间的相似是既强烈又切近的，巫术活动总是包含着象舞蹈、歌唱、绘画或造型艺术等活动。"❶ 在巫术活动的过程中，艺术得到了发展。

图腾崇拜是在万物有灵和自然崇拜观念的基础上发展起来的。在史前时期，人们的生活来源主要是动植物，因而与动植物有着天然的亲密关系。另外，有些动植物（主要是动物）有着比人更强的能力和功能，引起人的羡慕，人们希望自己也具有该动物的能力；或者有的动物对人有着较大的威胁，比如凶禽猛兽毒蛇出没时刻威胁着人的安全，人们会怀着畏惧心理对这种动物进行顶礼膜拜。某一个部落会把某种动植物或其他物体当作自己氏族的标志或名号，认为这个符号与自己的氏族有着某种血缘关系，因而可以对部落起到保护作用。这种动物或符号就成为"图腾"。有了图腾，就有了部落共同的文化认同符号。

随着对生死、梦醒状态的认识，史前人类逐渐形成了灵魂观念，认为人的生命由肉体和灵魂两部分组成。人在做梦或发生幻觉时，灵魂暂时离开了肉体；人死之后，灵魂就永恒地离开了肉体，并继续在各处飘荡。灵魂看不见、摸不着，不是有形的实体。英国人类学家爱德华·泰勒对灵魂的特征做了概括：

> 灵魂是不可捉摸的虚幻的人的影像，按其本质来说虚无得像蒸汽、薄雾或阴影；……它能够离开肉体并从一个地方迅速转移到另一个地方……一个离开肉体但跟肉体相似的幽灵；它继续存在和生活在死后的人的肉体上；它能进入另一个人的肉体中去，能够进入动物内甚至物体内，支配他们，影响他们。❷

---

❶ ［英］罗宾·乔治·科林伍德：《艺术原理》，王至元等译，中国社会科学出版社1985年版，第67页。

❷ ［英］爱德华·泰勒：《原始文化》，连树声译，上海文艺出版社1992年版，第416页。

灵魂观念是人类对生命存在的基本认识。在中国古人的观念中，离开肉体的灵魂，或者变成神灵，或者变成危害于人的鬼。《礼记·祭义》中指出："众生必死，死必归土，此之谓鬼。骨肉毙于下，阴为野土。其气发扬于上，为昭明，焄蒿、凄怆，此百物之精也，神之著也。"❶ 意思是说，各种生物终有一死，死后归于土，就是鬼。骨肉腐烂在地下，成为土壤，但它们的气息飞扬向上，显出光影，这就是神。变成鬼的部分常常加害于人，变成神的部分常常保护自己的子孙，因而受到祭祀。《说文解字》云："鬼，人所归为鬼。"❷ 是说人死之后就变成鬼。《礼记·郊特牲》云："魂气归于天，形魄归于地"❸，说的也是人死之后魂魄都离开了人体，不同的是魄归于地，魂升于天。这就形成了人的精神永存的观念，是祖先崇拜的理论根据。

万物有灵、鬼魂巫术等观念都是生产力水平低下的社会发展阶段的特殊产物。这些原始观念中包含着主客不分和事物之间可以超越时空产生联系的思维模式，体现了人类丰富的想象力。维科《新科学》称这种思维模式为"诗性思维"。诗性思维以非理性、非逻辑性为突出特征，以象征和隐喻为主要表达方式，与后世的艺术思维有较多相通之处。因此，这些原始思维本身具有诗意性。灵魂和巫术观念随着人类认识能力的提升会弱化，但是，诗性思维作为一种文化基因，在后世文化中一直绵延不断。

二 史前艺术的神秘功用

史前时期还没有独立的艺术概念，但是，伴随各种神秘的巫术活动已

---

❶ （清）孙希旦：《礼记集解》，沈啸寰、王星贤点校，中华书局1989年版，第1219页。
❷ （汉）许慎：《说文解字》，中华书局2013年版，第186页。
❸ （清）孙希旦：《礼记集解》，沈啸寰、王星贤点校，中华书局1989年版，第714页。

经出现了艺术的萌芽。从玉器、彩陶、岩画等艺术形式来看，史前艺术包括两个类型：其一是稚拙地再现生活情景；其二是以抽象的艺术形式表达与鬼神的联系。如果说再现生活情景的艺术是人类审美本能的一种体现，那么，让艺术扮演沟通神人的角色，则是史前人类诗性思维方式在艺术中的折射。

史前时期，在以万物有灵为基础的原始宗教背景下，人们产生对各种神灵鬼怪的崇拜观念，相信人间所有开心的事情，也能使神灵开心。人喜爱美味，相信神灵也喜爱美味，因而会用牺牲敬奉神灵；人喜欢歌舞娱乐，相信神灵也喜欢歌舞娱乐，因而也会用歌舞娱神，使神降临，并赐福人间。同时，人们会把具有巫术意义的形象画在山崖上，会把图腾符号反复刻画在不同的器物上。这些就构成了史前文化的神秘维度，也成为后世各门艺术的雏形。

红山文化遗址出土的玉器大多为磨制加工而成，表面光滑，晶莹明亮，有的被加工成佩饰品，还有的被打磨成具有神秘色彩的玉龙和玉猪龙造型。如牛河梁遗址出土的玉龙周身卷曲，体态矫健，曲线优美。该遗址出土的玉猪龙，卷曲如C形，首尾相连，形体厚重，造型粗犷，出土时位于死者胸部。玉龙和玉猪龙不仅为佩饰，很有可能还是祭祀神灵的法器。在良渚文化遗址中也出土了大量饰有精美花纹的玉器，如玉琮、玉璧、玉璜、玉钺等，其中玉琮是贯通天地的神器。玉琮的方和圆表示地和天，中空表示天地之间的沟通。玉琮纹饰除直线弦纹、云雷纹、鸟纹外，最引人注目的是神人纹。如一件直径达16.7厘米的玉琮上，雕刻着神人与兽面相结合的图案。神人头戴羽冠，居于怪兽之上。玉琮上刻饰的神人很可能是沟通天地的巫师。这种神人纹反复出现在玉钺、玉冠饰上，很可能是氏族的图腾和徽号，是保护氏族安全的神物。

史前彩陶主要以仰韶彩陶、马家窑彩陶最具代表性。其中，仰韶彩陶上多有对鸟、蛙、鱼、鹿、枝叶、花朵等自然事物的描摹，也有些图案内容神秘莫测。如西安半坡出土的人面鱼纹彩陶盆，圆形的人面被黑白色的图形分割开来，头戴三角形的饰物，脸旁边是三角形的鱼纹。人面鱼纹彩陶盆出土时覆盖在婴儿瓮棺的口上。专家推测，这种带有神秘色彩的人面纹与半坡氏族的原始图腾崇拜有关系。还有一件庙底沟类型的彩陶缸，描绘了一只高脚长喙的鹳鸟口中衔着一条鱼，并以白彩涂出鸟身，以褐色线勾画出炯炯有神的眼睛，画面的另一侧则画着一个竖立的石斧。鹳鸟与石斧的组合图案已经不再完全写实，而可能包含了某些抽象的文化内涵，也可能是氏族的图腾。

马家窑彩陶上既有线条粗犷流畅的旋涡形纹，也有一些神秘莫测的图案。如1973年出土于青海大通县的舞蹈纹彩陶盆，其内壁上画着三组舞蹈者，每组五人，手牵手翩翩起舞。他们舞步一致，发辫也随着头的摆动朝向一方微微翘起。舞蹈者的臀部后面均有一条线，或许是跳舞时用来作为装饰的动物尾巴。还有一件彩陶盆上的舞蹈者一组三人手拉着手在旋涡中舞蹈。马家窑彩陶上的舞蹈大多与水和旋涡有关，我们推测舞蹈的目的是向水神祈福。

岩画是人类史前时期最早、最辉煌的艺术遗产之一。我国境内的岩画大多分布在人迹罕至的深山幽谷之中，充满了神秘气息。岩画的内容既有狩猎、放牧、采集、划船等日常生活景象，也有寓意隐晦不明的内容。专家推测，这些隐晦不明的岩画与图腾崇拜和巫术活动有关。如广西壮族自治区左江两岸峭壁上的岩画，人物造型体态相似，均为两脚叉开，两手上举的蛙形舞蹈动作，似乎表现的是宗教仪式中人向自然神灵祈福的情景。内蒙古阴山也有双手合并举过头顶向日祭拜的岩画，还有动物崇拜和日月星云崇拜的岩画。在江苏连云港将军崖岩画中，可以看到太阳、月亮、星星及鸟兽图案，也可以看到一簇簇植物上绘出人脸。这些人脸花朵很有可能是古人对花蒂的想象性理解。蒂是花萼结果实（子）的地方，引申为一切生命的缔造者。"上帝"的帝通"蒂"。帝是蒂的本字，是统治一切的神灵。可见中国古代有植物崇拜，有对化生万物的力量的崇拜。将军崖的人脸花朵，可能是植物之灵，也体现了植物崇拜的观念。

总体来看，史前艺术有对现世生活情景的描摹，也有含义晦暗不明的图案。这些具有抽象性、含义模糊不清的图案折射出原始先民神秘莫测的精神世界。可以推测出，这些处于萌芽状态的艺术大多是伴随巫术活动而产生的。

三 史前艺术神秘功用的相关记载

史前时期是一个没有文字记载的漫长历史阶段。有关史前艺术观念的探讨，其一来自出土文物，其二在后世文献中有隐约记载。《尚书》《吕氏春秋》虽然是春秋战国时期的著作，但参考史前文物可以推测，其中有关史前艺术现象和艺术功用的相关记载具有一定的参考价值。

(一)《尚书》中的"神人以和""百兽率舞"

《尚书》主要记载了从三皇五帝到周代约1500年的历史，是我国第一部上古历史文献和部分追述古代事迹著作的汇编。书中有关于艺术的记载，如《尚书·伊训》云："恒舞于宫、酣歌于室，时谓巫风。"❶ 这句话给我们的信息是：当时巫风盛行，舞和歌是巫术活动的主要内容。而且从"恒""酣"等表述来看，当时的歌舞不但持久，而且具有迷狂性。

《尚书·舜典》中记载，舜帝让乐师夔典乐，夔说他敲打着石制的乐磬，率领着扮演成各种动物的舞蹈者们咏歌、舞蹈，最后将达到"八音克谐，无相夺伦，神人以和"❷，以及"百兽率舞"的境界。也就是说，夔制作的音乐能达到神人和谐、百兽率舞的神秘效果。《尚书·益稷》中也记

---

❶ (汉) 孔安国传，(唐) 孔颖达正义：《尚书正义》，上海古籍出版社2007年版，第305页。
❷ (汉) 孔安国传，(唐) 孔颖达正义：《尚书正义》，上海古籍出版社2007年版，第106页。

载了夔演奏音乐的状况：

> 夔曰："戛击鸣球，搏拊琴瑟以咏，祖考来格。虞宾在位，群后德让。下管、鼗鼓，合止柷、敔。笙、镛以间。鸟兽跄跄。箫《韶》九成，凤凰来仪。"夔曰："於！予击石拊石，百兽率舞，庶尹允谐。"❶

夔弹奏琴瑟，敲击鼗鼓、笙镛等乐器，演奏《箫韶》之曲，最后也使鸟兽翩翩起舞，凤凰来仪，达到神人和谐的境界。

通过以上文献中的简略记载，再结合史前艺术遗存，可以作出三种推测：其一，史前时期，音乐舞蹈具有人兽共舞的性质；其二，史前时期的人们戴着各种动物的面具在舞蹈，其中有凤凰及百兽的面具和装扮，所以会出现凤凰来仪、百兽率舞的景象；其三，史前时期的歌舞具有沟通神人的神秘作用，能够使凤凰及各种鸟兽受到"感应"而翩翩起舞。这一方面意味着歌舞有迷人的艺术魅力，另一方面意味着歌舞具有感通神人的作用。无论是这三种中的哪一种可能，都能够显示出史前舞蹈热烈、迷狂的特点，以及感通天地万物的神秘巫术作用。

（二）《吕氏春秋》对艺术巫术功用的关注

《吕氏春秋》是由战国时期秦国丞相吕不韦召集门客编撰的一部杂家巨著。其中，《吕氏春秋·古乐》篇按照历史顺序较为全面地记载了上古时期音乐舞蹈艺术发展和演变的状况，其中包括远古氏族时期的朱襄氏、葛天氏、阴康氏，五帝时期的黄帝、颛顼、帝喾、尧、舜，以及夏商周等几个历史时期，是中国最早的音乐史。《古乐》篇写道：

> 昔古朱襄氏之治天下也，多风而阳气畜积，万物散解（落），

---

❶ （汉）孔安国传，（唐）孔颖达正义：《尚书正义》，上海古籍出版社2007年版，第179页。

果实不成，故士达（朱襄氏之臣）作为五弦瑟，以来阴气，以定群生。❶

朱襄氏是炎帝的别号。士达是炎帝之臣。这是说，在炎帝统治时期，风很大，天气干旱，阳气蓄积，植物枯萎散落，结不成果实。炎帝就让乐师士达作五弦瑟。五弦瑟弹奏出的音乐具有巫术作用，可以使阴气降临、群生安定。葛天氏时期的音乐：

三人操牛尾投足以歌八阕：一曰《载民》，二曰《玄鸟》，三曰《遂草木》，四曰《奋五谷》，五曰《敬天常》，六曰《建帝功》，七曰《依地德》，八曰《总禽兽之极》。❷

《古乐》篇认为，音乐可以作用于鸟兽草木等各种自然现象。《载民》是对祖先的歌颂；《玄鸟》歌唱春天的燕子；《遂草木》是祈求草木更加茂盛；《奋五谷》祝愿五谷更快地生长；《敬天常》祈愿上天遵循规律运行；《依地德》歌唱地神的恩惠；《建帝功》歌颂天帝的功德；《总万物之极》是对天地万物的歌颂。总之，操牛尾投足以歌的八种乐舞，或者表达对天、地、神、人、五谷、鸟兽的歌颂，或者表达祈愿。其中，既有音乐表意达情的作用，也具有巫术作用和祈福意义。阴康氏时期的音乐状况：

昔陶唐氏之始，阴多滞伏而湛积，水道壅塞，不行其原，民气郁阏而滞著，筋骨瑟缩不达，故作为舞以宣导之。❸

---

❶ 许维遹：《吕氏春秋集释》，梁运华整理，中华书局2009年版，第118页。
❷ 许维遹：《吕氏春秋集释》，梁运华整理，中华书局2009年版，第118页。
❸ 许维遹：《吕氏春秋集释》，梁运华整理，中华书局2009年版，第119页。

按照《古乐》篇的时间顺序，这里应该是阴康氏，而不是唐尧。在阴康氏时期，阴气淤积，水道壅塞，阴康氏让乐师制作舞蹈予以宣导，从而达到阴阳平衡。同样，江河泛滥可能是阴康氏时确有的社会现象，以舞蹈的方式"作用"于自然，解决了水涝灾害的问题可能也是事实。也许正是这些偶然的事实，形成了当时人对舞蹈作用的认识，使他们认识到舞蹈具有巫术作用，能够对大自然产生影响。接着是对黄帝时期音乐状况的描述：

> 昔黄帝令伶伦作为律。伶伦自大夏之西，乃之阮隃之阴，取竹于嶰溪之谷，以生空窍厚钧者，断两节间，其长三寸九分，而吹之以为黄钟之宫，吹曰舍少。次制十二筒（六律、六吕），以之阮隃之下，听凤皇之鸣，以别十二律。其雄鸣为六，雌鸣亦六，以比黄钟之宫，适合。黄钟之宫皆可以生之。故曰："黄钟之宫，律吕之本"。黄帝又命伶伦与荣将铸十二钟，以和五音，以施《英韶》，以仲春之月乙卯之日日在奎始奏之，命之曰《咸池》。❶

这是说黄帝时期，乐师伶伦制作了乐律。伶伦从大夏的西方来到昆仑山的北面，在嶰谷选用生长得厚实且均匀的竹子，截取两个竹节中的一段，截成长度为三寸九分的竹管，用它吹出的声音，作为黄钟律的宫音，叫作"舍少"。接着又依次做了十二根竹筒，带到昆仑山下，以黄钟为基准，听雄凤高低不同的鸣叫，定了六个音；听雌凤高低不同的鸣叫，定了六个音，形成十二音律。黄帝又命令伶伦和荣将一同去铸造十二口钟，演奏了《英韶》之曲。用制作的乐器在仲春之月的乙卯之日，太阳在奎星的位置时演奏的乐曲取名为《咸池》。咸池原为天上西宫星名，古人认为，此星主管五谷，此星明亮，庄稼丰茂，若此星夜晦不明，则必有灾变。《咸

---

❶ 许维遹：《吕氏春秋集释》，梁运华整理，中华书局2009年版，第120—123页。

池》乐舞通常在仲春二月,即农作物的播耕季节演奏。尽管星辰的变化在时空上与地面上的庄稼有着遥远的距离,但是,在"互渗"的原始思维中,星辰的变化与庄稼的收成之间有着确定的联系。这一行为中包含着农耕民族祈求和预祝丰年的文化心理和认为音乐能够通过互浸带来庄稼丰收的思维模式。从《古乐》篇可以看出,黄帝时期的音乐有了对自然的反映,音乐的巫术作用明显减弱,但人们对音乐艺术的神秘理解依然存在着。

随着时代的演进,神灵观念逐渐集中为"帝"。帝不是指某一个具体的神灵,而是对各种神灵的泛称,是一个混沌而模糊的宗教概念。帝在古代先民心目中具有绝对的神秘性和权威性,凡征战、田猎、疾病等,都要求卜于帝。《吕氏春秋·古乐》记载在颛顼时音乐的状况:

> 帝颛顼生自若水,实处空桑,乃登为帝。惟天之合,正风乃行,其音若熙熙凄凄锵锵。帝颛顼好其音,乃令飞龙作效八风之音,命之曰《承云》,以祭上帝。乃令鱓先为乐倡,鱓乃偃寝,以其尾鼓其腹,其音英英(和悦貌)。❶

颛顼让乐师飞龙依据八风之音制作了《乘云》之乐,"以祭上帝"。与朱襄氏、葛天氏、阴康氏时期音乐舞蹈直接作用于自然、改变自然状况的观念不同,我们可以看到,颛顼时期的音乐是用来祭祀"上帝"的,显然音乐的作用发生了改变,从巫术音乐演变为祭祀音乐。音乐取悦的主要对象是"上帝"。鱓,又作"鼍",指鳄鱼。在大雨来临之前,天气闷热、气压下降、电闪雷鸣,鳄鱼的叫声洪亮,此起彼伏。故先民常常将它和雨水天气联系起来,认为鳄鱼的叫声引来了雨水。鳄鱼也就成了司雨之神——雷

---

❶ 许维遹:《吕氏春秋集释》,梁运华整理,中华书局2009年版,第123—124页。

神。这一段有关音乐的记载也很奇妙,带有一定的想象性质,意思是鱓开始时先用尾巴敲打着自己的肚皮,发出和悦的声音。接着,鱓躺下来,以自己的尾巴拍打自己的腹部,发出"嘤嘤"的声音。这里到底是作为动物的鱓的行为,还是作为乐师的鱓的行为,我们认为不好绝对分得清。就像伏羲、女娲的人头蛇身形象一样,这里应该还保留着人和动物界限模糊的认知,具有原始思维主客不分的特征。

到帝喾时,又让乐师咸黑创制了《九招》《六列》《六英》等乐曲,让乐师有倕制作鼙、鼓、磬、苓、管、埙、箎、鼗、椎、钟等乐器,然后令人鼓鼙、击钟磬、吹苓、展管箎,令凤鸟、天翟来舞蹈。"帝喾大喜,乃以康帝德。"显然,帝喾时代的音乐一方面是歌颂上帝之德的;另一方面这样的音乐也让帝喾很开心,满足了帝喾的欣赏要求。"帝"和现实世界的统治者都成为音乐服务的对象。尧帝时的音乐状况:

> 帝尧立,乃命质为乐。质乃效山林溪谷之音以歌,乃以麋輅置缶而鼓之,乃拊石击石,以象上帝玉磬之音,以致舞百兽。瞽叟乃拌五弦之瑟,作以为十五弦之瑟,命之曰《大章》,以祭上帝。❶

这是说尧帝时的音乐模仿了山林溪谷的声音,同样也具有百兽率舞的场面,以《大章》之乐祭祀上帝。舜帝时的音乐状况:

> 舜立,命延乃拌瞽叟之所为瑟,益之八弦,以为二十三弦之瑟。帝舜乃令质修《九招》《六列》《六英》,以明帝德。❷

---

❶ 许维遹:《吕氏春秋集释》,梁运华整理,中华书局2009年版,第125—126页。
❷ 许维遹:《吕氏春秋集释》,梁运华整理,中华书局2009年版,第126页。

舜帝时的音乐作品更加多样，乐器也更加先进了，但此时的音乐依然以彰显帝德为主要目标。从有关五帝时期的记载可以看出，这是一个音乐创制的高峰阶段，各种乐器被制作出来，各种乐曲被创作出来，乐曲创作大多仿效自然，或者依据八方之风，或者依据山林溪谷之音，或者依据鸟鸣。值得注意的是，五帝时期音乐的巫术作用减弱，祭祀"帝"的作用明显增强，音乐沟通神人的作用增强。也可以看出，长期以来"帝"都是具有决定性地位的神灵。大禹时期的社会和音乐状况：

> 禹立，勤劳天下，日夜不懈，通大川，决壅塞，凿龙门，降通漻水以导河，疏三江五湖，注之东海，以利黔首。于是命皋陶作为《夏籥》九成，以昭其功。❶

大禹是中国历史上有名的贤君，他治理黄河不遗余力。大禹时期的音乐变成了对较为具体的圣贤人物的歌颂，此时的音乐开始变成歌功颂德的工具。这一方面说明，这些具有领袖才能的人在人类早期发展阶段具有至关重要的作用；另一方面说明，人类对自然治理的能力增强，人们需要歌颂的渐渐不再是更为抽象的神灵，而是现实生活中的领袖人物。反过来说，英明领袖变成了神，成为音乐歌颂的对象。

《吕氏春秋·古乐》为我们展示了上古音乐从神秘到逐渐世俗化的历程，是非常难得的史前音乐史，既有对音乐状况的具体描写，也有对音乐功能的交代。从中可以看出早期艺术观念演化的踪迹，从三皇时期较强的巫术功用，到五帝时期的祭祀功用，可以说，音乐具有明显的神秘文化特征，到尧舜禹时期，音乐的通神功能减弱。

---

❶ 许维遹：《吕氏春秋集释》，梁运华整理，中华书局2009年版，第126页。

第二节　商代王权和神权统一语境下的艺术及艺术观念

与史前时期懵懂的神灵观念不同，商代有了明确的天、帝观念，而且天子已经懂得了"神道设教"，即借助形而上的鬼神力量强化自己的统治。商代巫术祭祀之风盛行，艺术中呈现出浓厚的宗教色彩。具有狞厉之美的艺术形象既是沟通神人的中介，也是实现统治者意志的工具。

一　王权与神权融合的统治模式

史前时期，人们认为，日夜循环、四季更替、风雨雷电等变幻莫测的自然现象背后都有着神秘不可操控的力量，这就是神灵。万物有灵。后来，这种神灵观念逐渐集中为某些神灵。另外，之前每个人都有与神灵相沟通的权利，但是随着权力的集中，沟通神人的资格被一小部分特权人士独占。《国语·楚语下》记载，少暤氏前的上古时期，民风淳朴，民神不杂，能够沟通神人的只有专门的神职人员。到少暤氏之后，世风败坏，民神同位，杂糅不分，人人皆可与神灵沟通。到颛顼时，南正重掌管天事而会聚群神，火正黎掌管地和人事，各司其职。这就是"绝地天通"的典故，从中可以看出权力集中化和神权王权合一的历史趋势。

及至商王朝，人们对神灵的恐惧和敬畏心理被统治者所利用。统治阶级为了论证自己统治的合法性，将"帝"或"天"设定为至高无上的主宰，认为他们的政权是上帝赐予的，必然会受到上帝的庇佑。这样，上帝既是不可捉摸的神，也是统治者赖以巩固其统治地位的形而上依据。上帝是至高无上的主宰，它不仅决定着王朝的兴替和个人的富贵贫贱、生老病死,也决定着自然界的风雨雷电、山崩地动。上帝不仅有人格有意志,而且能够赏善罚恶,掌管天上、人间的一切事务。

新石器时代,人们已经知道通过占卜和祭祀的方式可以与神灵沟通。殷商文化尊神信鬼,祭祀、占卜之风更加盛行。《礼记·表记》中说:"殷人尊神,率民以事神,先鬼而后礼。"农事、战争等都要请示鬼神上帝,请求保佑。能沟通神人的是巫师。在商代,统治者为了使王权统治合法化,将王权与神权融为一体,使通神的巫师和人间的统治者合二为一,从而使商代的文化具有浓厚的神秘色彩。

二 商代青铜器艺术的狞厉之美

青铜艺术是殷商时代审美文化的代表形态。商代青铜制造的数量之大、品种之多、分布地域之广及冶炼技术之高都是前所未有的。商代青铜器厚重的器形、绮丽的纹饰,都折射出商代统治的独断和跋扈,以及商代文化的迷信色彩。

最能代表商代青铜器风格的是出土于河南安阳的后母戊方鼎。该鼎通高133厘米,重875千克,造型成熟稳重。宽厚的口沿、方正的腹体、粗壮有力的柱足和鼎耳加重了该器的体量感和浑厚气势,给人以神秘感和威慑力。青铜的稀有和珍贵,让偌大的青铜器成为特权身份的象征。后母戊方鼎的耳部雕刻着两只相对的老虎,虎口中衔着人头,人的神情惊恐。此外还有湖南安化的猛虎食人卣,器型为一只坐虎,虎身布满各种纹饰,虎口中也衔着一个人头,人眼圆睁,表现出惊恐的神情和恐怖而神秘的艺术风格。商代统治者显然利用青铜器神秘的风格特征来强化其统治的神圣性。

商代青铜器纹饰中最具代表性的是饕餮纹。饕餮纹是一种图案化的兽面纹。饕餮纹融合了牛、龙、虎、鸟等动物的特征,具有很强的抽象性和装饰性,在商代青铜器上常作为主体纹饰。饕餮纹可能是图腾,也可能是巫师作法时佩戴的面具,寄寓着商代人沟通天地神灵的宗教理想,同时又是商王权力的象征。饕餮纹具有融王权、神权和审美于一体的特点。

三 商代乐舞的祭祀功用

在商代,无论祭祀、占卜、祈祷、祝告、求雨、求风,均要伴之以乐舞。商王既是巫师又是统治者,他要参加祭祀仪式,有时还要歌舞祈神。据《墨子·兼爱下》记载,商汤推翻了夏王朝,成为天下新的君主后,遇到了一场特大旱灾,整整五年天未降雨,草木枯焦,颗粒无收。商汤焦急万分,便来到殷都亳附近的桑山之林,祈祷上天降雨。他祈祷说:"今天大旱,即当朕身履,未知罪于上下。有善不敢蔽,有罪不敢赦,简在帝心。万方有罪,即当朕身。朕身有罪,无及万方。"❶ 商汤扮演了巫师的身份,他的祈雨带有巫师作法的性质。商汤的话语非常虔诚,他的话音一落,天上乌云滚滚,瞬间就降下了大雨。人们欣喜若狂,于是头插五彩羽毛,手执五色鸟旗,跳起了《桑林》之舞,以感恩上帝。其后,殷商奉桑林为圣地,进行祭祀,于是有桑林之乐,这是天子之乐。《左传·襄公十年》同样记载了这件事情,揭示了祭祀乐舞的迷狂状态,以及乐舞沟通神人、感天动地的艺术效果。《吕氏春秋·顺民》也对这件事情有记载。可见,

虎噬人卣(图片来源:陈振裕主编,胡志华绘图:《中国古代青铜器造型纹饰》,湖北美术出版社2001年版,第90页。)

---

❶ 吴毓江:《墨子校注》,孙启治点校,中华书局1993年版,第179页。

这些文献都很关注乐舞艺术的通神性质，古人相信商汤作法真的能感天动地。

另据《吕氏春秋·古乐》篇记载，商汤灭夏，自立为王后，命伊尹作《大濩》，歌《晨露》，修《九招》《六列》。《大濩》就是歌颂开国元勋的乐舞。汤死后，它成为祭祀祖先的乐舞。可见商代乐舞融艺术性、神性及政治性于一体的特点。

《诗·商颂》中还保留着商代祭祀歌舞的影子。其中《那》是祭祀成汤的诗歌，全诗表现了商人祭祀祖先时钟鼓隆隆、万舞奕奕的场景。《烈祖》写了祭祀者献上清醇美酒并默默祈祷的场景。《玄鸟》叙述了商代繁衍发达的历程，诗中写到了"天命玄鸟，降而生商"的传说。《殷武》是在高宗庙落成之际，商人歌颂武丁伐荆楚之功的祝颂诗。诗中描述了武丁的功业，写了武丁统治时的威严和显赫。这些用于祭祀的乐歌把商代统治者的丰功伟绩讲给神灵听，向神灵展示祭祀的隆重，相信在天之灵能够看到和听到。《商颂》通过祭祀神化了统治者的地位，体现了商代乐舞与神灵祭祀的密切关系。

第三节 西周到春秋战国天命观念的嬗变及其对艺术的影响

一 理性曙光闪耀与神秘观念并存的周代礼乐文化

(一) 周代对天命观念的矛盾心态

商周时期，神灵崇拜逐渐集中为对天和帝，尤其是对天的信仰。天是无可怀疑的至上神，它的命令和意愿就是天命。《尚书·盘庚》云："先王有服，恪谨天命。"天子的统治是上天意志的体现。

但随着生产力的发展，人们的理性意识逐渐觉醒。从殷商"先鬼而后礼"，发展到"敬鬼神而远之"，在"敬天礼地"的宗教观念中夹杂着越来越多天命靡常的声音。天的合法性和神圣性受到一定程度的质疑。可以说，周以蕞尔小国战胜泱泱大国殷商，给人们反思以天为核心的原始宗教观念提供了一个契机。作为殷商一个部落的周也相信殷商的统治是天意的体现。但是武王伐纣，建立了周，这已经成为历史事实。面对这一既成事实，周代统治者诚惶诚恐，不断对周战胜殷商的史实进行反思。《史记·鲁周公世家》记载，周公"一沐三捉发，一饭三吐哺"❶。《史记·周本纪》记载武王在伐纣胜利后依然"自夜不寐"，寝食不安。当周公旦询问武王时，武王说："我未定天保，何暇寐！"❷从武王和周公的对话中可知，令武王惴惴不安的是，他还不能明确周的统治是否有足够的理论依据。周部落推翻殷商，这是否违背了天意，是否会受到天的惩罚。

最后，周代统治者还是从天那里找到了统治的根据。他们为统治合法性寻找到的内在逻辑是，商王不敬上天，所以上天降灾给商，而周统治者具有德行并能奉行上天的威命，所以能替天行罚，摧毁殷商的统治。因而建立周朝依然是天意的体现。虽然如此，这一逻辑下还有另一种可能，那就是上天既然可以不眷顾殷商，也可以不眷顾周，因而仅仅依靠上天的护佑是不能保障永恒统治地位的。因此，周代统治者依靠"天神"力量的同时，也调整了自己的统治策略，提出"尊天""敬德""保民"的策略。

(二) 用来祭祀天地鬼神的周代乐舞艺术

礼乐文化的核心是协调社会秩序，规范人的行为，但礼乐文化并不是凭空产生的，它来自周代之前的祭神礼仪，加之周代统治一定程度上还需要依赖于神秘的"天"的力量，因而礼乐文化中将祭礼、丧礼放在重要的

---

❶ （汉）司马迁：《史记》，中华书局1959年版，第1518页。
❷ （汉）司马迁：《史记》，中华书局1959年版，第129页。

位置，让神秘的、无形的力量在暗中控制着人的行为。

礼乐文化以规范贵族的行为和社会秩序为目标，但它是依赖天命鬼神观念构建起来的，因而，在礼乐文化中时时透显着神秘文化的元素。这在周代音乐和舞蹈中有着充分的体现。

礼乐之所以被称为庙堂音乐，就是因为礼乐的重要功能是祭祀天地祖先。《周礼·春官·大司乐》记载：祀天神的时候，奏黄钟，歌大吕，舞《云门》；祭地示时，奏大蔟，歌应钟，舞《咸池》；祀四方之神时，奏姑洗，歌南吕，舞《大韶》；祭山川之神时，奏蕤宾，歌函钟，舞《大夏》；享先妣时，奏夷则，歌小吕，舞《大濩》；享先祖时，奏无射，歌夹钟，舞《大武》。这里的《云门》是黄帝之乐，《咸池》是唐尧之乐，《大韶》即虞舜之乐，《大夏》即夏禹之乐，《大濩》即商汤之乐，《大武》即周武王之乐。从《周礼》的这段记载看，周代既有天地四方山川大地之神，也有英雄神和祖先神，是多神共祭的状态。这也符合《礼记·祭法》"有天下者祭百神"的相关记载，权力越大有资格祭祀的神灵越多。歌舞就是祭祀时与这些神灵沟通的媒介，也是悦神的手段。可以看出，不同的乐舞作用于不同的神灵。在乐舞构成的神秘气氛中，各种神灵隐秘而真实地存在着，从而构成了一个天、地、人、鬼和谐共融、神秘对应的统一体。

祭祀时的乐舞除上面所说的六种大舞外，还有六种小舞，包括《帗舞》《羽舞》《皇舞》《旄舞》《干舞》《人舞》。《周礼·地官·舞师》记载："舞师掌教兵舞，帅而舞山川之祭祀。教帗舞，帅而舞社稷之祭祀。教羽舞，帅而舞四方之祭祀。教皇舞，帅而舞旱暵之事。"❶意思是说，舞师所教授的兵舞是祭祀山川之神时表演的舞蹈，舞者手执兵器而舞；帗舞是祭祀社稷之神时所表演的舞蹈，舞者以竿挑长丝条而舞；羽舞是祭祀四方名山大川时所表演的舞蹈，舞者执白色鸟羽或雉尾；皇舞是为解除旱涝

---

❶ 杨天宇：《周礼译注》，上海古籍出版社2004年版，第184页。

灾害所表演的舞蹈，舞者头上插着鸟羽，上衣饰以羽毛，手也执五彩鸟羽；旄舞，舞者手持牦牛尾之舞；干舞，舞者手持盾牌之舞；人舞，舞者徒手运长袖之舞。《周礼》中所记载的这些舞蹈，都与祭祀和求神仪式相关，这些舞蹈具有巫术性质，能够使人处于一种迷狂状态，从而达到人神沟通的目的。可以看出，周代的祭祀乐舞依然有着浓厚的神秘色彩。

在古人的眼里，音乐的作用是重大的，六律、六同、五声、八音和六舞配合起来，在冬至演奏可以使天神人鬼感应，在夏至演奏可以使地神感应，从而使邦国之间关系谐调，使民众和谐相处，使宾客安定，使远人悦服，使动物繁衍。神秘的音乐使一切不可见的东西现身在场。在这样的氛围中，每一个人无形中都会以庄重肃穆的心情来感受天地、鬼神的到场，从而获得灵魂的升华。这就是祭祀场合所蕴含的天地神人相融相和的美学精神。

《周礼·春官·大司乐》也记载着音乐对自然的巨大影响力："凡六乐者，一变而致羽物，及川泽之示；再变而致蠃物，及山林之示；三变而致鳞物，及丘陵之示；四变而致毛物，及坟衍之示；五变而致介物，及土示；六变而致象物，及天神。"❶ 祭祀的礼乐使有羽毛的动物及川泽之神、短毛的动物及山林之神、长鳞甲的动物及丘陵之神、长毛的动物及坟衍之神、有甲壳的动物及土神、象物及天神都有了感应。《周礼·春官·司巫》载："若国大旱，则率巫而舞雩。" 意思是祛除旱灾就让群巫跳着雩舞。雩的本意是让雨水注满干涸的湖泽。雩舞可能是象征下雨的舞蹈。古人认为，舞蹈中表演下雨，现实中就能受到感应而下雨。这就是巫术的相似律。

《诗经》中的颂诗大都是祭神时的乐歌。《思文》是周王祭祀上帝和后稷，祈祷年谷丰收所唱的乐歌；《时迈》是周王望祭山川时所唱的乐歌；《载芟》是周王在秋收之后，用新谷祭祀宗庙时所唱的乐歌。中国古人认

---

❶ 杨天宇：《周礼译注》，上海古籍出版社2004年版，第328页。

为，语言是有魔力的，对神灵唱颂歌，神就会感应，就能庇护它领地中的人民。还有《诗·小雅·楚茨》这类作品，虽然不是唱给神灵的乐歌，但展现了祭祖过程中袅袅的乐声、豪华的宴席，以及祭祖活动中贵族优雅的风度、恬淡的笑容。整首诗都是围绕祭祀而展开的，所以说，以《诗经》为代表的艺术，一定程度上就是祭祀活动的副产品。

（三）兼具神秘性和等级伦理性的玉器审美

周代以来，商代器物的那种神秘恐怖气息逐渐衰弱，比如周代青铜器纹饰简洁、明朗，主要作为等级礼制的标志而发挥作用。周代玉器也成为贵族身份的标志，礼制规定：天子佩戴白色的玉，用的是天青色的丝带来系挂；诸侯佩的是山青色的玉，配以朱红色的丝带；大夫佩水苍色的玉，配以黑色丝带；士佩石头，用赤黄色的丝带。在这里，玉佩和系玉佩的丝带的色彩既是审美对象，也是贵族等级符号。

同时，玉器也依然是祭祀的礼器。《周礼·春官·大宗伯》记载："以玉做六器，以礼天地四方。以苍璧礼天，以黄琮礼地，以青圭礼东方，以赤璋礼南方，以白琥礼西方，以玄璜礼北方。"❶ 中国古人认为，天为苍，地为黄，春为青，夏为赤，秋为白，冬为黑。因而，冬至礼天，用苍璧；夏至礼地，用黄琮；立春礼东方，用青圭；立夏礼南方，用赤璋；立秋礼西方，用白琥；立冬礼北方，用玄璜。这意味神秘性作为一种文化基因，依然保留在周代玉器审美文化中。

二 春秋战国时期神性的进一步弱化与艺术审美的世俗化

殷商以来，对天命鬼神的怀疑一直是一股思想上的暗流。周代替殷商，天的神圣性遭到怀疑。春秋战国时期，人们越来越多地认识到天意无

---

❶ 杨天宇：《周礼译注》，上海古籍出版社2004年版，第281页。

法验证，天的神圣性被进一步质疑，人们逐渐把目光从天命鬼神转移到人间，人文道德理性日趋得到彰显。艺术出现了清新明朗的精神特质。

（一）理性观念增强，天命鬼神观念弱化

从春秋时期开始，随着科学知识的增加，人们对天的自然属性有了进一步的认识，天逐渐从形而上的神灵变为对象化的实体。如公元前524年，天空出现彗星，有人建议子产用瓘斝玉瓒祭神以免除灾难，子产说："天道远，人道迩。"❶ 认为天道虚无缥缈，不可实证，所以不必相信天的存在。《左传·昭公元年》记载，晋平公生病了。卜者说，国君的疾病是鬼神作祟。郑伯派子产去晋国探视晋平公的病情。晋国的叔向询问子产，这是什么神灵？子产分析说，疾病在国君身上，是由于饮食、哀乐、女色不适度的缘故，山川、星辰的神灵又哪能降病给国君？国君如果能有规律地生活，疾病自然会痊愈。子产的观点表现了当时人对天命鬼神观念的怀疑。

在生产力不发达，人们缺乏科学知识的历史条件下，对神的崇拜对于巩固贵族阶级的统治是极其有效的。但是，随着人们认知能力的提升，自然界的神秘感也随之弱化，天命的神圣性不断遭到怀疑。对天的怀疑必然导致对天子存在的先验性、合法性的怀疑。

儒家在孔子之前就已经存在。儒首先是一种职业，主要是在丧葬等各种仪式中做司仪。因而，儒家与传统宗教文化有深厚的渊源关系。但是到了孔子则对"天"的神秘性予以悬置。《论语·述而》记载："子不语怪、力、乱、神。"《论语·先进》记载，季路问怎样去事奉鬼神。孔子说，"未能事人，焉能事鬼"，意思是说连人世的事都没有搞定，何谈事奉鬼。季路又问，死是怎么回事？孔子答道，如果你不知道究竟什么是生，那么又怎么能够真正懂得死意味着什么。孔子怼回了弟子关于死亡和鬼神问

---

❶ 杨伯峻编著：《春秋左传注》，中华书局1990年版，第1395页。

题的思考。孟子提出"尽其心者,知其性也。知其性,则知天矣"[1]的思想,其哲学实际上是建立在"尽心"的基础之上的。荀子更是强调要发挥人的主观能动性,倡导天人相分,提出"天行有常,不为尧存,不为桀亡"[2]的思想,认为天有自己的运行规律,不以人的善恶、人世的治乱而转移。天道也不能主宰人事。人的吉凶祸福、国家的治乱兴亡都和天无关,且不是天的意志的表现。人们只有遵循自然规律才能得到好的结果;反之,一定会受到惩罚。《荀子·解蔽》中讲了这样一个故事,一个叫涓蜀梁的人,某一天在有月光的夜晚行走,他一低头看见自己的影子,以为是埋伏的鬼,一仰头看见自己的头发,以为是站起来的鬼魅。他受到惊吓,回到家后就死了。荀子分析说,人偶尔会以为自己遇见了鬼,是因为这个时候他恰好心神恍惚。显然,荀子认为,鬼是不存在的。荀子解构了天的神秘性,去除了不可实证的鬼对人的影响,一定程度上摆脱了神秘主义思想。

可以看出,弱化天的权威性和神秘性是春秋战国时期的一种趋势。战国时期,各诸侯国纷纷进行变法,以法家学说为指导思想,进一步摧毁维护贵族利益的"天神"观念。

但从另一个角度来看,可以说儒家文化以重振礼乐文化为出发点,但恰好忽视了礼乐文化的形而上根据。在先秦儒家这里,礼乐文化简化为伦理孝悌观念和等级意识,缺乏更深层的立论依据。虽然孔子的言论中也有天命鬼神,但他的目标只是解决人在现世生活中遇到的问题,即使谈到天命鬼神,在理论上也并没有将其作为伦理道德的内在根据。所以说,儒家文化中轻神重人的理性观念得到发展。但是,儒家文化也抛弃了中国传统文化的形而上层面,缺乏约束机制,统治的权威性和神圣性也就消失了。

---

[1] 杨伯峻译注:《孟子译注》,中华书局2016年版,第334页。
[2] (清)王先谦:《荀子集解》,沈啸寰、王星贤点校,中华书局1988年版,第306—307页。

墨子批评儒家："儒以天为不明，以鬼为不神，天、鬼不说，此足以丧天下。"（《墨子·公孟》）墨子认为，儒家丢弃了天命鬼神，所以不能够实现对天下的统治。墨子说得不无道理，在法律不够完善，又缺乏形上统治力量的情况下，伦理道德对人的约束力是很有限的。所以到了汉代，董仲舒重新搬出天命鬼神作为儒家文化的形上依据，为儒家文化重置了形上约束机制。

（二）天命鬼神等神秘力量依然有深远影响

春秋战国时期，天遭到了怀疑，神秘文化呈现出衰弱的趋势，但这并不等同于人们完全失去了对神秘力量的敬畏心理，事实上，神秘统治力量与对天的观念的解构并存。如《左传·哀公六年》载，楚王得了重病，当时天上的云彩像赤鸟一样围绕太阳飞翔了三天。楚王就派人询问成周的太史。从这一事例可以看出，春秋时期，史官依然是能够感天通地的角色，人们还是希望在自然界发生变化或出现天灾人祸等现象时，神职人员能够起到沟通天地神人的作用，将天的意志告诉给人。就算是讲出了"天道远，人道迩"之类警世话语的子产，也不是一个纯粹的唯物主义者。《左传·昭公十八年》记载："七月，郑子产为火故，大为社，祓禳于四方，振除火灾，礼也。"❶ 也就是说，子产因为火灾的缘故，又是祭天地，又是祭火神，并且大规模建祭地的神庙。由此可见，子产并不完全无视神秘力量。也足见随着生产力的发展，人们进一步怀疑天命鬼神观念，但神秘观念在一定程度上依然是人们决断事物的根据。

"子不语怪力乱神"是孔子理性认识的结果，但在孔子的无意识深层，鬼神天命依然存在着。孔子说过："死生有命，富贵在天。"❷ 人的生死是由命决定的，人的富贵贫贱是由天决定的。天具有赏善罚恶的能力，天能

---

❶ 杨伯峻编著：《春秋左传注》，中华书局1990年版，第1398页。
❷ 杨伯峻译注：《论语译注》，中华书局1962年版，第132页。

决定社会的治乱兴亡以及人的祸福。

《论语》中多处显示孔子对神的礼拜是很虔诚的。《论语·八佾》载，卫国大夫王孙贾问孔子："与其媚于奥，宁媚于灶，何谓也？"子曰："不然！获罪于天，无所祷也。""奥"是房子的西南角的神。"灶"是灶神。孔子认为，"天"超乎这些之上，若得罪了"天"，祈求这些神灵又有什么用？可见，在孔子心目中，"天"是最高的主宰，超乎万神之上。如果得罪于上天，再怎么祈祷也没有用。"天"时刻都在审视自己，所以自己的言行都必须符合天意，避免"获罪于天"。

相信天命鬼神的存在，心怀敬畏，因而孔子对祭祀是很谨慎的。《论语·八佾》记载孔子"祭如在，祭神如神在"。意思是说，孔子祭祀祖先的时候，神情严肃庄重，就好像祖先在那里一样。

"天"在孔子的意识中几乎变成了一种集体无意识，类似于我们今天的人遇到一些出乎意料的事情时的呼天抢地。《论语·先进》记载，颜渊早逝，孔子痛哭道："噫！天丧予！天丧予！"孔子大呼，这是老天爷要他的命，这是老天爷要他的命。这里的天已经内化为一个中国人的集体无意识，在最绝望的时候不由自主地会向天发出呼救。但是，孔子的"天"是一种比较模糊的神秘力量，并不是某种明确的神灵。

孔子对天命鬼神是否存在的问题表现出一定的不确定性，但孔子是较早思考到超验的鬼神对统治具有重要辅助作用的人。《说苑·辨物》篇中记载，子贡曾问孔子，人死后有知无知？孔子回答说："吾欲言死者有知也，恐孝子顺孙妨生以送死也；欲言无知，恐不孝子孙弃不葬也。"[1] 可以看出，孔子内心深处是不信鬼神的，但深知鬼神对社会治理具有很大的影响力，所以"选择"了相信鬼神的存在。

---

[1] （汉）刘向撰，向宗鲁校证：《说苑校证》，中华书局1987年版，第475页。

（三）墨家选择相信天命鬼神

在春秋战国时期，选择了相信天命鬼神的存在，并深知天命鬼神对社会治理具有重要影响的还有墨子。在诸子百家中，墨家更明确地延续了商周时期的天命鬼神观念。墨子将天描述成有意志、能赏善罚恶的人格神，努力构建天命鬼神信仰，提倡尊天、明鬼观念，认为治国、立法等必须以天为根据。《墨子·非攻下》将武王伐纣的根据建立在神灵启示的基础之上，认为武王伐纣的合理性是因为看到了"赤鸟衔珪，降周之岐社，曰：'天命周文王伐殷有国'"。❶ 武王牧野之战打败殷商后，天又"赐武王黄鸟之旗"。在墨子看来，武王伐纣是天意的体现。

天有着巨大的威力，《墨子·天志中》云："是以天之为寒热也节，四时调，阴阳雨露也时，五谷熟，六畜遂，疾灾疫凶饥则不至。"天可以使风调雨顺，使丝麻生长、五谷丰登、六畜兴旺，并让疾灾疫凶饥不要来危害人民。因此："天之意不可不顺也。顺天之意者，义之法也。"❷ 天意是人决策的根据，古之圣王治天下，"必先鬼神而后人"。（《墨子·明鬼下》）墨子认为应该根据天意来处理社会事务。《墨子·天志上》中讲："我有天志，譬若轮人之有规，匠人之有矩。轮匠执其规矩，以度天下之方圆，曰：'中者是也，不中者非也。'"❸ 天是人行为的依据和标准，所以人要遵循天的意志。如果遵循天意就会得到好的结果，如果违背天意就要受到天的惩罚。显然，墨子的天和鬼不再是模糊的神秘力量，它渐渐演化为有着人格和思维能力的神灵。墨子的这种鬼神观念在汉代得到进一步发展，最终在董仲舒那里就被清晰化为人的祖父。

墨子重建天命鬼神观的最终目的是，借宗教教义的形式去表达政治的诉求，实现其"兼爱""非攻"的社会理想。墨子认为，"不欲大国攻小

---

❶ 吴毓江：《墨子校注》，孙启治点校，中华书局1993年版，第221页。
❷ 吴毓江：《墨子校注》，孙启治点校，中华书局1993年版，第304页。
❸ 吴毓江：《墨子校注》，孙启治点校，中华书局1993年版，第296页。

国,大家乱小家,强之暴寡,诈之谋愚,贵之傲贱",这是天意。"天"会奖赏"兼相爱"之人,惩罚"别相恶"之人。而且在墨子看来,天意具有客观公正性。"天"的地位高于天子,天子应当听从天意。如果人不能遵循天的意志,无论是谁都会受到天的惩罚。《墨子·天志中》指出:"天子为善,天能赏之。天子为暴,天能罚之。"❶ 也就是说天,对不义行为的惩罚是同等的,即使是天子也要遵循天命意志。实际上,这是对统治者的权力进行了一定程度的限制。

既然相信天命鬼神的存在,就要进行祭祀。《墨子》中多处讲到对天的祭祀活动。如《天志中》说:"天子有疾病祸祟,必斋戒沐浴,洁为酒醴粢盛,以祭祀天鬼,则天能除去之。"❷ 如果天子有疾病祸祟,斋戒沐浴,用酒醴粢盛祭祀鬼神,疾病祸祟就能除去。由此可见,墨子并没有完全否弃礼乐文化,而是肯定祭祀礼仪可以充分传达人对神秘力量的敬畏,从而得到神的护佑。

在天命鬼神等神秘文化已经有所弱化的春秋战国时期,墨子却大谈不可验证的形而上力量对人的约束力,也认识到借助天命鬼神可以更好地实现统治。但是,墨子对天命鬼神的迷信带有"执迷不悟"的性质。他坚定地认为,天命鬼神是人们亲眼所见的"事实"。《墨子·明鬼下》称:"是以天下之所以察知有与无之道者,必以众之耳目之实知有与无为仪者也。请惑闻之见之,则必以为有。莫闻莫见,则必以为无。"❸ 也就是说,墨子认为,天命鬼神都是眼见的事实。《墨子·明鬼下》反复证明鬼神是存在的,并且通过鬼神能够"赏贤而罚暴"而证明鬼神的确存在无疑。如周宣王杀害了无辜的大臣杜伯,杜伯说:"吾君王杀我而不辜,死人毋知亦已,

---

❶ 吴毓江:《墨子校注》,孙启治点校,中华书局1993年版,第303页。
❷ 吴毓江:《墨子校注》,孙启治点校,中华书局1993年版,第303页。
❸ 吴毓江:《墨子校注》,孙启治点校,中华书局1993年版,第337页。

死人有知，不出三年，必使吾君知之。"❶ 过了三年，周宣王合诸侯，在圃田打猎时，数百乘车，数千人，浩浩荡荡，盈满田野。日中时，杜伯"乘白马素角，朱衣冠，执朱弓，挟朱矢"，追周宣王，且将周宣王射死在车上。当时，跟从的人没有不看见这一幕的。墨子说，由此看来，鬼神是确凿无疑地存在的了。可以说，墨子构建了形而上的立论依据，却用实证论来证明形上根据的合法性。这必将导致其论证捉襟见肘。

墨子虽然搬出了原始文化中就已经存在的天命鬼神观念，但是他的目的仅仅在于借用天和鬼的权威恫吓和警告统治阶级必须约束自己的行为。墨子只是在政治层面，以比较短视的目光来看待天命鬼神观念，只是将天命鬼神作为奖惩的标准，而没有认识到文化建构对稳固统治的重要性，因此没有认识到礼乐文化对于统治的意义，更不会想到通过礼乐教化的方式去维护统治。而且作为小生产者，墨子推崇节俭和实用，认为礼乐演奏浪费人力、物力，因而从实用的角度否定了礼乐在统治中的作用。

三 依然存在于春秋战国时期的神秘艺术功用论

春秋战国时期是人类历史上的轴心时代，人们对很多问题提出了颇有深度的见解。艺术功用问题也是这个时代的核心话题之一。虽然以孔子为代表的儒家艺术思想已经较为明显地摆脱了与天命鬼神的纠缠，但在有关艺术的讨论中，依然有着浓厚的艺术神秘功用观念。这一点不仅体现在《尚书》《吕氏春秋》中，在《礼记·乐记》和《韩非子》等文献中也有较为集中的讨论。因为《尚书》和《吕氏春秋》有关音乐观念的讨论较多涉及史前时期的内容，已经在史前艺术观念的研究部分有所探讨，本节主要探讨其他文献中的艺术神秘功用论。

---

❶ 吴毓江：《墨子校注》，孙启治点校，中华书局1993年版，第338页。

(一)《礼记·乐记》中的神秘音乐观念

春秋战国时期，人文理性精神得到了一定程度的发展，但神秘的巫术思维并没有也不可能完全消失。这种带有神秘色彩的思维方式在《礼记》中虽不占主要位置，但也在一定程度上存在着，成为《礼记》❶ 论述乐教合理性的立论根据之一。

从《礼记·郊特牲》有关周代蜡祭的记载中可以看出音乐巫术功用的影子。蜡祭是中国古代最古老的祭祀仪式之一，即在十二月将四方百物之神放在一起进行祭祀，以祈求农业生产的丰收。到了周代，蜡祭虽然已经演化为国家大祭，但其中依然保留着万物有灵的观念和原始巫术色彩，也保留着远古农耕村落集体祭祀的狂欢色彩。《礼记·郊特牲》记载：

> 伊耆氏始为蜡。蜡也者，索也，岁十二月，合聚万物而索飨之也。蜡之祭也，主先啬而祭司啬也，祭百种以报啬也。飨农及邮表畷、禽兽，仁之至，义之尽也。古之君子，使之必报之：迎猫，为其食田鼠也，迎虎，为其食田豕也，迎而祭之也。祭坊与水庸，事也。❷

从这段文献可以看出，与农业有关的先啬神、司啬神、农神、吃田鼠的

---

❶ 有关《礼记》的作者和年代的问题是一个千古之谜。笔者根据《礼记》对礼的理性反思的特质，认为该论著大约存在于战国时期。因为战国时期诸子百家共同营造了一个总结和理性反思的时代氛围。之所以否认其为汉代论著，是因为西汉时期对礼并不重视，即使是后来又让叔孙通来操练礼仪，更多地也只是从操作层面上对礼的关注，而对礼进行思辨和理论思考，这样的事情在战国时期更具有可能性。此外，从《史记·乐书》中几乎全文引用《礼记·乐记》相关内容来看，《礼记·乐记》应当在《史记》之前编写完成。而在《荀子·乐论》中也有着与《乐记》几乎完全一致的内容，但有一点差别很大，那就是《荀子·乐论》中以墨子作为批驳的靶子，其理论几乎是以批判墨家思想为出发点而构建的。这基本可以推断，《荀子·乐论》在《墨子》之后，而《礼记·乐记》又在《荀子·乐论》的基础上，对礼乐文化的价值和意义进行了更具普遍性的概括和总结。

❷ （清）孙希旦：《礼记集解》，沈啸寰、王星贤点校，中华书局1989年版，第694—696页。

猫、食田豕的虎、坊与水沟等都是人们祭祀的对象。其中有农神人鬼："先啬""司啬""农";有自然神："猫、虎"（猫食田鼠，虎食野猪，因此是农业守护神）、昆虫（"昆虫毋作"，有利于庄稼，所以也在祭祀之列）；有农业设施神邮表畷、坊、水庸（田间要道、堤坝、沟渠或小河道，这些重要农业设施，直接影响到农业的收成，因而是蜡祭的祭祀神灵）。蜡祭时，众人齐声高唱祭祀祝祷歌："土反其宅，水归其壑，昆虫毋作，草木归其泽。"❶ 这是一首古老的农事祭歌，通过语言的魅力让洪水退去，带有浓厚的巫术色彩，具有明显的咒语性质。人们认为，唱念这样的乐歌，就能使土、水、昆虫、草木按照人的意志而各就其位。子贡曾目睹蜡祭的场面，说"一国之人皆若狂"。这实际上是说，在蜡祭中，人们进入一种迷狂状态，忘乎所以。从祭祀的状况可以看出，蜡祭中还有着浓厚的万物有灵观念。

《乐记》讲："是故大人举礼乐，则天地将为昭焉。天地䜣合，阴阳相得，煦妪覆育万物，然后草木茂，区萌达，羽翼奋，角觡生，蛰虫昭苏，羽者妪伏，毛者孕鬻，胎生者不殰，而卵生者不殈，则乐之道归焉耳。"❷ 因为礼乐的施行，天地都将阳光起来，阴阳相辅相成，万物得到抚育，草木茂盛，种子发芽，禽类奋羽，兽类繁生，蛰虫苏醒，鸟类卵育幼鸟，兽类怀孕生养，胎生者没有死胎现象，卵生者不会破裂，这些都是音乐的功效。从这段文字可以看出，音乐具有促进植物欣欣向荣，促进动物茁壮健康成长的神奇作用。

《乐记》中还隐约保留着鬼神气息，也深深懂得礼乐文化的形上根据是天命鬼神。如果没有天命鬼神，礼乐文化就失去了内在根据。《乐记》的立论出发点虽然是人心，但音乐沟通鬼神的祭祀功用不断在《乐记》中闪现。

---

❶ （清）孙希旦：《礼记集解》，沈啸寰、王星贤点校，中华书局1989年版，第696页。
❷ （清）孙希旦：《礼记集解》，沈啸寰、王星贤点校，中华书局1989年版，第1010—1011页。

如《乐记》中讲："明则有礼乐，幽则有鬼神。""若夫礼乐之施于金石，越于声音，用于宗庙社稷，事乎山川鬼神，则此所与民同也。"❶ 也就是说，礼乐的作用是祭祀宗庙社稷和山川神灵。"礼乐偩（依顺）天地之情，达神明之德，降兴上下之神。"❷ 礼乐能顺从天地的诚实之情，能通达神明变化的美德，能感召上下的神祇。"及夫礼乐之极乎天而蟠乎地，行乎阴阳而通乎鬼神，穷高极远而测深厚。"❸ 也就是说，礼乐存在于天地之间，阴阳神灵也与礼乐之事相关，高远的日月星三辰，深厚的山川也都会受到礼乐的影响。这些论述都在讲礼乐沟通和感召天地阴阳鬼神的作用。

（二）《左传》《韩非子》《列子》等文献中的神秘艺术观念

固然儒家构建了关注人的精神存在和道德修养的艺术观念，但这并不等于说春秋战国时期艺术观念已经全部祛魅化了；相反，在《左传》中还保留着一些神秘的艺术观念。《左传·襄公十年》记载，宋公在楚丘宴飨晋侯，宋国请求用桑林之舞来娱乐晋侯。晋大夫荀罃明白晋侯不应该享用此乐，所以建议不要用桑林之乐，但荀偃和士匄不听劝告。结果宋国的乐师举着点缀着五色羽毛的旌旗一入场，晋侯就被吓得退入房中。可见，殷商时期遗留下来的舞蹈中依然有着诡异、恐怖的气氛。宋国去掉了这些带有五色羽毛的旗子后，再继续表演。但是，当晋侯享用完这样的乐舞回国经过著雍时，就病倒了。经过占卜发现是桑林之神在作怪。这个事件的后续是，晋大夫荀罃向神祷告说，晋已经拒绝听桑林之乐，是宋国坚持演奏的，神灵应该惩罚的是宋国。结果不久之后，晋侯就痊愈了。这意味着到春秋时期乐舞的神秘性依然存在着，乐舞的神性依然存在着。

《韩非子》中保留着对音乐神秘咒语性质的认识。《韩非子·十过》记载，卫灵公去晋国，途经濮水，晚上听到很动情的乐声，于是，就多住了

---

❶ （清）孙希旦：《礼记集解》，沈啸寰、王星贤点校，中华书局1989年版，第991页。
❷ （清）孙希旦：《礼记集解》，沈啸寰、王星贤点校，中华书局1989年版，第1010页。
❸ （清）孙希旦：《礼记集解》，沈啸寰、王星贤点校，中华书局1989年版，第994页。

一夜，让随从的乐师师涓记下谱子，以便随时演奏。卫灵公到晋国后，在宴会上演奏这首曲子助兴。师涓还没有演奏完，就被晋国的乐师师旷制止了。师旷说，这是师延所作的靡靡之音。武王伐纣时，师延跳到濮水中自杀了，这首曲子就在濮水上漂荡。谁听到这首曲子，谁的国家就会衰弱，所以建议不要再演奏了。但晋平公表明自己只关注音乐的声音之美，而不在乎音乐中所包含的神秘约束力，更不在乎音乐的政治功用性，所以要求继续演奏更悲伤的清商之音和清徵之音。师旷迫不得已，援琴而为平公演奏清徵之音，结果"一奏之，有玄鹤二八，道南方来，集于郎门之垝；再奏之，而列；三奏之，延颈而鸣，舒翼而舞，音中宫商之声，声闻于天。平公大悦，坐者皆喜"❶。但接着再演奏下去，就有玄云从西北方起，大风至，大雨随之，裂帷幕，破俎豆，隳廊瓦，在座的人赶快逃离，吓得晋平公伏于廊室之间。这件事情后，晋国大旱，赤地三年，平公也生病了。当然《韩非子》中所说的情况带有夸张的成分，但从中也可以看出在时人的观念中，音乐具有神奇的魅力，能对人和自然产生重要的影响。这个故事在《史记·乐书》中也有几乎完全一样的记载，可见，它是先秦两汉时期人们对艺术作用的共同认识。

《列子·汤问》篇记载，有一个叫匏巴的人善弹琴，他的琴声能使鸟儿飞舞、鱼儿跳跃。郑国的乐师师文在春天里拨动了商弦，奏出了南吕乐律，凉爽的风忽然吹来，草木随之成长并结出了果实；到了秋天，又拨动角弦，奏出了夹钟乐律，春风慢慢回旋，草木随之发芽并开出了花朵；到了夏天，又拨动羽弦，奏出了黄钟乐律，霜雪交相降落，江河池塘突然间就冻结成冰；到了冬天，又拨动徵弦，奏出了蕤宾乐律，阳光炽热强烈，坚固的冰块立刻融化。弹奏将要结束，又拨动宫弦，奏出了四季调和的乐律，于是和暖的南风回翔，吉祥的彩云飘荡，甘甜的雨露普降，清美的泉水流淌。

---

❶ （清）王先慎：《韩非子集解》，钟哲点校，中华书局2003年版，第64页。

这个故事带有神话传说的性质，但是我们从中可以推测，在中国古代，人们有一种理念，即认为音乐应当与四时五行相对应，即春角、夏徵、季夏宫、秋商、冬羽。如果在春天拨动本应与秋天对应的商弦，就会使自然万物感应，出现秋天之景象。也就是说，音乐对五行和大自然具有协调作用。

综上可以看出，在春秋战国时期，虽然摆脱天命鬼神成为一种历史发展的趋势，这一时期的艺术也表现出明朗的无神论倾向，但是，在《左传》《尚书》《吕氏春秋》《韩非子》《列子》《礼记·乐记》等文献中依然保留着神秘的艺术观念。

第四节 两汉时期的神灵鬼怪仙与诗学的神秘性

中国神秘文化在春秋战国及秦朝时呈现出弱化趋势，由于统治的需要，汉代社会再次将神秘文化推向制高点。汉代社会充斥着各种各样迷信思想，如占卜、巫术、望气、相面、方仙道等迷信活动在汉代颇为盛行。汉代人生活的每一个空间，甚至每一个角落无不飘散着神灵的迷雾，整个汉代社会就是一个鬼神术数的世界。这种神秘文化精神折射到艺术中，多表现为神仙鬼怪、伏羲女娲、青鸟玉兔交织并存的画面，使汉代艺术充满了诡秘奇幻色彩。

一 西汉社会生活中的神灵鬼怪仙

神秘文化作为统治策略在夏、商、周三代已经体现出来了。秦始皇不信天命鬼神，推崇以法治国，但苛刻和残暴的统治导致秦朝快速崩溃，这也证明了没有形而上根据，仅仅依靠苛刻的刑罚来治国是行不通的。因而到了汉代，基于统治的需要，神秘文化重新被推上政治舞台，形成了"不问苍生问鬼神"的局面。

（一）再次成为官方统治依据的"天"

秦朝的灭亡成为汉初统治者及汉代思想家谈论和反思的焦点问题。黄老学派认为，赋税过重、徭役过繁，是导致秦朝速亡的原因，因而主张清净无为，与民休息。儒家学派则认为，秦朝速亡的原因在于单纯依靠暴力手段，不行仁义，因而主张恢复礼乐文化和德教。礼乐文化中本身就有天命鬼神观念的基因。因此，汉代儒家力求重新将形而上力量作为统治的依据。

平民出身的刘邦自然对这种维护旧贵族的、温情化的学说不屑一顾。但是随着统治地位的巩固，他也开始重整礼乐文化，并重视祭祀。到汉武帝时，社会政治经济空前繁荣，政治的"大一统"迫切需要文化的"大一统"作为支撑，董仲舒的天人思想即基于这样的社会背景而形成的。究其实质，董仲舒进一步强化了"天"观念，使具有泛神色彩的"天"成为有意志的人格神。可以说，"以董仲舒灾异说为依据的天人合一思想，无疑大大加强了汉代神秘思想。并使儒家的理性观念转向神秘化"❶。

董仲舒把"天"设定为自然、社会，乃至整个宇宙万物的至上神。"天"代表着一种绝对权威、一种永恒秩序、一种终极法则，在冥冥之中影响和左右着人们的生活。"天"不仅是自然界的最高神灵，也是神灵世界的主宰，是"百神之君"。《春秋繁露·郊义》讲："天者，百神之君也，王者之所最尊也。"❷ 所谓"百神"，不但包括日月、星辰、山水等自然神灵，也包括祖先神。董仲舒还将天设定为宇宙万物的本源。《春秋繁露·顺命》中讲："天者万物之祖，万物非天不生。"这样，"天"就成为宇宙

---

❶ ［日］安居香山：《纬书与中国神秘思想》，田人隆译，河北人民出版社1991年版，第116页。

❷ （清）苏舆：《春秋繁露义证》，钟哲点校，中华书局1992年版，第402页。

的本原和化生万物的生命本体。"天"被理解成一种超自然的、有意志的精神力量，自然界和人类社会的一切都是按照天的意志来安排的。"天"的神秘化体现了"儒学开始与源远流长的神秘主义文化相结合，被改装成带有政治神学色彩的学派"❶。

但董仲舒在抬高"天"的地位的同时，并没有否定人的地位。《春秋繁露·天地阴阳》篇指出："人之超然万物之上，而最为天下贵也。"❷ 人是天地中最贵者。此外，"天"对人有重要影响，但人并不是完全被动的，而且汉代作为形而上统治者的"天"表现出仁慈之心，对人爱护有加。如谴告不是对人的惩罚，而是善意的"警告"，多次谴告而人君不知悔改时，天才会施以更大的灾难予以惩罚。

董仲舒增强了"天"的权威性，但并没有增强"天"的恐怖色彩，而是拉近"天"与人之间的亲情关系。董仲舒指出"天"化生万物的方式，如同祖先繁衍子孙一样。《春秋繁露·观德》中讲："天地者，万物之本，先祖之所出也。"❸ 人是"天"造出来的，"天"是人的始祖，因此天人之间有着血缘伦理关系。正因如此，客观自然的天，一方面被抽象成宇宙万物的母体和缔造者，成为一个哲学概念；另一方面也被赋予了人伦特征，就像作为晚辈要听从长辈的安排一样，人要听从天的安排。

"天"是万物之本原，是人的祖先，它具有化生万物的作用，而且这种化生具有生生不息、无穷无尽的特点。董仲舒称，这种化生万物的品质是天神仁慈情怀的体现，是一种"仁之美"。《春秋繁露·王道通三》中讲："仁之美者在于天。天，仁也。天覆育万物，既化而生之，有养而成之，事功无已，终而复始，凡举归之以奉人。察于天之意，无穷极

---

❶ 王子今：《汉代儒学的神学色彩》，《齐鲁学刊》2004年第4期。
❷ （清）苏舆：《春秋繁露义证》，钟哲点校，中华书局1992年版，第466页。
❸ （清）苏舆：《春秋繁露义证》，钟哲点校，中华书局1992年版，第269页。

之仁也。"❶ 天意至仁，无私地长养万物，循环不已，具有无穷极的"仁"的品性。

一般宗教往往以关注人的存在为出发点，但最终都以否定人的价值和意义为代价，西汉时期天有至尊的地位，人要遵循天的意志，但还没有将"天"的意志无限扩大。

（二）汉代的国家祭祀

汉代政权重视以神道设教，重视郊祀和封禅。《史记·封禅书》记载，刘邦问秦朝都祭祀哪些神灵，回答说，祭祀白、青、黄、赤四帝。高祖说，我听说天有五帝，为什么祭祀中只有四帝？看来是希望我来补全五帝。于是汉代开始立黑帝祠，叫作北畤，召过去秦朝的祝官来进行祭祀，重新设置了太祝、太宰，并下诏说，汉代重祠而敬祭，要按时祭祀上帝及山川诸神。

汉文帝时公孙臣提出了改制的主张。他指出："始秦得水德，及汉受之，推终始传，则汉当土德，土德之应黄龙见。宜改正朔，服色上黄。"❷ 公孙臣的主张遭到了丞相张苍的反驳，精通律历的张苍认为汉为水德，坚持反对改制。次年出现了黄龙，汉文帝认可了公孙臣的观点，开始在雍郊祀五畤。

除雍五畤外，汉文帝还在长安城郊建立有渭阳五帝庙和长门五帝坛。据《史记·封禅书》记载，方士新垣平说看见长安城东北有五彩云气，认为应当在那里建庙，于是，文帝在长安城东北设立了渭阳五帝庙，一宇五殿，其方位与门色各按五行安排。不久，文帝出长门，隐约看见有五人在道北，于是又在长安城东南设立了五帝坛。但汉文帝十七年，有人上书告发新垣平所言有诈，文帝诛杀了新垣平。从此，文帝怠于改正朔、服色之

---

❶（清）苏舆：《春秋繁露义证》，钟哲点校，中华书局1992年版，第329页。
❷（汉）班固：《汉书》，（唐）颜师古注，中华书局1962年版，第1212页。

事，也不去祭祀渭阳长门五帝庙了。随着匈奴对北境的侵扰，西汉初期对郊祀礼制的创建告一段落。

汉景帝继承了文帝亲行郊礼的做法，也曾到雍地郊祭五帝。到汉武帝时尤重鬼神之祀。他即位后，立召赵绾、王臧等文学公卿商议立明堂、制礼服、封禅等事宜。在郊祀礼制方面，汉武帝每三年到雍地郊祀五畤；他还采纳方士谬忌的建议，将"泰一"作为至上神，这样就打破了五帝并祀的观念。《汉书·郊祀志》记载，元狩三年，"作甘泉宫，中为台室，画天地泰一诸鬼神，而置祭具以致天神"。元鼎五年，汉武帝又在甘泉建造了三层高的泰一祠坛，泰一坛之外，即第二层，其中青帝居东、赤帝居南、白帝居西、黑帝居北，黄帝本应居中央，但"泰一"已经占据了中央，只好将黄帝置于西南角。最下层为群神之坛。泰一做祂们的总管。举行祭祀时，掌泰一的祝宰穿的是紫色衣，掌五帝的分别穿了青、赤、白、黑、黄等各色衣服。据说，汉武帝祭祀泰一时，美丽的光芒闪耀，直到天亮，黄气冲天。群臣大受鼓舞，以为这是上天"佑福兆祥"。

元鼎四年，武帝巡幸到汾阴，听说汾水旁有光腾起，像红纱似的，于是在汾阴设立后土祠，开始祭地。

由上可见，汉代的祭祀典礼与鬼神观念，以及神仙方术思想有较多的联系。正如有学者所总结的："对鬼神的崇拜、祭祀有一个重要特点，即它已与神仙长生的内容密切结合起来，如汉武帝奉祠泰一的主要目的之一就是却病求长生。"❶

封禅是一种特殊的祭祀天地仪式，在泰山上筑土为坛祭天，报天之功，就叫作"封"；在泰山下小山上除地，报地之功，称为"禅"。汉武帝时的封禅大典，规模隆重，同时也充满了神秘色彩。据《史记·封禅书》记载，汉武帝封禅泰山时，天公作美，无风雨灾害，"其夜若有光，昼有

---

❶ 陈广忠、梁宗华：《道家与中国哲学·汉代卷》，人民出版社2004年版，第363页。

白云起封中"，这使封禅具有了神秘的光环。汉武帝对封禅泰山也非常满意，回到甘泉后，宣布当年改元元封，并定下每五年一封禅的制度。元封元年四月，武帝登泰山行封禅之礼，"天子既已封泰山，无风雨灾，而方士更言蓬莱诸神若将可得，于是上欣然庶几遇之，乃复东至海上望，冀遇蓬莱焉"。太初元年十一月甲子朔旦冬至，天子亲至泰山，祠上帝于明堂。"东至海上，考入海及方士求神者，莫验，然益遣，冀遇之。"太初三年，武帝"东巡海上，考神仙之属，未有验者"。由此可见，汉武帝时期的礼制活动总是与神仙思想联系在一起。

汉宣帝即位后，开始着手完善礼乐制度。首先，在即位不足两年时，就下了一道全面颂扬他的曾祖父汉武帝的诏书，要求尊武帝的庙号为世宗庙，在庙中演奏《盛德》《文始》《五行》等乐曲，在武帝生前巡行过的郡国建立世宗庙。汉宣帝也非常重视郊祀，多次行幸甘泉，郊泰畤，祠后土。

元帝即位后，遵照旧仪，每隔一年正月行幸甘泉，郊泰畤，又东到河东祠后土，西到雍祠五畤。但汉元帝即位后山崩地裂，水泉涌出，关东饥荒，齐地人相食，天灾人祸不断发生，西汉王朝开始步入衰亡期，反映在宗庙祭祀方面，则出现建庙、毁庙多次反复的状况。据《汉书·郊祀志》记载，元帝时丞相贡禹从节俭的角度出发，指出汉家宗庙设置过于铺张浪费，建议废弃各郡国所建的太上皇庙、孝惠帝庙。但后来元帝寝疾，梦到神灵谴责罢庙一事，于是又恢复了郡国庙。

汉成帝时，丞相匡衡及御史大夫张谭等指出，皇帝至甘泉郊泰一，到东边汾阴祀后土，不合于古制，有违阴阳之义，悬远扰民，行祭不便，建议效法周朝，将甘泉泰畤徙置长安，改在南郊祭天，在北郊瘗地，并建议祭礼要贵诚尚质，不修文饰。这一奏议赢得朝中大臣的赞同，也获得了皇帝的认可。于是建始元年，成帝下诏在长安南北郊兴造天地祭坛，用以取代甘泉泰一及汾阴后土的神祠，雍五畤与陈宝祠也一并罢废。建始二年正月,成帝开始在长安南郊祭天,实现了郊祀方式的重大变革。

但不久之后,匡衡坐事被免去官爵。许多人议论说不该变动祭祀之处,并指出刚废除甘泉泰畤祭祀时,大风吹坏了甘泉竹宫,将十围以上上百棵树连根拔起。汉元帝感到蹊跷,即向刘向寻问缘由,刘向指出,家人尚且不绝种祠,更何况一个国家,因此不能随意废除前朝的祭祀之处。此外,甘泉、汾阴、雍等地的祭坛初立时,都有神感应,因而不该轻易废除。汉元帝听了之后,感到遗憾悔恨。后来,汉元帝以无继嗣为借口,让皇太后下诏于永始三年冬十月,又恢复了甘泉泰畤、汾阴后土、雍五畤、陈仓陈宝祠。永始四年春正月,成帝行幸甘泉,郊泰畤,神光降集紫殿。之后,汉成帝频繁行幸甘泉,郊泰畤,并行幸雍,祠五畤,似乎有将功补过的意味。但后来成帝又恢复了在长安南北郊的祭祀。就这样,在祭祀南北郊,还是祭祀甘泉、汾阴的问题上,以皇帝有没有子嗣为契机,反复地论证和变化。在这一过程中,有从唯物主义立场出发的观点,认为不可迷信鬼神之事,但整个社会还是笼罩在一派鬼神迷信思想的氛围之中。

哀帝即位后,寝疾,于是朝廷广泛征集方术士,并恢复之前各地祭祀之所。恢复甘泉泰畤、汾阴后土祠的祭祀。即使做了这些努力,但不久汉哀帝还是驾崩了。

汉平帝时,王莽指出,祭祀应以祖配天而祭,并恢复长安南北郊的祭祀。王莽为了篡汉,在祠祀上大做文章,建立了一套繁杂的祭祀制度。

东汉在天地祀典上基本继承了王莽所定的制度。东汉时期,刘秀要建立政权,当务之急就是证明自己承袭汉代业绩的合法性。天子合法性的根据最为合理的解释莫过于来自天意。于是,刘秀于建武元年六月在鄗南平整土地设立祭天的坛场,祭告天地。建武二年,光武帝在洛阳城南七里建天地祭坛,兼祭五帝、日月、北斗、众星辰、风雨雷电、四海、名山、大川。

刘秀以西汉皇族旁系的身份、打着兴复汉室的旗号,通过一系列兼并战争建立东汉，因而宣扬皇帝血缘纯正性、世系正统性的宗庙礼制自然也成为刘秀礼制建设的重要组成部分。光武帝建武三十二年，刘秀还根据谶纬神意，对泰山进行了封禅。

综上所述，祭祀是汉代政治生活的主要内容之一，统治阶层非常重视，一旦现实生活中有什么风吹草动，人们就会怀疑祭祀方面出了问题，因而祭祀的内容、方式和地点的讨论一直是西汉政治矛盾的焦点之一。光武帝时期，礼制建设的出发点更多的是为我所用，即将谶纬神学与礼制建设结合起来，为自己的统治寻求合法性。

（三）影响官方统治的巫鬼观念

天命鬼神观念在中国文化中一直存在着。到了汉代，统治者为了神化自己的统治，也对鬼神观念加以利用，对鬼神文化具有巨大的推动作用。

汉代的鬼神观念常与神仙方术等迷信思想纠缠在一起，影响到社会生活的方方面面。这种迷信观念认为，人死以后变成鬼，能感知，有思维，有言语行动，和生人一样，而且能害人。汉代社会生活中，大到国家的封禅大典、宗庙祭祀，小到生老病死、衣食住行，都充斥着鬼神观念和迷信思想。这些思想最后被道教吸收，成为影响深远的道教文化体系的一部分。

在文献中有关鬼神之事的记载比比皆是。如因为汉高祖刘邦曾想立赵王如意为太子，吕后毒死了赵王。此后吕后出行时，她的腋下被苍犬状物所咬，该物旋即消失。通过占卜发现，怪兽非他，而是赵王的魂在作祟。事后不久，吕后因腋伤而死。

汉代人认为鬼是人死后的灵魂变成的，不同于神的地方在于，鬼会为害于人。因此，汉代有很多避鬼风俗。正如鲁迅所言，"中国本信巫，秦汉以来，神仙之说盛行，汉末又大畅巫风，而鬼道愈炽"❶。为了不让鬼神

---

❶ 鲁迅：《中国小说史略》，上海古籍出版社1998年版，第24页。

作祟，汉代民间常常举行巫术活动，如招魂、赶鬼等，加以镇治。巫在当时是一种专门职业，有很多妇女甚至不从事劳动生产，而是特地跑去学习巫祝之事。汉代官方也盛行巫术文化。高祖即位后，在长安置梁巫、晋巫、秦巫、荆巫、九天巫、南山巫等。据《史记·封禅书》记载："长安置祠祝官、女巫。其梁巫，祠天、地、天社、天水、房中、堂上之属；晋之巫，祠五帝、东君、云中君、司命、巫社、巫祠、族人、先炊之属；秦巫，祠社主、巫保、族累之属；荆巫，祠堂下、巫先、司命、施糜之属；九天巫，祠九天：皆以岁时祠宫中。其河巫祠河于临晋，而南山巫祠南山秦中。"❶ 可见汉高祖时，已经在各地设置有巫官来掌管各地鬼神祭祀之事。

  汉武帝也热衷鬼神巫术，甚至导致了巫蛊之祸。巫蛊本是用毒虫加害于人的一种巫术，到汉代非常流行，主要是用桐木制作成仇人的形象，然后用针刺，或用恶语进行诅咒。行此术者相信，被诅咒者的灵魂可以被控制或摄取。《史记·外戚世家》记载，汉武帝时，皇后陈阿娇失宠，曾使用巫蛊之术诅咒其情敌卫子夫。汉武帝发现后，废黜了阿娇，并立卫子夫为皇后，女巫及宫人被牵连者有三百余人。汉代的巫蛊之祸特指汉武帝晚年发生的一场宫廷政变。武帝征和元年，方士及众神巫聚集京城，用妖术迷惑众人。女巫在宫中来来往往，教宫中的妃嫔念咒。汉武帝大怒，从诛杀后宫妃嫔到诛杀大臣，所杀有数百人。征和二年，与卫太子结怨的武帝宠臣江充诬告太子宫中有蛊气。武帝命人追查，太子难以自辩，非常恐惧，遂与卫后合谋发兵捕杀江充等人。武帝在甘泉宫听闻太子兵变，不明真相，立即召集三辅县兵围捕太子，两军在京师激战五日，死者数万人，血流成河。太子兵败后出逃，卫后自杀。后来，官吏欲捕太子，太子自尽，皇孙二人也同时遇害。由巫蛊之祸可以看出神秘文化对汉代政治生活有很大影响。

---

❶ （汉）司马迁：《史记》，中华书局1959年版，第1378—1379页。

从汉武帝时的大儒董仲舒所著《春秋繁露》中还可以看出汉代官方的祈雨仪式就是一场巫术活动。如春季的求雨仪式中，要让县邑中的大小官员、百姓在水日这一天祈祷社稷、山川之神，家家祭祀户神。不要砍伐大树，不要在山中乱砍滥伐。让女巫暴露在太阳底下。供奉牺牲祈祷之后，在甲乙二日制作一条身长八丈的大苍龙放在中间，制作身长各四丈的小苍龙七条放在东方。让八名小男孩斋戒三天，穿青色衣服并跳起舞蹈。耕田农夫也斋戒三天，穿青色衣服。凿通社庙和庙门之外的水沟，取来五只蛤蟆放置其中。这是祈雨仪式。止雨仪式也有巫祝人员参与，有祭坛，有不同方位的神灵，有舞蹈，等等，整个仪式非常神秘。

中国古代驱鬼镇邪的仪式有着源远流长的历史。到了秦汉时期，无论官方和民间都盛行在腊日之前举行驱傩逐疫仪式。方相氏是驱鬼镇邪的主角。比如在埋葬死者之前，方相氏要在墓穴中驱鬼。《周礼·夏官·方相氏》记载："大丧，先柩。及墓，入圹，戈击四隅，驱方良。"❶ 意思是说方相氏在墓室里打鬼，以驱逐鬼怪，保证死者在墓内的安全。在送葬的过程中，方相氏要驱逐殡葬道路上的鬼怪，以免死者被鬼怪缠绕。汉代延续了方相氏驱鬼的活动。《后汉书·礼仪志中》记载，方相氏戴上黄金色的上有四眼的假面具，蒙上熊皮，上穿黑衣，下穿红裳，手持戈盾，率领十二位穿着兽皮的人一起歌舞、欢呼，然后将疫送出端门。《论衡·解除》记载：颛顼有三子，生而皆亡。一居江水，变成虐鬼；一居若水，变成魍魉；一居宫室的区隅，善惊人小儿，是小鬼。所以应当在每年的十二月，让礼官方相氏，蒙熊皮，黄金四目，玄衣纁裳，执戈扬盾，持桃弧苇矢，鼓土鼓，来射杀这些鬼，以除疫殃。

贾谊是当时有名的学士，学识渊博。有一次，汉文帝召见贾谊，不问天下苍生，却对鬼神之事表现出十足的兴趣，而且越听越专注，不由自主

---

❶ 杨天宇：《周礼译注》，上海古籍出版社2004年版，第451页。

地越来越靠近贾谊。李商隐在《贾生》一诗中写道:"可怜半夜虚前席,不问苍生问鬼神。"这正是对汉文帝素爱谈神弄鬼状况的再现。可以看出,汉代延续了天命鬼神和巫术观念,这使汉代文化充满了神秘气息。

(四) 西汉的方仙道信仰

人类生活在世界上,对死亡有一种本能的恐惧,因而渴望长生不死成为人类的普遍愿望。人们幻想出各种能够长寿不死的仙丹妙药。但事实证明人总归要死的,因而人们退而求其次,寄希望于死后能成仙。仙人被认为是那种超越生死、优游自得、不食人间烟火的人。早在春秋战国时期,人们就开始相信有一些具有超凡能力的人,并有了仙人信仰。庄子《逍遥游》中讲,"藐姑射之山,有神人居焉,肌肤若冰雪,绰约若处子。不食五谷,吸风饮露。乘云气,御飞龙,而游乎四海之外。其神凝,使物不疵疠而年谷熟"❶。庄子笔下的神仙具有人的特征,但能"乘云气,御飞龙"。《史记·秦始皇本纪》记载:"真人者,入水不濡,入火不热,陵云气,与天地久长。"❷ 王充《论衡·道虚》篇云:"为道学仙之人,能先生数寸之毛羽,从地自奋,升楼台之陛,乃可谓升天。"❸ 生有羽毛,能纵身飞升,能与天地久长,这些说的都是神仙的特征。

到了汉代,由于受到帝王的推崇,方仙道信仰进入鼎盛时期。汉武帝的生活中充满了迷信色彩,他一生遍祀鬼神,企求得道成仙,长生不死。当听说黄帝升天成仙之说时,感慨不已。为了得到长生秘方,汉武帝花费了大量人力、物力进行巡游求仙、封禅活动,对方士大加宠信。司马迁《史记·封禅书》记载:"今天子初即位,尤敬鬼神之祀。"❹ 汉代方仙道的代表人物有李少君、谬忌、少翁、栾大、公孙卿等。他们宣扬长生成仙

---

❶ (清) 郭庆藩:《庄子集释》,王孝鱼点校,中华书局1961年版,第28页。
❷ (汉) 司马迁:《史记》,中华书局1959年版,第257页。
❸ 黄晖:《论衡校释》(附刘盼遂集解),中华书局1990年版,第318页。
❹ (汉) 司马迁:《史记》,中华书局1959年版,第1384页。

的信仰，提出了多种修炼成仙的方术，进行寻仙人和不死之药以及祠灶祭神等活动。

如李少君以长寿、祀灶、辟谷不食而被视为仙人，自称有却老术。一次李少君拜见汉武帝，汉武帝拿出一个铜器问李少君，李少君指出，这是齐桓公十年放在柏寝的器物。后来根据器物上的铭文，发现果真是齐桓公时的器物。这件事增添了李少君的神秘性，增强了汉武帝对李少君的信任。李少君以自己"尝游海上，见安期生，食巨枣，大如瓜"的亲身经历证明了神仙世界的真实性。这对汉武帝有巨大的诱惑力。李少君还告诉汉武帝，祠灶可以致物，致物而丹砂可以化为黄金，以黄金为饮食器则可以益寿，益寿就可以见到海中蓬莱仙人，见到蓬莱仙人，就可以长生不死。黄帝就是这样的人。汉武帝听信了李少君的话就开始祠灶，并派人到海上去寻找安期生。

再如齐人少翁以鬼神方见汉武帝。汉武帝宠幸的李夫人去世，少翁以方术将她的魂灵摄来，使李夫人及灶鬼的形象出现在帷幕的后面。汉武帝从帷幕中望见李夫人的形象，信以为真，于是拜少翁为文成将军。少翁趁机对汉武帝说，如果想与神感通，"宫室被服非象神，神物不至"[1]。于是汉武帝命人制作了画有云气的车子，按五行相胜的顺序择日驾车，以辟恶鬼。少翁还在甘泉宫画了天、地、泰一诸神，时时祭拜。

汉武帝的求仙行动大大促进了汉代神仙思想的发展。汉武帝在东巡海上时，齐地上疏谈神怪奇方者有数万人。汉武帝灭两越之后，越地的鬼神观念也传到了中原地区。汉武帝还模仿海中仙山，在建章宫北面的太液池建造了蓬莱、方丈、瀛洲等仙山，雕刻了许多石鱼石鳖，成为想象中的海上神山。柏梁台失火被毁后，汉武帝听从方士的建议建造了比柏梁台更高的建筑——建章宫，以便能压住火。就这样，汉武帝在方士的怂恿下，大

---

[1] （汉）司马迁：《史记》，中华书局1959年版，第1388页。

兴土木，大大推进了神仙迷信思想的传播，把朝野上下弄得乌烟瘴气。汉武帝即便是多次为方士所骗，但依然无法摆脱魔幻世界的强大吸引力。

西王母是汉代神仙系统中的一个重要人物。传说，西王母是住在昆仑山的神仙，她渴饮玉泉，饥食枣，还有不死之药，成为掌握人间生死大权的神灵，受到汉代人的顶礼膜拜。西王母居住的昆仑山上出五色云气，有五色流水。《穆天子传》记载周穆王西征带着礼品觐见西王母。西王母坐在瑶池上接见东王公。由于受到统治阶层的追捧，各地建造了很多祭祀西王母的祠堂。

二 汉代艺术中的神仙鬼怪

从刘邦斩白蛇到汉武帝的方仙信仰，可以说，西汉文化中的神秘色彩是多角度、多层面的。汉代的神秘文化折射到艺术中，则使漆器、陶器、刺绣等艺术品上云雾缭绕、鬼怪穿梭，有浓厚的神秘色彩。

（一）西汉的宗庙祭祀艺术

刘邦虽然对礼乐文化不以为然，但当政权稳定之后，也开始意识到了礼乐文化对维持社会秩序的重要意义，因而也重视礼乐制度建设。《汉书·礼乐志》中记载，高祖时，叔孙通根据秦乐制宗庙乐。礼乐仪程是，大祝迎神于庙口，奏《嘉至》，相当于古代的降神之乐；皇帝入庙口，奏《永至》，其节奏与皇帝行步的节奏一致；奉献祭品时，演奏《登歌》；天神享用祭品时，奏《休成》；祭礼完成时，奏《永安》。之后还要演奏高祖唐山夫人所作的《安世房中歌》。

《安世房中歌》共十七章，其主题主要是宣扬刘邦奉天承运统治万民的合法性，既可以作为祭祀典礼用乐，也可以作为贵族宴饮时的乐曲。在祭祀典礼上演奏时，要用钟磬及管弦伴奏，作为宴饮乐曲时仅用管弦伴奏。其中有如下的描写：

  大孝备矣，休德昭明。高张四县，乐充宫廷。芬树羽林，云景杳冥。金枝秀华，庶旄翠旌。《七始》《华始》，肃倡和声。神来宴娭，庶几是听。鸑鸑音送，细齐人情。忽乘青玄，熙事备成。清思眇眇，经纬冥冥。❶

  可以看到其中细致地描述了祭祀仪典开始准备迎神及神灵降临的盛况。高悬的乐器、庞大的乐队、华美的装饰、庄严肃穆的歌声，这些都是为神明到来所作的准备。在庄严肃穆的歌声中，神明降临，聆听《七始》《华始》等乐歌。最后神明离开，又是送神状况的描写。

  汉代的《郊祀歌》十九章是汉武帝时，祭祀天地神灵时所唱的乐歌，有浓重的神学思想。《汉书·礼乐志》记载，《郊祀十九章》中，《练时日》是迎神之曲；《帝临》是祀中央黄帝之曲；《青阳》是祀东方青帝之曲；《朱明》是祀南方赤帝之曲；《西颢》是祀西方白帝之曲；《玄冥》是祀北方玄帝之曲；《惟泰元》是祀泰一神之曲；《天地》是祀天地神之曲；《日出入》是祀太阳神之曲；《赤蛟》是送神之曲。作为郊祀乐歌，十九章承载着沟通神灵的作用。如第一章《练时日》写道：

  练时日，侯有望，爇膋萧，延四方。九重开，灵之斿，垂惠恩，鸿祐休。灵之车，结玄云，驾飞龙，羽旄纷。灵之下，若风马，左仓龙，右白虎。灵之来，神哉沛，先以雨，般裔裔。灵之至，庆阴阴，相放怫，震澹心。灵已坐，五音饬，虞至旦，承灵亿。牲茧栗，粢盛香，尊桂酒，宾八乡。灵安留，吟青黄，遍观此，眺瑶堂。众嫭并，绰奇丽，颜如荼，兆逐靡。被华文，厕雾縠，曳阿锡，佩珠玉。侠嘉

---

❶ 曹胜高、岳洋峰辑注：《汉乐府全集》，崇文书局2018年版，第31—32页。

夜，苾兰芳，澹容与，献嘉觞。❶

三字一句的节奏，写了在月圆之夜，点燃熏香，延请四方神灵的情景。天神降临，驾着飞龙拉的车，车上装饰着美丽的羽旌，旌旗飘扬，云雾缭绕，桂花飘香，珠玉闪耀，气氛隆重而神秘。天神的左侧苍龙为伴，右侧白虎护卫。刹那间，阴云滚滚，风雨大作，在暴雨中，天神降临人间。神灵落座，音乐齐奏，享用丰盛的祭品，直到天明。再如第十五章《华烨烨》写道：

华烨烨，固灵根。神之旂，过天门，车千乘，敦昆仑。神之出，排玉房，周流杂，拔兰堂。神之行，旌容容，骑沓沓，般纵纵。神之徕，泛翊翊，甘露降，庆云集。神之揄，临坛宇，九疑宾，夔龙舞。神安坐，翔吉时，共翊翊，合所思。神嘉虞，申贰觞，福滂洋，迈延长。沛施祐，汾之阿，扬金光，横泰河，莽若云，增阳波。遍胪欢，腾天歌。❷

《华烨烨》描写了祭祀神灵，神灵现身，甘露降临，祥云聚集，夔龙飞舞，万民欢腾的景象。可以看出，汉代的郊祀乐歌有着浓厚的神仙色彩，有着飘然飞升的神仙形象，具有神人沟通的神秘氛围。

(二) 汉代艺术中的神仙形象和长生不老主题

中国养生观念和成仙思想源远流长。战国中晚期，燕、齐滨海一带就流传着有关蓬莱、方丈、瀛洲三座仙山的神话传说。据说，三座仙山上禽兽皆为银子所做，宫殿皆为黄金所成，山上住着拥有长生不死之药的仙

---

❶ 曹胜高、岳洋峰辑注：《汉乐府全集》，崇文书局2018年版，第3页。
❷ 曹胜高、岳洋峰辑注：《汉乐府全集》，崇文书局2018年版，第22页。

人。这对追求长生和渴望永享富贵的帝王有着强烈的吸引力。齐威王、齐宣王、燕昭王都曾派人入海求药。死后成仙的主题在艺术中多有表现。如湖南长沙战国楚墓出土的《龙凤人物帛画》和《人物御龙帛画》都是葬仪中引导死者灵魂的旌幡。《龙凤人物帛画》中一妇女双手合掌，前上方有一龙一凤，正在导引升天。《人物御龙帛画》中画一高冠佩剑的男子，正驾御着一条龙舟，由水面开始飞升。他的头上端有华盖遮护，龙舟下面有游鱼，龙尾上立着一只白鹤。这些帛画表现的是腾云驾雾、飘飘欲仙的虚幻世界。

秦汉时期，神仙思想更加成熟，且全方位地渗透到当时的文化艺术之中，几乎在各种艺术样式中，都留下了神仙思想的痕迹。受神仙思想的影响，汉代艺术中常见羽人形象。这些羽人长着翅膀，通常手执仙草、莲花或符节，自由飞行于云气之中。

汉代画像石有很多西王母的形象，西王母大多坐在龙虎座上。龙虎交是汉代房中术男女交媾的隐语，故龙虎座含有长生不老之意。西王母的身边常聚集着捣药的玉兔、蟾蜍以及采集原料或传播仙药的青鸟等。如出土于四川成都新繁的东汉西王母画像砖上，西王母的身旁云气缭绕，西王母的座下分别有龙和虎，两侧有九尾狐、三青鸟、玉兔、蟾蜍，下部中央有舞者，两侧是供养人。睢宁出土的月宫图中有手持仙草的西王母，其右侧有一飘飘欲仙的女性，当为嫦娥，画面的左上方有捣药的玉兔和蟾蜍。西王母主题表现了两汉时期特别是东汉时期，人们对生命的关注，对长生不老的追求。

与神仙有关的三青鸟、九尾狐、玉兔、蟾蜍等也是神仙文化的载体和符号。另外，灵芝被汉代人认为是延年益寿的不死之药。王充《论衡·验符》篇记载："芝草延年，仙者所食。"❶ 仲长统《昌言》中说，汉安帝时，

---

❶ 黄晖：《论衡校释》（附刘盼遂集解），中华书局1990年版，第844页。

第一章　巫鬼神灵观念与先秦两汉诗学

东汉西王母画像砖（图片来源：高文编：《四川汉代画像砖》，上海人民美术出版社1987年版。）

有异物生于长乐宫马厩后的柏树上，以及生长在永巷南园的合欢树上，大家都说是灵芝。于是群臣皆贺，并受到赏赐。❶ 在四川新津出土的一块汉画像石上刻画着两仙人六博，其中一仙人背着一个多枝植物，蘑菇状冠，推测应该是灵芝。四川彭县出土的仙人骑鹿画像砖上，一神仙悠闲自得，骑鹿遨游，身边有一女神，手握灵芝。陕西咸阳茂陵出土的羽人骑马玉雕，马昂首嘶鸣，双眼前视，四肢弯曲，右前蹄腾空，呈飞腾状，躯干上阴刻羽翅纹，显然是一匹天马。一羽人骑在马背上，一手扶马头，一手持灵芝草。南阳出土的汉画像石中，常见女娲和伏羲手中所持曲茎蘑菇状

---

❶（清）严可均辑：《全后汉文》，商务印书馆1999年版，第905页。

物,通常都被解释为灵芝。如南阳王庄汉画像石墓墓门东西立柱上的伏羲和女娲,手中均持高过头顶像伞盖一样的曲茎灵芝。

语言通常被认为具有神性和魔力。汉代铜镜、漆器、织物上的"长寿""富贵""宜子孙""长乐未央"等文字,也表现了追求长生的思想。如汉代铜镜上"尚方作竟(镜)真大巧,上有仙人不知老,渴饮玉泉饥食枣,浮游天下敖四海"的铭文,表现了死后成仙的渴望。汉代器物上大量出现祥云图案,也与神仙思想的盛行有一定的关系。如汉代的瓦当上常见有卷云纹、羊角形云纹、勾连云纹等各种各样的云纹,一方面是为了装饰画面,另一方面也与神仙思想的盛行不无关系。

汉代文学作品中也出现了众多神仙。如贾谊的《惜誓》塑造了一个飘然飞升的"诗人"形象。他攀上北极星歇息,呼吸清和之气疗饥。命令朱鸟高飞前面导引,让象车稳稳前行。左边苍龙,右边白虎,日月为车盖,玉女为随从。其中还写道:"乃至少原之野兮,赤松王乔皆在旁。二子拥瑟而调均兮,余因称乎清商。"❶ 赤松子和王子乔拥瑟调弦,并与诗人一起探讨清商曲的美妙。《惜誓》表现了飞升主题和人神交织的艺术特征。赤松和王乔皆是著名的仙人。赤松即赤松子。据刘向《列仙传》讲:"赤松子者,神农时雨师也。服水玉以教神农,能入火自烧,往往至昆仑山上,常止西王母石室中,随风雨上下。炎帝少女追之,亦得仙,俱去。"❷ 王乔即王子乔。《列仙传》说:"王子乔者,周灵王太子晋也。好吹笙,作凤凰鸣,游伊洛之间,道士浮丘公接以上嵩高山三十余年。后求之于山上,见桓良曰:'告我家,七月七日待我于缑氏山巅。'至时果乘白鹤驻山头,望之不得到,举手谢时人,数日而去。"❸ 刘向的《列仙传》塑造了包括赤松子、王乔在内的七十多位神仙,是秦汉时期神仙文化的艺术再现。

---

❶ (宋)洪兴祖:《楚辞补注》,白化文等点校,中华书局1983年版,第228—229页。
❷ (汉)刘向:《列仙传》,上海古籍出版社1990年版,第1页。
❸ (汉)刘向:《列仙传》,上海古籍出版社1990年版,第9页。

两汉辞赋中还有很多涉及神仙的情景。如王褒《九怀·昭世》写道："闻素女兮微歌,听王后兮吹竽。"东方朔在《七谏·自悲》中写了"引八维以自道兮,含沆瀣以长生"的神仙。司马相如在《大人赋》中写道："低徊阴山翔以纡曲兮,吾乃今日睹西王母。暠然白首戴胜而穴处兮,亦幸有三足乌为之使。必长生若此而不死兮,虽济万世不足以喜。"❶司马相如写到了西王母以及三足乌等神仙世界的景象。王逸《九思·伤时》写道："使素女兮鼓簧,乘戈龢兮讴谣。声嗷誂兮清和,音晏衍兮要淫。"❷ 王逸《九思·守志》："随真人兮翱翔,食元气兮长存。"❸ 桓谭《仙赋》中也写到了王乔赤松："夫王乔赤松,呼则出故,翕则纳新。夭矫经引,积气关元。精神周洽,鬲塞流通。乘凌虚无,洞达幽明。诸物皆见,玉女在旁。仙道既成,神灵攸迎。"❹ 黄香在《九宫赋》中写神仙聚会的场面："翳华盖之葳蕤,依上帝以隆崇……银拂律以顺游,径闾阖而出玉房。谒五岳而朝六宗,对祝融而督勾芒。荡翊翊而敝降,聊优游以尚阳。跖昆仑而蹈碣石,跪底柱而跨太行。"❺ 场面热闹非凡,气势阔大壮盛。

汉代辞赋中,这些有关仙人微歌、吹竽、鼓簧、讴歌的描写为我们具体生动地展示了仙人生活的超逸和快乐。汉代艺术中神仙是时代精神的折射。神人、飞仙、神兽使汉代艺术呈现出浪漫、奇幻的艺术特征。

(三) 汉代艺术中的神灵

汉代除神仙体系所涉及的神灵外,还有一些相对独立的神灵。比如,伏羲、女娲成为画像石中常见的形象。伏羲是人类的初祖,女娲是化育万

---

❶ (汉) 班固:《汉书》,(唐) 颜师古注,中华书局1962年版,第2596页。
❷ (宋) 洪兴祖:《楚辞补注》,白化文等点校,中华书局1983年版,第324—325页。
❸ (宋) 洪兴祖:《楚辞补注》,白化文等点校,中华书局1983年版,第327页。
❹ 费振刚等校注:《全汉赋校注》,广东教育出版社2005年版,第341页。
❺ 费振刚等校注:《全汉赋校注》,广东教育出版社2005年版,第561页。

物的伟大母神,他们都具有无穷的神力,受到人们的顶礼膜拜。将他们的形象刻在棺前和墓门上,有充当死者保护神的寓意。他们有时候单幅成画,有时候作交尾状。交尾是阴阳和合的象征,体现了汉代人生殖崇拜、阴阳调和的宗教信仰。

在汉代的神物中,还有"四神",即青龙、白虎、朱雀、玄武,它们源于古代的星神崇拜,后演化成四大方位神。在秦汉时期,四神辟邪的信仰深入人心,据王充《论衡·解除》篇说:宅中主神有十二焉。青龙白虎,列十二位;龙、虎猛神,天之正鬼也。飞尸流凶,不敢妄集,犹主人猛勇,奸客不敢窥也。四神图案被广泛描绘在汉代的墓室中,在这些神灵的保护下可以让死者获得平安和吉祥。作为建筑装饰构件的也有四神瓦当,按照左青龙,右白虎,南朱雀,北玄武,将方位与四神对应起来。

朱雀、青龙、铺首衔环
(图片来自:孙长林主编:《山东汉画像石集》,山东美术出版社2010年版。)

汉代画像中的雷公、雨师、河伯等,祂们与一定的祈雨仪式相连,是自然崇拜的延伸,也是祈雨风俗的一个缩影。如南阳出土的河伯画像,前面3条大鱼在拉车,后边3条大鱼在护驾,中间是河伯,他坐在车上,呼啸前行。画面富有动感,且充满了神秘浪漫的气息。山东安丘汉墓前室封顶石上的雨师画像中,雷车的后上方女性头顶盆罐,男性两手提壶,表现了祈雨的场景。张衡《思玄赋》表达了面对现实的抑郁和孤独情怀,而后笔锋一转,写主人公进入一个远离现实的想象世界。比如其中写道:"丰隆軒其震霆兮,列缺晔其照夜。云师𩂄以交集兮,冻雨沛其洒涂。轙珩舆而树葩兮,扰应龙以服軛。百神森其备从兮,屯骑罗而星布。"❶ 雷神丰隆打雷的声音震惊天庭，电神列缺闪电照亮夜空。云神屏翳聚集乌云，倾盆的暴雨就洒满道途。在玉饰的车上安上马缰环并竖起华盖，驯服应龙为我驾车。簇拥在身后的百神，他们的车骑星罗棋布。东汉王延寿的《鲁灵光殿赋》也写到了汉初修造的鲁灵光殿壁画上有杂物奇怪，山神海灵，千变万化，事各缪形。其中写道："上纪开辟，遂古之初。五龙比翼，人皇九头。伏羲鳞身，女娲蛇躯。洪荒朴略，厥状睢盱。焕炳可观，黄帝唐虞。"❷ 显然，鲁灵光殿的壁画表现的是一个神奇魔幻的世界。这种将各种人物、动物、神灵等融为一体的构图方式也印证了史书上的记载。

此外，汉代艺术中还常见鹿、铺首衔环、树木等图案。鹿的角每年脱落一次，代表着生命的循环与回归，因此鹿被认为是长寿的象征，或与仙道相关。铺首从青铜器上的饕餮纹饰演化而来，到汉代成为墓室门上的装饰，用以辟邪。陕西绥德黄家塔九号汉画像石墓的两扇门扉画像石都是凤凰在上，铺首衔环居中，麒麟在下。汉画像中的树既有装饰性，又隐喻生命力的旺盛。这些树一般都刻画得稚拙、粗壮、茂盛，是宗族稳固与繁荣的象征。

东汉墓葬艺术较多关注现世生活情景的再现，常表现门卒、墓主坐帐、乐舞百戏、车骑出行、府邸庖厨等画面，也会在门楣、屋顶等位置描绘日月流云、神仙祥瑞等形象，但不再像西汉那样将人物穿插在缭绕的云气之间，形成繁满蒸腾的艺术效果。如武威磨嘴子东汉墓中的壁画绘于前室后半部的室顶和西、南、北三壁。顶部绘有日、月和流云，代表天象。西壁为杂耍图，画面上有五个人和一只鸟。南壁为羽人戏羊，一身生羽翼、长发后卷的人，似乎正在用芝草喂一只大角山羊。北壁是仙人骑象图。各个画面独立而清晰，不再考虑整个画面各个部分之间的交织和穿插

---

❶ 费振刚等校注：《全汉赋校注》，广东教育出版社2005年版，第595页。
❷ （梁）萧统编：《文选》（第四册），（唐）李善注，上海古籍出版社1986年版，第515—516页。

关系，也不用流云或漫卷的枝叶等将画面贯穿成一个整体。

三 汉代艺术理论中的天神鬼怪观念

汉代文化中充满浓厚而神秘的文化气息。汉代对艺术的价值和意义的思考却以伦理道德功用论为主，但是在汉代有关艺术的论述中，我们依然隐约可见有关艺术的神秘性的思考。

司马迁《史记》的中国史始于传说时代，《史记》中对艺术功用的理解在一定程度上延续了汉代之前的观点。比如《史记·夏本纪》云："于是夔行乐，祖考至，群后相让，鸟兽翔舞，《箫韶》九成，凤皇来仪，百兽率舞，百官信谐。"❶ 当球、琴瑟以及鼗鼓、笙镛等乐器演奏之时，当《箫韶》之乐演奏9遍之后，万事万物都受到了感应，鸟兽跄跄，凤凰来仪，同时夔率领的扮演成百兽的舞蹈者们也翩翩起舞。司马迁同样在讲音乐具有感通天地神人的巫术作用，与《尚书》中神人共舞相关记载一脉相承。此外，《史记·乐书》几乎全文复制了《礼记·乐记》的艺术观念。可见，司马迁对艺术的神秘功用也是认可的。

《汉书·礼乐志》云："天禀其性而不能节也，圣人能为之节而不能绝也，故象天地而制礼乐，所以通神明，立人伦，正情性，节万事者也。"❷ 也说到音乐的作用"荐之郊庙则鬼神飨，作之朝廷则群臣和，立之学官则万民协调。"❸《汉书·礼乐志》对音乐的界定："乐者，神人所以感天地、通神明、安万民、成性类"，音乐可以使"万物不夭，天地顺而嘉应降"。在汉代，艺术"移风易俗"的功用论已经占有很重要的地位，但在《汉书》中依然也还有艺术神秘功用论的影子。

---

❶ （汉）司马迁：《史记》，中华书局1959年版，第81页。
❷ （汉）班固：《汉书》，（唐）颜师古注，中华书局1962年版，第1027页。
❸ （汉）班固：《汉书》，（唐）颜师古注，中华书局1962年版，第1027页。

此外，刘向《琴录》中说："凡鼓琴有七利：'一曰明道德，二曰感鬼神，三曰美风俗，四曰妙心察，五曰制声调，六曰流文雅，七曰善传授。'"❶ 桓谭《琴道》云："昔神农氏继伏羲而王天下，上观法于天，下取法于地，近取诸身，远取诸物，于是始削桐为琴，练丝为弦，以通神明之德，合天地之和焉。"❷ 傅毅《舞赋》云："夫《咸池》《六英》，所以陈《青庙》，协神人也。"❸ 由上可以看出，在有关艺术的零零散散的记载中均延续了先秦时期艺术沟通天地神人的作用，但也只限于只言片语，没有更为具体的论证，艺术通天地似乎已经变成了一种无须论证的艺术观念。

此外，"天"的神圣性对汉代艺术观念的影响也颇为突出。汉代人们将天看成一个生命体，天有喜怒哀乐，人的所作所为要服从天的意志。天是站在天子背后的无形统治力量，具有绝对的权威性。依据这一逻辑，服色、音乐也要遵循天意。王朝建立之后，就要改正朔、易服色、制礼乐，以示对天意的遵循。如董仲舒在《春秋繁露·三代改制文》中说：

> 王者必受命而后王。王者必改正朔，易服色，制礼乐，一统于天下，所以明易姓，非继人，通以己受之于天也。……故汤受命而王，应天变夏作殷号，时正白统。亲夏故虞，绌唐谓之帝尧，以神农为赤帝。作宫邑于下洛之阳，名相官曰尹。作濩乐，制质礼以奉天。文王受命而王，应天变殷作周号，时正赤统。亲殷故夏，绌虞谓之帝舜，以轩辕为黄帝，推神农以为九皇。作宫邑于丰。名相官曰宰。作武乐，制文礼以奉天。武王受命，作宫邑于镐，制爵五等，作象乐，继文以奉天。周公辅成王受命，作宫邑于洛阳，成文武之制，作汋乐以奉天。❹

---

❶ 蔡仲德：《中国音乐美学史料注释》，人民音乐出版社2007年版，第377—378页。
❷ （汉）桓谭撰，朱谦之校辑：《新辑本桓谭新论》，中华书局2009年版，第64页。
❸ 费振刚等校注：《全汉赋校注》，广东教育出版社2005年版，第414页。
❹ （清）苏舆：《春秋繁露义证》，钟哲点校，中华书局1992年版，第185—187页。

董仲舒认为，服色、正朔、礼乐是根据天意而制定的，历史是一个循环过程，白统、黑统、赤统，三者依次循环，与改朝换代相配合。在历史上，夏朝是黑统，商朝是白统，周朝是赤统。王者受命于天，就必须改变旧的制度，以此表示他是承受天命而非因袭前王，而服色的变易又是秉承天意的结果，所以服色之中有着天赋的神圣性。

相较于易服色而言，礼乐的制定应当是王朝统治稳定之后的事情。《春秋繁露·楚庄王》云："是故大改制于初，所以明天命也。更作乐于终，所以见天功也。"❶ 即王者即位之初就要"更称号，改正朔，易服色"，目的都是顺天意，而当统治稳固之后，才能制礼作乐，来教化人民。这也是应天之举，目的是"明天命""见天功"。

以天意为核心的董仲舒哲学，没有否定情感的存在，但将情感的渊源归之于天。董仲舒认为，音乐发端于人的情性，而人的情性发端于天，所以，音乐与人的情感相联系，但最终是天意的体现。《春秋繁露·深察名号》云："天两有阴阳之施，身亦两有贪仁之性。天有阴阳禁，身有情欲栣，与天道一也。"❷ 人的情欲贪仁品性，实际上都来自天的阴阳之气，这样，音乐以人的情性为本，实际上是以天为本。天道阴阳有消有长，所以人的情欲也当有所节制。

礼乐是天意的体现，但具体的礼乐与时代情感相联系，制礼作乐的直接根据是"盈于内而动发于外"，即内有所感，然后有外在的表现。不同的时代，统治者的功绩不同，人民对此有着不同的情感体验，因而舜、禹、启、汤等不同的时代会有不同的音乐，这是音乐发自内在心灵感悟品质的体现。音乐的情感性意味着在董仲舒的哲学中，人还有一定的地位，人的存在以及人的情感在天人关系中还是起决定作用的因素。当然，董仲

---

❶ （清）苏舆：《春秋繁露义证》，钟哲点校，中华书局1992年版，第19页。
❷ （清）苏舆：《春秋繁露义证》，钟哲点校，中华书局1992年版，第296页。

舒认为，音乐的情感体验归根结底是遵循天命的结果。假如当初武王没有遵循天命而伐纣，就不会有后来西周的建立。所以，"凡乐者，作之于终，而名之以始，重本之义也。由此观之，正朔、服色之改，受命应天制礼作乐之异，人心之动也。二者离而复合，所为一也"❶，即制礼作乐与正朔服色最终都是天意的表现。所以，在董仲舒的思想中，天是音乐最终的本源，但他也关注到了音乐的情感性和时代性。

同样的，文质的转换也是天意的体现。董仲舒认为一代尚文，一代就必然尚质，质文递变是历史发展的规律。这样做的实质，正如顾颉刚所说："不过替皇帝装点，使得他的地位以神秘的渲染而更高超而已。"❷ 服色、文质来自天，因而在董仲舒的理论体系中，具有审美价值的事物都具有了天的神秘性，似乎不是人的主观愿望所能改变的。

由上可知，汉代在一定程度上延续了周代礼乐文化的艺术精神，认为服色和礼乐是一个王朝加强统治的重要手段，但是与西周礼乐文化不同的是，董仲舒处处强调天意，使天意在礼乐文化中的地位和作用得到强化。

本章小结：从史前时期开始，中国艺术中就有着抽象和神秘的文化因子，而有关艺术神秘性的理论思考也源远流长。由《尚书·尧典》《吕氏春秋·古乐》等文献的相关记载可以推知，巫术功能是史前艺术的基本功能。商代之后，中国历史进入了一个融神权与王权于一体的历史时期，商代艺术以饕餮等具有威慑力的艺术图案为代表形象，充满神秘恐怖气息。从后世有关商代艺术的相关记载看，在商代，艺术扮演着沟通神人的神秘角色。西周时期，中国进入一个理性和神秘文化交织并在的历史时期，相较而言，艺术更多扮演了等级标志的功用，祭祀礼乐也还存在，所以，艺

---

❶（清）苏舆：《春秋繁露义证》，钟哲点校，中华书局1992年版，第23页。
❷ 顾颉刚：《汉代学术史略》，东方出版社1996年版，第44页。

术的神秘功用也依然存在着。春秋战国时期，礼崩乐坏、世俗享乐和对世俗生活的表现成为艺术关注的倾向，但艺术的神秘功用论在孔子的思想深处，在《礼记·乐记》以及《韩非子》《列子》等文献中依然存在着。西汉时期，为了神化统治者的合法统治权，神秘文化重新变成了官方意识形态的组成部分。作为平民的刘邦通过制造各种神异现象神化自己的身份，雄才大略的汉武帝"尤敬鬼神之祀"，汉代其他帝王的统治和生活中也都与鬼神迷信有着一定的联系。汉代艺术折射了这种神秘的文化精神。汉代画像石和墓室壁画中均有对升仙主题、鬼神形象的描绘。神灵鬼怪成为先秦两汉艺术表现的重要内容，艺术与鬼神天命之间有着神奇的联系。

第二章 "道"与楚汉诗学的神秘性

春秋时期，楚国跻身于五霸行列，战国时期又成为七雄之一。楚国不仅有雄厚的国力，还有丰富多彩的文化——楚文化。如果说中原文化从商周到春秋战国时期经历了一个神秘文化从繁盛到逐渐衰败的过程，那么，在南中国大地上的楚国，却在中原大地逐渐走出鬼神困扰的时代，依然沉浸在一种云烟缭绕、巫鬼盛行、神秘梦幻的文化氛围中。这种神秘文化有着特殊的地域特征，且一直延续到西汉时期，成为独具特色的楚汉神秘文化。楚汉神秘文化构成了中国古代神秘文化的另一维度。

第一节　混沌宇宙及其在诗学观念上的折射

如果说"天""帝"更多的是在北方文化背景下产生的神灵概念，那么"道"的产生则与南中国大地上缭绕的云雾、密布的丛林有一定的关系，是这个区域的哲学家的生命体验和宇宙记忆。

一　老庄哲学及艺术观念

（一）玄虚、恍惚的"道"

在老庄哲学体系中，"道"是天地万物的本体或本原，它超越一切行色名声之上，是自然现象、社会现象背后的所以然者，是感官不可达到的、超验的精神实体。"道"是一个具有浓郁神秘色彩的范畴。老子说"道"的特点是："视之不见，名曰夷；听之不闻，名曰希；搏之不得，名曰微。"❶"迎之不见其首，随之不见其后。"❷"道"无影无踪，可以无限大，也可以无限小。视之不足见，听之不足闻，用之不尽。迎之不见其首，随之不见其后。"道"存在着，但它不是具体的存在者，因而也不能被清楚地言说。《老子》用"玄之又玄，众妙之门"来形象地说明"道"幽深高远、玄妙莫测的特点。

《庄子》也描述了"道"的这种不可捉摸的特点。《大宗师》说："夫道，有情有信，无为无形；可传而不可受，可得而不可见；自本自根，未

---

❶　朱谦之：《老子校释》，中华书局1984年版，第52页。
❷　朱谦之：《老子校释》，中华书局1984年版，第55页。

有天地,自古以固存;神鬼神帝,生天生地;在太极之先而不为高,在六极之下而不为深,先天地生而不为久,长于上古而不为老。"❶ 由此可见,无形无影、不可言说是道家哲学对"道"的共同认识。

"道"是精神性的本体,但它又不是完全脱离物质实体而独自存在的万物本原。道生成万物后,就蕴含于天地万物之中,无间不入,无所不包。庄子说"道"无处不在,在蚂蚁洞里,在野草中,在排泄物里。"道"是抽象中的具体,又是具体中的抽象。"道"具有抽象性,但又弥漫于天地之间,无处不在。这就是"道"的神奇之处。

"道"具有恍惚玄妙、运动不息的特点。"道之为物,惟恍惟惚。"什么叫恍惚呢?老子说:"无状之状,无物之象,是谓恍惚。""道"之所以恍惚,是因为它无形无影,混沌虚无,也是因为它盈缩转化,周旋无尽,运动不息。老子说:"有物混成,先天地生,寂漠!独立不改,周行不殆"❷,"道冲,而用之久不盈。深乎!万物宗。"❸ 老子说道在天地之先已经存在了,它混混沌沌,运行不止,用之不尽,像无尽的深渊。

黄老学说是道家学说的一个分支,萌生于战国末期,流行于汉初,因黄帝、老子而得名。黄老学说主张清静无为,注重治国养生之术,避免了原始道家的消极遁世思想。汉代景帝、武帝时期,窦太后参与朝政,明确将黄老哲学提升为政治统治的指导思想,使其成为国家意识形态。关于"道"的理解,黄老学说依然秉承了先秦时期"道"扑朔迷离的神秘色彩。

(二) 老庄哲学对艺术观念的影响

老子的哲学思想折射到艺术中,首先表现为对"仿佛若有象"的恍惚情景的表现。老子描述道的特点是"恍惚"和其中若有"象",这种朦胧、混沌的景象来自人类对宇宙的混沌记忆,又成为一种集体无意识反复出现

---

❶ (清)郭庆藩:《庄子集释》,王孝鱼点校,中华书局1961年版,第246—247页。
❷ 朱谦之:《老子校释》,中华书局1984年版,第100页。
❸ 朱谦之:《老子校释》,中华书局1984年版,第18—19页。

在后世艺术中。可以说，留法画家赵无极、朱德群走出中国文化语境后再反观中国文化，均认识到这种迷离恍惚的神秘景象是中华美学的一种代表性景象，因而他们的绘画中反复表现的就是大地初始，天地混沌，万物即将苏醒的状态。其次，老子哲学影响于后世的是对"素淡"之美的推崇。老子"大音希声""大象无形"的哲学和美学观念，奠定了中国人领会素朴、淡雅之美的哲学基础。从此之后，素淡之美就成为中国色彩美学、中国音乐美学的精髓，甚至成为中国艺术精神的主旋律。

庄子对音乐有较多的论述。比如他对"天籁"之乐的论述。《庄子·齐物论》中所说的天籁显然是一种超越有限的抽象性音乐，其实就是具有超验性的"道"的形象化表达。虽然庄子认为天籁是最美的音乐，但也没有否定人籁、地籁。后两者虽然有所待，但也是最自然的音乐。推崇自然是道家哲学的核心精神之一。最为神秘的是《庄子·天运》篇中对"咸池之乐"的描述。咸池之乐演奏的内容恍惚不可捉摸，没有内在的音乐逻辑，实际上是对宇宙无序和混沌感的再现。这样的音乐在庄子看来是最美的音乐。这种音乐观对后世艺术的影响在于，它引起人们对世界无序感的关注，以及对人的懵懂状态的关注。这是不同于对世界外在逻辑性和条理性关注的艺术。抽象艺术最能体现咸池之乐的精神。庄子有关咸池之乐的描述可以成为我们解读抽象艺术的参考。

二 《淮南子》中的混沌之美及神秘诗学观念

《淮南子》是楚地文化的结晶。它不但延续了先秦以来对宇宙的混沌认识，也较多地保留了楚文化主客不分、玄虚梦幻的美学观念，延续了老庄哲学中道范畴的玄虚特点。

（一）"道"的混沌之美

《淮南子》延续了先秦道范畴的内涵和特点，并将其丰富化、明晰化，从而形成了汉代有关"道"的认识。与老庄等道家一样，《淮南子》认为，道是宇宙的本体，是万物生成变化的根源，是事物运动变化所遵循的根本。道包裹宇宙、覆天载地，具有虚无、玄远的特点。"道"具有朦胧、玄虚、梦幻、无边无际的特点，并形成一种美学类型。《原道训》开篇即描述了"道"的这种模糊而神奇的美：

> 夫道者，覆天载地，廓四方，柝八极，高不可际，深不可测，包裹天地，禀授无形。原流泉浡，冲而徐盈，混混滑滑，浊而徐清。故植之而塞于天地，横之而弥于四海，施之无穷而无所朝夕，舒之幎于六合，卷之不盈于一握。约而能张，幽而能明，弱而能强，柔而能刚。横四维而含阴阳，纮宇宙而章三光。甚淖而滒，甚纤而微。❶

从这段话中可以看出，"道"覆盖苍天，承载大地，在空间上可以扩展到四面八方，在时间上无穷无尽，高深到无法测量，广大到充塞于整个天地之间，但卷缩起来又不满一把；"道"竖立起来能充塞天地，横下去又能填满四方；"道"既能收缩又能扩张，既幽暗又明亮，既柔弱又刚强。"道"无形无影，无声无色，变化无常，不可捉摸，不可测度。"道"无法用理性的手段去衡量，也无法以理性思维去把握。

"道"神秘不可把握，呈现出奇幻、朦胧之美。《天文训》中描述的道："天地未形，冯冯翼翼，洞洞灟灟，故曰太昭。"❷ 天地一片混沌，像云气一样飘忽不定，这就是"太昭"，就是"道"。"冯冯翼翼"和"洞洞灟灟"都形容"道"飘忽不定的特点。《精神训》云："古未有天地之时，惟象无形，窈窈冥冥，芒芠漠闵，澒濛鸿洞，莫知其门。"在天地之先，

---

❶ 何宁：《淮南子集释》，中华书局1998年版，第2—4页。
❷ 何宁：《淮南子集释》，中华书局1998年版，第165页。

是深远广大混沌未分的状态，没有清晰的形象，没有清楚的路径。正是因为"道"在形象上的幽冥恍惚、深邃混沌，所以给人一种神秘莫测、难以捉摸的美感。人们对不可把握的东西，总有一种力求把握的好奇心和探索心理。这正是迷离恍惚、无形无象的"道"最吸引人的地方。

纵观《淮南子》中有关"道"之美的论述，不难感受到，其朦胧、梦幻的特点，具有荆楚之地云雾缭绕、植被繁茂、诡秘奇幻的影子。"道"虚无、恍惚，是宇宙的本原，宇宙间一切事物，山川日月、草木泉流、人类社会，无不渊源于"道"。"道"具有朦胧、玄虚、混沌、纯朴等审美特征。"道"模糊、朦胧、虚幻，从而形成了人们对带有梦幻色彩的"道"之美的认识。

(二)《淮南子》的文艺起源论

在原始道家哲学中，"道"超出了经验范围，超言绝象，不仅先天地而生，而且创生了天地万物，成为宇宙的神秘本体。《淮南子》吸收了先秦道论的特点，并以道为基点，更为全面地阐述了"道"的艺术本原论。

《淮南子》认为，"道"是万物之美的源泉。《原道训》云："道者，一立而万物生矣。"[1] 道虽然无形无影，却像一个伟大的匠师一样创造出了自然中的一切，使自然中的万事万物达到了高度的完美。"无"是"道"的存在方式。"无"是事物得以产生的根源。《淮南子》中多处涉及虚无的道化生万物的观念。《说山训》云："寒不能生寒，热不能生热，不寒不热，能生寒热。故有形出于无形。未有天地能生天地者也，至深微广大矣！"[2]《俶真训》云："视于冥冥，听于无声。冥冥之中，独见晓焉；寂漠之中，独有照焉。"[3] 即在冥冥之中、无声之中却可以获得更多的东西。

《淮南子》根据"道"无形无象，天下万物生于有，有生于无的思想，

---

[1] 何宁：《淮南子集释》，中华书局1998年版，第60页。
[2] 何宁：《淮南子集释》，中华书局1998年版，第1135页。
[3] 何宁：《淮南子集释》，中华书局1998年版，第123页。

认为声色味之美都产生于"道",即产生于"无"。最美的声音、最美的味道、最美的色彩都源于这无形无影的"道"之中。《原道训》云:"能至于无乐者,则无不乐,无不乐则至极乐矣。"❶ "夫无形者物之大祖也,无音者声之大宗也。"❷ "道"是无,因而才能成为各种美产生的根源。《泰族训》云:"故无声者,正其可听者也;其无味者,正其足味者也。"❸ 无声的旋律是用来修正听到的乐音的;无味的清水是用来调和各种滋味的。"无"具有调和万事万物的作用。归根结底,"道"是一切美的根源。

美产生于无形无相的"道",因而最美的音乐是没有声音,最美的色彩没有颜色,"无"是美的最高境界。《缪称训》云:"有声之声,不过百里;无声之声,施予四海。"❹《说林训》云:"听有音之音者聋,听无音之音者聪,不聋不听,与神明通。"❺ 有声之声再大,也不过能传之百里,但无声之声,可以不受距离的限制,可以充满整个世界。听有音之音,令耳朵麻木。听没有声音的声音,人却可以听到天地自然的声音,听到心的声音,听到无穷多的声音。所以,不聋,也不让聒噪的有声之声来烦扰,人就可以与天地神明相通。《说林训》亦云:"视于无形,则得其所见矣;听于无声,则得其所闻矣。至味不慊,至言不文,至乐不笑,至音不叫,大匠不斫,大豆不具,大勇不斗,得道而德从之矣。"❻ 能看到无形之形,所有的形象就都能够看到了;能听到无声之声,这世界上便没有听不见的声音了。最美的味道是没有味道的味道,最高深的话语没有文采,最大的快乐不是放声大笑,最美妙的音乐不是出声地大喊,最高明的工匠不刻意砍斫,最高明的厨师不刻意陈列笾豆等食具,最勇敢的人不打斗却能获

---

❶ 何宁:《淮南子集释》,中华书局1998年版,第69页。
❷ 何宁:《淮南子集释》,中华书局1998年版,第57页。
❸ 何宁:《淮南子集释》,中华书局1998年版,第1426页。
❹ 何宁:《淮南子集释》,中华书局1998年版,第753页。
❺ 何宁:《淮南子集释》,中华书局1998年版,第1178页。
❻ 何宁:《淮南子集释》,中华书局1998年版,第1175页。

胜。这是因为大音希声，大象无形，但于无声处，于无味处，却有"道"存在于那里。显然，《淮南子》继承了《老子》"大音希声"和《庄子》"至乐无乐"的思想。在这里，"无"所体现出的美，超越了具体的声色之美，是一种无限的大美之境。

《淮南子》认为，"道"化生万物的过程隐蔽而神奇。精巧的东西的制作是人力所不能及的，而是来自冥冥之中的某种神奇的力量。《泰族训》云："故神明之事，不可以智巧为也，不可以筋力致也。"❶最美的东西，由道化生而成，人力不可控制。

《淮南子》中的美学思想和艺术观念，受到先秦道家混沌宇宙认识论的影响。此外，淮南王国地处战国时期楚文化所在地，其哲学和美学观念中所呈现出的这种玄虚特点，与楚文化混沌、梦幻的特点是一脉相承的。所以，我们认为，道家哲学中所体现的美学精神是梦幻、朦胧的世界体验在哲学中的折射。

第二节 楚地艺术的神秘感

一 楚地艺术的"模糊""朦胧"之美

从地理位置看，楚国所在的江汉淮流域有着原始的生态环境，这里河川交汇、山林纵横、云遮雾罩、怪兽出没，充满了神奇诡秘的气息。这种混沌、梦幻的自然环境为奇异诡谲的楚汉文化奠定了基础，成为朦胧和梦幻的楚汉艺术的温床。

---

❶ 何宁：《淮南子集释》，中华书局1998年版，第1375页。

在具有混沌和梦幻感的荆楚文化背景下,包括漆器、丝织品纹样、青铜器纹饰、文学作品在内的各种艺术形式都浸染上了一种朦胧和梦幻色彩。如出土于湖北随县曾侯乙墓的蟠虺纹铜盘,纹饰是极为复杂的三层镂空结构,铸造出繁复细致、交织纠缠、混沌不清的纹饰。曾侯乙墓出土的编钟的半球形底座,分内外两圈侧卧着十六条高浮雕盘龙,每条盘龙上又攀附着若干条小龙,整体造型繁复、交织,呈现出一个梦幻般的世界。再如包山二号楚墓出土的铜樽,弧盖平顶,盖边缘饰4个凤鸟形环钮,腹部有对称衔环铺首,通身饰错金银图案。盖上纹饰分两部分,中间饰两两相蟠的4条龙,外部饰四组龙纹,每组三龙相嬉。龙身上又阴刻较细的卷云纹,因而仅凭远观,是看不清这些龙之间的关系的,只感觉到整个器物像不断翻卷、动荡不息的云气团。这是楚地艺术最为典型的图案,充分体现了混沌、梦幻的艺术特征。这种朦胧和梦幻色彩的艺术也充满神秘感,但这种神秘又不同于中原文化由天命鬼神构成的神秘。

二 众神纷至的艺术世界

楚人的生活中依然保留着信巫鬼、重淫祀的特点。楚人的思维还有着混沌和梦幻特征。这就使楚艺术呈现出云雾缭绕、众神交织的图案特征,同样体现了"道"的混沌性。

在屈原的艺术世界中常常可以看到耸身入云,无翅而飞,餐风饮露,游浮青云的游仙者形象。然而,我们觉得更加值得关注的是,楚地文学作品中各种奇花异卉和各种神灵交织并存的热闹景象。这并非单个出现的、清晰可见的神灵形象,而是众多神灵纷至沓来,穿梭交织在一起的众神形象。交织穿梭的不仅有各种神灵鬼怪,还有各种动植物。楚辞中所写到的植物有菉葹、兰芷、留夷、揭车等,写到的动物有骐骥、鸷鸟、玉虬、鸾皇、凤鸟、鸠鸟、雄鸠、鹧鸪、飞龙等。如此丰富多彩的动植物意象和各种想象中的神灵形象交织并存，组成了一个奇妙的艺术世界。最具众神狂欢性质的当数《离骚》。如下面一段描写：

> 驷玉虬以桀鹥兮，溘埃风余上征。朝发轫于苍梧兮，夕余至乎县圃；欲少留此灵琐兮，日忽忽其将暮。吾令羲和弭节兮，望崦嵫而勿迫。路漫漫其修远兮，吾将上下而求索。饮余马于咸池兮，总余辔乎扶桑。折若木以拂日兮，聊逍遥以相羊。前望舒使先驱兮，后飞廉使奔属。鸾皇为余先戒兮，雷师告余以未具。吾令凤鸟飞腾兮，继之以日夜。飘风屯其相离兮，帅云霓而来御。纷总总其离合兮，斑陆离其上下。吾令帝阍开关兮，倚阊阖而望予。时暧暧其将罢兮，结幽兰而延伫。❶

诗人驾着无角玉龙拉的车，一瞬间就扶摇直上天宫。从此就进入梦幻世界。早晨从苍梧（传说苍梧是帝舜所葬之地）出发，晚上就到了玄圃（传说中神仙居住的地方，在昆仑山顶），这时诗人打算在神门前休息片刻，然而太阳将要落山，月亮就要升起来了，于是他便命令羲和慢慢前行，让月亮晚点儿升起来，好让他有歇息的时间。接着写在咸池饮马，将若木的枝叶攀折下来遮蔽阳光，让望舒在前面开路，召唤风神在后面紧紧跟上，凤凰在前面戒严开路，雷师报告说还没安排停当，命令凤凰日夜不息地飞翔，又遇到暴风雨来临，云霓越聚越多忽离忽合，五光十色上下飘浮荡漾。诗人又命令天帝的看门人来为他开门，然而，看门人只倚靠在天门之外远远地望着诗人，此时夜暮降临，只能停驻下来闲结幽兰。这是诗人极度压抑之后的潜意识层面涌现出的迷离恍惚的状态。在这个世界中，虽然还难免会有现实中的丝丝痛苦，但总体来说，这是一个具有狂欢化色彩的

---

❶（宋）洪兴祖：《楚辞补注》，白化文等点校，中华书局 1983 年版，第 25—30 页。

世界，这里可以暂时摆脱现实生活中的痛苦。而这种处于迷离恍惚状态的艺术想象也正是屈原作品中最具魅力的地方。

再如《远游》描绘了充满神秘色彩和幻想情景的鬼神世界，也具有众神纷至的特点。诗人早上在旸谷中濯洗头发，傍晚在九阳下晒干全身，喝着昆仑飞泉之水，抱着美玉的精华，载着魂魄登上彩霞，拥着浮云登上天宫，命令天帝的看门人打开宫门，招来风神作先导，探问太微宫的位置，升上九天，进天宫游览，造访天帝居住的宫阙。接下来，诗人以天宫为中心，拜访天宫各种神灵。诗人首先拜访了东方之神。诗中写道：

> 朝发韧于太仪兮，夕始临乎于微闾。屯余车之万乘兮，纷溶与而并驰。驾八龙之婉婉兮，载云旗之逶蛇。建雄虹之采旄兮，五色杂而炫耀。服偃蹇以低昂兮，骖连蜷以骄骜。骑胶葛以杂乱兮，斑漫衍而方行。撰余辔而正策兮，吾将过乎句芒。❶

拜访东方之神句芒的盛况是，诗人驾着八条龙蜿蜒游动的车，车上竖起插着旄头的霓虹之旗，旗帜五色斑斓。各种车马交错、纵横杂乱，队列绵绵不绝。接着拜访西方之神。诗中写道：

> 历太皓以右转兮，前飞廉以启路。阳杲杲其未光兮，凌天地以径度。风伯为余先驱兮，氛埃辟而清凉。凤凰翼其承旂兮，遇蓐收乎西皇。❷

经过了东帝太皞再向右转，让风伯飞廉在前面开路打探去拜访西方之神。

---

❶ （宋）洪兴祖：《楚辞补注》，白化文等点校，中华书局1983年版，第169—170页。
❷ （宋）洪兴祖：《楚辞补注》，白化文等点校，中华书局1983年版，第170页。

第二章 "道"与楚汉诗学的神秘性

太阳还没有升起，天空中还没有灿烂的光芒就在天地之上横越飞迁了。让风伯为队伍的先驱，扫荡尘埃迎来一片清凉。凤凰张开彩翼支撑云旗，在西帝那儿与金神蓐收相遇：

> 揽彗星以为旍兮，举斗柄以为麾。叛陆离其上下兮，游惊雾之流波。时暧曃其曭莽兮，召玄武而奔属。❶

接着，诗人摘下彗星充当小旗来摇曳，举起北斗星的斗柄做大旗来指挥。天上的世界真是五彩斑斓，上下闪耀，在云海波涛之中慢慢游览而流连忘返，诗人就召唤北方之神共同游览，去拜访南方之神：

> 后文昌使掌行兮，选署众神以并毂。左雨师使径侍兮，右雷公以为卫。……指炎神而直驰兮，吾将往乎南疑。❷

让文昌六星在后面掌管随从，挑选众神和诗人并驾向前，让雨师相伴随侍在左方，雷公保驾扈从在右边，去拜访南方之神炎帝。诗人接着写虚幻世界中各种神灵共在同欢的景象。

> 览方外之荒忽兮，沛罔象而自浮。祝融戒而跸御兮，腾告鸾鸟迎宓妃。张《咸池》奏《承云》兮，二女御《九韶》歌。使湘灵鼓瑟兮，令海若舞冯夷。玄螭虫象并出进兮，形蟉虬而逶蛇。雌蜺便娟以增挠兮，鸾鸟轩翥而翔飞。音乐博衍无终极兮，焉乃逝以徘徊。舒并节以驰骛兮，逴绝垠乎寒门。轶迅风于清源兮，从颛顼乎增冰。历玄

---

❶（宋）洪兴祖：《楚辞补注》，白化文等点校，中华书局1983年版，第170—171页。
❷（宋）洪兴祖：《楚辞补注》，白化文等点校，中华书局1983年版，第171—172页。

冥以邪径兮，乘间维以反顾。召黔赢而见之兮，为余先乎平路。经营四方兮，周流六漠。上至列缺兮，降望大壑。下峥嵘而无地兮，上寥廓而无天。❶

诗人到了南方胜地九嶷山，火神祝融劝他调转车头，又告诉青鸾神鸟远迎宓妃，张设"咸池"之乐，演奏"承云"之曲，娥皇、女英演唱"九韶"，湘水之神也来鼓瑟，海神与河伯合舞助兴，无角黑龙与水怪一起出没，彩虹轻盈优美，层层环绕，青鸾神鸟在高处翱翔，到北极的寒门追随颛顼观览厚厚的冰层。

在《远游》的艺术世界中，各路神灵来陪驾护随，远游的队伍浩浩荡荡，热闹非凡，再加上五彩缤纷的云彩凤翼，旌旗飘飘，一片绚丽多姿的景象。风伯扫尘，雨师洒道，云师、洛神、雷公等神灵为侍卫，与赤松子、王子乔等仙人为友，拜四方之神，云游八极。这里没有现世生活的逻辑和时空关系，有的是梦幻世界中众神交织的狂欢和迷狂。正如柏拉图所说："若没有这种诗性的迷狂，无论谁去敲诗歌的门，他和他的作品都永远站在诗歌的门外，尽管他自己想单纯凭诗的艺术就可以称为一个诗人。他的神志清醒的诗遇到迷狂的诗就黯然无光了。"❷ 这种虚幻和现实世界交织并存的状态与古人虚实不分的奇特思维方式有关。

三 楚艺术中的巫鬼形象

《汉书·地理志》曰："楚地信巫鬼，重淫祀。"楚俗信鬼而好祀，祭祀时常使巫觋作乐，歌舞以娱神。巫师常扮演"降神"和"娱神"的角

---

❶ （宋）洪兴祖：《楚辞补注》，白化文等点校，中华书局1983年版，第172—174页。
❷ ［古希腊］柏拉图：《文艺对话集》，朱光潜译，人民文学出版社2013年版，第111页。

色。在楚地艺术中,"灵"主要指的是巫师或神灵,这也就形成了楚人特有的以"灵"为核心的巫文化体系。

楚绘画中充满了魑魅魍魉的巫师形象,有些是巫师降神、娱神的场景,有些是巫师手持法器作法的情形,有些是巫师引导墓主的灵魂升天的场景,等等。楚绘画中的招魂、引魂和降神等题材无不折射出楚人对灵魂的独特理解。如湖北随州曾侯乙墓出土了鸳鸯形盒,其左右两侧分别绘制了击鼓图和撞钟图。在击鼓图中,两个似人似鸟的人物形象均头戴高冠,一人腰佩长剑且翩翩起舞。这显然是一个巫师的形象。在撞钟图上也是一个头戴高冠的巫师形象。曾侯乙墓出土的漆内棺左右侧板上,各画 8 位兽面人身、手执双戈、两臂曲举、状若起舞的怪物。此外,曾侯乙墓漆棺上有羽人、方相氏、神兽等形象。它们吐着长长的舌头,长着一对巨大的双耳,身形比例完全超乎现代人的想象。

曾侯乙墓鸳鸯盒上的乐舞图案(图片来源:湖北省博物馆编:《曾侯乙墓》,文物出版社 1989 年版,第 365 页。)

河南信阳出土的一件漆瑟上绘有巫师逐邪图。该图表现的是楚巫举行"傩仪"时的一个场景：一男巫张弓搭箭，对准一头戴鸟形面具的女巫。男巫头戴黄色平顶高冠，衣着银灰色宽袍，侧立向前，持弓引弦，做欲射状。女巫惊慌失措，落荒而逃。在男女巫的下面，绘有走兽和龙蛇等动物形象以及云纹，走兽作急奔状。"傩仪"是古代的一种驱鬼逐邪的宗教仪式，由巫师化装成某个鬼怪和邪魔，作为被驱赶的鬼魔。

屈原的《离骚》中也有多处巫文化痕迹，如"灵修"为高级巫官，"女媭"为太阳神帝舜重华的女侍或专祭女巫，"灵氛"为神巫，"巫咸"为东方神巫。从屈原的自我形象描述中可以看出，屈原与楚画中戴高冠、佩长剑的巫师形象相近。

屈原的《九歌》中更是塑造了一系列巫觋形象。他们通常容貌姣好，身着华美礼服，手持长剑，佩戴精美玉饰，香气袭人，翩然起舞。如《九歌·东皇太一》中写到，在摆上芳香的祭品，献上桂椒美酒，边吹竽边鼓瑟的热烈迎神氛围中，女巫穿着漂亮的衣服，扭动着优美的舞姿在等待东皇太一的降临。《九歌·云中君》中写道："浴兰汤兮沐芳，华采衣兮若英。灵连蜷兮既留，烂昭昭兮未央。"意思是说，在祭典开始时，女巫就在以兰蕙汁液制成的香汤中浸泡，以使全身散发出沁人心脾的花草香味。她穿上如同若英一样华丽的礼服，腰间佩戴着剔透的佩玉，虔诚地迎候云中君的降临。《九歌·山鬼》塑造了一个富有魅力的山鬼形象。诗中写道："若有人兮山之阿，被薜荔兮带女萝。既含睇兮又宜笑，子慕予兮善窈窕。乘赤豹兮从文狸，辛夷车兮结桂旗。被石兰兮带杜衡，折芳馨兮遗所思。"❶站在山坳中的山鬼，缥缈得像山间的雾气，若有若无。她身披薜荔，以女萝束着细腰，目光流转，微启朱唇，淡淡微笑，身姿窈窕。她乘坐着辛夷木做的车，以桂枝做旌旗，石兰做车盖，杜衡做飘带，赤

---

❶ （宋）洪兴祖：《楚辞补注》，白化文等点校，中华书局1983年版，第79页。

豹拉车，大花狸跟在后面。山鬼形象模糊，笑容魅人，富有独特的艺术魅力。

巫鬼在中国古代普遍存在，由上可知，楚地艺术中的巫鬼具有较强的变形、夸张特征，具有多神交织、热闹纷繁的特征，画面布局比较满，显得云蒸雾绕。

有鬼，就有镇墓的必要。战国楚地出土较多镇墓兽，多是头插鹿角、圆眼、长舌外露的怪兽形象。据《楚系墓葬研究》一书统计，雨台山出土镇墓兽145件，拍马山27座墓葬中10座墓葬出土有镇墓兽。稍大一点的楚墓，几乎每墓必备，足见楚人对镇墓兽的迷信程度。

第三节 楚地艺术神秘梦幻特征在西汉的绵延

以"道"为逻辑起点，以混沌为突出特征的楚艺术在西汉时期继续存在。进入西汉后，一方面，由于刘邦等西汉统治阶层来自楚地，自然会使楚文化在西汉得到绵延；另一方面，楚文化作为一种富有强大生命力的文化范式有着极强的辐射力，对周边文化和后世文化自然会形成一定的影响。因此，西汉前期文化艺术表现出极强的楚文化风格，即使在东汉文化中也依然有楚文化元素。

一 朦胧梦幻特征在西汉的延续

楚地朦胧梦幻的艺术风格在汉代漆器和丝织品艺术中体现得最为充分。就丝织品纹样来看，西汉艺术中有动物纹样，有人们想象中的奇禽异兽，也有不少花卉纹和几何纹。题材以变形云纹、变形龙纹、变形鸟纹、菱纹、花叶纹、藤蔓纹等为主，充分体现了混沌、朦胧、梦幻的艺术特征。如马王堆汉墓出土的绣品如"乘云绣"枕巾、"长寿绣"镜衣、"茱萸绣"绢衣片等纹饰都非常精美，且具有如梦似幻的审美特征。长寿绣是西汉刺绣中最典型的一种，是变了形的茱萸穗与云气纹相结合的云气纹样式。马王堆汉墓出土的长寿绣，在绛紫绢底上用朱红、浅棕红、橄榄绿、金黄、土黄、绯红、银灰等绣线，以楚绣中的锁绣技法，绣出茱萸纹、穗状流云纹、如意状花纹等图案。茱萸纹、如意云纹带有"长寿"的寓意，因此称其为"长寿绣"。云气纹漫卷漫舒，茱萸作为辟邪植物，以其穗状形态构成飘逸的尾形，形成了长寿绣循环较大、云气块面较大的特点和流畅、动态的艺术效果。

马王汉墓堆长寿绣纹样（图片来源：湖南省博物馆、中国科学院考古研究所编辑：《长沙马王堆一号汉墓》，文物出版社1973年版，第61页。）

"乘云绣"纹样造型与长寿绣较接近，但循环略小，用朱红、浅棕红、橄榄绿、紫灰、棕、草绿等色，绣成桃形花纹、云形花纹，纹样中有一鸟头形似凤头。乘云绣纹样卷曲粗壮，单元首端有龙头、凤头与云纹，连成云中龙、云中凤。马王堆汉墓出土的"信期绣"以浅棕红、朱红、橄榄绿、深绿等色绣成穗状流云纹、蔓枝花卉纹、茱萸纹，以及变形的长尾燕子纹样。燕子是定期南迁北归的候鸟，因此以"信期"命名这一织绣纹样。信期绣纹样虽然比较简单，线条较细，花纹精密，循环较小，但同样具有云气缭绕、混沌梦幻的艺术效果。

二 众神与云雾交织艺术范式的延续

战国时期的荆楚之地，重峦叠嶂，云气缭绕，怪兽出没。楚人通常会把不同的事物巧妙地组合在一起，形成一个人、神、巫、鬼杂糅的神秘世界。各种怪兽和仙人交织于云雾中，渐渐形成了一种艺术范式，对西汉艺术产生了较大的影响。

汉初文景时期的长沙马王堆一号、三号汉墓较多继承了战国楚文化的特点，表现了繁复的艺术风格和引魂升天的主题。如马王堆一号汉墓出土的T形帛画，表现的是招魂之俗。画面分为天上、人间、地下三部分。天国世界的顶端中央是人头蛇身的女娲，左边两只鹤，右边三只鹤，个个翘首张喙而鸣。帛画上端左边绘有月亮、蟾蜍和嫦娥，右边绘有金乌戴日。日月下方绘有仰首腾空的巨龙，日下有扶桑树，树杈间有八个小太阳。天国的下端有两个人，推测应是看门人。整个天国充满神秘祥和的气氛。帛画中部墓主人侧身站在中央，前面有两个男子拱手跪迎，身后有三位婢女拱手侍立。墓主人下方的巨龙穿璧图案是阴阳两界的分割线。在阴间，一神人以双手撑住大地，其脚下有鱼、龟等灵物。这幅帛画充满神奇的想象，画面以灵魂不死为核心精神，将死者融身于一个神奇的想象世界之中。

　　再如长沙马王堆一号汉墓中的黑地彩绘漆棺，外表以黑色为地，主体花纹大部分使用紫灰、粉绿等偏冷的间色，以及增加暖色但较偏暗的棕黄色，因而整体色彩显得阴暗神秘。棺盖板和四周通体绘流云漫卷的云气纹和神怪动物图案。其中有似羊非羊、似虎非虎、长有鹿角的神怪，有九尾狐、披发仙、鸾鸟、仙鹤、牛、马、鹿、兔和蛇等图案，还有怪神吞蛇、怪神衔蛇、怪神操蛇、仙人操蛇、神仙对舞、怪神弹奏、怪神射鸟、仙人鞠躬、怪神缚鸟、怪神独舞等。整个画面连绵不断、翻滚向前，给人以深沉、神秘、奇幻、恐怖的感觉。在这里，没有主客体之分，没有清晰明确的界限，体现了万物混沌一体的思想。

马王堆汉墓漆棺上的怪兽（图片来源：陈振裕主编，胡志华绘图：《中国古代漆器造型纹饰》，湖北美术出版社1999年版，第365、363页。）

　　洛阳卜千秋夫妇合葬墓的"引魂升仙"主题图画，描绘男墓主持弓乘龙、女墓主乘三头凤，在持节方士与仙女的导引下，在仙禽神兽的护卫下飘然升仙的景象。在流动的云彩间，还绘有人首蛇身的伏羲、女娲，游动的龙，飞奔咆哮的白虎和展翅飞翔的朱雀等神异形象。门额上绘有象征吉祥和永生的人面鸟。主室后壁绘有驱邪的猪头形方相氏及青龙、白虎等神怪。

在西安交大附小发掘的西汉壁画墓，绘有天堂仙界的景象。在墓室的券顶上画有两个大小不等的同心圆，内圆里绘日、月，日中有金乌，月中有蟾蜍和玉兔。两个同心圆中间绘有青龙、白虎、朱雀和蛇图案，还绘出二十八星宿天象图，并用人物和多种动物填充其间。券顶圆圈内外绘满彩云和仙鹤，后壁上部正中的云彩间，一个手持灵芝的羽人正引导墓主的灵魂升天，其下中间为一只卧鹿，两边为展翅飞翔的仙鹤。壁画的下部，在勾连云纹间点缀着仙鹤、天鹅、锦鸡、鹿、虎等多种珍禽异兽。壁画具有仙界的快乐祥和氛围。西安理工大学汉墓壁画绘于墓室四壁及顶部，主要有骑马出行、骑马狩猎、宴饮乐舞、斗鸡等现实生活场景，以及日、月、腾龙、翼虎、朱雀、仙鹤、乘龙羽人升仙等景象。各种神仙鬼怪变形、夸张地与云气交织在一起，使汉代艺术具有奇幻色彩。

河南永城梁王墓，主室南壁和西壁绘有仙山、朱鸟、神豹以及树木和灵芝；顶部绘有青龙、白虎、朱雀、玄武等四方神，其中青龙长约5米，躯体蜷曲矫健，透迤磅礴。画面中还有朱雀、老虎与青龙构成"龙飞凤舞"共游天际的画面主题。青龙有着强烈的飞扬之势，两只前足中，一足踏云气，一足踏翼翅；后两足，一足接朱雀之尾，一足长出花朵；龙尾生长茎花朵。青龙上部的朱雀嘴衔龙角，胫生花朵，尾接祥云而又生花朵。青龙下部的老虎呈奔跑状，嘴里衔着的花朵随风向后飞扬。这幅墓室壁画表现怪兽争相追奔的诡秘艺术形象，体现了汉代人对阴间的想象。

值得一提的还有满城汉墓出土的错金银鸟篆文铜壶，壶上面有云雾缭绕的鸟篆文，壶盖上有三个云纹纽。双龙谷纹白玉璧的外缘攀附着两条龙，二龙之间有呈向上飞腾之势的镂空云纹。龙、云融为一体，具有云气升腾之感。还有满城汉墓出土的镂空云凤纹白玉笄，笄首透雕凤鸟、卷云纹，笄身线雕卷云纹。如蔓草一样伸出的卷云纹，显示出楚汉墓葬文化云气缭绕、扑朔迷离的艺术特征。

关于汉代宫室殿堂的壁画，文献中也有不少相关记载。《汉书·郊祀志》记述说，汉武帝时，甘泉宫台室中有绘画，描绘着天、地、泰一诸鬼神等。《后汉书·南蛮西南夷列传》记载，汉章帝时，益州"都尉府舍皆有雕饰，画山神海灵奇禽异兽以炫耀之，夷人益畏悼焉"。可以看出，这些属于东汉时期的壁画上所绘的神仙鬼异形象依然具有各种珍禽异兽、神仙鬼怪交织并存的楚艺术特征。

上述神灵鬼怪交织并存的艺术特征在《淮南子》中也得到了充分的描绘。《淮南子》中有不少神灵交织的情景，与楚地器物上的纹饰有相同的艺术风格。如《原道训》中讲到冯夷、大丙之御：

> 昔者，冯夷、大丙之御也，乘云车，入云霓，游微雾，骛恍忽，历远弥高以极往。经霜雪而无迹，照日光而无景，扶摇抮抱羊角而上，经纪山川，蹈腾昆仑，排阊阖，沦天门。❶

上述引文是说天神冯夷和仙人大丙乘的是云车，驾的是云霓，遨游在微朦的云雾之中，驰骋于渺茫迷蒙之境，越走越高越远，直到邈远之处，经过霜雪而不留印迹，日光照射却没有阴影，如飙风曲萦盘旋而上，经过高山大川，跨越昆仑之巅，推开天门，进入天宫。接着描写大丈夫之御：

> 是故大丈夫恬然无思，澹然无虑；以天为盖，以地为舆，四时为马，阴阳为御；乘云陵霄，与造化者俱。纵志舒节，以驰大区。可以步而步，可以骤而骤；令雨师洒道，使风伯扫尘，电以为鞭策，雷以

---

❶ 何宁：《淮南子集释》，中华书局1998年版，第12—16页。

为车轮；上游于霄雿之野，下出于无垠之门。刘览偏照，复守以全。经营四隅，还反于枢。❶

大丈夫之御，以天为车盖，以地为车厢，以四季为马，以阴阳为御手，乘着白云遥上九霄，与自然造化同往，与天地同在，可缓行则缓行，可疾驰则疾驰。令雨师清洒道路，使风伯扫除尘埃，用闪电来鞭策，以迅雷作车轮，向上游于虚廓高渺之域，往下出入于无边无际之门；虽然观览照视高渺之境，却始终保守着纯真；虽然周游经历四面八方，却仍然返还根本。这里虽然说的是对"道"的把握，虽然是用大丈夫的驾驭来比喻对大道的驾驭，但也给我们呈现了一个神灵交织并存、飘然飞升、呼啸而来的热闹景象。

《淮南子·览冥训》还描绘了女娲功成之后在天地之间自由遨游的情景：

乘雷车，服驾应龙，骖青虬，援绝瑞，席萝图，黄云络，前白螭，后奔蛇，浮游逍遥，道鬼神，登九天，朝帝于灵门，宓穆休于太祖之下……❷

伏羲和女娲以雷电为车，以应龙居中驾辕，让青虬处于两旁，手持珍稀的瑞玉，铺上带有图案的车垫，车上有黄色的彩云缭绕，前面有白螭开道，后面有腾蛇簇拥追随，鬼神为之前导，上登九天，于灵门朝见天帝，安详静穆地在大道太祖那里休息。

东汉时期，神灵鬼怪仙交织并存、云气缭绕、构图繁密的艺术风格逐渐被对现实生活的描绘代替，但在墓葬壁画的上端，往往还给想象中的神

---

❶ 何宁：《淮南子集释》，中华书局1998年版，第18—22页。
❷ 何宁：《淮南子集释》，中华书局1998年版，第483—484页。

灵世界与天象保留了一定的位置。比如，在和林格尔东汉墓壁画中，在武威磨嘴子壁画中，虽然都以表现现实生活为主，但依然给神灵世界保留了一定的空间。

本章小结：楚汉神秘文化以云遮雾罩、迷离恍惚的南方自然环境为基础，以巫鬼观念和万物一体思想为核心，形成了具有梦幻色彩的神秘文化。这种神秘文化不同于北方中原地区以天命鬼神和祖先祭祀为主要内容的神秘文化，使中国古代文化更加多彩多姿。"道"不可把握、神奇莫测，是对具有朦胧和梦幻感的自然环境的体验，又成为化生万物的抽象概念。从先秦到汉代，关于艺术本原的认识中都有艺术产生于虚无的"道"的思想。"道"是物质世界的本体，艺术也是以"无"为本，艺术是"道"的载体和外在表现形式。因而"无声之音""无形之象"是形而上的"道"的体现。"听之不闻其声，视之不见其形，充满天地，苞裹六极"的"天籁"之音才是最美的音乐。能够体现"道"之精神的还有素淡的色彩、甘甜的滋味，它们虽不是无，但最接近于无，具有生发性。与"道"的朦胧、梦幻精神一脉相承的是楚汉时期艺术中各种神灵在云雾中穿梭的情景，是虚幻世界和现实世界同时并在的神奇艺术世界。

第三章

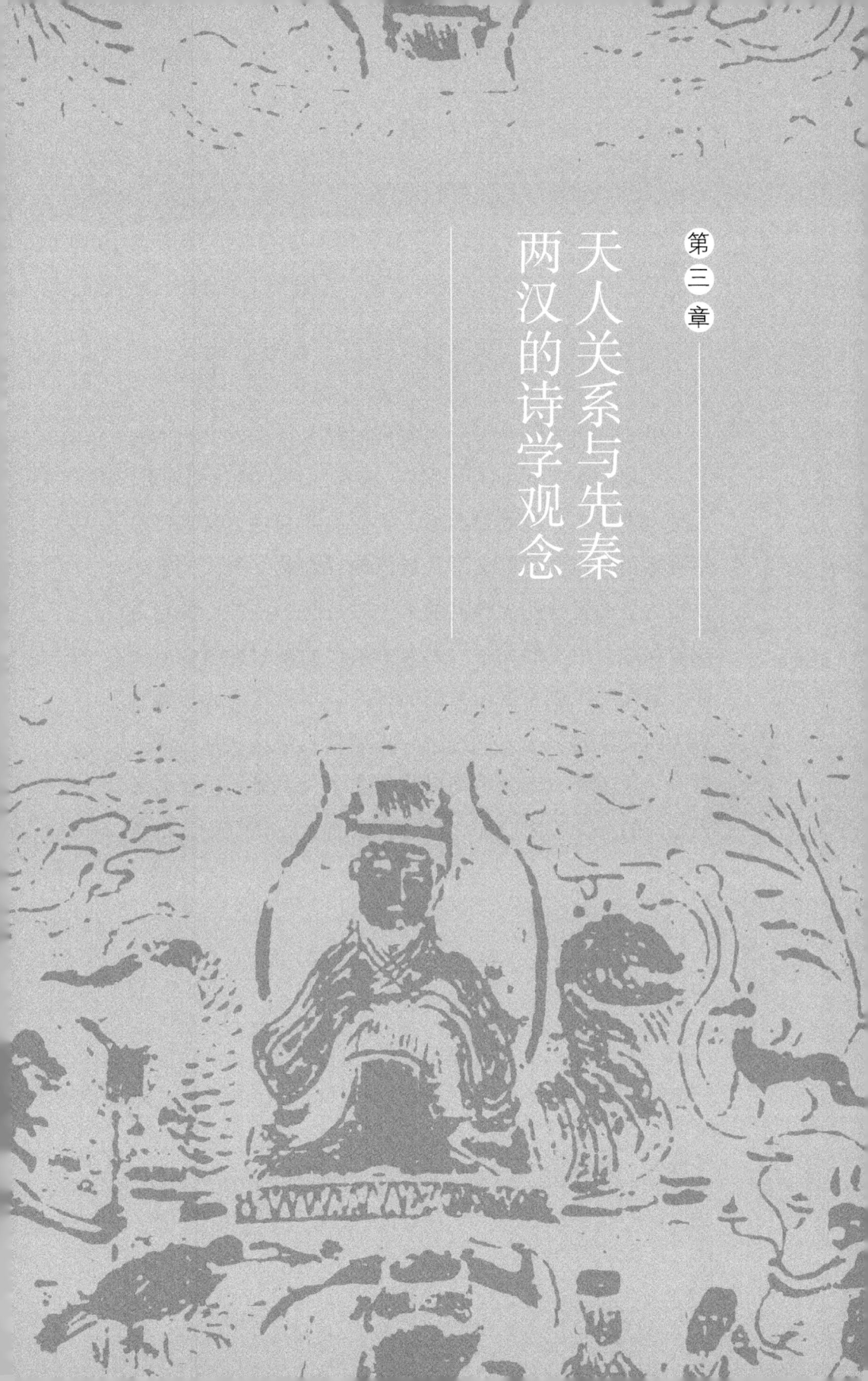

天人关系与先秦两汉的诗学观念

中国古代，天的含义是模糊的和复杂的。天指的是天空，是自然现象和自然规律，还指的是人格化的神灵。天是人决策和处世的参照系，它既有超验性，又似乎就是可感知的存在，但又不是具体的存在物。天人关系主要指的是人君与作为神灵的天，以及与一些神奇的自然现象和社会现象的关系。天人关系在商周时期就受到关注，但在汉代成为更加系统的理论。本章将天人关系划分为四种类型：天人同在、天人同构、象天法地、天人感应。这四种天人关系均以诗意想象为基础，包含着天人之间的互动，因而是一种诗化的哲学，具有丰富的美学意义。

第一节 天人同在及天地的大美气象

一 中国古人的宇宙情怀及大美气象

天地玄黄，万物品类繁盛，宇宙如此深沉幽渺。中国古人行走在广袤的大地上，不由得仰观俯察，思索宇宙天地的奥秘，形成了对天象的朴素认识。屈原《天问》中写道："遂古之初，谁传道之？上下未形，何由考之？冥昭瞢暗，谁能极之？冯翼惟象，何以识之？明明暗暗，惟时何为？"❶ 宇宙最初是如何形成的？究竟有多大？宇宙的结构是怎样的？这是面对宇宙苍穹发出的千古之问，反映了人类面对天地自然时的困惑和探索天地宇宙的渴望。孔子说："天何言哉？四时行焉，百物生焉，天何言哉？"❷ 孔子这句话的落脚点虽然不在于天地自然，但他看到了四季的轮回，万物的蓬勃生长，也看到了天地的静默。天什么都没有说，却成为人类不断探索的空间和参照的对象。1978 年，湖北随县曾侯乙墓出土的漆箱箱盖上按照顺时针方向排列着二十八星宿，体现了战国时期人们对天象的观察。《淮南子·天文训》中云："帝张四维，运之以斗，月徙一辰，复反其所。正月指寅，十二月指丑，一岁而匝，终而复始。"❸ 正月斗柄指向寅辰，十二月斗柄指向丑辰，一年环绕一周，终而复始地运行，这是中国古代先民对天象的较早认识。从各种文献中也可以看出，古人有着强烈的宇宙意识。

---

❶（宋）洪兴祖：《楚辞补注》，白化文等点校，中华书局 1983 年版，第 85—86 页。
❷ 杨伯峻译注：《论语译注》，中华书局 1962 年版，第 195 页。
❸ 何宁：《淮南子集释》，中华书局 1998 年版，第 238 页。

博大深远是天地宇宙给人的最深印象。在俯仰天地人寰、品类万物的过程中，中国古人也形成了博大的情怀和宽广的视野。这是博大美学气象形成的基础。《老子》第二十五章云："道大，天大，地大，王大。域中有四大，而王处一。"❶ 老子认为，人生长于天地之间，与万物并存，人能感悟天时运行，是天地之心。庄子推崇天地之大美。他说："天地有大美而不言，四时有明法而不议，万物有成理而不说。"❷ 天地无声无息，四时静默无语，万物中有着内在的规律，但它什么都不说。《中庸》云："天地之道：博也，厚也，高也，明也，悠也，久也。今夫天，斯昭昭之多，及其无穷也，日月星辰系焉，万物覆焉。"❸ 天地是博大高厚的，是光明长久的。虽然天空看起来空荡虚无，但可以悬挂日月星辰，可以覆盖神州万物。

面对天地宇宙的思索使中国古人认识到，人为天地所生，是自然界的一部分，因而古人形成天、地、人三才的观念。人站在天地之间，面对的是天空和大地，与天地并存。《吕氏春秋·序意》云："上揆之天，下验之地，中审之人。"❹ 司马迁在《报任安书》中申明自己作《史记》的目的是"究天人之际，通古今之变，成一家之言"。《淮南子·要略》中说："夫作为书论者，所以纪纲道德，经纬人事，上考之天，下揆之地，中通诸理。"❺ "故著书二十篇，则天地之理究矣，人间之事接矣，帝王之道备矣。"这段话可看作《淮南子》的纲领，与《史记》的著书目的极为类似。可以说，他们视野中均包含着天地人，著书的目的都是穷究天地之理。

这种宇宙意识也成为中国古代艺术的一种特有的空间意识。《淮南

---

❶ 朱谦之：《老子校释》，中华书局1984年版，第102页。
❷ （清）郭庆藩：《庄子集释》，王孝鱼点校，中华书局1961年版，第735页。
❸ （宋）朱熹：《四书章句集注》，中华书局1983年版，第35页。
❹ 许维遹：《吕氏春秋集释》，梁运华整理，中华书局2009年版，第274页。
❺ 何宁：《淮南子集释》，中华书局1998年版，第1437页。

子·泰族训》中说："故大人者，与天地合德，日月合明，鬼神合灵，与四时合信。"❶ 天地如此之大，人只有将自己的心扩而展之如天地之大，如日月之明，才能达到圣人的境界。在汉大赋中，天地意识几乎成为艺术表达的特定内容。比如枚乘《七发》中写道：

　　龙门之桐，高百尺而无枝；中郁结之轮菌，根扶疏以分离。上有千仞之峰，下临百丈之溪；湍流溯波，又澹淡之。其根半死半生。冬则烈风、漂霰、飞雪之所激也，夏则雷霆、霹雳之所感也。朝则鹂黄鸫鸣焉，暮则羁雌、迷鸟宿焉。独鹄晨号乎其上，鹍鸡哀鸣，翔乎其下。❷

龙门之桐，高达百尺而不分枝，树干上生长着盘曲的纹路，树根向四周延伸而扩展。桐树上有千仞之高峰，下临百丈之深涧；湍急的逆流冲击摇荡着它。它的根已半死不活。冬天的寒风、飞雪侵凌它，夏天的闪电、霹雳触击它；早上有黄鹂鸫鸣在枝头鸣叫，傍晚则有失偶的雌鸟、迷路的鸟雀在它上面栖息，孤独的黄鹄清晨在桐树上啼叫，鹍鸡在树下飞翔哀鸣。龙门之桐阅尽了岁月的风霜雨雪，禀受了天地之精华，成为自然的有机组成部分。桐树与天地同在，因而用它制造的琴也具有与天地同在的精神。

司马相如《子虚赋》中描写云梦泽的中部群山林立，体势高大，广阔富有；东面是百花园圃，花草齐备，芬芳扑鼻，杜衡兰草、白芷杜若相杂其间，奇葩异草遍布其中；南面是一片广博宏阔的平原，起伏延伸，土肥地美；西面清泉流淌，菱茎挺立，荷花盛开；北面有荫林巨树，楩梓豫章，桂椒木兰，果树芬芳，香木林立，上有五色斑斓的孔雀凤鸟来回飞

---

❶ 何宁：《淮南子集释》，中华书局1998年版，第1378页。
❷ 费振刚等校注：《全汉赋校注》，广东教育出版社2005年版，第33页。

翔，下有白虎黑豹往复奔走，呈现出一片勃勃生机。司马相如书写云梦泽，将视野扩展到东南西北，将天地万物容纳其中，有总览万物的气势。云梦泽是天地宇宙的一部分。

《上林赋》中，我们同样能读到那种放眼一望，东南西北各个方向，乃至全天下都尽收眼底的博大情怀和天地间无限的生机。《西都赋》则从长安城四周的高山险关、大河百川写起，写长安城内的市容面貌，接着又从南、北、东、西四个方面铺叙长安四郊的富丽，虽然写的是长安城，但将整个宇宙天地尽收眼底，有气吞八荒之势。如果没有一颗涵括宇宙、融汇天人的赋家之心，怎会有如此阔大的境界。在王褒《洞箫赋》中，我们能读到哪怕是一根竹子也禀受天地之灵气、日月之精华。箫竹吸纳阴阳之精气，感受万物之搏动，是与天地同在的一种乐器。

汉大赋对天地万物的铺排，对盛大场面的描绘、对宫殿苑囿的状写体现了包举宇宙、海涵地负的气势，以及与天地同其在的美学精神。正如《西京杂记》卷二引司马相如对赋的赞美："合纂组以成文，列锦绣而为质，一经一纬，一宫一商，此赋之迹也。赋家之心，苞括宇宙，总览人物。"❶ 汉代的艺术具有博大的宇宙意识和繁满的物象观念。可以说，先秦两汉时期，宇宙是中国古人的生存空间，也是中国古人特有的心理空间。与宇宙一样宏阔，与天地一样包容万物，与日月一样普照四方。这是大一统时代中华美学特有的大美气象。

二 与天地相通的美学精神

世界如此之大，又如此沉寂，人面对如此博大之宇宙，自然备感渺小、无助、孤独。如何融身于天地宇宙，如何与宇宙相通，不同的哲学流

---

❶ 葛洪撰，周天游校注：《西京杂记》，三秦出版社2006年版，第93页。

派有不同的路径。道家认为，只有忘我地融身于自然的运转，才能超越小我的狭隘，拥有天地之大美。《庄子·齐物论》中说："天地与我并生，而万物与我为一"❶，表达的就是人和天地万物共在的思想。"天地一指也，万物一马也"❷ 表达的是万物齐一的思想。万物齐一，就超越了是非、生死、物我的界限，融入宇宙万物的洪流之中。庄子认为，通过心斋坐忘就能达到忘我的境界，达到"独与天地精神相往来"的境界。《庄子·则阳》通过蜗角之争的寓言告诉人们，从狭小的蜗角走出来，才能感受到宇宙的广阔和无穷。这种广阔无垠的宇宙意识成为中国古人的一种内在的心理空间，也成为中国人超越有限个体存在融身天地宇宙的精神归宿。《淮南子》作为汉代道家哲学的代表性论著，也延续了老庄思想，认为只要自身做到"无所喜无所怒，无所乐无所苦"，就可以达到与万物同一的境界。也就是说，只要放下自己的喜怒哀乐，放下一己成败得失的计较，就能回归到天然的本性，就能与天合一，与万物玄同。一旦进入与宇宙万物合一、玄同的状态，就能达到人的生命与宇宙大化同流的境界。

在天和人之间是有界限的，但是，超越自己的有限性，将自己扩而大之，与天地相通，这是儒家天人相通的基本路径。其基本逻辑是：天地中有先验的伦理根据，人只要真诚无欺，就能获得天地宇宙的先验伦理，从而与天地相通。《中庸》中讲："唯天下至诚，为能尽其性；能尽其性，则能尽人之性；能尽人之性，则能尽物之性；能尽物之性，则可以赞天地之化育；可以赞天地之化育，则可以与天地参矣。"❸ 又说："唯天下至诚，为能经纶天下之大经，立天下之大本，知天地之化育。"❹《中庸》把"诚"作为天人之间的中介，诚是天地本有的某种品质，人只要真实无伪

---

❶ （清）郭庆藩：《庄子集释》，王孝鱼点校，中华书局1961年版，第79页。
❷ （清）郭庆藩：《庄子集释》，王孝鱼点校，中华书局1961年版，第66页。
❸ （宋）朱熹：《四书章句集注》，中华书局1983年版，第33页。
❹ （宋）朱熹：《四书章句集注》，中华书局1983年版，第39页。

地打开自己，就能达到物我无对、天人一体的境界。孟子与《中庸》的基本精神相一致。《孟子·尽心上》言："尽其心者，知其性也。知其性，则知天矣。存其心，养其性，所以事天也。"❶ "夫君子所过者化，所存者神，上下与天地同流，岂曰小补之哉？"❷ "万物皆备于我矣。反身而诚，乐莫大焉。"❸ 孟子认为，人性与天性是相通的。人如果能呈现出真诚无伪之心，就能知性，就能与天性相通，所以人要尽可能地通过修身养性，尽力扩大自己的善端来达到与天相通的目的。这是与宇宙同大，与天地同在的"天人合一"境界。

在天人合一的境界中，中国古人感到整个宇宙就是一支大的生命流行的欢歌，在这里，天地和谐、万物和畅。《礼记·乐记》则把礼乐也纳入这个和谐的宇宙循环之中。《乐记》指出："大乐与天地同和，大礼与天地同节。和，故百物不失；节，故祀天祭地。"❹ "乐者，天地之和也。礼者，天地之序也。和，故百物皆化；序，故群物皆别。"❺ 《乐记》将礼乐纳入天地宇宙之中，为礼乐文化的合理性寻找到了无可置疑的形上根据。乐取象于天的循环变化，礼取法于大地的生养，万物各有所宜。礼乐与天地相通，所以，大乐与天地一样能协和万物，大礼与天地一样能节制万物。《左传·昭公二十五年》中也讲："哀乐不失，乃能协于天地之性，是以长久。"❻ 礼乐与天地相通，因而礼乐遵循的是天地的秩序和宇宙运化的规则，可以构筑良好和谐的社会秩序。

当人站在天地之间，超越一己之私心杂念，作为天地宇宙的一部分而存在时，人就没有了一己之烦恼，没有了一己之痛苦，人也将心胸扩展到

---

❶ 杨伯峻译注：《孟子译注》，中华书局2016年版，第334页。
❷ 杨伯峻译注：《孟子译注》，中华书局2016年版，第339页。
❸ 杨伯峻译注：《孟子译注》，中华书局2016年版，第335页。
❹ （清）孙希旦：《礼记集解》，沈啸寰、王星贤点校，中华书局1989年版，第988页。
❺ （清）孙希旦：《礼记集解》，沈啸寰、王星贤点校，中华书局1989年版，第990页。
❻ 杨伯峻编著：《春秋左传注》，中华书局1990年版，第1459页。

无限，与天地同心，与万物同情，与宇宙的生命浩然同流。这就是广泛存在于中国文化艺术中的宇宙情怀，是中国文化中的大我精神。个体情感融入整个天地宇宙之中，戚戚然之小我不再存在，哪怕单一个体也是整个宇宙，也能达到与天地相通的境界。在人和宇宙的大循环中，毋庸置疑，"死亡从来不是终点，而只是大化流衍的一个环节"❶。

第二节 "以己度物"与"天人同构"观念的美学特质

一 "以己度物"的思维模式

"以己度物"的思维模式是由意大利人类学家维柯总结出来的。他说，"以己度物"就是人面对无序的、不可把握的外在事物时，"人就把他自己当成权衡一切事物的标准"❷，并由此来理解外在世界，"使它们也有感觉和情欲"❸。"以己度物"有两个方面的含义：其一是指人以自己的情感和心理为尺度去揣摩外界有生命或无生命事物的状况，以自己的生命活动去推测宇宙的非生命活动，去认知、了解和把握外在世界；其二是指人以自己的身体为参照去理解和感知天地万物。这样，人就将自己的情感赋予没有生命的自然外物，使外物也有了生命和情感。同时，把对象物视为同自己一样有生命、有相同感情的平等对象，并与之进行情感交流和对话。在这种思维模式中，日月星辰、飞禽走兽、石头树木都和人一样，有头、眼等各种器官，也具有了情感、意志和灵魂。"以己度物"的思维模

---

❶ 毛峰：《神秘主义诗学》，生活·读书·新知三联书店1998年版，第41页。
❷ [意]维科：《新科学》，朱光潜译，人民文学出版社1986年版，第81页。
❸ [意]维科：《新科学》，朱光潜译，人民文学出版社1986年版，第175页。

式使天地自然都拥有了生命和情感。法国雕塑家罗丹不无感慨地说："艺术家到处听到他的心灵与万物的心灵对语。"❶ 可以说没有对万物生命力的认可，就不可能有人与万物的心灵对语。

二 《淮南子》中的天人同构与人的自然化

通过以己度物的思维模式，汉代人认为，日月星辰、飞禽走兽、石头树木都和人一样，有头、眼等各种器官，成为人的一个同类。《淮南子·天文训》云："孔窍肢体，皆通于天。天有九重，人亦有九窍。天有四时以制十二月，人亦有四肢以使十二节。天有十二月以制三百六十日，人亦有十二肢以使三百六十节。"❷《精神训》讲得更加详细：

> 故头之圆也象天，足之方也象地。天有四时、五行、九解、三百六十六日，人亦有四支、五藏、九窍、三百六十六节。天有风雨寒暑，人亦有取与喜怒。故胆为云，肺为气，肝为风，肾为雨，脾为雷，以与天地相参也，而心为之主。是故耳目者日月也，血气者风雨也。❸

可以看出，《淮南子》以天地自然的属性来比附人体的器官功能和精神状态，将天地之象与人的身体构造联系起来，形成"天人同构"的对应关系。人的头圆像天，足方像地，四肢与四时相应，五脏与五行相配，九窍与九解相合，三百六十六日与三百六十六条经脉相符。五脏也与天地自然相参验配伍，胆为云，肺为气，肝为风，肾为雨，脾为雷，而心为之主。

---

❶ [法] 奥古斯特·罗丹述，葛赛尔记：《罗丹论艺术》，傅雷译，山东画报出版社2017年版，第99页。
❷ 何宁：《淮南子集释》，中华书局1998年版，第282页。
❸ 何宁：《淮南子集释》，中华书局1998年版，第507—508页。

在这种天人一体的思维模式中，天已经不是一个外在于人的客观存在，而是被赋予了生命的"同类"。

人们想象上天的结构和人间的社会关系是一样的。如《淮南子·天文训》云："四时者，天之吏也；日月者，天之使也；星辰者，天之期也；虹霓彗星者，天之忌也。"❶ 四时是上天的官吏，日月是上天的使者，星辰是上天在聚会，虹霓彗星是上天的禁忌符号。这是用人间关系作为参照系去想象和感受"天"的关系，因而天拥有了人间情怀，不再是冰冷的、纯客观的天。天不再是客观外在的对象，而是富有情感意志的同类。只有以诗意的眼光来观照自然，天地自然才能有如此灵气。在这里，宇宙论与道德论合二为一，人与天地精神合二为一。

天人的同构关系，悄悄弥合了万物与人间的鸿沟，使人的生活可以参照天的规律来进行解释，也可以用人间的生活模式来理解天的存在状态。在汉代人的眼中，自然不再是纯客观的"他者"，而是有着感情、血肉的"同类"，这就是天人之间的情感联系，其中充满了人情味和独特的美学精神。方东美《生生之美》中说："而中国向来是从人的生命来体验物的生命，再体验整个宇宙的生命。"❷ 方著所言极是，人从自己的生命出发来体验宇宙，使宇宙也着上了生命的色彩。天人之间彼摄互荡，浑然一体。天不再是与人对立的客体，而是人的另外一种存在形式；天不再是一个冰冷、客观的外在客体，而是一个可以与人互动和对话的主体；自然不是完全冰冷的对象，而是与人同样有着眼、耳、鼻、舌、身，有着喜怒哀乐情感的另一个放大的自我。

三 《淮南子》中的神话时空观念

在以己度物思维模式的影响下，《淮南子》对时序的运转也进行了富

---

❶ 何宁：《淮南子集释》，中华书局1998年版，第178页。
❷ 方东美：《生生之美》，北京大学出版社2009年版，第310页。

有诗意和情感的想象。《淮南子·天文训》描述了一个神灵交织的世界：季春三月，云师露面，开始降雨。季秋九月，地面的暖气隐没于地下，大地开始呈现肃杀之气，各种昆虫闭塞门户安静地住进洞穴中。这时青霄玉女降下霜雪，直到来年的仲春二月，寒气依然闭藏于地下，但霜雪停止，阳气上升。到了春夏时节，女夷接替青霄玉女降临人间。她敲响鼓儿，唱着欢歌，主管着大自然的温和之气，促使百谷、禽兽、草木生长。孟夏四月，谷物成熟，布谷鸣叫。因此，天如果不布散阴冷之气，万物便不能生育；地如果不散发阳热之气，万物便不能成熟。天圆，地方，道在中央。太阳施予恩泽，月亮主管阴刑，所以太阳出现万物生长，月亮出现万物沉睡。太阳如果远离山丘，山丘的阳气就隐藏起来；太阳如果远离水域，水中的虫鱼便蛰伏；太阳如果远离树木，树叶便枯萎。四季的运转，时序的变迁，在《淮南子》中变成了一个富有神话色彩的想象世界。

在《天文训》中，关于太阳的运行作者更是进行了饱含生命情怀的神话叙述。太阳每天从旸谷起床，在咸池沐浴之后，经过扶桑树下，这时叫晨明。她升上扶桑树顶，开始启程，这时叫黎明。她到达曲阿山时，是平旦。到达水泽曾泉，她停下用早点。到达桑野，用午餐。到达衡阳山顶，接近正午。到达南方的昆吾山，升上中天。到达鸟次，略向西偏，到达悲谷是餔时，开始用晚餐。到西边的女纪，将要西沉。到达渊隅时，是傍晚。到达连石山，是她快要隐没的时候。到了悲泉，一天的路程将结束，于是让羲和卸车息马。她漫步在虞渊，已是黄昏。再到蒙谷，便是定昏。这时她安歇在虞水边，余辉映照着蒙谷高崖之边。她每天如此行经九州大地，把一天划分成早晨、白昼、黄昏、夜晚四个时段。时间的流逝，在《淮南子》中成了一连串具体可感的空间位移和生命活动过程。

《天文训》中探讨的是宇宙科学的问题，但太阳的东升西落具有了人间生活的情感内容，从而使这一对宇宙的思考成为科学与诗的合奏。当天被赋予了人的性情时，就成为"人化的自然"；当天拥有了人的情感时，就变成了一个情感世界，春夏秋冬不再是纯物质性的客观存在，而是活泼灵动、充满精神情韵的生命体。整个宇宙间所有的动物和植物都盎然富有生机，万事万物有了生命和灵魂。

从《淮南子》描述的自然运行规律可以看出：第一，这里包含着自然人化的美学思想，将大自然看成与人一样富有情感的存在物，日月星辰、风霜雪雨都与人一样有着生命力，天地间弥漫着生命活力，从而以一种诗化的眼光来观照宇宙自然；第二，汉代理性思维已经有了长足的发展，但隐含在人们无意识深处的神话思维依然存在着，自然界的种种变化都是神灵所为，云师、青女、女夷、羲和等都参与了自然造化和运演的过程。因而，这又是一个人神杂糅，幻想和真实融为一体的奇幻世界。

进一步说，在这种神话式的宇宙观念中，体现了一种"神话时空"观念。恩斯特·卡西尔指出："神话空间与感觉空间紧密相关。并且与几何学的逻辑空间严格对立。神话空间和感觉空间都是意识的彻底具体的产物。构成纯几何空间结构之基础的位置与内容的分离，在这里尚未形成，也无法形成。"❶ 东方是羲和洗浴的地方，那里有扶桑树。余辉映照的蒙谷高崖，又是羲和休息的地方。这种将客观外在的时空变成了神话时空时的运思模式，赋予天地四时以丰富的情感内容。

四 《春秋繁露》中的天人同构与天人亲和关系

董仲舒也把星辰看成人的头发，把日月看成人的耳目，把风气看成人的呼吸，把神明看成人的智能，如此等等，宇宙就是一个大的有机体，人体就是一个小的宇宙。中国人将宇宙人格化、生命化、情感化，也把人的

---

❶ [德]恩斯特·卡西尔：《神话思维》，黄龙保、周振选译，中国社会科学出版社1992年版，第95页。

生命宇宙化、自然化。《春秋繁露》体现了人的宇宙化和宇宙的人化。《春秋繁露·人副天数》指出，人是天的副本，人之所以为人，是因为人本于天。天和人之间具有内在的、无可怀疑的对应性。从形体上说，人的骨节有三百六十个，是天的时数；人有五脏，天有五行；人有四肢，天有四时；人有视瞑，天有昼夜；人的头圆像天，脚方像地；人的耳目，是太阳和月亮的征象；身体有孔窍脉理，是河川山谷的征象。人和天有着全面的对应关系。《春秋繁露·官制象天》也指出："求天数之微，莫若于人。人之身有四肢，每肢有三节，三四十二，十二节相持而形体立矣。天有四时，每一时有三月，三四十二，十二月相受而岁数终矣。……人之与天，多此类者，而皆微忽，不可不察也。……人生于天而体天之节……然后能得天地之美也。"❶ 人的四肢，十二个骨节，对应着天的四季和十二个月。从人的骨节到形体骨肉，从人的耳目鼻口到头发胸腹，都与天相符合。天和人具有异质同构的关系，达到天人之间的内在一致。

"天人同构"不仅表现在天人之间内在结构的一致性，还表现为情感的同构性。《春秋繁露》中多处对四时与人的伦理和情感之间的关系进行了论述。《春秋繁露·为人者天》指出：

> 人之形体，化天数而成；人之血气，化天志而仁；人之德行，化天理而义。人之好恶，化天之暖清；人之喜怒，化天之寒暑；人之受命，化天之四时。人生有喜怒哀乐之答，春秋冬夏之类也。喜，春之答也；怒，秋之答也；乐，夏之答也；哀，冬之答也。天之副在乎人。人之性情有由天者矣。❷

---

❶（清）苏舆：《春秋繁露义证》，钟哲点校，中华书局1992年版，第218—219页。
❷（清）苏舆：《春秋繁露义证》，钟哲点校，中华书局1992年版，第318—319页。

喜对应于春，怒对应于秋，乐对应于夏，哀对应于冬。人的情感对应着四季的寒温变化。《春秋繁露·如天之为》指出："人有喜怒哀乐，犹天之有春夏秋冬也。喜怒哀乐之至其时而欲发也，若春夏秋冬之至其时而欲出也，皆天气之然也。"❶ 温暖、清凉、严寒、酷暑，这是天的情感，人与天同构，因而也拥有了喜好、厌恶、高兴和愤怒等情感。《春秋繁露·阴阳义》指出："天亦有喜怒之气、哀乐之心，与人相副。以类合之，天人一也。春，喜气也，故生；秋，怒气也，故杀；夏，乐气也，故养；冬，哀气也，故藏。四者天人同有之。有其理而一用之。"❷ "春者，天之和也；夏者，天之德也；秋者，天之平也；冬者，天之威也。"❸ 反之，天的喜怒哀乐之气，又是效法人的情感而获得的。董仲舒还有很多此类表述：

> 春气爱，秋气严，夏气乐，冬气哀。爱气以生物，严气以成功，乐气以养生，哀气以丧终，天之志也。(《王道通三》)❹
>
> 天之道，春暖以生，夏暑以养，秋清以杀，冬寒以藏。暖暑清寒，异气而同动，皆天之所以成岁也。(《四时之副》)❺

生死喜怒也都具有阴阳的性质。可以看到，董仲舒以人的情感为出发点对自然现象进行了拟人化的解释。这种解释的背后隐含的正是"以己度物"的思维模式。这样，客观自然成为一个充满了情感色彩和情感节律的极富人情味的生命体，天地四时成为一个与人相对应的生命体。

如果说《淮南子》的天人同构的美学价值在于人超越物我之分、内外

---

❶ （清）苏舆：《春秋繁露义证》，钟哲点校，中华书局1992年版，第465页。
❷ （清）苏舆：《春秋繁露义证》，钟哲点校，中华书局1992年版，第341页。
❸ （清）苏舆：《春秋繁露义证》，钟哲点校，中华书局1992年版，第462页。
❹ （清）苏舆：《春秋繁露义证》，钟哲点校，中华书局1992年版，第331页。
❺ （清）苏舆：《春秋繁露义证》，钟哲点校，中华书局1992年版，第353页。

之别，与自然同一。那么，《春秋繁露》的天人同构其旨归在于赋予天生命特征，从而构建天人之间的亲和关系，将外在的强制力量变成温情脉脉的情感关系。正如徐复观所说："在世界古代各文化系统中，没有任何系统的文化，人与自然，曾发生过象中国古代样的亲和关系。"❶

可以看出，"天人同构"是将天地宇宙四时万物与人的身体结构、精神特征的某一个方面进行类比，从而形成了对天地的情感体认。在这种类比关系中，天人之间虽然异质同构，但物理世界、生理世界和心理世界具有某种相同的力的式样。推动人的情感活动起来的力，与那些作用于整个宇宙的普遍性的力，被认为是同一种力。这些力使心物之间的界限消失，心与物的异质性被其力的式样的同构性掩盖，主体进入身心和谐、物我同构的境界。

五　天人同构的美学价值及对艺术的影响

建立在"以己度物"思维模式之上的天人同构观念在汉代具有普遍性。如《黄帝内经灵枢》亦认为，人的身体结构与天地的结构是一致的。"天圆地方，人头圆足方以应之。天有日月，人有两目；地有九州，人有九窍；天有风雨，人有喜怒；天有雷电，人有音声；天有四时，人有四肢；天有五音，人有五脏；天有六律，人有六府；……此人与天地相应者也。"❷ 天人同构的美学价值在于，当人生活的世界与天地自然具有同构性时，人获得了一种彼此认同的愉悦感和亲切感，外在自然不再陌生，不再是威胁人的敌对力量，而是人的同类。

这种赋予自然万物以生命情感的思维模式在童话中也得到了保存。童

---

❶ 徐复观：《中国艺术精神》，春风文艺出版社1987年版，第193页。
❷ （清）张志聪集注：《黄帝内经集注·灵枢集注卷八》，方春阳等点校，浙江古籍出版社2002年版，第402—403页。

话故事中的大灰狼、小山羊都被赋予了人的性情，都有着与人同样的生活规则，甚至动物世界的矛盾也是比照人类世界的矛盾而想象出来的。

这种赋予天地万物情感的观念对后世艺术观念也有一定的影响。如宋代画家郭熙说："真山水之烟岚，四时不同，春山澹冶而如笑，夏山苍翠而如滴，秋山明净而如洗，冬山惨淡而如睡。"（《林泉高致·山水训》）❶ 清代画家恽寿平也说："春山如笑，夏山如怒，秋山如妆，冬山如睡。四山之意，山不能言，人能言之。"（《南田画跋·论画》）❷ 以己度物的思维模式赋予万物以生命灵性，将外物看成自己的同类，赋予山川草木以生命情感。这种思维模式已经成为中国人与自然连接的基本模式，已经成为一种集体无意识留存在国人的文化记忆中。

第三节 "象天法地"与汉代艺术观念

一 "象天法地"的生活模式

中国古人认为，天地的运行有着绝对的合理性，人应当遵循天地的法则来安排人的生活，并将天地的运化规律当作生命活动的法则。他们仰观俯察，形成朴素的宇宙观念，同时也将其作为立身处世的依据。《老子》第二十五章讲："人法地，地法天，天法道，道法自然。"❸《论语·泰伯》中记载，孔子说："大哉尧之为君也！巍巍乎！唯天为大，唯尧则之。"❹

---

❶（宋）郭熙：《林泉高致》，周远斌点校，山东画报出版社2010年版，第26页。
❷（清）恽寿平：《南田画跋》，张曼华点校，山东画报出版社2012年版，第47页。
❸ 朱谦之：《老子校释》，中华书局1984年版，第103页。
❹ 杨伯峻译注：《论语译注》，中华书局1962年版，第90页。

孔子认为，尧作为圣人是何等崇高，这是尧能效法天地的缘故。《易传·系辞上》言："《易》与天地准，故能弥纶天地之道。"❶《易传·系辞下》言："仰则观象于天，俯则观法于地，观鸟兽之文与地之宜，近取诸身，远取诸物。"❷ 宇宙秩序既为人间秩序推演而成，人间秩序因此也自有其宇宙论根据，这样就打通了天人之间的隔绝。

象天法地的准则首先表现在天子的生活中。天子是"天"的儿子，天子首先要遵循天意。天子的行为规范就是依循天地运行的秩序而形成的。这在多种文献中都有记载。如《礼记·月令》记载，春季，冰河融化，桃花盛开，黄莺鸣唱，阳气上升。天子就要居住在青阳之屋，乘着设有鸾铃、饰以青色的车，驾着青苍色的大马，车上插着青色的大旗，穿上青色的衣服，佩戴着青苍色的玉，食物主要是小麦与羊肉，使用粗疏而有孔的器皿。这个季节，天子举行籍礼，开始春耕。以此类推，天子在不同季节的吃穿用度和政治生活都要依循季节变换的规律。

遵循自然的规律来安排一年四季的生活，这在《吕氏春秋》中有更详细和系统的论述。《吕氏春秋·十二纪》以四季十二月为构架，四季又分别按照春生、夏长、秋收、冬藏的象征意义编排全书，形成包罗万象的世界图式。如孟春之月，东风解冻，蛰虫始振，鱼上冰，獭祭鱼，候雁北归。天子居青阳之屋，乘鸾辂，驾苍龙，载青旗，穿青色衣，佩戴青色玉。天子率三公、九卿、诸侯、大夫，躬耕籍田，安排农事；命乐正率领公、卿的子弟进入学校学习乐韵、歌舞；禁止伐木，禁止用兵。一切安排都遵循春天万物生长、休养生息的规律进行。到了孟秋之月，凉风至，白露降，寒蝉鸣，鹰乃祭鸟，万物肃杀。天子居总章之屋，乘戎路，驾白骆，载白旗，穿白色衣，佩戴白色玉，食麻与犬。该月天子命令将帅选士

---

❶ 周振甫译注：《周易译注》，中华书局1991年版，第233页。
❷ 周振甫译注：《周易译注》，中华书局1991年版，第257页。

兵，发动征讨不义的战争。以此类推，一年中的每个月，天子都遵循自然规律来安排生活和发布政令。

天地规律不仅是天子安排一年生活的依据，也是古人伦理道德的标准。如《周易·乾》云："夫'大人'者与天地合其德，与日月合其明，与四时合其序，与鬼神合其吉凶"❶，也就是说，人应当像天地那样有品德，像日月那样有光彩，像四季那样遵循秩序，像鬼神那样有吉有凶。《象传·乾》："天行健，君子以自强不息"❷，《象传·坤》："地势坤，君子以厚德载物"❸，这里讲的都是人应当效法天地的品德。

二 "象天法地"的器物制作理念

"象天法地"也是古人的器物制作原则。车是古人生活中重要的交通工具，因而车的形制受到古人重视。《周礼·考工记》中就记载了车辆制作象天法地的原则：车轸的方形效法地，车盖的圆形效法天。轮辐三十，是因为二十八星宿和日月共同组成了天空。斿，古同"旒"，是古代旌旗下边或边缘上悬垂的装饰品。龙旗九斿和鸟旟七斿，以及熊旗六斿、龟旐四斿均对应着天上的星宿。《后汉书·舆服志》也记载："舆方象地，盖圆象天；三十辐以象日月，盖弓二十八象列星。"在"象天法地"原则的影响下，车成为一个小宇宙。

周代以来，服饰是身份和地位的象征。天子地位尊贵，拥有整个天下，因而天子服饰也是天地规律的浓缩。《周礼·夏官·弁师》记载："弁师掌王之五冕……五彩缫十有二就，皆五采玉十有二。"❹ 弁师掌管王的五

---

❶ 周振甫译注：《周易译注》，中华书局1991年版，第9页。
❷ 周振甫译注：《周易译注》，中华书局1991年版，第3页。
❸ 周振甫译注：《周易译注》，中华书局1991年版，第13页。
❹ 杨天宇：《周礼译注》，上海古籍出版社2004年版，第458页。

冕，而冕冠的前后沿悬挂着五彩丝绳穿的玉珠十二串，即十二旒，每旒上有十二颗玉珠，每玉相间一寸，因此每旒长十二寸，这就应和了天数"十二"。还有天子衮服的十二章纹，也是根据天象而制作的。《尚书·夏书·益稷》记载："予观古人之象，日、月、星辰、山、龙、华、虫，作会（绘）宗彝。藻、火、粉、米、黼黻绣，以五采彰施于五色，作服，汝明。"❶ 这里讲的是十二章纹来自对自然的效法，集天地十二种重要的物质于一身，象征了天子至高无上的统治地位。《礼记·郊特牲》记载："祭之日，王被衮以象天。戴冕藻十有二旒，则天数也。乘素车，贵其质也。旂十有二旒，龙章而设日月，以象天也。天垂象，圣人则之，郊所以明天道也。"❷ 郊祭的时候，天子服衮冕。衮衣象征天。冕冠前后各有十二串玉效法一年十二个月。天子郊祭所乘的车没有任何装饰，效法天的质朴。车上树有十二根飘带的旗帜，旗帜上画着龙、太阳、月亮等，效法天上有日月星辰。可以看出，象天法地的原则渗透在古代帝王生活的方方面面，古人认为只有遵循象天法地的原则，天地人的大系统才能和谐统一。

汉代延续了这样的器物制作理念，桓谭《新论》说："王者造明堂，上圆下方，以象天地。为四方堂，各从其色，以郊四方。"明堂为天子的太庙，该建筑结构效法天地而成。班固《西都赋》中描绘了长安城宫殿建筑群："其宫室也，体象乎天地，经纬乎阴阳，据坤灵之正位，仿太紫之圆方。树中天之华阙。"❸ 这是说，西都的宫殿，体制取法乎天地，结构取法乎阴阳。据于大地的正位，仿紫微星而为圆，仿太微星而为方。再比如蔡邕的《笔赋》写道："象类多喻，靡施不协。上刚下柔，乾坤之正也。新故代谢，四时之次也。圆和正直，规矩之极也。玄首黄管，天地之色也。"❹

---

❶ （汉）孔安国传，（唐）孔颖达正义：《尚书正义》，上海古籍出版社2007年版，第166页。
❷ （清）孙希旦：《礼记集解》，沈啸寰、王星贤点校，中华书局1989年版，第692—693页。
❸ 费振刚等校注：《全汉赋校注》，广东教育出版社2005年版，第466页。
❹ 严可均辑：《全后汉文》，商务印书馆1999年版，第713页。

蔡邕将笔比附于天地，认为毛笔体现了天地的特征："上刚下柔"体现了天地的本性；除旧布新，顺应了四时的发展变化；"圆和正直"，效法天圆地方的规矩和规范意识；笔头为黑色，笔杆为黄色，效法了天和地的本色。毛笔就是天地精神的载体。

三 "象天法地"的音乐观念

"象天法地"也直接影响到音乐观念。比如《礼记·乐记》中说："是故清明象天，广大象地，终始象四时，周还象风雨。"❶ 音色的清明如同天空的清澈；音乐的气魄像大地一样博大；音乐连绵像四时一样循环不止；进退有序的舞蹈，如风雨一般有节奏。效法天地之道，就能创造出一套完备的礼乐。《乐记》中还讲道："天高地下，万物散殊，而礼制行矣。流而不息，合同而化，而乐兴也。春作夏长，仁也。秋敛冬藏，义也。仁近于乐，义近于礼。乐者敦和，率神而从天；礼者别宜，居鬼而从地。故圣人作乐以应天，制礼以配地。礼乐明备，天地官矣。"❷ 天高地远，万物分散又各不相同，与此相应，人间有区别等差的礼制；万物流动，变化不息，相同者合，不同者化，与此相应，人间有了合同万物的音乐。春生夏长，化育万物，这就是仁；秋收冬藏，这就是义。音乐陶化万物就像天地的仁；礼主决断就像天地的义。乐使人际关系敦厚和睦，尊神而效法于天；礼能分别贵贱，敬鬼而效法于地。所以圣人作乐与天呼应，制礼与地呼应。礼乐详明而完备，天地也就各得其职了。

在中国古人的观念中，天是人行动的参照系、蓝本和评判标准。因此，从服饰形制到建筑结构，莫不是对天的模仿；反过来，器物也成为宇

---

❶ （清）孙希旦：《礼记集解》，沈啸寰、王星贤点校，中华书局1989年版，第1004页。
❷ （清）孙希旦：《礼记集解》，沈啸寰、王星贤点校，中华书局1989年版，第992页。

宙结构的微缩载体。与此相应，属于艺术范畴的音律、古琴的形制等均体现了"象天法地"原则。

先秦两汉时期，乐器制作也被认为应当依循"象天法地"的原则。桓谭的音乐思想集中反映在《新论·琴道》篇中。在《琴道》中，桓谭首先对琴的缘起做了陈述，"昔神农氏继宓羲而王天下，上观法于天，下取法于地，近取诸身，远取诸物，于是始削桐为琴，练丝为弦，以通神明之德，合天地之和焉"❶。桓谭指出琴的创制者是神农氏，接着指出琴的制作原则是上观法于天，下取法于地，近取诸身，远取诸物。之所以要这样，就是要取法自然，且汲取天地之精华，借万物之灵气，使器物也富有天地之灵气和精华。古琴的制作材料丝和桐自然天成，这也是取法自然精神的体现。具体来讲，琴的长短、厚薄、方圆、广狭、尺寸等无不与天地相合。其中，琴长三尺六寸，象征一年三百六十六天；琴上圆而敛，法天；下方而平，法地；隐，是琴上的一个装饰。隐长四寸五分，象征着四时五行。这是琴对天地宇宙的效仿。琴的厚度为一寸八分，象征着三六之数。三指的是天、地、人三才，天分阴阳，人有仁义，地分刚柔，从而成为六。在这里，琴成为宇宙的缩影，一张琴就是一个世界。这种琴学思想充分体现了汉代人的宇宙视野和天人一体的哲学观念。

在汉代，其他乐器也都被认为是王者"象天法地"取天地万物之精、合四时之华制作而成，因此，汉代乐器多被披上了一层神秘的外衣。"象天法地"的原则使乐器的形制超越了实用目的，成为天地精神的凝缩，成为意义的载体。这种承载着意义内涵的器物具有典型的象征艺术特征。在很大程度上，古人认为，象征符号和被象征物之间是合二为一的，即拥有了一张象征着天地宇宙的古琴，也就拥有了整个宇宙，或者说一张琴就是一个博大的宇宙。

---

❶ （汉）桓谭撰，朱谦之校辑：《新辑本桓谭新论》，中华书局2009年版，第64页。

第四节 天人感应及其对汉代诗学的影响

一 汉代之前的天人感应哲学观念

在中国古人看来，人与自然万物之间存在着超验的关系，可以产生超越时间和空间的联系。人类学家弗雷泽对此有较充分的论证，他认为，在原始文化中，所有事物之间的灵魂都是可以相互影响的，他们之间形成的是一种互动的、感应的关系，而这种感应关系又是神秘不可知的，物体通过某种神秘的交感可以远距离地相互作用，通过一种我们看不见的"以太"那样的中介物，以它来联系远距离的两个物体，并将一方的影响传输给另一方。❶ 这便是交感巫术。在交感巫术中，事物之间的作用往往是远距离的，甚至是在意念之中发生作用，所以具有很浓厚的神秘色彩。

天人感应观念贯穿中华文化发展始终，在先秦两汉时期更为集中和典型。如《周易·乾·文言》云："同声相应，同气相求。水流湿，火就燥，云从龙，风从虎，圣人作而万物睹。"❷《庄子·渔父》篇也讲："同类相从，同声相应，固天之理也。"❸ 也就是说，相同的或者是相似的事物之间会形成相互感应的关系，同类声音频率相互感应，同类气息相互求合，这就像水往低湿处流，火朝干燥的东西蔓延一样。因而，龙吟，祥云就会出现；虎啸，山谷就会生风；有德行的圣人一出现，天的阳性便上升，地的

---

❶ [英] 詹·乔·弗雷泽：《金枝：巫术与宗教之研究》，徐育新等译，中国民间文艺出版社1987年版，第58页。
❷ 周振甫译注：《周易译注》，中华书局1991年版，第5页。
❸ (清) 郭庆藩：《庄子集释》，王孝鱼点校，中华书局1961年版，第1027页。

阴柔便下降。古人相信相同特质的东西会彼此吸引、相互感通。

《吕氏春秋》对同类感应关系作了更充分的论证。《吕氏春秋·应同》讲：

> 类同相召，气同则合，声比则应。鼓宫而宫动，鼓角而角动。平地注水，水流湿。均薪施火，火就燥。山云草莽，水云鱼鳞，旱云烟火，雨云水波，无不皆类其所生以示人。故以龙致雨，以形逐影。师之所处，必生棘楚。❶

同类的物质能够相互感应，气味、声音相同的物质会产生相互感应的关系。敲击此处的宫音，彼处的宫音就随之振动；敲击此处的角音，彼处的角音就会随之振动。在同一地面上注水，水先流向潮湿的地方；在柴草上点火，火先蔓延到干燥的柴草上。山上的云呈现出草莽的形状，水上的云呈现出鱼鳞的形状，天气干旱时云呈现出烟火的形状，阴雨时云像荡漾的水波。这是同类感应的结果。所以用龙能招雨，就是因为形影之间的相互感应关系。同样的，古人认为军队经过的地方必然生长出荆棘。《吕氏春秋·精通》篇也讲："月也者，群阴之本也。月望则蚌蛤实，群阴盈；月晦则蚌蛤虚，群阴亏。夫月形乎天，而群阴化乎渊。"❷月亮是群阴之本。月满的时候，蚌蛤的肉就充实；月晦暗时，蚌蛤就空瘪。所以，月亮在天空中的盈缺变化会影响到蚌蛤肉的变化生长。这些说的都是同类之间的感应现象，即认为自然界中的同类事物之间都有一种内在的感应关系。

其实依据相关文献的记载来看，在中国古人看来各种事物之间都有可能产生感应关系，而不仅仅局限于同类事物之间。《尚书·金縢》记载，

---

❶ 许维遹：《吕氏春秋集释》，梁运华整理，中华书局2009年版，第285—286页。
❷ 许维遹：《吕氏春秋集释》，梁运华整理，中华书局2009年版，第212—213页。

武王生病了，周公为武王祷，要代为受过，云："以旦代某之身。予仁若考能，多才多艺，能事鬼神。"❶ 周成王得到金縢之书，消除了对周公的怀疑，在成王幡然悔悟之前，天空忽然雷电交加，狂风吹倒庄稼、拔起大树，人们十分恐慌。周成王打开放着周公愿替武王赴死的祝辞的匣子，深受感动。于是成王在城郊迎接周公，天气受到感应立即好转，庄稼受到感应也获得了丰收。成王的行为感动了上天。

《吕氏春秋·精通》指出："故父母之于子女也，子之于父母也，一体而两分，同气而异息。若草莽之有华实也，若树木之有根心也，虽异处而相通，隐志相及，痛疾相救，忧思相感，生则相欢，死则相哀，此之谓骨肉之亲。"❷ 父母之于子女是一体而居两处，所以靠着精气就能相互感应，父母的安慰能够超越时空被子女感知到，子女的忧喜也能超越时空被父母感知到。所以"身在乎秦，所亲爱在于齐，死而志气不安，精或往来也"❸。亲人在齐国去世，自己身在秦国，并未得到传信，但心神会不安。这就是超越时空的神奇感应，其中的道理无法解说，但就是客观存在着。《吕氏春秋·精通》篇还认为，磁石和铁之间相互感应，以及树木和树木之间因相互感应而摩擦，同样都是因为背后有某种不可知的力量在推动着它们。

值得强调的是，天人感应的"天"既是一个明确的有意志的神，又指的是冥冥之中某种神奇的力量。罗丹有一段论艺术的话，较好地诠释了这个问题。他说神秘文化不是教徒喃喃诵经的行为，接着，他对神秘文化进行了几个层面的界定：

> 这是世间一切不可解而又不能解的一种情操。这是对于维持宇宙

---

❶ （汉）孔安国传，（唐）孔颖达正义：《尚书正义》，上海古籍出版社2007年版，第495页。
❷ 许维遹：《吕氏春秋集释》，梁运华整理，中华书局2009年版，第214页。
❸ 许维遹：《吕氏春秋集释》，梁运华整理，中华书局2009年版，第212页。

间自然的律令,及保存生物的种族形象的不可知的"力"的崇拜;这是对于自然中超乎我们的感觉、为我们的耳目所不能闻见的事物的大千世界的猜测,亦即我们的心魂与智慧对着无穷与永恒的憧憬,对着这智与爱想望——这一切也许都是幻影,但是即在此世间,它鼓动我们的思想,使她觉得有如生了翅翼,可以腾天而飞的境界。❶

罗丹指出,神秘是对世间一切不可解又不能解的事物的一种感受,是存在于事物背后的不可知的一种神奇的"力",以及我们对这"力"的崇拜。罗丹所说的神秘不是宗教层面上人对神灵的顶礼膜拜,而是人对超乎自己感知觉的大千世界的茫然无知和猜测,是对无穷与永恒的憧憬。在先秦两汉文化中到处都存在着这样的"神秘"。这种神秘所在,并不是最为明确的神灵,往往是冥冥之中存在着的那种不可知的力,或者是在人的感知之外悄无声息发生的变化。正如荀子所说:"不见其事而见其功,夫是之谓神。"❷ 没有看见事物变化的过程,只看到变化的结果,这就是神,即神奇的变化。无人感应就是没有过程,只呈现结果的事物关系。因为看不到过程,只有结果,所以令人感到神奇。

二 汉代的天人感应论

这种具有神秘色彩的物与物、人与物的感应关系,在汉代依然广泛存在。《淮南子》《春秋繁露》等典籍中更加充分地表达了天人感应的思想。汉代的天人感应现象同样可以分为自然事物之间的感应关系,以及人君与自然现象之间的感应关系。

---

❶ [法]奥古斯特·罗丹述,葛赛尔记:《罗丹论艺术》,傅雷译,山东画报出版社2017年版,第98页。

❷ (清)王先谦:《荀子集解》,沈啸寰、王星贤点校,中华书局1988年版,第309页。

(一) 自然事物之间的感应现象

自然事物的感应关系在《淮南子》《春秋繁露》中均有较多记载。如《淮南子·原道训》中讲："是故春风至则甘雨降，生育万物，羽者妪伏，毛者孕育，草木荣华，鸟兽卵胎，莫见其为者，而功既成矣。秋风下霜，倒生挫伤，鹰雕搏鸷，昆虫蛰藏，草木注根，鱼鳖凑渊，莫见其为者，灭而无形。"[1] 不知道什么力量在起作用，春风至，甘雨降，草木荣华，天地间一片欣欣然的景象。或许可以说，春风和甘露、草木之间有着冥冥之中的感应关系。

正因为存在着这些神秘的感应关系，整个大自然充满了神奇的魅力。《淮南子·泰族训》中讲，天阴了，还没有下雨，但木炭已经有了感应而变重了；天空将要刮大风的时候，草木还没有摇动，但树上的鸟儿已经有了感应而飞走了；天将要下雨的时候，乌云还没有遮盖天空，但鱼群已经有了感应而将嘴露出水面呼吸了；时光的推移，没有任何的踪迹，但草木已随着时光的推移而枯谢了。寒暑燥湿，按照它们的类别相随从；声音和回声的猛急徐缓，按照音类互相应和。所以，《易经》说，老鹤在树荫里鸣叫，小鹤在附近受到感应就会应和着。《淮南子·地形训》讲，磁石能使所吸附的金属物上飞，云母可以引来水，土龙能使旱天降雨，燕子和大雁按照节令南来北往，蚌蛤、螃蟹、珍珠、乌龟等动物能随着月亮的盈亏而盛衰。

这些事物之间感应的内在根据不是建立在科学的和逻辑的基础之上，而是建立在万事万物都富有灵性，且相互之间会感通这一观念的基础之上。在广泛的感应关系中，大自然不再是机械板滞的无生命世界，而是充满了生机和灵性，风吹草动，鸟儿飞翔，葵花向日，虎啸谷生风，等等，在广泛的联系中，整个自然界都若有所动，若有所感。

---

[1] 何宁：《淮南子集释》，中华书局1998年版，第35—36页。

《淮南子》对感应产生的内在原因也进行了分析。"同类"被认为是产生感应关系的重要原因。《淮南子·天文训》中讲："物类相动，本标相应，故阳燧见日则燃而为火，方诸见月则津而为水，虎啸而谷风至，龙举而景云属，麒麟斗而日月食，鲸鱼死而彗星出，蚕珥丝而商弦绝，贲星坠而勃海决。"❶ 在《淮南子》看来，自然界的万事万物都充满了灵性，万物之间相互感通，构成一个有机的生命整体，同类事物之间相互感应。所以阳燧映射日光就燃烧起火；方诸映照月光津液就凝成水珠；虎咆哮时，谷风受到感应吹来；蛟龙腾飞时，祥云受到感应而聚集；麒麟殴斗时，会发生日食、月食；鲸鱼死在海滨，彗星受到感应会出现在天空；蚕吐丝时，商调的琴弦受到感应容易断绝；流星坠落时，海水受到感应会漫上陆地。

　　《地形训》中讲："是故白水宜玉，黑水宜砥，青水宜碧，赤水宜丹，黄水宜金。"❷ 因为颜色相同，水和玉就被认为是同类，并必然产生相互促进的关系。白色的水，被认为适宜白色的玉生长；黑色的水，被认为适宜砥生长；青色的水，被认为适宜碧生长；赤色的水，被认为适宜丹生长；黄色的水，被认为适宜金生长。这是不同质的事物之间因为色彩相同而相互感应的例子。《览冥训》中也有同类感应的论述：

　　　　夫物类之相应，玄妙深微，知不能论，辩不能解。故东风至而酒湛溢，蚕珥丝而商弦绝，或感之也；画随灰而月运阙，鲸鱼死而彗星出，或动之也。故圣人在位，怀道而不言，泽及万民。君臣乖心，则背谲见于天，神气相应征矣。故山云草莽，水云鱼鳞，旱云烟火，涔云波水，各象其形，类所以感之。夫阳燧取火于日，方诸取露于月，

---

❶ 何宁：《淮南子集释》，中华书局1998年版，第172—177页。
❷ 何宁：《淮南子集释》，中华书局1998年版，第305—351页。

天地之间，巧历不能举其数，手征忽忧不能览其光。然以掌握之中，引类于太极之上，而水火可立致者，阴阳同气相动也。❶

这是说，东风吹拂时，酒便涨多；蚕吐丝时，商调琴弦便容易断绝；用芦苇灰在窗下的月光中画圆圈而缺一边，月晕便会出现残缺；鲸鱼死在海滨，天上便会出现彗星；君臣离心离德，太阳旁边的五色云气便会出现异常。各种云气的形状与它们周边的环境相类似，如山中的云气像草莽，水上的云气像鱼鳞，旱天的云气像烟火，雨天的云气像水波。

《春秋繁露》中也有对同类感应的论述。如《春秋繁露·同类相动》中讲："今平地注水，去燥就湿，均薪施火，去湿就燥。百物去其所与异，而从其所与同，故气同则会，声比则应，其验皦然也。……美事召美类，恶事召恶类，类之相应而起也。如马鸣则马应之，牛鸣则牛应之。"❷ 如果在平地上浇水，水就会离开干燥之地而流向潮湿的地方；如果把柴草铺陈均匀然后点上火，火就会远离潮湿之地而趋向干燥的地方。万物都会远离和自己不同类的地方，靠近和自己相同类的地方，所以气相同就要会合，声相同就会有回应。美好的事招致美好的同类，丑恶的事招致丑恶的同类，同类间的互相呼应就出现了。同类相应，同声相比，就如同"马鸣则马应之，牛鸣则牛应之"。

在感应产生的原因中，还有"同气感应"值得关注。如《说山训》中讲："月盛衰于上，则蠃蛖应于下，同气相动，不可以为远。"❸ 天上月亮的变化，会引起地上蠃蛖的感应。《淮南子》将这一感应关系的原因归之为"同气相动"。如果说同类感应比较客观和直接，"同气"作为感应的原因就更加隐晦了。

---

❶ 何宁：《淮南子集释》，中华书局1998年版，第450—456页。
❷ （清）苏舆：《春秋繁露义证》，钟哲点校，中华书局1992年版，第358页。
❸ 何宁：《淮南子集释》，中华书局1998年版，第1117页。

同气感应常常表现为同属阴气或同属阳气的事物之间的感应。如《春秋繁露·同类相动》云："天将阴雨，人之病故为之先动，是阴相应而起也。天将欲阴雨，又使人欲睡卧者，阴气也。有忧亦使人卧者，是阴相求也；有喜者，使人不欲卧者，是阳相索也。水得夜益长数分，东风而酒湛溢，病者至夜而疾益甚，鸡至几明，皆鸣而相薄。"❶ 天阴将要下雨，病人先有感应；天快亮时，鸡就有感应。龙可以致雨，扇子可以驱逐暑热。这些都是同气相应的现象。

虽然同类和同气被认为是感应的原因，但天地间这些神奇的感应现象终究难以清晰地解释。因为这里所说的各种事物的变化之间没有明晰的因果关系。面对这些神秘莫测的感应关系，人们感到迷惑，但也心怀敬畏，同时又禁不住赞叹大自然之神奇。即便是《淮南子》将感应的原因或者归之为"同类"，或者归之为"同气"，但最终还是承认，事物之间的感应关系是难以理性来分析的。如《淮南子·览冥训》中讲："夫燧之取火于日，磁石之引铁，蟹之败漆，葵之向日，虽有明智，弗能然也。故耳目之察，不足以分物理，心意之论，不足以定是非。"❷ 用阳燧从阳光中取火，用方诸从月光中取露水，磁石能吸铁，螃蟹会坏漆，葵花跟着太阳转。面对这些神奇的自然现象，"耳目之察，不足以分物理；心意之论，不足以定是非"。即便是足够明智的人，只凭耳目等感官不足以分清事物产生感应关系的原因，或者说感应关系是超越视知觉的，感应的过程和感应的原因都是无法说得清的。《淮南子·说山训》中讲："狸头愈鼠，鸡头已瘘，虻散积血，斫木愈龋，此类之推者也。膏之杀鳖，鹊矢中猬，烂灰生蝇，漆见蟹而不干，此类之不推者也。推与不推，若非而是，若是而非，孰能通其微！"❸ 狸猫的头能治好鼠瘘病，鸡头能治好颈部的恶疮，牛虻能散开瘀

---

❶（清）苏舆：《春秋繁露义证》，钟哲点校，中华书局1992年版，第359—360页。
❷ 何宁：《淮南子集释》，中华书局1998年版，第460—461页。
❸ 何宁：《淮南子集释》，中华书局1998年版，第1154—1155页。

血,啄木鸟能治好虫牙,这些事物之间的因果关系,古人不清楚,我们今天是知道其中的因果关系的。但液态的油脂能杀死鳖,喜鹊粪能毒死刺猬,油漆遇到螃蟹就不能干燥,这些事物之间的关系即便今天我们也还是无法解释。

进一步讲,在《淮南子》看来,所有事物之间的关系都是感应,包括雌鸟在树上鸣叫,小鸟在枝头应和都是感应关系。其实,这是把事物之间产生联系都归之于"感应"了。严格来说,感应更多指的是超越时空和因果关系的事物之间的联系。在汉代,人们认为山川草木之间,以及自然界的各种现象与人之间有着广泛的感应关系,天地万物能够息息相通。只是有些感应关系是可以理性分析的,还有些感应关系是不可以理性分析和把握的。

英国汉学家鲁惟一说:"汉代人有一种共识,认为不可见的力量能够影响人的命运,人可以与这些力量进行交流,从而致福避祸。最重要的是,他们认为宇宙是一个整体;在神圣的和世俗的领域之间并没有本质的区分,天地之生物与人类都被看做同一个世界的成员。"❶ 在感应关系中,万物似乎都长满了触角,可以灵敏感触到世间各种极其微妙的变化。在感应关系中,形成了一个充满生机和活力的世界,形成了一个富有神奇魅力的世界。正像鲁惟一说的,在神圣和世俗之间没有本质的区别,生物和人类都被看成同一个世界的成员。这些也许是人们对世界该有的丰富感知,只是随着科技的发展,当下的人们更加麻木,不再有如此丰富和细腻的感知了而已。

(二) 人君行为与自然现象之间的感应关系

自然事物之间的感应关系体现了古人非逻辑化的思维模式。这种对自然事物的认识最终会成为政治合法性的依据。《春秋繁露·郊语》中讲:

---

❶ [英]鲁惟一:《汉代的信仰、神话和理性》,王浩译,北京大学出版社2009年版,第8页。

人之言：酤去烟，鹕羽去眯，慈石取铁，颈金取火，蚕珥丝于室，而弦绝于堂，禾实于野，而粟缺于仓，芜荑生于燕，橘枳死于荆，此十物者，皆奇而可怪，非人所意也，夫非人所意而然，既已有之矣，或者吉凶祸福、利不利之所从生，无有奇怪，非人所意如是者乎？此等可畏也。……以此见天之不可不畏敬，犹主上之不可不谨事。不谨事主，其祸来至显；不畏敬天，其殃来至暗。暗者不见其端，若自然也。故曰：堂堂如天，殃言不必立校，默而无声，潜而无形。❶

《郊语》篇记录了人们日常生活中的十种"传说"，即酒可以去除烟雾，鹕鹰的羽毛可以去除进入人眼睛中的异物，磁石可以吸铁，阳燧镜可以取火，蚕在室内吐丝会引起堂中琴弦断绝，田野中的稻子成熟了会引起仓库中粮食的减少，芜荑在燕地生长，橘枳在楚地却会死亡。在当时，这十种奇特的现象不是人们能科学解释的。董仲舒指出，恰恰是因为有这些无法理性分析的现象，才增强了人们对天的敬畏感。汉代也恰恰利用了人们对事物感应关系的敬畏感来强化政治统治的神秘性。

《淮南子·览冥训》记载，武王伐纣时，从孟津渡黄河，波神阳侯掀起大浪，狂风大作，天昏地暗，人马彼此看不见。这时，周武王左手握住黄钺，右手拿着白旄，圆眼怒睁，挥动旗帜，说我在这里，谁敢违逆我的意志！话音刚落，河面就风平浪静。也就是说，武王的话与冥冥之中的天发生了感应。武王的权威性自然也得到了巩固。人们会认为他感应到了天意。

《淮南子·天文训》记载："人主之情，上通于天。故诛暴则多飘风，枉法令则多虫螟，杀不辜则国赤地，令不收则多淫雨。"❷ 即人君的个人行

---

❶ （清）苏舆：《春秋繁露义证》，钟哲点校，中华书局1992年版，第394—397页。
❷ 何宁：《淮南子集释》，中华书局1998年版，第177页。

为可与上天相互感应，如果人君诛罚残暴就多暴风，法令苛繁就闹虫灾，滥杀无辜就赤地千里，政令失时就多淫雨。所以，过去神农氏怀着一颗仁爱之心与天相应，自然界就会降下甘雨，五谷会繁茂生长，而汤王怀着质朴真诚之心求雨，天地被感动而降下甘霖。

《淮南子·泰族训》记载："故人主有伐国之志，邑犬群嗥，雄鸡夜鸣，库兵动而戎马惊。"❶ 意思是说，国君如果有侵犯征伐别国之心，即便是战争并没有实际展开，城中的狗也会成群地吠叫，雄鸡半夜打鸣时，兵械库里的兵器会有响动，战马会惊动起来。没有表达的征战意志，鸡狗却会有所感应。《泰族训》中还讲："故圣人者怀天心，声然能动化天下者也。故精诚感于内，形气动于天，则景星见，黄龙下，祥凤至，醴泉出，嘉谷生，河不满溢，海不溶波。"❷ 圣人的精诚会引起一系列自然景象：景星见，黄龙下，祥凤至，醴泉出，嘉谷生，河不满溢，海不溶波，等等，这些都是天人感应的结果。

有了这种感应关系的存在，只要君主精诚无为，社会的治理就非常容易达到。《淮南子·主术训》中指出，圣人怀抱至精至诚的态度，天下就会服从，如同同声相应，形影相随，不假乎人力。人与人的感应，比声音相感威力还大、速度还快。疾呼之声能听见的范围不过百步，志之所在却可以超过千里。因此，圣人不下庙堂，只要精诚，天下人就会感受到这种精诚之志，从而使天下得到治理。

董仲舒则对人君的感应进行了更完整的论证。他说如果君王的所作所为违背了天意，天也会示以异象。如汉成帝鸿嘉二年三月，宫廷行大射礼，当时正有一群锦鸡登堂入室，鸣叫不已，更奇怪的是，它们接着又去了太常、宗正、丞相、御史大夫、大司马等府上鸣叫。大司马王音等为此

---

❶ 何宁：《淮南子集释》，中华书局1998年版，第1400页。
❷ 何宁：《淮南子集释》，中华书局1998年版，第1375页。

而上疏:"天地之气,以类相应,谴告人君,甚微而著。……外有微行之害,内有疾病之忧,皇天数见灾异,欲人变更,终已不改。天尚不能感动陛下,臣子何望?"❶从王音的奏章中可以看到,锦鸡登堂而鸣,被解释成君王听信谗言,故上天对帝王行为进行谴告。董仲舒认为,灾异是天对君王的谴告。如果天已经示以灾异,君王还不思悔改,"乃见怪异以惊骇之,惊骇之尚不知畏恐,其殃咎乃至"❷。可见天对人君多么宽容,一次次谴告,实在不行了才对人进行更重的惩罚。相反,如果人君能顺应天意,躬行道德,上天就会降下祥瑞,以表达对其政治的认可。

三 天人感应与汉代艺术中的祥瑞景象

超验的感应关系集中表现为天子与天地自然之间的感应关系,最终变成政治手段。祥瑞是天人感应的表征。所谓祥瑞,就是受命的帝王推行了仁德的政治,感动了上天,上天示以吉祥景象对其政绩给予肯定。《中庸》已经谈到祥瑞的意义:"国家将兴,必有祯祥;国家将亡,必有妖孽;见乎蓍龟,动乎四体。祸福将至:善,必先知之;不善,必先知之。"❸君王的受命之符往往是天书,多表现为河图、洛书或血书,由龙或马从河中献出,或由凤凰从远方衔来。这些也都是祥瑞之象。到了汉代,在天人感应观念影响下,祥瑞景象广泛存在,且成为一种折射时人审美心理的文化符号。

(一)祥瑞与汉代的政治生活

在汉代神秘语境中,天是具有人格化特征的神,也是帝王统治的理论根据,天会对帝王统治做出评判。如果帝王治国有方,就会出现各种祥瑞景象,如罕见的天文奇观、美丽的云彩、瑞星、黄龙、凤凰、麒麟、甘

---

❶ (汉)班固:《汉书》,(唐)颜师古注,中华书局1962年版,第1417—1418页。
❷ (清)苏舆:《春秋繁露义证》,钟哲点校,中华书局1992年版,第259页。
❸ (宋)朱熹:《四书章句集注》,中华书局1983年版,第34页。

露、朱草、嘉禾等。《白虎通义·封禅》云:"天下太平,符瑞所以来至者,以为王者承天统理,调和阴阳,阴阳和,万物序,休气充塞,故符瑞并臻,皆应德而至。"❶可见,祥瑞是上天对"帝王之将兴"或"天下太平"的嘉奖。相反,如果帝王的统治不符合天意,或不能实现"德治""仁政",就会出现大风吹倒树木,干旱、水灾、地震等灾异现象。

《淮南子》中记载了较多的祥瑞景象。如《泰族训》指出,圣人的精气充足,能感动宇宙间的精气。圣人的内心如果具有至精至诚的感情,他的形象和气概便能感动上天,这样吉祥的德星便会显现,神龙便会降临,吉祥的凤凰便会飞来,甘泉便会涌流,美谷便会生出,黄河便不会泛滥,大海便不会涌动波涛。如果违逆天意,暴虐万物,就会发生日食、月食,五星就会失去正常的运行轨道,四季就会互相干犯,气候反常,白昼黑暗,夜晚明亮,山岳崩塌,河流枯干,冬天响雷,夏天下霜。所以国家危亡,天象相应发生变异。世道混乱,虹霓便出现。万物是互相联系的,灾异之气是互相激荡的。《览冥训》列举的祥瑞景象:"今夫赤螭青虬之游冀州也,天清地定,毒兽不作,飞鸟不骇,人榛薄,食荐梅,嗜味含甘,步不出顷亩之区,而蛇鳝轻之,以为不能与之争于江海之中。"❷"凤凰之翔至德也,雷霆不作,风雨不兴,川谷不澹,草木不摇,而燕雀佼之,以为不能与之争于宇宙之间。"❸赤螭、青虬、凤凰是古代社会尊奉的灵物。一旦这些祥瑞的动物出现,天地间将会呈现出一片和美气象。这些自然现象与社会人事之间的联系,也许带有偶然性,但在当时的人看来,联系是必然的,而且具有文化象征的意义,因而人和自然之间的联系都附着上了神秘色彩。因为整个天地都处在一个相互感应的大系统中,万事万物之间都有着广泛的联系。

---

❶ (清)陈立:《白虎通疏证》,吴则虞点校,中华书局1994年版,第283页。
❷ 何宁:《淮南子集释》,中华书局1998年版,第465—466页。
❸ 何宁:《淮南子集释》,中华书局1998年版,第469页。

董仲舒对祥瑞现象的解读最终也是要落实到政治方面。如果天子的统治符合天意，遵循自然规律，政治清明，那么，天将受到感应，用嘉禾、灵芝、甘露、龙凤、瑞草等祥瑞来肯定帝王的作为。正如《春秋繁露·同类相动》中所讲："帝王之将兴也，其美祥亦先见；其将亡也，妖孽亦先见。"❶ 帝王登基前就已经有祥瑞景象作为先兆了；帝王衰亡前，也会有妖孽怪异景象作为先兆。祥瑞是一种人力不可把握的神秘现象。《春秋繁露·符瑞》中讲："有非力之所能致而自至者，西狩获麟，受命之符是也。"❷ 去西边打猎，获得白麟，这不是人力所致，而是上天显示的受命之符。《春秋繁露·王道》中记载："天为之下甘露，朱草生，醴泉出，风雨时，嘉禾兴，凤凰麒麟游于郊"❸，这些祥瑞景象都是对天子合理统治的嘉奖。《春秋繁露·五行顺逆》云："木者春，生之性，农之本也。劝农事，无夺民时，使民，岁不过三日，行什一之税，进经术之士。挺群禁，出轻系，去稽留，除桎梏，开门阖，通障塞。恩及草木，则树木华美，而朱草生；恩及鳞虫，则鱼大为，鳣鲸不见，群龙下。"❹ 意思是说，君主在春天行木政，劝农耕桑，发展生产，不夺民时，不用刑罚，上天就会降下祥瑞，草木嘉茂，鱼龙祥游。这是天和人之间感应的结果。董仲舒还举例说，周将兴之时，有大赤乌衔谷之种，飞落到王屋之上。武王很高兴，诸大夫也皆大欢喜。周公高兴地说："茂哉！茂哉！天以此物对周的作为进行了褒奖和肯定。"天子的正义行为在上天那里有了感应。

祥瑞证明了君权的神授性质。通过这种方式，董仲舒赋予醴泉、灵芝、神雀等现象神秘性和审美色彩，将不语怪力乱神的原始儒家思想置换成了充斥着奇异之光的汉代官方神学思想。祥瑞之物凝结着天地之精华，

---

❶（清）苏舆：《春秋繁露义证》，钟哲点校，中华书局1992年版，第358—359页。
❷（清）苏舆：《春秋繁露义证》，钟哲点校，中华书局1992年版，第157页。
❸（清）苏舆：《春秋繁露义证》，钟哲点校，中华书局1992年版，第102—103页。
❹（清）苏舆：《春秋繁露义证》，钟哲点校，中华书局1992年版，第371—372页。

承受着沟通天地神人的中介和桥梁作用。这种美是带有宗教神学色彩的美，更多的不是源于事物给人带来的感官和精神感受，而是来自它们所禀赋的神性。

祥瑞不仅仅是存在于理论观念中的现象，也在汉代帝王的现实生活中得到验证。在《汉书》中有关祥瑞景象及帝王的活动记载非常丰富。如汉武帝时，天子苑囿中有白鹿，被认为是瑞应。尤其是昭宣时期，祥瑞景象频频出现。如始元三年"冬十月，凤皇集东海，遣使者祠其处"❶。元凤"三年春正月，泰山有大石自起立，上林有柳树枯僵自起生"❷。本始四年五月，"凤皇集北海安丘、淳于"❸。元康元年三月，"凤皇集泰山、陈留，甘露降未央宫"❹。神雀四年冬十月，凤凰飞落到杜陵。同年十二月，凤凰又飞落到上林苑。东汉明帝永平十七年春正月，有甘露降在甘陵。是年，甘露频频降临，树木连理而生，宫殿前生长出瑞草，五光十色的鸟群飞聚在京城。诸如此类的记载在《汉书》中俯拾即是。

在汉代人的意识中，这些祥瑞景象与政治之间有着神秘的联系。这也是一种原始思维的再现。列维－布留尔指出："在原始人的思维的集体表现中，客体、存在物、现象能够以我们不可思议的方式同时是它们自身，又是其他什么东西。它们也以差不多同样不可思议的方式发出和接受在它们之外被感觉的、继续留在它们里面的神秘的力量、能力、性质、作用。"❺ 在汉代哲学中，灵芝、醴泉、白鹤等祥瑞与政治统治之间被认为有着必然的联系。比如灵芝，既是一株草，又是政治气候的表征，是天人之间沟通的节点。基于这种原始思维而展开的政治活动使汉代文化中弥漫着神秘气息。

---

❶ （汉）班固：《汉书》，（唐）颜师古注，中华书局1962年版，第221页。
❷ （汉）班固：《汉书》，（唐）颜师古注，中华书局1962年版，第228页。
❸ （汉）班固：《汉书》，（唐）颜师古注，中华书局1962年版，第246页。
❹ （汉）班固：《汉书》，（唐）颜师古注，中华书局1962年版，第253页。
❺ ［法］列维－布留尔：《原始思维》，丁由译，商务印书馆2007年版，第69—70页。

(二) 祥瑞对汉代艺术创作的影响

在天人感应的神学背景下，祥瑞成为汉代人渴慕的美景，也成为汉代艺术表现的重要内容。祥瑞景象是天神观念的集中体现，是汉代政治生活中的大事。汉代人以欢欣鼓舞的心态来描述这些祥瑞景象。因而，在汉代艺术中，常常出现祥云缭绕、仙鹤飞舞、凤凰鸣叫的祥瑞景象。

公元前122年，汉武帝到雍县祭祀五帝，在打猎途中获得一只白毛独角兽，人们猜测其是一只麒麟，于是乐府作了《白麟之歌》来歌咏这件大事。汉武帝时，甘泉宫内长出了一株灵芝，九茎连叶。汉武帝为此大赦天下，并作《芝房之歌》。汉昭帝始元元年，一只毛羽灿烂的黄鹄翩然飞到建章宫，它优雅地梳理着羽毛，信步环绕太液池，它自由穿行于芦苇丛中，灵动的身姿在苍苍蒹葭间时隐时现。汉昭帝见此祥瑞景象，欣喜不已，写了《黄鹄歌》来描绘这意外飞来的祥瑞景象。汉明帝永平十七年，五色雀群集，明帝十分喜悦，以为这是祥瑞之兆，下诏让文人学士各自献上《神雀赋》，百官纷纷应诏作赋，一时间人声鼎沸，文采争雄，传为美谈。王充《论衡·佚文》记载："永平中，神雀群集，孝明诏上《神雀颂》。百官上颂，文比瓦石，惟班固、贾逵、傅毅、杨终、侯讽五颂金玉，孝明览焉。"❶ 可见，祥瑞文化在汉代人生活中颇有影响，而且成为文学创作新的题材，一定程度上促进了文学创作的兴盛。

《汉书》记载，宣帝（神爵）四年春二月，因为神雀下降而惠赐天下，其诏书曰：

> 乃者凤皇甘露降集京师，嘉瑞并见。修兴泰一、五帝、后土之祠，祈为百姓蒙祉福。鸾凤万举，蜚览翱翔，集止于旁。斋戒之暮，神光显著。荐鬯之夕，神光交错。或降于天，或登于地，或从四方来

---

❶ 黄晖：《论衡校释》（附刘盼遂集解），中华书局1990年版，第864页。

集于坛。上帝嘉飨，海内承福。其赦天下，赐民爵一级，女子百户牛酒，鳏寡孤独高年帛。❶

诏书以自豪的心情，文学化的笔法描述了凤凰翔集、甘露下降、嘉瑞并见的景象，这些是帝王修兴泰一、五帝、后土之祠，为百姓祈福的起因，同时修建祠坛，又一次引起了嘉瑞的出现，鸾凤万举，神光交错。宣帝大赦天下。这等灿烂辉煌、富有神奇色彩的景象，自然是当时人眼中最美的景色和最具感染力的"文学"作品了。

祥瑞对文学的影响还体现在文学的表现内容方面。如西汉扬雄《羽猎赋》中写道："故甘露零其庭，醴泉流其唐，凤凰巢其树，黄龙游其沼，麒麟臻其囿，神爵栖其林。"❷《甘泉赋》中写道："蛟龙连蜷于东厓兮，白虎敦圉乎昆仑。"❸ 这里的甘露、醴泉、凤凰、黄龙、麒麟、神爵、蛟龙、白虎等均是祥瑞动物。司马相如《子虚赋》中的祥瑞景象：

其西则有涌泉清池，激水推移。外发芙蓉蔆华，内隐巨石白沙。其中则有神龟蛟鼍，毒冒鳖鼋。其北则有阴林巨树，楩楠豫章，桂椒木兰，檗离朱杨，樝梨梬栗，橘柚芬芳。其上则有宛雏孔鸾，腾远射干。其下则有白虎玄豹，蟃蜒䝙犴。❹

"神龟""白虎""鹓雏孔鸾""桂椒木兰"均是具有祥瑞性质的动植物。《封禅书》是司马相如的遗作散文。文中叙述了古代传说中七十二位国君封禅泰山的事迹，并描述了大汉王朝的恩德像源泉，广被四方；像云

---

❶ （汉）班固：《汉书》，（唐）颜师古注，中华书局1962年版，第263页。
❷ 费振刚等校注：《全汉赋校注》，广东教育出版社2005年版，第254页。
❸ 费振刚等校注：《全汉赋校注》，广东教育出版社2005年版，第231页。
❹ 费振刚等校注：《全汉赋校注》，广东教育出版社2005年版，第70页。

雾，上通九天，下流八风。

司马相如在《封禅书》中还列举了嘉禾六穗、乘龙于沼等一系列祥瑞景象，表达了对汉代大一统王朝的倾情歌颂，也表达了对汉武帝封禅泰山的建议。

刘向的《请雨华山赋》（残）写天气久旱，天子及相关官员前往华山祭神求雨，天神感动，"天阴且雨"的祥瑞景象。王褒《甘泉宫颂》描写了甘泉宫的巍峨富丽，也写了大汉天子受命于天，坐凤凰之堂，听和鸾之弄。出现"临麒麟之域，验符瑞之贡"❶的天人感应景象。扬雄的《羽猎赋》中写道："甘露零其庭，醴泉流其唐，凤凰巢其树，黄龙游其沼，麒麟臻其囿，神雀栖其林。"❷ 这是典型的天人感应景象。再如班固《两都赋序》中对祥瑞景象的描写：

> 大汉初定，日不暇给。至于武、宣之世，乃崇礼官，考文章。内设金马、石渠之署，外兴乐府、协律之事。以兴废继绝，润色鸿业。是以众庶悦豫，福应尤盛。《白麟》、《赤雁》、《芝房》、《宝鼎》之歌，荐于郊庙。神雀、五凤、甘露、黄龙之瑞，以为年纪。❸

班固认为，王者如果能实行仁义礼乐，就能得到上天的保佑而降下祥瑞，赐以福应。这些诗歌就是通过罗列各种祥瑞之象，来达到宣扬大汉伟业的目的。而《两都赋》后面的附诗中也有大量的祥瑞之象：

> 乃经灵台，灵台既崇。帝勤时登，爰考休征。三光宣精，五行布序。习习祥风，祁祁甘雨。百谷溱溱，庶卉蕃芜。屡惟丰年，于皇乐

---

❶ 严可均辑：《全汉文》，商务印书馆1999年版，第433页。
❷ 费振刚等校注：《全汉赋校注》，广东教育出版社2005年版，第254页。
❸ 费振刚等校注：《全汉赋校注》，广东教育出版社2005年版，第464页。

骨。(《灵台诗》)❶

　　岳修贡兮川效珍，吐金景兮歊浮云。宝鼎见兮色纷缊，焕其炳兮被龙文。登祖庙兮享圣神，昭灵德兮弥亿年。(《宝鼎诗》)❷

　　启灵篇兮披瑞图，获白雉兮效素乌，发皓羽兮奋翘英，容絜朗兮于纯精。章皇德兮侔周成，永延长兮膺天庆。(《白雉诗》)❸

　　祥风、甘雨、百谷、金景、宝鼎、龙文、白雉、嘉祥等，都是祥瑞的物象，诗人堆砌这些美好的物象，目的是渲染汉朝大一统之下的物产之丰饶、政治之清明。张衡的《东京赋》也写到了一系列祥瑞景象，如"总集瑞命，备致嘉祥。圉林氏之驺虞，扰泽马与腾黄。鸣女床之鸾鸟，舞丹穴之凤皇。植华平于春圃，丰朱草于中唐。惠风广被，泽洎幽荒"❹。驺虞（传说中的瑞兽）、腾黄（神马）、鸾鸟、凤凰等都是祥瑞之物。

　　安息国向大汉进献了大鸟。班昭奉诏作《大雀赋》，其中写道：

　　嘉大雀之所集，生昆仑之灵丘。同小名而大异，乃凤皇之匹畴。怀有德而归义，故翔万里而来游。集帝庭而止息，乐和气而优游。上下协而相亲，听《雅》《颂》之雍雍。自东西与南北，咸思服而来同。❺

---

❶　费振刚等校注：《全汉赋校注》，广东教育出版社2005年版，第489—490页。
❷　费振刚等校注：《全汉赋校注》，广东教育出版社2005年版，第499页。
❸　费振刚等校注：《全汉赋校注》，广东教育出版社2005年版，第499页。
❹　费振刚等校注：《全汉赋校注》，广东教育出版社2005年版，第682—683页。
❺　费振刚等校注：《全汉赋校注》，广东教育出版社2005年版，第558页。

《大雀赋》是一篇专门记述汉代祥瑞的赋，赋中指出大雀与凤凰一样，都是祥瑞的标志，是统治者治国有方、天下太平的明证。

汉代的画像石上，可以看到众多的祥瑞图像，反映了汉代天人感应的思想。常见的祥瑞有凤凰、朱雀、麒麟、龙、神鼎、比翼鸟等。如江苏徐州青山泉白集东汉墓画像石多表现日常生活和祥瑞主题，画像内容与墓室有机结合起来，前堂象征住宅的门厅，描写"车水马龙""门庭若市""迎宾"等场景；中堂代表房屋的正厅，主要表现奇禽瑞兽、嘉禾等祥瑞景象以及宾主宴饮、歌舞助兴等场面；后室代表墓主生前的卧室，主要刻画交颈鸟、双头凤以及夫妻恩爱和睦的画面。该墓棺室后壁画着一对交颈鸟；东壁画着一株嘉禾，五只瑞鸟围绕嘉禾而飞；东壁还有一幅画着一只张开两翼的金乌，有两只瑞鸟向金乌飞来。

河南南阳汉代画像石墓众多。其中所刻画的祥瑞主要有龙、朱雀、麒麟、神龟、仙鹤、大螺、鱼、羊等。

山西离石马茂庄二号汉墓出土的画像石，画着一只鸟，肩生双头，振翅翘尾，作欲飞状，身边围绕几缕云气，推测当为比翼鸟的形象。同一墓葬的画像石上还刻画了一只长有三条腿的鸟，举尾侧立，身后还有一缕仙气，推测当为三足乌的形象。

山东滕县出土的一块画像石上，有两棵树缠绕在一起，推测当为连理树的形象。这些都是吉祥之兆，有着美好寓意。

这些祥瑞景象也成为时人心目中的审美对象。比如，萱荚也叫历荚，夹阶而生，一日生一叶，从朔而生，望而止，从每月十六日开始，每日落一叶，若月小，则一叶萎而不落。尧时，萱荚生于台阶。萱荚是传说中的瑞草，是传说中可以计时日的植物。萱荚中包含着人们丰富的想象，寄予着美好的愿望。再如木连理，被认为是政治清明、八方合一的祥瑞植物。天人感应时会有祥瑞出现。祥瑞既可能是生活中所见的自然景象，还有可能是想象中的美景。如果说天人感应是对事物之间超验联系的概括，那么祥瑞则赋予这种超验概括以更神奇的虚构性和想象性。

武梁祠画像石中的萱荚

[图片来源：(清)冯云鹏、冯云鹓辑：《金石索》，书目文献出版社1996年版，第146页。]

武梁祠画像石上的木连理

[图片来源：(清)冯云鹏、冯云鹓辑：《金石索》，书目文献出版社1996年版，第1469页。]

四　天人感应论对文艺思想的影响

（一）汉代之前的感应论诗学观念

汉代之前的典籍中已经有较多对艺术感应论的论证。如《庄子·徐无鬼》云："于是为之调瑟，废一于堂，废一于室，鼓宫宫动，鼓角角动，音律同矣。……"❶ 两个乐器一个放在堂上，一个放在室内，但拨动一个乐器上的宫音，放在另一个地方的乐器上的宫音会受到感应；拨动一个乐器上的角音，另一个乐器上的角音也会受到感应。庄子认为此种现象的产生乃音律相通之缘故。

《荀子·劝学》中有关艺术感应关系的记载："昔者瓠巴鼓瑟而流鱼出

---

❶ （清）郭庆藩：《庄子集释》，王孝鱼点校，中华书局1961年版，第839页。

听，伯牙鼓琴而六马仰秣。故声无小而不闻，行无隐而不形；玉在山而草木润，渊生珠而崖不枯。"❶ 意思是说，古时候，有一个叫瓠巴的音乐家，他弹瑟时，声音美妙，连水中的鱼儿也浮出水面来倾听；同样的，当伯牙弹琴时，拉车的马也会停下咀嚼食物而仰头倾听。所以，声音不会因为微弱而不被听见，行为不会因为隐秘而不被发现。宝玉埋在深山，草木就会丰润；有珍珠在深渊中，崖岸也不会变得苍凉贫瘠。荀子在这里讲的都是很神奇的现象，鱼、马能听得懂音乐，而且会对音乐有所感。珠玉与草木岩石之间会有感应。这里所说的感应关系不是同类感应，而是不同类型事物之间的感应。

《吕氏春秋·精通》还说到一件事情：有一天晚上，钟子期听到有人击磬，磬声中隐含着悲伤之意，他就让人把击磬者叫来问其缘由。击磬者说，自己的父亲因为杀人而活不了了，母亲为公家酿酒，自己为公家击磬。已经多年没有见到母亲了，想赎回母亲却没有能力，所以悲伤。钟子期听后慨叹说：心不是手臂，手臂不是磬槌，也不是做磬的玉石，但悲哀郁积在心中，连木头和石头也会有感应。

(二) 天人感应对音乐观念的影响

天人之间的感应关系对文艺观念的直接影响在于，人们认为冥冥之间艺术和人有着感应关系。《淮南子》的音乐观念特别体现了这一天人之间的神秘关系。《淮南子》中有关音乐的感应关系，包含以下几种。

第一，声音之间有感应关系。《览冥训》谈到了声音之间的感应关系："今夫调弦者，叩宫宫应，弹角角动，此同声相和者也。夫有改调一弦，其余五音无所比，鼓之而二十五弦皆应，此未始异于声而音之君已形也。"❷ 这与庄子的同声相应现象显然是一样的，意思是说，调瑟的音调

---

❶ (清) 王先谦：《荀子集解》，沈啸寰、王星贤点校，中华书局1988年版，第10—11页。
❷ 何宁：《淮南子集释》，中华书局1998年版，第464页。

时，叩击这一个瑟上的宫弦，则另一个瑟上的宫弦也会应和发声；弹拨这一个瑟上的角弦，另一个瑟上的角弦也会受到感应而产生共鸣，这是同音律相应和的现象。或者把琴瑟上某一根弦改调成另一类音调，就会形成新的感应系统，弹奏起这一音调的瑟，其他同调的瑟照样会发生应和现象。《齐俗训》中也讲："故叩宫而宫应，弹角而角动，此同音之相应也。其于五音无所比，而二十五弦皆应，此不传之道也。"❶ 这是声音之间相互感应的现象，其中奇妙的道理，可意会而不可言传。

第二，乐器和风之间的感应关系。古人认为，音乐与风之间有密切的联系，乐就是由风形成的，因而乐器与风之间有神秘的感应关系。《齐俗训》中就讲了乐器与风之间的感应关系："若风之遇箫，忽然感之，各以清浊应矣。"箫与风之间会有感应，风之清浊会在箫上体现出来。《天文训》中讲："黄者，土德之色，钟者，气之所种也。日冬至德气为土，土黄色，故曰黄钟。……日冬至，音比林钟，浸以浊。日夏至，音比黄钟，浸以清。"❷ 在这里，天、人、音乐之间具有同构关系，乐器的名称来自天地之气的感应，音乐的清浊来自与节气的感应关系。当然，这种音乐观念的前提依然是音律与人的主观感情之间没有什么关系，音律只是自然变化的反应。

第三，音乐与天地自然之间的感应关系。《淮南子·说山训》罗列了一系列神奇的事物之间的联系，其中多是人或动物与音乐之间的感应关系："瓠巴鼓瑟，而淫鱼出听；伯牙鼓琴，驷马仰秣；介子歌龙蛇，而文君垂泣。故玉在山而草木润，渊生珠而岸不枯。"❸ 善于鼓瑟的楚人瓠巴奏瑟，江中的鲟鱼便伸出它长长的头倾听；俞伯牙鼓琴，驷马仰头不停地嘶鸣；介子推唱起龙蛇之歌，晋文公重耳为之落泪。所以产玉的山，草木受

---

❶ 何宁：《淮南子集释》，中华书局1998年版，第803页。
❷ 何宁：《淮南子集释》，中华书局1998年版，第245—254页。
❸ 何宁：《淮南子集释》，中华书局1998年版，第1103—1105页。

到滋润而生长茂盛；产珍珠的深水，岸边不枯干。《淮南子·泰族训》中讲："故《韶》、《夏》之乐也，声浸乎金石，润乎草木。……"❶ 也就是说，韶夏之乐会对金石、草木产生一定的感染力。《览冥训》云："昔者，师旷奏白雪之音，而神物为之下降，风雨暴至，平公癃病，晋国赤地。庶女叫天，雷电下击，景公台陨，支体伤折，海水大出。夫瞽师庶女，位贱尚蒌，权轻飞羽。然而，专精厉意，委务积神，上通九天，激厉至精。"❷ 从前，晋平公令师旷演奏《白雪》雅乐，神鸟玄鹤从天而降，狂风暴雨骤然来临，平公因此得了重病，晋国大旱，寸草不生。齐国贫贱的寡妇含不白之冤呼告上天，引起电闪雷鸣，击倒了齐景公的高台，砸伤了景公，海水汹涌漫上陆地。瞽师、庶女，地位比尚蒌草还贱，权力比羽毛还轻，但因为精神专一，情感充沛，全神贯注，所以师旷演奏的《白雪》以及齐国贫女的呼告，能够上通天意，精诚动人。在这里，音乐对生活的影响是间接的和远距离的，人们不能察觉其中的相互关系和变化过程，但能明显看到感应的结果。

《淮南子》认为，音乐本来都是具有神性的，能够和天地万物感通，只是到后世，音乐的这种神性逐渐消失了。《淮南子·泰族训》云："神农之初作琴也，以归神，及其淫也，反其天心。夔之初作乐也，皆合六律而调五音，以通八风；及其衰也，以沉湎淫康，不顾政治，至于灭亡。"❸ 神农作琴和夔作乐的初衷都顺应天道，因而他们的音乐中都有神性。但后世淫靡之心生，音乐违背天心和自然，政治也出现衰败之象。在《淮南子》对音乐感应关系的论述中显然还留存着远古巫术交感作用的痕迹，这就使其音乐理论着上了不可言说的神秘色彩。

感应关系在文艺方面突出的表现是琴音之间的同类相感。董仲舒对此

---

❶ 何宁：《淮南子集释》，中华书局1998年版，第1425页。
❷ 何宁：《淮南子集释》，中华书局1998年版，第443—445页。
❸ 何宁：《淮南子集释》，中华书局1998年版，第1389—1390页。

也多有论述，如他说："试调琴瑟而错之，鼓其宫则他宫应之，鼓其商则他商应之，五音比而自鸣。"❶ 各种音乐也是天人之间感应的结果，如调试好琴瑟，弹奏宫调，其他宫调就会应和；弹奏商调，其他商调也会应和。五音同类而鸣，就是艺术方面的同类相动现象。对这种神奇的感应关系，董仲舒努力地在解释，但又不能清晰和科学地解释。他说："故琴瑟报弹其宫，他宫自鸣而应之，此物之以类动者也。其动以声而无形，人不见其动之形，则谓之自鸣也。又相动无形，则谓之自然，其实非自然也，有使之然者矣。物固有实使之，其使之无形。"❷ 一个琴瑟弹奏宫调，其他宫调自动鸣响来应和它。这种感应关系没有形影，没有踪迹，人们就称之为自鸣及自然现象。

汉大赋中对音乐与天地万物的感应关系也做了较多描述。如王褒的《洞箫赋》写道：

> 托身躯于后土兮，经万载而不迁。吸至精之滋熙兮，禀苍色之润坚。感阴阳之变化兮，附性命乎皇天。翔风萧萧而径其末兮，回江流川而溉其山。扬素波而挥连珠兮，声礚礚而注渊。朝露清泠而陨其侧兮，玉液浸润而承其根。孤雌寡鹤，娱优乎其下兮，春禽群嬉，翱翔乎其颠。❸

这样的箫竹吸天地阴阳之精气，感万物之搏动，因而与天地相通。这样的洞箫吹奏出的美妙的音乐，不仅感人至深，甚至能使万物受到感应："是以蟋蟀尺蠖，蚑行喘息。蝼蚁蝘蜓，蝇蝇栩栩。迁延徙迤，鱼瞰鸟睨，垂喙蜿转，瞪瞢忘食。况感阴阳之和，而化风俗之伦哉！"此正是音乐最为

---

❶ （清）苏舆：《春秋繁露义证》，钟哲点校，中华书局1992年版，第358页。
❷ （清）苏舆：《春秋繁露义证》，钟哲点校，中华书局1992年版，第360—361页。
❸ 费振刚等校注：《全汉赋校注》，广东教育出版社2005年版，第192—193页。

神奇的魅力所在，它非但能感人，还能使万物感应。蟋蟀、蝼蚁听到美妙的乐曲都停下来，屏住吸呼，静静地倾听。虫子缩项列行，鱼儿瞪大眼睛，雄鸡引颈啼叫。百虫伸长嘴团团转，纷纷鼓眼凝视，忘记了吃食物。洞箫之乐能有如此美妙的艺术效果，在一定程度上，也是因为洞箫来自大自然，其中凝结着天地之精华，又与天地万物息息相通。值得注意的是，汉赋中的动物与天地相互感应，但还没有固定的模式，其内涵也没有僵化。

马融《琴赋》也记载了"昔师旷三奏，而神物下降，玄鹤二八，轩舞于庭"的故事，强调师旷为晋平公鼓琴而玄鹤受到感应的神奇景象。诸如此类的描述不胜枚举，其基本精神是相信在人和天之间有一种神秘的联系，能够发生远距离的交感作用。这种人和自然之间的联系是人们长期观察自然的结果，其中有符合科学道理的，也有不符合科学道理的，但同样被时人认为是理所当然。

可以看出，在汉代天人合一与天人感应思想紧密相连，互相生发，开启了汉代绵延不断的神秘主义思潮，使汉代社会弥漫着浓厚的神秘氛围。在这种神秘文化氛围中，万事万物都充满了灵动的生机，事物之间有广泛的感应关系，艺术具有感通天地和万物的神秘作用。这种人和物之间的超距离交感作用，或者音声之间的交感作用具有巫术的性质，正如弗雷泽在《金枝：巫术与宗教之研究》中所说："这种关于人或物之间存在着超距离交感作用的信念就是巫术的本质。巫术丝毫没有如科学所可能持有的对这种超距能力的任何怀疑。巫术的首要原则之一，就是相信心灵感应。"[1] 由此可见，心灵感应体现了原始思维的特征。列维－布留尔对这种现象也有很好的解释。他指出，原始思维不受现代逻辑原则规范，思维的表象与表

---

[1] [英] 詹·乔·弗雷泽：《金枝：巫术与宗教之研究》，徐育新等译，中国民间文艺出版社1987年版，第35页。

象之间，既非因果联系，也非相似联系，完全是无条件的彼此认同、神秘地互渗、莫名其妙的关联。这种神秘的感应关系是汉代诗学的重要特征之一。天人感应不是科学与理性的关系，但充满了灵动性和想象力。《文心雕龙·物色》篇说："一叶且或迎意，虫声有足引心。"自然界最微细的变化能引起人的反映，这个世界才是充满了灵动之气的世界，而不是一个麻木的世界。

本章小结：在先秦两汉诗学中，人们根据自己的身体结构、思想情感来感知天的存在，将天地万物看成与自己一样的生命体，因而，自然皆着上了人的情感，这就是自然的人化。当天变成了一个与人同形同构，且有着喜怒情感的生命体时，天就从一个异己的世界变成了一个为人而存在的世界，人看待天的态度就是一种诗意的眼光。同时，因为以饱含情感的生命体验方式来感知外在自然，天地自然也都富有了灵性。在天人一体的精神世界中，人不再是孤独的个体，而是与万物共同组成宇宙共同体，人可以亲近自然，与万物相通相感，最终在天地自然中获得统治根据，也在天那里找到精神的归宿。在汉代美学中，天人之间有结构、情感上的近似性，天人之间不是主客对立的关系，而是内在相通性的一个有机整体，整个宇宙都成为一个富有生命的有机整体。

如果说天人同构关系只是在观念上将外在宇宙自然解释成与人有同样身体结构和精神的同类，那么，"象天法地"的观念则直接影响了汉代人的生活。"象天法地"是汉代的器物制作理念，是汉代的音乐观念。其结果是器物成为一个微缩版的宇宙。

在汉代美学中，天人之间不仅有同形同构同情感的相符关系，更重要的是，在天人之间，存在着神秘的感应关系，天人之间可以远距离地发生关系，事物之间也可以远距离地发生关系。天人之间的感应，常常使世界拥有了灵动的生命气息。陆贾《新语·道基》篇所说的："践行喘息，蜎飞蠕动之类，水生陆行，根著叶长之属，为宁其心而安其性，盖天地相承，气感相应而成者也。"❶ 正是因为有了与天地的感应，生物开始喘息、成长、飞翔、蠕动，根叶开始生长。从思维方式看，汉代天人关系体现了巫术远距离互浸的特征。这种神秘的互浸关系，使万物之间闪动着灵性的微光。

---

❶ 王利器：《新语校注》，中华书局1986年版，第7页。

第四章

阴阳五行宇宙图式与先秦两汉神秘诗学

无边的空间与无尽的时间中分布着万事万物，日月星辰在有规律地运转，动物在大地上奔跑，植物随四时而生长衰亡。面对天地宇宙，对其进行理性把握是人类的一种本能。中国古人将世界抽象为阴阳五行，并将万事万物都纳入阴阳五行框架之中。也许正是在这种相对的秩序（坐标）中，古人才明确了自己在宇宙中的位置，从而获得了一种安全感。但将复杂的万事万物都纳入这样一个简单的宇宙框架中，归类的原则自然粗糙，甚至带有很强的主观性和想象色彩；同一类事物被认为有同样的属性，这样就将不同性质的事物联系起来，将整个世界变成一个"互浸"的整体；事物之间的关系常常没有现实根据，而是五行之间相生或相克关系推演的结果，具有超验性，不可以科学验证。因而以理性分类作为出发点的阴阳五行最终同样是对世界的非理性解读。艺术和审美被纳入阴阳五行框架，自然也着上了神秘色彩。

第四章 阴阳五行宇宙图式与先秦两汉神秘诗学

第一节 阴阳五行：从素朴的宇宙框架到神秘的万物关联体系

阴阳五行是中国古人对宇宙组成及运动规律的素朴认识，具有唯物论色彩，但阴阳五行从对具体事物关系的粗浅概括，逐渐抽象化、体系化，最终成为可以解释一切自然和社会现象的阐释框架。到汉代时，哲学家更为广泛地将阴阳五行学说与四时、八卦等其他宇宙框架联合起来，成为一套描述和解释整个宇宙组织结构及其动态变化的先在模式。当整个世界都被简单划归到阴阳五行模式之中时，万事万物就被人为地赋予了阴阳五行属性，整个宇宙成为一个相互关联的整体。

一 阴阳五行：从朴素的物质到具有概括性的宇宙图式

（一）阴阳观念

人类除有感性和直觉的本能外，其实还有一种被研究者普遍忽视的本能，即理性本能。人类面对模糊不清的和关系杂乱的事物时，总是努力厘清事物的秩序，以及事物之间的内在关系。阴阳和五行就是人类厘出的有关世界的两种秩序。

在人类生活的早期，人们每天一抬头就见到辽阔的天空，一低头就看见厚实的大地。天地间日月的运行、寒暑的更迭是人类生活中最常见的自然现象。在对这些自然现象体认的过程中，人们形成了素朴的阴阳观念：阳指的是太阳能照到的那一面，也表示晴天；阴指的是太阳照不到的那一面，也表示阴天。阴阳作为一个概念最早见于《诗·大雅·公刘》："既景乃岗，相其阴阳。"意思是说，公刘立表于山岗上，测日影以计时，并考察山川的阴阳向背，审视山川地形，择其佳处以确定建筑地点。梁启超说："春秋战国以前，所谓阴阳，所谓五行，其语甚稀见，其义极平淡，且此二事从未尝并为一谈。"❶ 这一观点是有道理的。商周之前的阴阳观念，只是人们对自然现象的描述。到了商周时期，阴阳具有了一定的抽象性，代表一类事物的某些属性。如人们通过长期的仰观俯察，逐渐认识了天地、日月、昼夜、寒暑、水火、男女等众多矛盾的自然现象，并通过对这些矛盾现象的不断总结，把天地自然变化的规律用阴阳来进行概括。如《老子》第四十二章中讲："万物负阴而抱阳，冲气以为和。"❷《庄子·田子方》中说："至阴肃肃，至阳赫赫；肃肃出于天，赫赫发乎地；两者交通成合而物生焉，或为之纪而莫见其形。"❸ 他们认为，世间万物包含着阴阳，阴阳相摩相荡，就能化生万物。《荀子·天论》中则指出："列星随旋，日月递照，四时代御，阴阳大化，风雨博施"❹，认为天地四时的变化，是阴阳变幻的结果。《易传·系辞上》更为概括地指出，"一阴一阳之谓道"，"天地氤氲，万物化醇。男女构精，万物化生"❺。阴阳被认为是构成客观世界的两种元素，天地氤氲，阴阳推移，就产生了变化，形成了万物和生命。这些观点虽然仍立足于现实生活经验，但已具有一定的抽象性和普遍性，成为自然和社会生活中的基本规律。

当阴阳观念形成后，阴阳关系逐渐成为人们观察、解释各种现象的一种模式。阴阳观念被用于解释自然界具有对立统一属性的各种事物的运动变化。值得注意的是，阴阳的划分并不是绝对的。比如某一事物，从一个

---

❶ 梁启超著，吴松等点校：《饮冰室文集点校》，云南教育出版社2001年版，第3282页。
❷ 朱谦之：《老子校释》，中华书局1984年版，第175页。
❸ （清）郭庆藩：《庄子集释》，王孝鱼点校，中华书局1961年版，第712页。
❹ （清）王先谦：《荀子集解》，沈啸寰、王星贤点校，中华书局1988年版，第308页。
❺ 周振甫译注：《周易译注》，中华书局1991年版，第266页。

角度看是阴，从另一个角度看则为阳。属于阳的事物中包含着阴的趋势，同样，属于阴的事物中也会包含着阳的可能。而且阴阳具有对立统一、互根互用、相互制约、消长转化的特点。因而阴阳不是一个固定化的、僵化的划分，只是彼时彼地事物关系的概括，是具有生成性和灵活性的概念。

（二）五行观念

五行是不同于阴阳的另一套解释宇宙规律的体系，最初也是对事物关系的简单概括。《尚书》是目前已知的最早系统记载五行的典籍。《尚书·洪范》篇指出了五行的顺序和各自的特性："一曰水，二曰火，三曰木，四曰金，五曰土。水曰润下，火曰炎上，木曰曲直，金曰从革，土爰稼穑。润下作咸，炎上作苦，曲直作酸，从革作辛，稼穑作甘。"❶ 五行指的是与人类生活息息相关的五种基本物质，水之润下指的是与水有关的物质具有浸润和下降的特点；火之炎上，即火类物质具有炽燃和上升的特点；木之曲直，即木类物质可以曲可以直；金之从革，即金类物质可以变革外形和形态；土爰稼穑，即土类物质具有载物、生化的作用。这里所说的仍是五种物质的自然属性。同时，《洪范》也概括出这五种物质与滋味的关系，即水之咸、火之苦、木之酸、金之辛、土之甘。明显能感觉到五行与滋味的对应关系比较粗糙和模糊，但努力抽象和概括的痕迹是很明显的。

这种有关五行的朴素唯物主义观点在春秋时期是比较普遍的。比如《左传·襄公二十七年》中讲："天生五材，民并用之，废之不可，谁能去兵？"❷ 这里的五行指的是五种自然材料。人们在生产实践中通过对自然现象的长期观察，逐渐认识到，木、火、土、金、水五种物质是滋生万物的本源，是形成万事万物的五种基本元素。《国语·鲁语上》中展禽说："及天之三辰，民所以瞻仰也。及地之五行，所以生殖也。"❸ 意思是说，地上

---

❶ （汉）孔安国传，（唐）孔颖达正义：《尚书正义》，上海古籍出版社2007年版，第452页。
❷ 杨伯峻编著：《春秋左传注》，中华书局1990年版，第1136页。
❸ 徐元诰：《国语集解》，王树民、沈长云点校，中华书局2002年版，第161页。

的五行即五种物质，就像天上的三辰一样，可以化生万物。《国语·郑语》中史伯说："故先王以土与金木水火杂，以成百物。"❶《左传·昭公三十年》中史墨说："天有三辰，地有五行。"可以看出，人们逐渐开始关注土、金、木、水、火化生百物的属性。

五行与五声、五色、五味、五季的搭配关系也逐渐确立。春秋末年的《孙子兵法·势篇》中讲："终而复始，日月是也；死而复生，四时是也。声不过五，五声之变，不可胜听也。色不过五，五色之变，不可胜观也。味不过五，五味之变，不可胜尝也。"❷五行、五声、五色、五味是有限的，但由它们之间的相互作用就可以生成千变万化的世界。五行、五声、五色、五味等逐渐成为生成万物的系统。

《左传·昭公元年》记载医和的观点：

> 天有六气，降生五味，发为五色，征为五声。淫生六疾。六气曰阴、阳、风、雨、晦、明也，分为四时，序为五节。过则为灾：阴淫寒疾，阳淫热疾，风淫末疾，雨淫腹疾，晦淫惑疾，明淫心疾。❸

显然，这里的六气还只是六种天气状况。但医和将阴、阳、风、雨、晦、明等六气与春夏秋冬四时、金木水火土五行、辛酸咸苦甘五味、白青黑赤黄五色、宫商角徵羽五声、寒热末腹惑心六疾等并列在一起，认为它们是构成宇宙秩序的基本要素，且它们之间相互联系、彼此影响。五色、五声这些属于感知层面的内容也被纳入这个框架之中。所有这些方面和谐、有度，世界就能够和谐运转，如果不和谐，就会出现各种社会问题和身体不适的状况。这里以六气配五行、四时、五声、五色，已经暗示着空

---

❶ 徐元诰：《国语集解》，王树民、沈长云点校，中华书局2002年版，第470页。
❷ 陈曦译注：《孙子兵法》，中华书局2011年版，第77页。
❸ 杨伯峻编著：《春秋左传注》，中华书局1990年版，第1222页。

第四章 阴阳五行宇宙图式与先秦两汉神秘诗学

间与时间的统一，已初步形成了一个有序的宇宙框架。这个框架虽有不完善的地方，但厘清世界的秩序，似乎是人类生存过程中至为紧要的事情，人们甚至来不及完善和细化，就将从有限经验观察到的规律上升为一种具有普遍性、概括性的理论框架，并将其推而广之成为人们普遍遵循的生活原则。

五行的内涵逐渐扩大，星宿、伦理品德亦被纳入五行体系。《史记·天官书》记载：

> 岁星，曰东方、春、木；于人之五常，仁也；五事，貌也。
> 荧惑，曰南方、夏、火；礼也；视也。
> 太白，曰西方、秋、金；义也；言也。
> 辰星，曰北方、冬、水；知也；听也。
> 填星，曰中央、季夏、土；信也；思心也。

可以看到，《天官书》将星宿、方位、季节、伦理、感官等连成一个有机整体。这就意味着在某一个方位、处在某一个季节必然会有某种道德品质。这意味着道德品质不是后天养成的，而是在五行框架中的某一个点上必然会具有的属性。

中国文化具有虚实结合的特点。这一点也体现在五行观念中。五行有现实根据，但五行观念中也融入了虚幻的成分。比如，《左传·昭公二十九年》将五行与想象中的五神相结合："木正曰句芒，火正曰祝融，金正曰蓐收，水正曰玄冥，土正曰后土。"[1] 即将五行与五个方位神联系起来，使五行具有关联虚实两个世界的作用。

五行体系被普遍运用于社会生活的各个层面。《黄帝内经》的基本思路是以阴阳五行理论来论证人体的生理、病理现象的，其基本观点是，人

---

[1] 杨伯峻编著：《春秋左传注》，中华书局1990年版，第1502页。

体是天地的产物，因此，天地的阴阳五行规律，同样支配人体五脏六腑的运行过程。《黄帝内经》把人的五脏归入五行的模式中，将人体小宇宙与自然大宇宙联系起来，成为一个相互感应、相互关联的有机整体。如《素问·阴阳应象大论》中写道：

> 东方生风，风生木，木生酸，酸生肝，肝生筋，筋生心，肝主目。
> 南方生热，热生火，火生苦，苦生心，心生血，血生脾，心主舌。
> 中央生湿，湿生土，土生甘，甘生脾，脾生肉，肉生肺，肺主口。
> 西方生燥，燥生金，金生辛，辛生肺，肺生皮毛，皮毛生肾，肺主鼻。
> 北方生寒，寒生水，水生咸，咸生肾，肾生骨髓，髓生肝，肾主耳。❶

可以看出，在这个天人一体的理论框架中，人体的五脏与五方、五行构成了一个有着必然联系的整体，肝属木、心属火、脾属土、肺属金、肾属水。看上去几乎没有任何必然联系的事物由此被联系在一起。

（三）阴阳五行的结合

阴阳和五行原本是两套解释宇宙的体系。齐国地处海滨，海天茫茫，为天地宇宙之思提供了更加便利的自然环境。齐人管仲将阴阳与五行结合起来，用五行配四时，形成了更为庞大和丰富的宇宙图式。如《管子·四时》云：

> 东方曰星，其时曰春，其气曰风。风生木与骨……南方曰日，其时曰夏，其气曰阳。阳生火与气……中央曰土，土德实辅四时，入出以风雨。节土益力，土生皮肌肤……西方曰辰，其时曰秋，其气曰

---

❶ 《黄帝内经素问》，人民卫生出版社1963年版，第36—41页。

第四章　阴阳五行宇宙图式与先秦两汉神秘诗学

阴。阴生金与甲……北方曰月，其时曰冬，其气曰寒。寒生水与血。❶

这就将五行与东、南、中央、西、北五个方位和春、夏、秋、冬四时搭配起来，阴阳五行逐渐融为一体。

阴阳五行本是根据经验积累，采用朴素的统计方法，将那些重复出现的现象之间的联系确定下来，逐渐形成的对事物规律的认识。阴阳五行的规律能够在一定范围内和一定程度上反映事物的内在联系，具有一定的普遍性。但当这一从有限经验出发形成的学说在进一步发展的过程中，被扩展成一个包含整个自然和社会生活方方面面的庞大的宇宙框架时，就失去了与物质现实的对应关系，一些想象性的事物和关系也被纳入阴阳和五行的体系中。当阴阳五行变成一种笼罩一切的思想框架，甚至被赋予情感和伦理色彩时，阴阳五行就丧失了最初的朴素唯物论本色。阴阳五行从理性概括和总结出发，但最终仍成为主观色彩很强的神秘文化。

二　五行相胜与朝代更迭

五行相生本是对自然事物的粗浅认识。在大自然中，钻木能取火，树枝能生火，所以，人们认为所有的木都能生火；物被火焚烧后即化成灰烬，灰即是土，所以，人们认为所有的火能生土；金属从土中被开采出来，所以土能生金；金熔化之后，会变成液态，所以被认为金能生水；用水灌溉之后，草木生成，所以，人们认为水能生木。这是五行相生的现实生活基础和原初状态。

五行相胜的关系最初也来自古人对大自然的粗浅认识。草木能够破土而出，所以木能克土；土能阻断水流，所以土能克水；水能扑灭火，所以水能

---

❶ 黎翔凤：《管子校注》，梁运华整理，中华书局2004年版，第842—854页。

克火；火能熔化金属，所以说火能克金；金属刀能伐木，所以说金能克木。

五行相胜（克）的关系可以用下图来表示：

五行生克关系逐渐被抽象成事物的普遍规律。五行相胜关系甚至成为朝代更替的内在根据。齐人邹衍创立了"五德终始说"，其核心要义是，每一个受天命而兴的朝代依照五行相胜的顺序都禀有某种德运。然后依据木克土、金克木、火克金、水克火、土克水的顺序进入朝代更迭的运行体系。在相胜的关系中，一个王朝必然被另一个王朝灭亡和取代，前一个王朝为终，后一个王朝为始，如此循环往复，生生不已。

《吕氏春秋·应同》较为集中地体现了邹衍的学说。《应同》篇指出：

> 凡帝王者之将兴也，天必先见祥乎下民。黄帝之时，天先见大螾大蝼，黄帝曰"土气胜。"土气胜，故其色尚黄，其事则土。及禹之时，天先见草木秋冬不杀，禹曰"木气胜。"木气胜，故其色尚青，其事则木。及汤之时，天先见金刃生于水，汤曰"金气胜。"金气胜，故其色尚白，其事则金。及文王之时，天先见火赤乌衔丹书集于周社，文王曰"火气胜。"火气胜，故其色尚赤，其事则火。代火者必

将水，天且先见水气胜。水气胜，故其色尚黑，其事则水。水气至而不知，数备将徙于土。❶

《应同》篇首先列举了五方与五色的关系。黄帝时，天下出现大蚯蚓，黄帝说，这是土气胜的征兆（因为蚯蚓色黄），所以黄帝崇尚黄色，其典章制度也按照土的德性来制定；到夏禹时，草木秋冬不枯萎，是木气盛的征兆，所以夏属木，色尚青；商汤时，水中出现金属的刀，是金气盛的征兆，所以商属金，色尚白；周文王时，赤鸟衔丹书盘旋在周的社庙之上，这是火气盛的征兆，所以周属火，色尚赤。从各个朝代所以兴盛的征兆来看，作为应验的颜色和事物，显然是天人感应思想的体现。这是第一重"神秘"。每个朝代在施政方针、历法、服色、朝仪等方面，都必须合于这一德运的特点，以顺天应人。这既是五行同类事物相互影响思想的体现，也是第二重"神秘"——没有客观依据，就是因为属于五行中的某行，所以其他一应活动、服色等都需要与此相应。否则，可能会有灾异出现。第三重"神秘"表现为朝代更迭的推演关系。黄帝属土，夏禹属木，商汤属金，文王属火，秦始皇属水，然后以此类推，历史就是按照土←木←金←火←水相胜的顺序运行的。夏禹、商汤、周文王、秦始皇逆取天下的事实被演绎成一个五行相克的逻辑推演过程。因此在朝代的兴亡和帝王更迭的过程中，人的作用仅仅在于体察气运，及时发现兴衰的有利时机。至此，五行观念就成为一种框架和一套带有预言性质的文化系统。社会的运转逐渐由天命神授转化为五行的运演，朝代的更替由神秘的气数和时运所决定，与人的主观努力没有关系。《史记·孟子荀卿列传》中指出，邹衍"深观阴阳消息而作迂怪之变"❷，可见，司马迁已经认识到阴阳（五行）

---

❶ 许维遹：《吕氏春秋集释》，梁运华整理，中华书局2009年版，第284页。
❷ （汉）司马迁：《史记》，中华书局1959年版，第2344页。

学说的神秘诡诞色彩。

秦称帝天下，阴阳家创立的"五德终始说"被秦始皇采用，成为秦朝统治合法性的理论根据。《史记·封禅书》记载，秦始皇称帝以后，有人出来献策说：黄帝得土德，黄龙、巨蚓出现；夏得木德，青龙在郊外出现，草木苍翠茂盛；殷得金德，银从山间流出；周得火德，赤鸟衔丹书飞来。现在秦取代了周，正是水德兴旺之时。当初秦文公外出打猎捉到了黑龙，这正是水德的象征。为了给自己的政权寻找理论上的根据，秦始皇毫不迟疑地将这一套理论拿过来，为新王朝立法，于是将秦王朝定为水德，水德属北方，色尚黑，衣服、旌旗皆为黑色，数以六为纪，符、法冠皆六寸，乘六马，并更名黄河为"德水"。不仅衣服、旌旗尚黑，音律也依据五德终始，以大吕为尚。可以说，阴阳五行思想成为秦朝统治合法性的根据，也成为秦文化发展的理论根据。

对汉代人而言，值得关注的焦点之一依然是朝代的德运问题。按照五德终始说，秦为水德，那么，土克水，代水德的应是土德，但西汉开国皇帝刘邦认为秦祠白、青、黄、赤四帝，不足"五帝"之数，是因为北畤待他而起，于是建北畤，祠黑帝，也自称获水德之瑞，继续采用秦的水德制度。这给汉朝的统治造成很大的困惑，不断有人提出要依据五行终始的顺序改汉德为土。

汉朝改制的事情，直到汉武帝时才有了实质性的进展。太初元年，汉武帝正式宣布变更原来的水德制度为新的土德制度。在郊祀礼制方面，汉武帝采纳方士谬忌的建议，将"泰一"作为至上神，这样就打破了五帝并祀的观念。举行祭祀时，掌泰一的祝宰穿的是紫色衣，掌五帝的分别穿了青、赤、白、黑、黄等各色衣服。从汉武帝时期所敬奉的神灵可以看出，五帝与方位的关系尚未定型。五帝是平行关系呢，还是黄帝居中占有主导地位，抑或是泰一作为主神，包括汉朝到底属于水德，还是土德，这些都还处在一个争论和辩证思考的过程中，其中甚至包含着帝王的任性和个人情绪。这说明在西汉时期五行还只是一种可以参照的理论学说,还没有对人形成绝对的控制作用。

王莽篡权也延续了五德说,只是他抛弃了五行相胜说,而采用五行相生说(即木生火,火生土,土生金,金生水)来解释政权的更迭。王莽指出汉是火德,火生土,而他自己的政权属土。当然,这也从一个侧面说明五德学说在一定程度上看,就是统治者为自己寻找合法性的工具,可以被任意摆弄。到了东汉,刘秀以西汉宗室的身份建立政权,认为汉代火德的气运未尽,应该由他来再受命。

应该说,努力将人类各种复杂的社会现象同自然现象一一联系起来,这反映了中国古人理性分析和归纳的努力,是他们逻辑思维能力得到提高的表现。但在当时社会条件下,他们所建立的,只能是一个带有主观臆测性质的普遍联系的网络。这一网络体系被统治者利用,成为改朝换代的形上根据,从而将整个社会生活都纳入一个先在的神秘文化体系之中。

第二节 阴阳五行框架中的艺术观念

一 先秦时期阴阳五行框架中的艺术观念

随着阴阳五行框架的构建,色彩审美和音乐审美也被纳入这一框架之中。《国语·周语下》云:"如是而铸之金,磨之石,系之丝木,越之匏竹,节之鼓,而行只以遂八风。于是乎气无滞阴,亦无散阳。阴阳序次,风雨时至,嘉生繁祉,人民和利,物备而乐成,上下不罴,故曰乐正。"[1]

---

[1] 徐元诰:《国语集解》,王树民、沈长云点校,中华书局2002年版,第111页。

金、石、丝、木、鼓等乐器按照八风的强弱演奏，就会形成阴阳和谐的曲调。音乐的和谐与风调雨顺相呼应，这就是"乐正"。

《庄子·天运》云："夫至乐者，先应之以人事，顺之以天理，行之以五德，应之以自然，然后调理四时，太和万物。"❶ 最美的音乐，顺应天理，与四时五德万物相呼应，与天地万物相和谐。

《周礼·考工记·画缋》中论述了五色的搭配原则：

> 画缋之事，杂五色。东方谓之青，南方谓之赤，西方谓之白，北方谓之黑，天谓之玄，地谓之黄。青与白相次也，赤与黑相次也，玄与黄相次也。青与赤谓之文，赤与白谓之章，白与黑谓之黼，黑与青谓之黻，五采备谓之绣。❷

这里实际上是六种与方位相对应的颜色，分别是东青、南赤、西白、北黑、天玄、地黄。这是色彩与天地四方的搭配关系。色彩之间的搭配规律有两种。第一种是相对的方位的两种颜色相互配合，叫作"次"，即东方之青与西方之白相次；南方之朱与北方之黑相次；上天之玄与地之黄相次。第二种搭配法是按照顺时针方向，将相邻的两种色彩进行搭配，即东方之青与南方之朱的搭配，谓之文；南方之朱与西方之白搭配，谓之章；西方之白与北方之黑搭配，叫作黼；北方之黑与东方之青搭配，叫作黻；综合五种颜色叫作绣。这种色彩观念中有空间与方位的配置关系，也有色彩之间组合的变化关系。同样也可以看出，在用"五"还是用"六"来构建宇宙框架的问题上，战国之前，还没有非常明确的理论主张。五行作为更具概括性的体系处于与四时、六方相协调及调整的过

---

❶（清）郭庆藩：《庄子集释》，王孝鱼点校，中华书局1961年版，第502页。
❷ 杨天宇：《周礼译注》，上海古籍出版社2004年版，第640页。

第四章　阴阳五行宇宙图式与先秦两汉神秘诗学

程中。

《管子·五行》将五钟与天、地、人关联起来："昔黄帝以缓急作五声，政五钟。令其五钟：一曰青钟，大音。二曰赤钟，重心。三曰黄钟，洒光。四曰景钟，昧其明。五曰黑钟，隐其常。五声既调，然后作立五行，以正天时，五宫以正人位。人与天调，然后天地之美生。"❶黄帝被认为是律令的开创者，以五钟的和谐为基础，通过五行来修正天时，通过五官来修正人位，这样就实现了"人与天调"，然后达到"天地之美生"的效果。

《吕氏春秋》以阴阳五行为基础构建的艺术理论也相当完备。《吕氏春秋·大乐》云：

> 音乐之所由来者远矣，生于度量，本于太一。太一出两仪，两仪出阴阳。阴阳变化，一上一下，合而成章。浑浑沌沌，离则复合，合则复离，是谓天常。天地车轮，终则复始，极则复反，莫不咸当。日月星辰，或疾或徐。日月不同，以尽其行。四时代兴，或暑或寒，或短或长，或柔或刚。万物所出，造于太一，化于阴阳。萌芽始震，凝寒以形。形体有处，莫不有声。声出于和，和出于适。❷

《大乐》篇认为，太一是万物之源起，太一出两仪，两仪出阴阳，阴阳变化构成了宇宙演化的基本秩序，也成为四时代兴，音乐和谐的基础。反之，阴阳失次，四时易节，则会出现"禽兽胎消不殖，草木庳小不滋，五谷萎败不成"❸的现象，也就不会有合适的音乐。

《吕氏春秋》将阴阳五行融合，构建了更加宏大的宇宙结构框架，形

---

❶ 黎翔凤：《管子校注》，梁运华整理，中华书局2004年版，第865页。
❷ 许维遹：《吕氏春秋集释》，梁运华整理，中华书局2009年版，第108—109页。
❸ 许维遹：《吕氏春秋集释》，梁运华整理，中华书局2009年版，第148页。

成了五行生克流转的庞大系统。《吕氏春秋》构建的五行框架如下：

五行	木	火	土	金	水
五味	酸	苦	甘	辛	咸
五音	角	徵	宫	商	羽
五色	青	赤	黄	白	黑
五虫	鳞	羽	倮	毛	介
五数	八	七	五	九	六
五臭	膻	焦	香	腥	朽
五气	燥	阳	和	湿	阴
五谷	麦	菽	稷	麻	黍
五祭	脾	肺	心	肝	肾
五祀	户	灶	中霤	门	行
五方	东	南	中央	西	北
五帝	太皞	炎帝	黄帝	少皞	颛顼
五神	句芒	祝融	后土	蓐收	玄冥

这是一个全息的宇宙，每一个"点"都会影响到五行网络中的其他方面，具有牵一发而动全身的特点。甚至可以说，这世界上没有不在五行网络中的事物，没有不和其他事物产生关联的事物。谢松龄总结说："这是一个无所不包的天上人间网络，拨动一丝网弦，便会使整个罗网震颤。"❶比如，《吕氏春秋·仲夏纪》记载"仲夏之月"的具体情况：

……其帝炎帝，其神祝融，其虫羽，其音徵，律中蕤宾，其数七，其味苦，其臭焦，其祀灶（祭的是灶神），祭先肺。小暑至，螳螂生，鵙始鸣，反舌无声。天子居明堂太庙，乘朱辂，驾赤骝，载赤旗，衣朱衣，服赤玉，食菽与鸡，其器高以觕（通"粗"），养壮狡。是月也，命乐师修鞀鞞鼓，均琴瑟管箫，执干戚戈羽，调竽笙埙篪，

---

❶ 谢松龄：《天人象：阴阳五行学说史导论》，山东文艺出版社 1989 年版，第 179 页。

第四章　阴阳五行宇宙图式与先秦两汉神秘诗学

饬钟磬柷敔。命有司为民祈祀山川百原，大雩帝，用盛乐。❶

这段文字描绘了一幅富有诗情画意的自然景色，仲夏之月，螳螂生，鸡始鸣，反舌无声。仲夏之月对应的是炎帝、祝融，对应有羽的动物，对应徵音。仲夏之月天子要按照五行中"火"所对应的体系进行活动，包括天子乘坐赤色的车子，驾赤色的马，用赤色的旗，穿赤色的衣服。还有命令乐师调理各种乐器演奏乐曲，命有司用盛乐为民祈祀山川百原，这样的活动也必须遵循五行框架的内在秩序进行。如果没有遵循五行秩序而行动，天就出现异象对人进行惩罚。可以看出，音乐是五行体系中的一个环节。音乐可以影响到其他事物，而其他事物的变化也一定会影响到音乐。

《礼记·乐记》较为集中地论证了音乐的阴阳五行属性。《礼记·乐记》首先认为礼乐与天地相通，体现阴阳变化的规律：

地气上齐，天气下降，阴阳相摩，天地相荡，鼓之以雷霆，奋之以风雨，动之以四时，暖之以日月，而百化兴焉，如此，则乐者，天地之和也。化不时则不生，男女无辨则乱升，天地之情也。及夫礼乐之极乎天而蟠乎地，行乎阴阳而通乎鬼神，穷高极远而测深厚。❷

地气上升，天气下降，地气为阴，天气为阳，所以阴阳之气相摩相荡，以雷霆相鼓动，以风雨相润泽，于是万物萌发，并随四时而变动，以日月的光泽相温暖，就变化生长起来了。礼乐效法天地阴阳的运行规律，所以体现的是天地和谐的秩序。礼乐上达于天，下委于地，与阴阳、鬼

---

❶ 许维遹：《吕氏春秋集释》，梁运华整理，中华书局2009年版，第103—105页。
❷ （清）孙希旦：《礼记集解》，沈啸寰、王星贤点校，中华书局1989年版，第993—994页。

神的变化相通，能穷极天地阴阳、鬼神的变化，能体现宇宙自然的秩序与变化的规律。

《礼记·乐记》还将五行、五音与五种官职联系起来：

> 宫为君，商为臣，角为民，徵为事，羽为物。五者不乱，则无怗懘之音矣。宫乱则荒，其君骄；商乱则陂，其官坏；角乱则忧，其民怨；徵乱则哀，其事勤；羽乱则危，其财匮。五者皆乱，迭相陵，谓之慢。如此，则国之灭亡无日矣。❶

五声中宫对应君，商对应臣，角对应民，徵对应事，羽对应物。君、臣、民、事、物井然有序，就不会有敝败不和的音声。相反，宫声乱则五声废弃，其君王必骄纵废政；商声乱则五声跳掷不谐调，其臣官事不理；角声乱则五音谱成的乐曲基调忧愁，百姓必多怨愤；徵音乱则曲多哀伤，其国多事；羽声乱则曲调倾危难唱，其国财用匮乏。五声全部不准确，就是迭相侵陵，称为慢。宫、商、角、徵、羽与君、臣、民、事、物之间相互影响。

礼乐来自对阴阳五行规律的效法，又影响阴阳五行的运转。因此《礼记·乐记》也提出礼乐要合乎阴阳五行之道的具体创作要求："是故先王本之情性，稽之度数，制之礼义，合生气之和，道五常之行，使之阳而不散，阴而不密，刚气不怒，柔性不慑，四畅交于中而发作于外，皆安其位而不相夺也。"❷

《淮南子》和《春秋繁露》中的五行和音乐、色彩观念比较集中和具有代表性，因此有必要单独进行分析。

---

❶（清）孙希旦：《礼记集解》，沈啸寰、王星贤点校，中华书局1989年版，第978—980页。
❷（清）孙希旦：《礼记集解》，沈啸寰、王星贤点校，中华书局1989年版，第1000页。

二 阴阳五行与《淮南子》中的艺术和审美观念

(一)《淮南子》的阴阳观念

《淮南子》指出混沌的"道"是世界的本原，但世界运行与平衡的推动力是阴阳。阴阳交接具有化生万物的作用。《天文训》云："道曰规始于一，一而不生，故分而为阴阳，阴阳合和而万物生"，❶ 道的最原始状态是混一，但混一不能产生宇宙和万物。从混一状态中分化出阴阳二气，阴阳二气交合才能产生万物。《天文训》中还指出："天地以设，分而为阴阳。阳生于阴，阴生于阳。阴阳相错，四维乃通。或死或生，万物乃成。"❷ 意思是说，天地确定以后，分成阴和阳。阳从阴产生，阴从阳产生。阴阳交错，四维才通畅。有生又有死，万物才能形成。《览冥训》中也讲："故至阴飂飂，至阳赫赫，两者交接成和而万物生焉。"❸ 阴阳交接，世界上才出现了万事万物。《泰族训》云："故神明之事，不可以智巧为也，不可以筋力致也。天地所包，阴阳所呕，雨露所濡，化生万物，瑶碧玉珠，翡翠玳瑁，文彩明朗，润泽若濡，摩而不玩，久而不渝，奚仲不能旅，鲁般不能造，此之谓大巧。"❹ 最美的东西，天地包裹着，阴阳二气抚育着，雨露滋润着，由道化生而成，人力不能控制。所以说，翡翠玳瑁、瑶碧玉珠，这些精美的宝物，天然生成，奚仲不能模仿，鲁班不能制造，都不是人力所为的结果。

《淮南子》认为日月星辰由阴阳化生而成。《天文训》云："积阳之热

---

❶ 何宁：《淮南子集释》，中华书局1998年版，第244页。
❷ 何宁：《淮南子集释》，中华书局1998年版，第282页。
❸ 何宁：《淮南子集释》，中华书局1998年版，第457页。
❹ 何宁：《淮南子集释》，中华书局1998年版，第1376—1377页。

气生火，火气之精者为日；积阴之寒气为水，水气之精者为月。"❶ 又云："天之偏气怒者为风，地之含气和者为雨，阴阳相薄，感而为雷，激而为霆，乱而为雾，阳气胜则散而为雨露，阴气胜则凝而为霜雪。"❷ 积阳生火，火之精就变成日；积阴生水，水之精华就变成了月。同样，阴阳二气有所偏离，形成怒气，便产生风；阴阳二气相交合，便生成雨；阴阳二气相逼近，振动起来便响雷，激荡起来就闪电，散乱变成雾。阳气占上风便扩散成露水，阴气占上风便凝结成霜雪。可见，阴阳是推动天地运行及万物产生的两个原动力，天地风雨、雷霆雾霜雪等自然现象都是由于阴阳之气变幻所形成的。

动植物也具有阴阳的属性，并且随着阴阳的变化而变化。《天文训》中讲："毛羽者，飞行之类也，故属于阳；介鳞者，蛰伏之类也，故属于阴。日者阳之主也，是故春夏则群兽除，日至而麋鹿解，月者，阴之宗也，是以月虚而鱼脑减，月死而蠃蛖膲。火上荨，水下流，故鸟飞而高，鱼动而下。"❸ 生有羽毛的鸟类，在天空飞翔，所以属阳类；生有鳞甲的龟蛇，在地下冬眠，所以属阴。太阳是阳类的主宰，因此，春夏两季兽类都要脱掉旧毛，夏至冬至时麋鹿会脱掉旧角。月亮是阴类的根本，因此，月亮虚亏时，鱼的脑髓便减少，每月的最后一天月亮隐而不见时螺蚌的肉便萎缩。火向上方蔓延，水朝低处流动，所以属阳的鸟高飞，属阴的鱼潜游。万物的发展变化遵循阴阳此消彼长的规律而进行。

《天文训》中还论述了冬至和夏至阴阳与动植物的变化情况，同时指出人应当遵循阴往阳来的自然规律生活：

　　日冬至则斗北中绳，阴气极，阳气萌。故曰冬至为德。日夏至则

---

❶ 何宁：《淮南子集释》，中华书局1998年版，第166—167页。
❷ 何宁：《淮南子集释》，中华书局1998年版，第170页。
❸ 何宁：《淮南子集释》，中华书局1998年版，第171—172页。

斗南中绳，阳气极，阴气萌。故曰夏至为刑。阴气极则北至北极，下至黄泉，故不可以凿地穿井。万物闭藏，蛰虫首穴，故曰德在室。阳气极则南至南极，上至朱天，故不可以夷丘上屋。万物蕃息，五谷兆长，故曰德在野。❶

古人观察北斗星斗柄在天空的旋转，总结一年内天气及物候变化的规律，确立了二十四节气，使之成为农业生产的重要依据。《淮南子·天文训》认为，阳气久积生火，火之精生日；阴气久积生水，水之精生月。从夏至到冬至阴气逐渐上升，万物由繁茂开始走向衰败；从冬至到夏至阳气逐渐上升，万物由虚弱开始生长繁茂。阴阳此消彼长，相反相成，推动万物的盛衰枯荣，生杀长养。相应的，人的一切生产、生活也应该遵循自然运化的规律。冬至时，阴气极盛；夏至时，阳气极盛。阴气到了极限时，向下布散到黄泉，这时万物都藏伏起来，冬眠虫类躲进洞穴中，所以说，大自然的阳德在内，不宜凿地打井。夏至阳气到了极限时，向上散布到朱天，这时万物繁殖生息，五谷开始生长，大自然的阳德在野外，所以这时不宜平整山丘和上房顶做事。

阴阳化生，形成了多姿多彩的生命形式。阴阳运转，世间万物阴阳变幻无穷。阴阳变幻是大自然运转的规律，遵循这一规律而生存，会呈现出天人合一、万物欣然的和谐之美。综观《淮南子》中的阴阳思想可以看出，《淮南子》所说的阴阳主要指的是宇宙的运行模式，以及天地万物形成和发展变化的内在根据。天、地、人是一个统一的整体，大地上繁多的物类（包括人在内），都是天地氤氲，阴阳化生而成，所以天、地、人具有共同的结构模式，遵从共同的运动规律。阴阳观念把宇宙和万物看作按一定结构形成的有机整体，因而要求对待一切事物都必须着眼于结构和整

---

❶ 何宁：《淮南子集释》，中华书局1998年版，第208—209页。

体。这是一种关联性思维。在这种思维观念中，自然界按照阴阳发展的规律去运行，才能出现风调雨顺、五谷丰登的太平盛世景象。人类社会遵循阴阳四时的规律去生活，世界就会呈现出盎然的生机和活力，形成一种宇宙生命的大和谐景象。

（三）《淮南子》中同"行"之间的关系

五行是《淮南子》思想的另一维度。《淮南子》对五行关系有较为广泛的表述。如《地形训》中提出五色、五方的概念，并指出不同方位的自然条件必然决定着各方会长养出怎样特征的人：东方，川谷之所注，日月之所出，苍色主肝；南方，阳气之所积，暑湿居之，赤色主心；西方高土，川谷出焉，日月入焉，白色主肺；北方幽晦不明，天之所闭也，黑色主肾；中央四达，风气之所通，雨露之所会也，黄色主胃。不同的方位对应不同的脏器和不同的地理环境。

有了五行的概念后，人们努力将四时和五行进行搭配，因而增加了季夏，把一年四季变成一年五季。《淮南子·时则训》则勾勒了时人对每个季节的审美想象。春天万木争荣，一片新绿，故五行属木，颜色为青，太阳从东方升起，温暖由此而来，故木性温。夏天天气炎热，骄阳艳艳，故五行属火，颜色为赤，方位为南方。土具有生长万物的性能，在五行中居于主导地位，代表季夏、中央和黄的颜色，性味平和。秋天太阳西沉，阴气始生，万木霜天，故五行属金，颜色为白，方位为西方；金可以制造兵器，具有砍伐的作用，因而具有杀伐之气。冬天寒气从北方而来，故五行属水，颜色为黑，水性寒。人们想象出来的季节以色彩为意象，也有着温度和体感特征。《时则训》还把自然界的各种事物归为五类，其中每一类的事物被认为有某种共同性，彼此之间有必然联系。如春季、东方、木、角音、青色被认为是一类事物，它们有共同的属性，它们之间有着必然的联系。

《天文训》把五方、五帝、五佐、五执、五治、五星（神）、五兽、五音、五色统一搭配起来，构建了一个具有广泛联系的五维世界：

>东方木也，其帝太皞，其佐句芒，执规而治春。其神为岁星（木星），其兽苍龙，其音角，其日甲乙。
>
>南方火也，其帝炎帝，其佐朱明，执衡而治夏，其神为荧惑（火星），其兽朱鸟，其音徵，其日丙丁。
>
>中央土也。其帝黄帝，其佐后土，执绳而制四方。其神为镇星（土星），其兽黄龙，其音宫，其日戊己。
>
>西方金也。其帝少昊，其佐蓐收，执矩而治秋。其神为太白（金星），其兽白虎，其音商，其日庚辛。
>
>北方水也。其帝颛顼，其佐玄冥，执权而治冬。其神为辰星（水星），其兽玄武，其音羽，其日壬癸。❶

我们可以将《天文训》中的五行关系列表如下。

五季	五方	五行	五音	五色	五神	五星	辅佐	五兽
春	东	木	角	青	太皞	岁星	句芒	青龙
夏	南	火	徵	赤	炎帝	荧惑	祝融	朱雀
季夏	中央	土	宫	黄	黄帝	镇星	后土	腾蛇
秋	西	金	商	白	少昊	太白	蓐收	白虎
冬	北	水	羽	黑	颛顼	辰星	玄冥	玄武

这是一个很整齐的方位、神明、音律等的对应图式。从可以感知的春夏秋冬、东南西北，到虚构的各种神灵；从五音五色到天上的星宿，均被纳入五行系统。同属一类（行）的任何一种事物只要具有了方位、颜色、五行、季节、数字、气味等之中无论哪个方面，根据五行的推演规律，它

---

❶ 何宁：《淮南子集释》，中华书局1998年版，第183—188页。

也就必然具备了与之属于同一行的其他属性。这是一种类比思维方式的体现。这种思维认为，只要在一个系统中，一事物就会和这个系统中其他事物之间发生互浸关系，因而必然具备这个框架所赋予的属性。只要某一事物处于某一框架中的某一点，也就会与其他同类产生关联，从而具有整个这类事物的属性。这种思维的基本原则依然是认为事物之间具有互浸关系。类比思维是中国文化的一个突出特征。有不少海外汉学家以旁观者的视角更加深切地认识到了中国文化的这一特征。比如，英国汉学家鲁惟一的《汉代的信仰、神话和理性》，美国汉学家郝大维、安乐哲的《汉哲学思维的文化探源》《期望中国：对中西文化的哲学思考》，美国汉学家史华兹的《古代中国的思想世界》等论著都谈到了中国秦汉时期的"关联性思维"，并指出，关联思维的突出特征是事物之间超越逻辑和理性的联系。关联思维以丰富的想象和联想为基础。

类比思维是关联思维的一个方面。类比思维是依据两类事物在某些方面的类似或同一，来推断它们在其他方面也可能类似或同一的思维方法。类比思维带有较强的主观性和想象色彩。五行的划分就是类比思维的结果，具有主观臆测和牵强比附的性质，不可以科学实证，不可以客观分析。

《天文训》的五行框架中，不但认为同类的事物可以相互影响，而且属于五行中同一"行"的事物，彼此之间均可以产生相互影响的关系。比如上表中横行的所有事物被认为属于同一类，这些事物和现象之间都有着彼此互浸、相互关联的关系。东方与春神句芒、春天、青色、龙属于一类，相互影响；北方与冬神颛顼、冬天、黑夜、黑色、水等联系在一起，它们之间具有同样的属性，彼此之间可以相互影响。五行之中同一类事物中只要一种事物发生了变化，就被认为会影响到其他同类事物。比如，天上的荧惑星有变化，就被认为会影响到地上的徵音，反之，徵音也会对荧惑星造成影响。也就是说，同属一类的事物之间有着交互感应关系。同类事物之间的感应关系有着超距离、超逻辑的特征，因而具有神秘性。

第四章　阴阳五行宇宙图式与先秦两汉神秘诗学

因为同行事物之间有着互浸的关系，所以五行与天子的审美和娱乐活动也有密切的关系。人君遵循五行规律来治国，就能取得和谐的社会秩序。相反，大的社会祸乱都是因为沉湎于五行中的某种物质享乐而丧失天性。《本经训》指出，沉湎于建造宫室台榭、梁柱斗拱等，并且在木构建筑上勾画雕刻盘曲的神龙、昂首的卧虎以及枝叶漫长、相互缠绕的菱草，这是使天性丧失的有关木的享乐；沉湎于挖掘深深的池沼，引来溪谷的流水，并且用玉石堆积装饰曲曲折折的岸边，在池水渠道之中种上莲花菱角。乘坐刻成龙形、画着鹢鸟的船儿浮泛在水中寻欢取乐，这是使天性丧失的有关水的享乐；沉湎于筑起高高的城郭，设置险要的障碍，建起高耸的台榭，修起宽大的苑囿，削去高丘，填平洼地，积土成山，将弯曲处改成直路，将险地变成平地，以便整天策马奔驰，疾速奔向远方，这是使天性丧失的有关土的享乐；沉湎于铸造大型的、精美的钟鼎重器，刻镂着花草百兽图，这是使天性丧失的有关金的享受；沉湎于煎煮烧烤，调配合口的美味，尝遍楚地、吴地的酸甜风味。焚烧森林打猎，毁掉参天大树。拉响鼓风机，熔化铜铁，制作器物，这是使天性丧失的有关火的享受。也就是说，在自然界的木、火、土、金、水某一方面有过度的享乐，必然会导致政治某一方面的失败。

同"行"关系中还有三点是值得关注的。第一，每一"行"中的事物的分类具有非常强的随意性。我们甚至看不出来同归于一行的事物之间的内在逻辑关系是什么。这样一种以主观联想为出发点，而不是以科学实证为出发点的分类原则，是一种典型的关联思维，即认为两类不同性质的事物之间，只要在特征、效能等某一方面有关联，就被认为同属一类。关联思维主要包括接近联想、相似联想等类型。接近联想，是指两类事物在时间或空间上接近，这两类事物就被认为有某些内在联系；相似联想是指由外形、性质、意义上的相似引起的联想。由上可知，关联思维与弗雷泽的巫术思维这两种模式有同样的性质。在中国古代文化中最常见的一种关联思维是，只要两种事物部分相似，便联想到这两类事物的其他性质都相同，并将这两类只有部分联系的事物归为一类。比如在五行观念中，人们认为，处于北方的黑色，与同样被归入北方的羽音之间有同样的性质。同样，宫声与土、黄色被认为有同样的属性。这就是由部分存在联系而联想到两类事物整体都有联系的关联思维。这种思维模式具有很强的跳跃性，能够将没有直接因果联系的两类事物较为主观地联系在一起。

关联思维具有很大的不确定性和模糊性，同时又是对世界的直觉感悟，而不是绝对化、客观化地切割。丰富的联想是艺术思维的突出特征。因此郝大维和安乐哲两位美国汉学家在《期望中国》一书中指出："每一个现象，让人联想到其他相似的现象，这就具有了一种诗意形象之模糊性。"❶ 毋庸置疑，在这种模糊而广泛的联想关系中蕴含着诗意性，世界因为关联思维的存在而不再是机械的、刻板的世界。

第二，同"行"事物之间的相互影响关系具有非因果性。比如，春天演奏了不适当的音乐，就会影响庄稼的生长。诸如此类超越现实因果关系的联系在同一行的事物中广泛存在。郝大维、安乐哲说这种事物之间的联系，"它们是按照有目的的意向，而不是按照物理学上的因果关系联系在一起的"❷。也就是说，事物之间的联系不是物理性的因果联系，而是因为某种预先设定的关系图式而产生联系的。

第三，值得关注的是，神灵在五行学说中的存在意义。无论在《吕氏春秋》的五行体系中，还是在《淮南子·天文训》的五行列表中，都可以看到，虚幻的神灵被纳入五行体系中，如春神句芒就被认为具有春天欣欣向荣的特点，它的颜色为青色；冬神颛顼具有内敛、收藏的特点，它的颜

---

❶ [美]郝大维、安乐哲：《期望中国：对中西文化的哲学思考》，施忠连等译，学林出版社2005年版，第314页。

❷ [美]郝大维、安乐哲：《期望中国：对中西文化的哲学思考》，施忠连等译，学林出版社2005年版，第151页。

色为黑色。神灵被纳入五行体系中，丰富了五行体系的内容，增强了五行体系的神秘色彩，体现了中国文化虚实同在的特点。虚实同在，或者说虚实不分是中国美学的一个特点。另外，我们可以看到五个主神"太皞""炎帝""黄帝""少昊""颛顼"，以及五个辅神"句芒""朱明""后土""蓐收""玄冥"，它们只是五行体系中并列存在的五个方面，这里没有一个明确的至上神，没有一个能全权操控宇宙的、至高无上的神灵。英国汉学家葛瑞汉说："这种体系也许包括上帝，但是在于颜色、声音和数字相连中，它使上帝降低到同等层面而否定其超验性。"葛瑞汉看到五行关系的超验性，也看到了在这个体系中帝王的神性被大打折扣。我国战国秦汉时期的美学中有神秘性，但是没有构建起一个完全意义的宗教。一方面是因为多神并在；另一方面是因为这些神灵是五行宇宙系统中的一个方面，遵循五行规则运行，而不是由它们中的某一个操控整个世界。由此也可以说，五行体系中的神灵是根据五行框架而想象出来的艺术形象，而不是具有控制力的神灵。包括阴阳体系中的事物也有很多是根据阴阳关系需要而想象出来的，比如有一个西王母，人们就要给她配一个东王公。

就五音音律的关系看，东方木星，代表的音调是角；南方火星，代表的音调是徵；中央土星，代表的音调是宫；西方金星，代表的音调是商；北方水星，代表的音调是羽。每一个方位都有相应的神灵和音律。这样，青、赤、黄、白、黑五色以及角、徵、宫、商、羽五音，与方位、季节、岁星、神灵构成一个不可分割的整体，从而使空间方位、神灵、色彩、音律、情感体验等各种不同性质的事物连成一体，形成虚实一体、物我不分的一个有机整体。

（三）《淮南子》中五行之间的生克关系

如果说同一行的事物属于同一类，它们之间互相影响，那么，在上面列表中纵列的事物之间则是五行生克的关系。五行生克本是对自然界事物之间关系的朴素概括。《淮南子》将这些对自然的素朴概括上升为具有普遍性的宇宙法则。如《淮南子·天文训》中说："凡十二律，黄钟为宫，太蔟为商，姑洗为角，林钟为徵，南吕为羽。""徵生宫，宫生商，商生羽，羽生角，角生姑洗，姑洗生应钟，比于正音，故为和；应钟生蕤宾，不比正音，故为缪。日冬至，音比林钟，浸以浊。日夏至，音比黄钟，浸以清。"❶ 如果说不同的季节对应不同的农作物，它们之间盛衰的循环关系还有现实生活的根据，那么，《淮南子》关于音律的生克关系的论述几乎完全是一种美学想象。音律本是独立的音乐单位，它们共同构成美妙的旋律，它们之间应该没有相互影响和作用的关系，但在《天文训》根据五行相生的规律，类推出五音之间的相生关系：徵生宫，宫生商，商生羽，羽生角，从而使五音之间也具有相生关系。《淮南子·地形训》对五行之间更为广泛的生克关系进行了集中表述：

> 木胜土，土胜水，水胜火，火胜金，金胜木。故禾春生秋死，菽夏生冬死，麦秋生夏死，荠冬生中夏死。木壮水老火生金囚土死，火壮木老土生水囚金死，土壮火老金生木囚水死，金壮土老水生火囚木死。水壮金老木生土囚火死。音有五声，宫其主也；色有五章，黄其主也；味有五变，甘其主也；位有五材，土其主也。是故炼土生木，炼木生火，炼火生云，炼云生水，炼水反土。炼甘生酸，炼酸生辛，炼辛生苦，炼苦生咸，炼咸反甘。变宫生徵，变徵生商，变商生羽，变羽生角，变角生宫。是故以水和土，以土和火，以火化金，以金治木，木复反土。五行相治，所以成器用。❷

《地形训》中涉及的主要五行关系如下所示。

---

❶ 何宁：《淮南子集释》，中华书局1998年版，第252页。
❷ 何宁：《淮南子集释》，中华书局1998年版，第354—355页。

五行	五方	五脏	五色	五窍	五音	五味
木	东	肝	青	目	角	酸
火	南	心	赤	耳	徵	苦
土	中	脾	黄	口	宫	甘
金	西	肺	白	鼻	商	辛
水	北	肾	黑	阴	羽	咸

在《地形训》的这一段话中，有以下几点是值得关注的。第一，这里说的是五行相胜的关系。自然现象中的"故禾春生秋死，菽夏生冬死，麦秋生夏死，荠冬生中夏死"，被纳入五行相胜的关系中进行解释。依据五行相胜的规律，属木的禾在木气旺盛的春天生长，到金气旺盛的秋季便衰亡；属火的豆类在火气旺盛的夏天生长，到水气旺盛的冬天便衰亡；属金的麦类在金气旺盛的秋季播种，到火气旺盛的夏季便衰亡；属水的荠菜在水气旺盛的冬天生长，到火气旺盛的夏季便衰亡。有意思的是，这里所说的既是五行相胜的普遍规律，又是具有实证性的自然现象。五行生克的关系中有想象的成分，但也不全是想象，还有一些现实生活依据。中国哲学游走于抽象和具象之间。现实的、可以验证的部分成为那些虚幻想象的关联关系得以成立的根据。

第二，《地形训》构建了多维度的事物关系网络。比如"木壮，水老火生金囚土死"，也就是说，木作为一个关系节点，涉及的关系是：水生木，所以木壮，水老；木生火，所以木壮有利于火生。这是以木为节点的相生关系。而在相克关系中，以木为节点，同样存在两组关系，即金克木，所以木壮时，金必然要受损；木克土，木壮时，是不利于土的，所以土死。可以说在五行关系图中，每一个节点，都会产生四组关系，即"生我""我生""克我""我克"。也就是说，每一个元素（行、属）都可以生成另一个元素，也可以被另一个元素生成，有一个元素会限制它，它也被另一个元素所限制。在这个关系网络中，万物之间就产生了广泛的联系。

第三，《地形训》进一步将生克关系打通，指出利用土可以生出木，利用木可以生出火，利用火可以熔化金，利用金可以生出水，处治水又返归到土；弱化甘可以显出酸味，弱化酸味可以显出辛味，弱化辛味可以显出苦味，弱化苦味显出咸味，提炼咸味又返归甘味；变宫生出徵，变徵生出商，变商生出羽，变羽生出角，变角又生出宫。因此，水可以调和土，土可以调和火，火可以熔化金，金可以处治木，木又返归到土。五行相生相克，宇宙万物就取得了广泛的互动关系，构成一个生生不息的动态系统。

五行是中国古人在观察自然的基础上形成的对自然规律的认识，它们本身建立在观察和抽象的基础之上，具有一定的合理性。但在类比互浸思维方式的影响下，一方面，很多事物被归为同类（但用今天的眼光看，它们并不属于同一性质的事物，如方位与音律及神灵就不属于同类事物）；另一方面，事物之间有广泛的联系，这些联系的依据是带有先验性质的五行生克关系。所以，事物之间的关系是推演出来的，而不是事实上会有那种关系。但古人认为五行生克关系是确切存在的，在我们看不见的地方，五行生克的关系时刻在发生着，就像平静的水面之下时时在发生着变化。只是这种变化如此细微和微妙，我们的理性和外在感官是感受不到的。这可能就是中国哲学的静中之动。

（四）《淮南子》五行主次的关系论析

《淮南子》中，五行是并列关系还是主次关系，有关这一问题，《淮南子》的表述前后是不一致的。

首先，《淮南子》中有五行均等的思想。比如《原道训》中讲："音之数不过五，而五音之变不可胜听也；味之和不过五，而五味之化不可胜尝也；色之数不过五，而五色之变不可胜观也。"❶ 音之数不过五，味之数不过五，色之数不过五。但无限美妙的声音来自最基本的宫、商、角、徵、羽

---

❶ 何宁：《淮南子集释》，中华书局1998年版，第59页。

五音的相互搭配；无限多样的味道，来自最基本的甜、酸、咸、辣、苦五味的搭配；无限丰富的色彩，来自最基本的青、赤、白、黑、黄五种基本颜色的搭配。这是说五音、五味、五色之间相互化生可以产生出无穷的世界。

但《淮南子》中又有明显的以"土"为主的倾向。如《地形训》中指出，五行并不是均等的关系，音有宫、商、角、徵、羽五种，宫调是其中的主音；色有黄、青、赤、白、黑五种，黄色是其中的主色；味有甘、酸、辛、苦、咸五种，甘味是其中的主味；方位有东、南、西、北、中五种，中为主位。《原道训》也表达了同样的意思："故音者，宫立而五音形矣；味者，甘立而五味亭矣；色者，白立而五色成矣；道者，一立而万物生矣。"❶ 在五音、五味、五色中，强调了宫音、甘味、白色的重要性。

其次，在五行是完全自足，还是有外在的推动力的问题上，《淮南子》同样表现出矛盾的态度。《淮南子》一方面认为，万物自在自足，自我运转；另一方面又认为，五行还需要五行之外的因素来调和，那么五音也需要五音之外的因素来调和。如《兵略训》讲："故鼓不与于五音而为五音主，水不与于五味而为五味调，将军不与于五官之事而为五官督。故能调五音者，不与五音者也；能调五味者，不与五味者也；能治五官之事者，不可揆度者也。"❷ 鼓不产生五种音调但它是五音的主宰，水是没有味道的但它能调和五味，将军不直接参与五官所主管的具体军务，但他是五官的总督。所以能协调五音的，不属于能奏出五音的乐器；能调和五味的，不属于有五味的物质；能总督五官完成各自职责的，是不可测度的。五行、五声、五味、五音等还需要其他元素的介入才能产生美妙的效果。从这个角度看，在《淮南子》中，五行还不是一个完全封闭的宇宙图式，还具有一定的开放性，还需要有外力的推动。

---

❶ 何宁：《淮南子集释》，中华书局1998年版，第59—60页。
❷ 何宁：《淮南子集释》，中华书局1998年版，第1085页。

从《淮南子》对五行关系表述的矛盾性来推测，一方面可能因为不是一人独立完成，因而会出现前后不一致的情况；另一方面也有可能是因为，五行观念还处在不成熟的阶段。

三 阴阳五行框架中的董仲舒诗学观念

董仲舒的《春秋繁露》以"天"为核心，以阴阳五行为天的存在状态，从而形成了阴阳运转、五行相生相胜等哲学观念。在阴阳五行观念中体现了以政治伦理为最终目的的人文色彩，也有以阴阳五行运转不息为特质的生机和活力，还有尊阳贵土的审美意识。

（一）董仲舒的阴阳思想及其人文色彩

1. 阴阳四时生生不息

如果说《淮南子》更多地将世间万物划分为阴阳两类，比较关注阴阳的相辅相成，那么，董仲舒则吸收了《周易》中阴阳运转、万物化生的思想，更加强调阴阳是宇宙世界的运动方式和动力。春夏为阳，秋冬为阴，阴阳各自所涵摄的自然现象不同。阴阳俯仰、损益导致四季的更替和变化。阴阳随着四时的交互作用促使物质世界生生不已，变化万端。

按照方位来讲，阴阳有一种运转的秩序。《春秋繁露·阳尊阴卑》指出："阳气出于东北，入于西北，发于孟春，毕于孟冬，而物莫不应是。"❶意思是说，阴阳的运转，从东北开始，运行到西北，从孟春开始，运行到孟冬，这是自然界运行的规律。

与此相应，万物随着阴阳的运转而盛衰荣枯。《春秋繁露·阴阳位》云："阳气始出东北而南行，就其位也；西转而北入，藏其休也。阴气始出东南而北行，亦就其位也；西转而南入，屏其伏也。是故阳以南方为

---

❶ （清）苏舆：《春秋繁露义证》，钟哲点校，中华书局1992年版，第324页。

位，以北方为休；阴以北方为位，以南方为伏。"❶ 阳气从东北出而南行，一旦到了南方，就其位。此时，气候进入夏季。再由南向西运转，阳气就逐渐转入地下，此时，冬季就来临了。而阴气从东南开始而北行，一旦到了北方，阳气转入地下，天气寒冷，万物收藏。这样，阴阳之气有序周行、运转，永无止尽，形成一个始终相统一、相衔接的循环式运动轨迹。这就是董仲舒所谓的"天之道，终而复始"❷的思想。

按照季节，阴阳也有一种流转秩序。《春秋繁露·阴阳出入》云："天道大数，相反之物也，不得俱出，阴阳是也。春出阳而入阴，秋出阴而入阳，夏右阳而左阴，冬右阴而左阳。阴出则阳入，阳出则阴入；阴右则阳左，阴左则阳右。"❸ 天的运行，就是相反的事物不能同时出现。春季阳气出现而阴气隐没，秋季阴气出现而阳气隐没，夏季阳气在右之尊位而阴气在左，冬季阴气在右之尊位而阳气在左。阴气出现，阳气就隐没，阳气出现，阴气就隐没；阴气在右，阳气就在左，阴气在左，阳气就在右。因为天地运转有阴阳不同时出现的原则，因而才能出现阴阳交互的现象，才能形成一个自然循环的过程。此过程活泼流转、生生不已，具有永恒不息的生命活力。《春秋繁露·阴阳终始》篇讲："冬至之后，阴俯而西入，阳仰而东出，出入之处常相反也。……故至春少阳东出就木，与之俱生；至夏太阳南出就火，与之俱暖。"❹ 冬至之后，阴气下降，向西方运行，阳气上升，向东方运行。随着季节的变换，阴阳相推，就产生寒来暑往的流转秩序。《阴阳出入》篇则指出，临近冬季，阴阳各自从一个方向到来，而向相反的方向运行。阴从东方向西方运行，阳从西方向东方运行。到了中冬时，阴阳在北方相遇，之后又各自离开，阴气到右面，阳气到左面。到了

---

❶（清）苏舆：《春秋繁露义证》，钟哲点校，中华书局1992年版，第337—338页。
❷（清）苏舆：《春秋繁露义证》，钟哲点校，中华书局1992年版，第339页。
❸（清）苏舆：《春秋繁露义证》，钟哲点校，中华书局1992年版，第342页。
❹（清）苏舆：《春秋繁露义证》，钟哲点校，中华书局1992年版，第339—340页。

仲春，阳在正东，阴在正西，阴阳各半，所以白昼黑夜平分而寒冷暑热各半。之后，阴一天天减损而逐渐消失，阳一天天壮大，天气逐渐变得温暖起来。到夏天时，阴阳又在南方相遇。之后，又分开而各自离去，阳往右，阴往左。到中秋时，阳在正西方，阴在正东方，阴阳各半，所以白昼夜晚平均而寒冷暑热各半。接着，阳一天天减少进而消失，阴一天天增多直到壮大，所以到了秋末开始下霜，到了初冬开始寒冷，到了小雪万物伏藏，到了大寒万物收藏。这样，阴往阳来，周而复始，天地的功业最终完成。

人们根据天地间阴阳四时的流转而生活，就能达到天人合一之美学境界。《春秋繁露·循天之道》云："天之道，向秋冬而阴来，向春夏而阴去。是故古之人霜降而迎女，冰泮而杀内，与阴俱近，与阳俱远也。"❶ 阴阳四时有相对固定的运转规律，所以人能够遵循天地阴阳的规律来安排生活。天之道，秋冬阴来，春夏阴去，所以秋冬阴气来时，古人迎娶新妇，春夏季则停止。这是遵从天道，与阴气接近，与阳气疏远。

2. 董仲舒强化了阴阳的情感色彩和道德蕴含

董仲舒赋予阴阳以情感色彩，他说："天之道，出阳为暖以生之，出阴为清以成之。"❷ "天出阳，为暖以生之；地出阴，为清以成之。不暖不生，不清不成。"❸ "阳气予而阴气夺，阳气仁而阴气戾，阳气宽而阴气急，阳气爱而阴气恶，阳气生而阴气杀。"❹ 阳为暖，阴为清。阳为予、仁、宽、爱；阴为夺、戾、急、恶。这样，阴阳有了情感性和伦理性的色彩。在《精华》中还说："大旱雩祭而请雨，大水鸣鼓而攻社……大水者，阴灭阳也。阴灭阳者，卑胜尊也……故鸣鼓而攻之，朱丝而胁之，为其不义也。"❺

---

❶ （清）苏舆：《春秋繁露义证》，钟哲点校，中华书局1992年版，第450—451页。
❷ （清）苏舆：《春秋繁露义证》，钟哲点校，中华书局1992年版，第347页。
❸ （清）苏舆：《春秋繁露义证》，钟哲点校，中华书局1992年版，第351—352页。
❹ （清）苏舆：《春秋繁露义证》，钟哲点校，中华书局1992年版，第327页。
❺ （清）苏舆：《春秋繁露义证》，钟哲点校，中华书局1992年版，第85—87页。

这是把水旱灾害抽象成阴阳关系的不平衡，然后又把阴阳关系抽象成尊卑关系，水灾就变成了阴对阳的犯上作乱，所以应该鸣鼓而攻之。

董仲舒还将自然现象的阴阳与人类生活中的德与刑联系起来。《阴阳义》篇讲："天地之常，一阴一阳。阳者天之德也，阴者天之刑也。"❶ 董仲舒将人间的德刑关系与天地的阴阳关系联系起来，使德刑关系也具有与阴阳同样的必然性。阳为生，阴为杀，是万物生杀予夺的自然力。在《四时之副》中，董仲舒还指出："庆赏罚刑各有正处，如春夏秋冬各有时也。"从而将春生、夏长、秋收、冬藏的自然运转与人间政治的庆赏罚刑联系在一起。

在董仲舒的哲学中，在本体之天的支配之下，阴阳不仅是自然万物的属性，也具有了伦理道德色彩。阴阳成为能够将人类社会与自然万物联系起来的桥梁。人间的政治行为，就可以在宇宙自然万物中找到相应的参照。

3. "天"在阴阳关系中的重要作用

在董仲舒的哲学体系中，"天"是宇宙的本体，具有化生万物的本原性，但"天意难见也，其道难理。是故明阴阳、入出、虚实之处，所以观天之志。辨五行之本末顺逆、小大广狭，所以观天道也"❷。虽然天意难见，天道难理，但阴阳五行是天意的外在表现形式，所以可以通过揣摩阴阳消息，掌握五行运转规律，来达到逆推天意的目的。

董仲舒说阴阳是天的两种主要形态，"天道之大者在阴阳"❸，而且，天虽然是宇宙的本原，但只有阴阳与天地相参，才能化生万物。《春秋繁露·顺命》云："天者万物之祖，万物非天不生。独阴不生，独阳不生，阴阳与天地参然后生。"❹ 没有阴阳与天地相参，独阴，独阳，都不能化

---

❶ （清）苏舆：《春秋繁露义证》，钟哲点校，中华书局1992年版，第341页。
❷ （清）苏舆：《春秋繁露义证》，钟哲点校，中华书局1992年版，第467页。
❸ （汉）班固：《汉书》，（唐）颜师古注，中华书局1962年版，第2502页。
❹ （清）苏舆：《春秋繁露义证》，钟哲点校，中华书局1992年版，第410页。

生万物。显然，董仲舒弱化了阴阳化生万物的重要性，抬高了天的主导地位。

4. 阳尊阴卑的关系

董仲舒阴阳思想的人文色彩最高体现是，他强化了阳尊阴卑的关系。在阴阳关系中，阳气主生长养育之事为实，阴气则常处无用之处为虚，天下万物随阳气出入而生落。《春秋繁露·阳尊阴卑》指出："阳始出，物亦始出；阳方盛，物亦方盛；阳初衰，物亦初衰。物随阳而出入，数随阳而终始，三王之正随阳而更起。以此见之，贵阳而贱阴也。"❶ 即在阴阳体系中，阳方盛，万物方盛；阳初衰，万物初衰。阳具备更为主导的作用，阳之出入，与生物的成长存在更为密切的关系。

《春秋繁露·天辨在人》篇讲："阴者阳之助也，阳者岁之主也。天下之昆虫随阳而出，天下之草木随阳而生落，天下之三王随阳而改正，天下之尊卑随阳而序位。幼者居阳之所少，老者居阳之所老，贵者居阳之所盛，贱者居阳之所衰。……阳贵而阴贱，天之制也。"❷ 在阴阳关系中，阴是阳的辅助，阳是岁序轮回的主宰。天下的昆虫、草木随阳而出入，天下的三王同样也随阳而序位。从自然到人的社会生活都遵循着天所赋予的阴阳尊卑关系而存在着。阳对自然的生长和人类的生存有如此重要的作用，因而董仲舒提出了贵阳思想。

可以说，董仲舒将阴阳关系与伦理价值观念联系起来，为尊卑、长幼、夫妻关系提供了一套理论遵循，同时，也使阴阳关系具有了人文内涵。

5. 中和之美

阴阳相摩相荡，在大自然的运演之中形成动态的平衡，达到中和之美。《春秋繁露·循天之道》反复谈论天地的中和之美。

---

❶（清）苏舆：《春秋繁露义证》，钟哲点校，中华书局1992年版，第324页。
❷（清）苏舆：《春秋繁露义证》，钟哲点校，中华书局1992年版，第336—337页。

> 中者，天地之所终始也；而和者，天地之所生成也。夫德莫大于和，而道莫正于中。中者，天地之美达理也，圣人之所保守也……是故能以中和理天下者，其德大盛；能以中和养其身者，其寿极命。❶

中是天地之所终始，和是天地之所生成，当阴阳平和时，就达到了中和之美的境界。中和是一种审美境界，而中和的实质就是阴阳的平和与平衡。人君遵循天地中和之气来治理，则天下大治；遵循天地中和之美来生存，则能得天地中和之气以养身。仁人之所以多寿，是因为他们外无贪欲，内心清静，心气平和而不失中正，这正是天地中和之美的体现。所以，"举天地之道，而美于和"❷。

就居住环境而言，亦当遵循阴阳平和的规律："高台多阳，广室多阴，远天地之和也，故圣人弗为，适中而已矣。"❸ 偏阴偏阳都不符"天地之和"，所以住房要适中，不高不广，这样才能达到"天地之和"，有益于养生。

中和之美并不是一种静止的状态，而是动态平衡的一个瞬间。《循天之道》中讲："和者，天之正也，阴阳之平也，其气最良，物之所生也。"❹ 和是天地之正。阴阳平和时，其气最优良，是万物所产生的根源。如果阴阳中和，就可以最大限度取得天地的奉献。所以，《循天之道》云："天地之美恶，在两和之处。""中者天之用也，和者天之功也。"❺ 天地四时运行的秩序不紊乱，就是中和之美。即使有不和的阴阳二气，也必归向于和。因此阳气运行，开始于北方之中，而终止于南方之中；阴气的运行，开始

---

❶ （清）苏舆：《春秋繁露义证》，钟哲点校，中华书局1992年版，第444—445页。
❷ （清）苏舆：《春秋繁露义证》，钟哲点校，中华书局1992年版，第447页。
❸ （清）苏舆：《春秋繁露义证》，钟哲点校，中华书局1992年版，第449页。
❹ （清）苏舆：《春秋繁露义证》，钟哲点校，中华书局1992年版，第446页。
❺ （清）苏舆：《春秋繁露义证》，钟哲点校，中华书局1992年版，第447页。

于南方之中，而终止于北方之中。阴阳二气的运行规律不同，但其起始和终止都在天地之中。

岁时就是这样，在阴阳两极之间，周行、运转，永无止尽。中是天地之太极，阴阳运行的起点和终点，因而阴阳之运行，以中为美。当阴阳调和时会出现美景："是以阴阳调而风雨时，群生和而万民殖，五谷熟而草木茂，天地之间被润泽而大丰美。"❶ 在这里，董仲舒将儒家的中和观念形象化了，将伦理观念的中和外化为阴阳、季节和方位的中和。

综观董仲舒的阴阳学说可以发现，他赋予阴阳学说更加丰富的人文内涵，其实质是借助阴阳理论来阐释社会关系。同时，也把阳尊阴卑、中和之美等儒家观念纳入阴阳思想中，丰富了阴阳学说。

（二）董仲舒五行思想的人文色彩

1. 《春秋繁露》中的五行与四季

董仲舒继承和发展了先秦的五行学说，将五行与阴阳四时联系起来。《春秋繁露·天辨在人》云："故少阳因木而起，助春之生也；太阳因火而起，助夏之养也；少阴因金而起，助秋之成也；太阴因水而起，助冬之藏也。"❷《春秋繁露·五行之义》云："是故木居东方而主春气，火居南方而主夏气，金居西方而主秋气，水居北方而主冬气。是故木主生而金主杀，火主暑而水主寒，使人必以其序，官人必以其能，天之数也。"❸ 木居于太阳升起的东方，代表四季中的春天；火居于最热的南方，代表夏天；金居于太阳落下的西方，代表秋天；水居于寒冷暗沉的北方，代表冬天。这样，就将五行与四方、四季联系起来了。

董仲舒也延续了五行相生的学说。《春秋繁露·五行对》中指出："天有五行，木火土金水是也。木生火，火生土，土生金，金生水。水为冬，

---

❶ （汉）班固：《汉书》，（唐）颜师古注，中华书局1962年版，第2503页。
❷ （清）苏舆：《春秋繁露义证》，钟哲点校，中华书局1992年版，第335页。
❸ （清）苏舆：《春秋繁露义证》，钟哲点校，中华书局1992年版，第322页。

金为秋，土为季夏，火为夏，木为春。春主生，夏主长，季夏主养，秋主收，冬主藏。藏，冬之所成也。"❶ 五行之间循环相生，形成一个无穷无尽的因果链条，生灭变化、永不竭止，体现了自然界和人类社会的永动性、变化性和无限性。这是宇宙的存在状态，也是一种永不枯竭的生命状态。

《春秋繁露·治乱五行》分别论述了五行扰乱的各种情况及其引起的自然灾异现象。比如，"土干火，则多雷。金干火，草木夷。水干火，夏雹。木干火，则地动"❷。也就是说，土、金、水、木对火进行干扰，就会有不同的反映。

2. 五行的情感性和伦理色彩

相较于《淮南子》对五行自然属性的较多关注，董仲舒明显更加侧重于将五行与伦理和政治相关联。比如《春秋繁露·五行顺逆》云："木者春，生之性，农之本也。劝农事，无夺民时，使民，岁不过三日，行什一之税，进经术之士。挺群禁，出轻系，去稽留，除桎梏，开门阖，通障塞。恩及草木，则树木华美，而朱草生；恩及鳞虫，则鱼大为，鳣鲸不见，群龙下。"❸ 这是春季所规定的生活和生产情况。同样的，夏、夏中、秋、冬其他四个季节对应五行中的火、土、金、水，也对应一定的农事和政务活动。《五行变救》篇则一一指出木、火、土、金、水"变至"时会出现什么社会凋敝的景象，以及该如何去救治。可以看出，董仲舒关注的是五行对应的季节该从事的社会事务，如果顺应天时，则会出现祥瑞之象；如果不遵循五行的规律，不顺应天时，则会出现某些灾异现象。在这里，董仲舒将五行和感应论进行了内在的结合，将五行当成不可抗拒的天意，增强了五行的人文蕴含，也提升了五行对人的影响力。

---

❶ （清）苏舆：《春秋繁露义证》，钟哲点校，中华书局1992年版，第315页。
❷ （清）苏舆：《春秋繁露义证》，钟哲点校，中华书局1992年版，第383页。
❸ （清）苏舆：《春秋繁露义证》，钟哲点校，中华书局1992年版，第371—372页。

《春秋繁露·服制像》中指出："剑之在左，青龙之象也。刀之在右，白虎之象也。黻之在前，赤鸟之象也。冠之在首，玄武之象也。四者，人之盛饰也。"❶ 这是将服制纳入五行体系之中。

董仲舒将五行相生的理论和官职政务关联在一起。《春秋繁露·五行相生》云："东方者木，农之本，其官司农，司农尚仁；南方者火也，其官司马，司马尚智；中央者土，其官司空，司空尚信；西方者金，其官司徒，司徒尚义；北方者水，其官司寇，司寇尚礼。"❷ 在五行相生理论中，水生木，因此在司寇监督下，各种工匠制作器械，制成后交给司农。东方属木，和司农相配。依次类推，董仲舒就把司农、司马、司空、司徒和司寇五种官职管理配置到五行体系中，并赋予它们不同的道德属性。

将五行生克关系与父子君臣关系进行对应是董仲舒哲学的又一个重要特色。《春秋繁露·五行之义》指出：

> 木生火，火生土，土生金，金生水，水生木，此其父子也。木居左，金居右，火居前，水居后，土居中央，此其父子之序，相受而布。是故木受水，而火受木，土受火，金受土，水受金也。诸授之者，皆其父也；受之者，皆其子也。常因其父以使其子，天之道也。是故木已生而火养之，金已死而水藏之，火乐木而养以阳，水克金而丧以阴，土之事火竭其忠。故五行者，乃孝子忠臣之行也。❸

董仲舒认为五行相生的关系是父生子的关系。五行之中，土居中央，由木、火、金、水卫护，这也是父子的秩序。水生木，木是承受水的；木生火，火是承受木的；火生土，土是承受火的；土生金，金是承受土的；金

---

❶ （清）苏舆：《春秋繁露义证》，钟哲点校，中华书局1992年版，第151—152页。
❷ （清）苏舆：《春秋繁露义证》，钟哲点校，中华书局1992年版，第362—365页。
❸ （清）苏舆：《春秋繁露义证》，钟哲点校，中华书局1992年版，第321页。

生水，水是承受金的。在五行相生的关系中，凡是授予者均为父，凡是承受者均为子。父亲可以指使儿子，这是天道。因而火奉养木，金死亡而水就收藏它，火（子）爱木（父）用阳气来奉养它，水（子）胜金（父）而用阴气来为它送终，土（子）侍奉火（父）而足够忠诚。所以在董仲舒看来，所谓五行就是臣子和儿子侍奉君主和父亲的逻辑。值得注意的是，董仲舒的五行关系中生和克是木、火、土、金、水相邻的两个元素之间的关系。显然，董仲舒哲学的侧重点并不在于对自然界五行关系的推演，他要赋予五行以人文色彩，要用五行关系来阐释社会人伦关系，尤其是阐释君臣和父子关系，从而使伦理关系有了不可违背的宇宙论根据，这是天人感应思想的精致化。

五行的次序由天安排，五行相生的关系就像父亲生儿子的关系一样。既然父为子纲的根据是上天安排的，是从自然规律中推导出来的，那么人伦秩序也就是上天的制度，所以是神圣的，是不容怀疑和争辩的，是需要绝对服从的。换言之，五行相生的关系无法违背，且必须遵循，父生子的事实也是无法更改的，那么，子对父的服从就具有了必然性。以此类推，君臣关系、长幼关系也应当如此。这样董仲舒就为儒家的政治纲领构建了一个系统的宇宙论基石，五行就具有了很强的伦理化色彩，五行就变成了人们时时处处必须遵循的法则，对人具有了强迫性。

3. 贵土美学思想

与父子关系中以父为贵，君臣关系中以君为贵相一致，《春秋繁露》表现出"重土"思想。《春秋繁露·五行对》中指出："土者，火之子也。五行莫贵于土。土之于四时无所命者，不与火分功名。木名春，火名夏，金名秋，水名冬。忠臣之义，孝子之行，取之土。"❶《春秋繁露·五行之义》讲木是五行的开始，水是五行的终结，土是五行的中间。

---

❶ （清）苏舆：《春秋繁露义证》，钟哲点校，中华书局1992年版，第316页。

该篇还指出：

> 土居中央，为之天润。土者，天之股肱也。其德茂美，不可名以一时之事，故五行而四时者。土兼之也。金木水火虽各职，不因土，方不立，若酸咸辛苦之不因甘肥不能成味也。甘者，五味之本也；土者，五行之主也。五行之主土气也，犹五味之有甘肥也，不得不成。是故圣人之行，莫贵于忠，土德之谓也。❶

在五行之中，董仲舒以土为贵。土居于五行的中央，东南西北的中央，具有调和和主导其他元素的作用。金、木、水、火虽然各司其职，但不借助于土，四方不能建立，如同酸、咸、辛、苦不借助于甘不能构成滋味一样，因而土在五行中最为重要。

以土为贵的思想折射到美学中，则形成以宫声为美、以黄色为美、以甘味为美的思想。《春秋繁露·五行对》曰："土者，五行最贵者也，其义不可以加矣。五声莫贵于宫，五味莫美于甘，五色莫盛于黄，此谓孝者地之义也。"❷ 土居中央，是"天之股肱"。五声莫贵于宫，五味莫美于甘，五色莫盛于黄。宫声、甘味、黄色，是声、味、色中最高的境界，没有它们，就不能达到五行和谐的目的。因此这几种元素具有了"孝"的伦理品格。

《淮南子》《春秋繁露》都在五行之中寻找一个最为核心的方面。它们寻找的结果基本一样，但是其中所包含的意义不一样。《淮南子》以道为本原，因而色尚白、味尚甘，强调这些声色味化生其他声色味的性质。《春秋繁露》中对甘味、土色等的强调，其出发点则在于对帝王中心地位

---

❶ （清）苏舆：《春秋繁露义证》，钟哲点校，中华书局1992年版，第322—323页。
❷ （清）苏舆：《春秋繁露义证》，钟哲点校，中华书局1992年版，第316—317页。

的维护。所以，董仲舒五行思想中的政治伦理观念更加强烈。

4. 五音的政治蕴含

董仲舒还将五行与五音与自然现象及人君的治理联系起来，使五音中也蕴含着神秘色彩。在《春秋繁露·五行五事》篇中，董仲舒将音乐与五行也联系起来，将君主的貌、言、视、听、心与木、金、火、水、土相对应，认为君主的貌不肃敬，则会影响到五行中的木，自然界的相应变化是夏季多风，五音中的角将与此相应；君主言不从，反映到自然界则是秋多霹雳，折射到五音中则是商与此相应；君主视不明，自然界中秋天多雷电，五音中徵与此相应；君主听不聪，则多暴雨，五行中水与此相应，五音中羽与此相应；君主心不能容，庄稼就不会有好的收成，五行中土与此相应，五音中宫与此相应。

这显然是对《尚书·洪范》思想的进一步完善。董仲舒把这些现象的异常说成君主的政治过失所致，其积极意义是随时警示君主的行为，规范君主的行为。五音的变化与君主的行为与自然界的变化就有内在的一致性。音乐就不单纯是声音，而是整个人间、宇宙体系的一个有机组成部分。

总的来看，董仲舒的阴阳五行学说是其天人感应关系的精致化和具体展开。因而在阴阳五行之上总有天的影子。最富有美学意义的是董仲舒描绘了阴阳五行的动态系统，阴阳消长使整个宇宙充满了活泼流转的生命气息。阴阳五行的动态平衡是动中之静，又体现了儒家的中正平和之伦理观念。而尊阳重土的美学观念，以自然的变化为依据，其实质在于为人伦关系立法。这正是董仲舒哲学和美学思想的特点所在。

如果说《淮南子》中的五行主要是自然运转的规律，人君根据阴阳五行来安排人间事务，是对自然之道的遵循，那么，《春秋繁露》中的阴阳五行的落脚点，则在于规范人伦秩序，理论根据则在于天人感应关系。董仲舒构建了一个阴阳五行模式。在这个模式中，宇宙是一个有机的结构，五行是这个结构的间架，阴阳是运行于这个间架中的两种势力。它们之间相互渗透、融为一体，互为动力，相互推动，化生万物，生生不息。董仲舒还认为阴阳五行是有情感有意志的，又能左右人的生活。阴阳五行及其运行规律所反映的天道、天意是人的行为的根据。

四　汉代其他典籍中的阴阳五行艺术观念及其美学意义

阴阳五行观念广泛存在于汉代各种典籍之中。比如《说苑·辨物》中有如下论述：

> 夫水旱俱天下阴阳所为也。大旱则雩祭而请雨，大水则鸣鼓而劫社。何也？曰：阳者，阴之长也。其在鸟，则雄为阳，雌为阴；其在兽，则牡为阳，而牝为阴；其在民，则夫为阳，而妇为阴；其在家，则父为阳，而子为阴；其在国，则君为阳，而臣为阴。故阳贵而阴贱，阳尊而阴卑，天之道也。❶

可以看出，刘向同样将阴阳作为天地宇宙的总体规律，因而飞鸟、走兽、男女、父子、君臣都被纳入这个体系之中，并遵循阳贵阴贱的基本原则。

阴阳五行观念成为汉代普遍共识的一种观念，也广泛地体现在各种艺术思想中。比如，在东汉桓谭的《新论》中也有这一思想的相关表述：

> 五声各从其方，春角，夏徵，秋商，冬羽，宫居中央而兼四季，以五音须宫而成，可以殿上五色锦屏风谕而示之。望视则青赤白黄黑，各各异类，就视则皆以其色为地，五色文饰之。欲其为四时五行

---

❶（汉）刘向撰，向宗鲁校证：《说苑校证》，中华书局1987年版，第450页。

之乐,亦当各以其声为地,而用四声文饰之,犹彼五色屏风矣。❶

桓谭在《新论》中论述的是五色与五声错综的和谐之美。但他认为,无论是声音还是色彩要达到和谐之美,均需要某一声、某一色为基底,然后以其他四色或四声为辅助,互相作用,才能达到和谐统一的艺术美。其艺术效果是:远望之,色彩缤纷,青、赤、白、黄、黑异彩纷呈。但就近仔细分辨就会发现,每一种完整和有机的艺术形式都会以某一种声或色作为底色,然后以其他四声或四色去丰富它。这样就能达到既多样又统一、丰富但不凌乱的艺术效果。

《史记·乐书》中司马迁对阴阳五行音乐观念也表达了自己的看法:

> 故音乐者,所以动荡血脉,通流精神而和正心也。故宫动脾而和正圣,商动肺而和正义,角动肝而和正仁,徵动心而和正礼,羽动肾而和正智……故闻宫音,使人温舒而广大;闻商音,使人方正而好义;闻角音,使人恻隐而爱人;闻徵音,使人乐善而好施;闻羽音,使人整齐而好礼。❷

司马迁的音乐观念是典型的儒家音乐观。以五行为框架结构将五音与五脏、五常、五种情感等贯通,达到天人合一。然后指出宫、商、角、徵、羽分别对人的伦理品德有何具体影响。由此可见,五行与五音的相互组合已经成为汉代音乐美学观念的共识。

阴阳五行观念将一定条件下发生的现象或形成的经验无条件地扩大和推广,从而认为整个世界都具有这种属性。卡西尔对这种思维模式进行了

---

❶ (汉)桓谭撰,朱谦之校辑:《新辑本桓谭新论》,中华书局2009年版,第45页。
❷ (汉)司马迁:《史记》,中华书局1959年版,第1236—1237页。

精辟的论述，他说："整个空间世界以及整个宇宙，似乎是依照一确定的模式构造的，这模式或以放大的尺度或以缩小的尺度对我们展现自身，但不管是大是小，它都是同一的。神话空间的全部关系都基于这种原初的同一性；它们不顾及功效的相似性，不考虑某种动力学法则，而是依附于本质之原初同一性。"❶ 阴阳五行框架正是卡西尔所说的构成宇宙的最基本的原初同一性，它的确体现了"不顾及功效的相似性"的特点，将整个世界的所有关系都纳入这个基本模式之中。五行本是人们对有限事物之间关系的概括，但人们认为，部分事物的属性也是全部事物的属性。五行从对有限事物关系的概括变成具有普遍性的宇宙模式，也就从朴素的经验演化为带有想象性和虚拟性的神秘文化系统。

虽然在阴阳五行以及各种宇宙框架中都包含着一定的合理性，但将丰富复杂的事物归入简单的模式，自然会有不周延之处。很多研究者也都认识到了阴阳五行学说的种种漏洞。这也符合人类的认识规律，即"每一个时代都设法找到似乎是研究专门科学的基本出发点的分类方法。每一后起的时代都发现前人的主要分类并不适用"❷。但是，在当时人们智力所能达到的那个阶段，阴阳五行又是对世界最为"高明"和"科学"的认识。更何况，阴阳五行中也并不是完全没有科学性。正如英国学者李约瑟所说："五行和阴阳体系看起来并不是完全不科学的。"❸

换个角度说，阴阳五行关系的构建部分地建立在对自然现象观察的基础之上，但构建一个完整的阴阳五行体系却需要想象，因而阴阳五行是一种对宇宙关系的想象性理解，具有非实证色彩。但这个宇宙框架构建起来

---

❶ [德] 恩斯特·卡西尔：《神话思维》，黄龙保、周振选译，中国社会科学出版社1992年版，第100页。
❷ [美] 怀特海：《思维方式》，刘放桐译，商务印书馆2006年版，第113页。
❸ [英] 李约瑟：《中国科学技术史（第二卷）科学思想史》，王铃协助，科学出版社1990年版，第318页。

之后，却成为阐释事物关系的出发点，也具有一定的现实可操作性，这就使以阴阳五行为核心的哲学和美学观念既具有非科学性和想象性，又具有现实性和原始的科学性。

五　汉代艺术中的阴阳五行观念

阴阳思想作为一种框架和模式，在汉代墓葬文化中也有广泛体现。马王堆一号墓帛画，旌幡右上方是一弯新月，月中有蟾蜍和玉兔，代表阴。左面有太阳和三足乌，代表阳。山东临沂银雀山壁画顶部右边有太阳，其里面是金乌。左边是月亮，月宫中有蟾蜍。洛阳汉墓壁画中可以看到，壁画分布在墓顶平脊上和主室前后壁的上额处，内容分别绘白虎、内置三足乌的太阳图案，属阳；南主室墓顶石刻绘星宿和一内置蟾蜍的满月图案，属阴。这些墓室图像均体现了阴阳观念。

汉代画像艺术中经常出现的伏羲和女娲、主日的羲和与主月的常羲、东王公和西王母、白虎和朱雀等都具有阴阳结合的特点。如伏羲、女娲的基本造型为人首蛇尾，尾部相交。伏羲手中举日轮，日中刻有阳乌；女娲手中举月轮，月中刻有蟾蜍。日月刻在同一画面上，表示阴阳的对应存在；伏羲、女娲交尾表示阴阳和谐，化育万物和人类。如南阳市出土的日月同辉汉画像石，画面上左刻日轮，内有阳乌；右刻满月，内有蟾蜍，其间云气缭绕，交相辉映，被视为祥瑞之兆。此外，还有二龙交尾、二龙合璧、二虎相亲、双鹤交首、龙虎相向等画像内容，均包含着阴阳平衡、子孙绵延的寓意。

五行观念在汉代艺术中也非常流行。《后汉书·祭祀中》记载了东汉明帝祭祀四方神灵时的方位、车旗色彩、所唱乐歌的情况：

立春之日，迎春于东郊，祭青帝句芒。车旗服饰皆青。歌《青阳》，八佾舞《云翘》之舞。

　　立夏之日，迎夏于南郊，祭赤帝祝融。车旗服饰皆赤。歌《朱明》，八佾舞《云翘》之舞。

　　先立秋十八日，迎黄灵于中兆，祭黄帝后土。车旗服饰皆黄。歌《朱明》，八佾舞《云翘》《育命》之舞。

　　立秋之日，迎秋于西郊，祭白帝蓐收。车旗服饰皆白。歌《西皓》，八佾舞《育命》之舞。

　　立冬之日，迎冬于北郊，祭黑帝玄冥。车旗服饰皆黑。歌《玄冥》，八佾舞《育命》之舞。❶

　　这是非常明晰的五行与礼乐的对应关系，可以看出，汉代的迎气礼节深受五行思想的影响，在五个季节中，分别祭祀五种神灵，车旗、服饰的色彩与方位相配，所唱的乐歌也与方位相对应。其中，《青阳》描绘的是春气萌动，万物复苏，众庶熙熙的景象；《朱明》描绘的是气运上升，万物生长的景象，与夏季对应；《西皓》描绘的是秋天万物肃杀的景象；《玄冥》描绘的是冬天草木零落、大地萧瑟的景象。

　　《汉书·佞幸传》记载，被汉哀帝宠幸的大司马董贤畏祸自杀后，其家人用朱砂在他的棺材上画四时景色，左苍龙，右白虎，上著金银日月，玉衣珠璧以棺，尊贵无以复加。苍龙、白虎都是方位神，体现了汉代的五行和方位观念。

　　汉代艺术中的阴阳五行观念，表明阴阳五行观念已经非常完备和深入人心。阴阳五行发展到汉代成为居于支配地位的一种解释事物关系的模式，几乎所有的人都无法摆脱这种思维模式，都在潜移默化地运用这套思想系统。

---

❶　（南朝宋）范晔：《后汉书》，（唐）李贤等注，中华书局1965年版，第3181—3182页。

第四章　阴阳五行宇宙图式与先秦两汉神秘诗学

六　阴阳五行说的美学意义

阴阳五行学说是中国古代朴素的唯物论和辩证法思想，它认为世界是物质的，物质世界是在阴阳消长的推动下滋生、发展和变化的，并认为木、火、土、金、水五种最基本的物质是构成世界不可缺少的元素，五种物质相互滋生、相互制约，处于不断的运动变化之中。整个世界的物质关系或者符合五行（五色）相生的原则：水（黑）→木（青）→火（赤）→土（黄）→金（白）→水（黑），或者符合五行（五色）相克的原则：水（黑）→火（赤）→金（白）→木（青）→土（黄）→水（黑）。在汉代，"这个世界观、价值观系统及其表述体系——阴阳五行学说，主宰着西汉以降的古代中国文化的发展方向，成为全社会的普遍信仰。唯其成为信仰，才能决定方向。因为表层的文化形态，取决于深层的观念系统。因此无论是《淮南子》、董仲舒，还是其它什么支流末裔，都未能逃脱这个无所不在的'天罗地网'"[1]。

但当纷繁复杂的事物被作了如此简单的划分之后，一些在今天看来性质不同，也没有必然联系的事物就进入了同一个系统。如东南西北与春夏秋冬相匹配，宫商角徵羽与木金火水土相匹配，物质世界与精神世界互相贯通。

从人类学的角度看，这些事物之间依据互浸律相互联系在一起。这种分类的标准中包含非常丰富的信息。第一，人们分类的标准，大多来自主观判断，甚至来自臆断。第二，人们往往只是根据某一个很小的方面，或事物中的某一局部因素，就认定某事物属于阴阳五行中的某一类，这实际上是一种将局部等同于整体的思维模式。第三，阴阳五行中的某一类事物

---

[1] 谢松龄：《天人象：阴阳五行学说史导论》，山东文艺出版社1989年版，第69页。

之间被认为有共同的属性，且被认为这些事物之间有互浸关系，只要同类中的某一事物发生了改变，一定会影响到其他同类的事物，不论这些具体事物之间性质差别有多大。第四，只要进入五行框架之中，就被认为与其他类的所有事物之间都具有相生相克的互动关系。因而五行关系具有现实和想象、虚和实并存的性质。阴阳五行观念作为认知体系，未必符合科学，但一方面它又有部分是符合现实规律的，人们会根据符合事实的部分推断出想象部分也是正确的；另一方面它是一套人们对世界进行系统划分的模式。这种模式或者这一宇宙坐标是人们认识世界的相对参照系，符合人们的心理需求，因而得以长久流传。

　　我们接着分析阴阳五行系统中的思维模式和生存观念，会发现其中隐含着对待世界的诗性智慧。当阴阳五行学说作为一种先验的固定框架和推理模式渗入对所有事物的理解中时，季节、色彩、音乐之美就被赋予了阴阳五行的性质。而且，色彩、声音的审美价值与主体感知无关，是整体框架中推论出来的必然结果。如将音乐与阴阳五行联系起来，五音的变化就成为五行发展演进的一个必然环节。这样，音乐的选择和变化，其根据就不是来自人，而是来自五行的生克和相互影响关系。某一种声音就不是孤立的音乐，而是整个宇宙体系的一个部分。这样，五声具有命定的性质，不同的季节只能具有不同声调的音乐。违反了这个规定，将会带来灾难和不利的结果。在汉代的神秘文化语境中，色彩也不再是一种单纯的视觉的、感性的知觉形式，甚至色彩与人的主观审美感觉关系不大，色彩被纳入阴阳五行观念体系之中，被赋予了特殊的含义，完全成为阴阳五行系统中的一个节点，它的意义来自它所处的系统的位置。音乐诗歌也同样不再与个体的情感相联系，而成为阴阳五行框架中的一个节点，符合阴阳五行的相生相胜运演原则。因而，色彩、音乐、诗歌等的审美与个体情感无关，是某种先验力量的外化形式。这就使得阴阳五行及其框架中的艺术观念具有超验性。

第四章　阴阳五行宇宙图式与先秦两汉神秘诗学

阴阳五行思想渗透在汉代哲学和美学的方方面面，但在不同的哲学论著中，侧重点也会有所差异。《淮南子》中的阴阳五行，首先指的是自然存在的状态，具有较为鲜明的唯物论色彩。人们应当遵循阴阳五行的自然运转规律而生活。显而易见，这是道法自然思想的延续。其次，在《淮南子》中，阴阳五行也与神灵观念、社会现象等联系在一起，形成了一个庞大的阴阳五行体系。在这个体系中，事物的属性以及事物之间的联系，往往就超越了实证论的范围，而具有了想象色彩。人们认为所有事物之间只要处于一个框架之中，就必然地拥有这个框架中所有的影响关系和属性。因而音乐、色彩与政治伦理成为一种有必然联系的关系系统。这就使得《淮南子》中的阴阳五行思想具有一种神奇的色彩。董仲舒的《春秋繁露》以天为最高范畴，阴阳五行只是天的显现和具体化，因而董仲舒的阴阳五行思想与《淮南子》有明显的不同。在董仲舒看来，阴阳五行具备情感和伦理色彩，其理论的实质依然是天人感应、天人合一思想。

第三节　四时六方十二月二十四节气框架中的艺术

五行学说认为，世界是物质的，物质世界是在阴阳二气的推动下滋生、发展和变化的，并认为，木、火、土、金、水五种最基本的物质是构成世界不可缺少的元素。五行生克关系被抽象为构成宇宙的基本框架，从方位到各方神灵，世界上的万事万物均被纳入以五行为基本框架的宇宙图式之中。维柯在解释人类宗教观念的起源时说："人类心灵按本性就喜爱一致性。"❶ 阴阳五行就是将复杂的世界简化为简单、划一的系统。这个被

---

❶ ［意］维柯：《新科学》，朱光潜译，人民文学出版社1986年版，第101页。

简化的世界秩序可以是阴阳五行，但并不只有阴阳五行，而是有着更为多样的宇宙框架。比如还有四时六方、十二月二十四节气等，也是古人总结和概括出来的宇宙框架。

一 四时六方的宇宙系统

阴阳消长最直接地体现在四季的变化中。春夏秋冬四季运演是最容易被总结出来的宇宙运行规律。甚至可以说，四时是早于五行的宇宙秩序。四时既是时间秩序，也是物候和人事变化的鲜明标志。艺术同样被并入这样的框架，变成预设宇宙框架中的某一个环节，在预设的框架中产生该系统必然会有的作用。而这种"运演"出来的艺术作用，具有超验性和神秘性。如《淮南子·天文训》对四时与阴阳的关系进行了论述："夏日至则阴乘阳，是以万物就而死；冬日至则阳乘阴，是以万物仰而生。昼者阳之分，夜者阴之分，是以阳气胜则日修而夜短，阴气胜则日短而夜修。"❶ 季节的变化是由于阴阳的交接变幻而形成的。夏至时阳气发展到极点，阴气开始上升，万物靠近它就死亡；冬至时阴气发展到极点，阳气开始上升，万物向着它便生长。白昼属阳，黑夜属阴。因此阳气上升则昼渐长夜渐短，阴气上升则夜渐长昼渐短。这是自然界的变化所呈现出的阴阳关系。

有了五行之后，人们努力将不同的系统进行整合，因而出现了四时和五行的整合趋势。整合的主要方案是在四个季节之外再加一个季节，变成五个季节。《淮南子·时则训》中详细罗列了人们遵循阴阳四时而形成的生活节奏。春季，其位东方，盛德在木，其虫鳞，其音角。天子衣青衣，乘苍龙，服苍玉，建青旗。东宫御女青色衣，青采，鼓琴瑟。其中孟春之

---

❶ 何宁：《淮南子集释》，中华书局1998年版，第238页。

第四章　阴阳五行宇宙图式与先秦两汉神秘诗学

月，律中太蔟，东风解冻，蛰虫始振苏，鱼上负冰，獭祭鱼，候雁北；仲春之月，律中夹钟，始雨水，桃李始华，苍庚鸣，鹰化为鸠；季春之月，律中姑洗，桐树开花，虹霓开始出现，浮萍始生。

依次类推，《时则训》列出了夏季、季夏、秋季、冬季不同的季节、不同时令中自然景色的变化，以及人君遵循自然节律而安排政务和农事。《时则训》在勾勒五季变化的过程中，也让我们看到了古人对四季美景的观注，为我们呈现了一个富有诗情画意的生活图景。

长沙子弹库1号楚墓出土的缯书，也称为帛书，外层画面四角分别绘有青、赤、白、黑四色树，代表四季，每一边绘三个代表十二月的月神，月神的形象怪异，月神的旁边写着各月宜忌之事。其中三月神为鸟身、方首青面、顶生短毛的形象；六月神为兽身、长臂、双尾、赤色人面；九月神为双蛇首、兽身、四足、鸟爪；十二月神为人首、赤面、鸟爪、头生羽毛、口衔蛇的形象。这四个月的月神，同时也是春、夏、秋、冬之神。帛画的内层为方向相反的两段文字，其中一段内容大意是，天地尚未形成时，世界处于混沌状态，先有了伏羲、女娲二神，结为夫妇，生了四子，成为代表四时的四神。四神造了天盖，确定了二分二至，推动天盖绕北极转动，用五色木的精华加固天盖，用纲绳将天盖固定于地之四维，定出东、南、西、北四正方向。四神让禹和契来管理大地，制定历法，使星辰升落有序，使山陵自然、阴阳之气各有其序。一千数百年以后，帝俊生出日月，并制定了日月的运转的规则。后来，共工氏制定十干、闰月，制定了更为准确的历法，将一日夜分为霄、朝、昼、夕。可以想象，在人类早期，大地上一片洪荒，人站在天地之间，仰观俯察，在有限经验和观察的基础上，把天空四时想象成由天、地、人组成的神话世界，使人和自然有了神奇的联系。另一段则写着日月星辰盈缩反常运行时地上的各种灾祸现象。

东西南北上下六方也是中国古人有关宇宙规律最早的概括方式。《周礼·春官·大宗伯》记载:"以玉做六器,以礼天地四方。以苍璧礼天,以黄琮礼地,以青圭礼东方,以赤璋礼南方,以白琥礼西方,以玄璜礼北方。"❶ 六种颜色的玉器与空间的六个方位相对应。用这六种形制的玉器来礼六方之神,是因为礼神者必象其类:璧圆象天,琮八方象地,圭象春物初生,半圭曰璋,象夏物半死,琥猛象秋严,半璧曰璜,象冬闭藏,地上无物,唯天半见。六种玉礼器的形制、颜色分别与天地四方相应。这既是以"六"为基本单位的宇宙框架,也是以"六"为基本单位的审美框架。

二 音律与十二月、二十四节气的搭配系统

阴阳与太阳光有直接的联系,太阳光在一年十二个月中的光照变化直接引起阴阳二气的此消彼长,阴阳二气的盛衰引起自然万物的荣枯长消,二十四节气的制定以北斗斗柄旋转运行规律为参照,结合十二地支、物候气象的变化,从而将一年划分为二十四个节气,二十四节气又与十二律相配,这样就将阴阳与一年的十二个月份、十二地支、二十四节气和十二律联系起来。先秦两汉时期较为集中关注十二律与十二月的典籍有以下几部。

(一)《国语·楚语》中的十二律观念

中国古人将艺术与天地自然联系起来,比如《国语·楚语》中伶州鸠将十二律解释为沟通天地万物的媒介。他说:

> 夫六,中之色也,故名之曰黄钟,所以宣养六气九德也。由是第之。
> 二曰太蔟,所以金奏赞扬出滞也。

---

❶ 杨天宇:《周礼译注》,上海古籍出版社2004年版,第281页。

三曰姑洗，所以洁修百物，考神纳宾也。

四曰蕤宾，所以安靖神人，献酬交酢也。

五曰夷则，所以咏歌九则，平民无贰也。

六曰无射，所以宣布哲人之令德，示民轨仪也。

为之六间，以扬沉伏，而黜散越也。

元间大吕，助宣物也。

二间夹钟，出四隙之细也。

三间仲吕，宣中气也。

四间林钟，和展百事，俾莫不任肃纯恪也。

五间南吕，赞阳秀物也。

六间应钟，均利器用，俾应复也。❶

伶州鸠对"十二律"的律名作了解释，并将"十二律"与"十二月"相对，对十二个月的气候变化进行了阐释，使十二律成为社会生活的坐标。

(二)《吕氏春秋》中的四时十二月系统及艺术观念

《吕氏春秋》十二纪所构建的是君主一年的施政纲领，按春生、夏长、秋收、冬藏的象征性意义安排主题，分别讨论养生、教育、战争、死丧等问题。每纪开篇都列出每月星象、物候、五行之气以及当月祭祀的神灵，使十二月中每个月均有详细的作息安排。《吕氏春秋》还将十二月与十二律相联系。《吕氏春秋·音律》篇对十二月与十二律关系的论述如下：

黄钟之月，土事无作，慎无发盖，以固天闭地，阳气且泄。大吕之月，数将几终，岁且更起，而农民无有所使。太蔟之月，阳气始生，草木繁动，令农发土，无或失时。夹钟之月，宽裕和平，行德去

---

❶ 徐元诰：《国语集解》，王树民、沈长云点校，中华书局2002年版，第113—121页。

刑，无或作事，以害群生。姑洗之月，达道通路，沟渎修利，申之此令，嘉气趣至。仲吕之月，无聚大众，巡劝农事，草木方长，无携民心。蕤宾之月，阳气在上，安壮养侠，本朝不静，草木早槁。林钟之月，草木盛满，阴将始刑，无发大事，以将阳气。夷则之月，修法饬刑，选士厉兵，诘诛不义，以怀远方。南吕之月，蛰虫入穴，趣农收聚，无敢惰怠，以多为务。无射之月，疾断有罪，当法勿赦，无留狱讼，以亟以故。应钟之月，阴阳不通，闭而为冬，修别丧纪，审民所终。❶

从以上资料可以看出，《吕氏春秋》把十二音律分配到十二个月中，并与其他自然和社会现象逐一相配。在不同的月份要做相应的事情，以确保各事项进展顺利，从而达到天人合一的境界。

(三)《淮南子》中的四时十二月系统及艺术观念

《淮南子·天文训》认为："黄者，土德之色，钟者，气之所种也。日冬至德气为土，土色黄，故曰黄钟。律之数六，分为雌雄，故曰十二钟，以副十二月。"❷黄是土德的颜色，钟是五行之气聚集的意思。冬至时五行之气中的土气最旺盛，土的颜色是黄色，所以将与冬至相应的音律叫"黄钟"。律的数量本来是六，因为分为雌雄，即阴阳两类，所以变成十二律，用它们分别与十二个月相配。《天文训》指出，十二律与十二月之间的搭配关系：

帝张四维，运之以斗，月徙一辰，复反其所。正月指寅，十二月指丑，一岁而匝，终而复始。指寅，则万物螾螾也，律受太蔟。太蔟

---

❶ 许维遹：《吕氏春秋集释》，梁运华整理，中华书局2009年版，第136—138页。
❷ 何宁：《淮南子集释》，中华书局1998年版，第245—246页。

第四章　阴阳五行宇宙图式与先秦两汉神秘诗学

者，蓛而未出也。指卯，卯则茂茂然，律受夹钟。夹钟者，种始荚也。指辰，辰则振之也，律受姑洗。姑洗者，陈去而新来也。指巳，巳则生已定也，律受仲吕。仲吕者，中充大也。指午，午者，忤也，律受蕤宾。蕤宾者，安而服也。指未，未，昧也，律受林钟。林钟者，引而止也。指申，申者，呻之也，律受夷则。夷则者，易其则也，德以去矣。指酉，酉者，饱也，律受南吕。南吕者，任包大也。指戌，戌者，灭也，律受无射。无射，入无厌也。指亥，亥者，阂也，律受应钟。应钟者，应其钟也。指子，子者，兹也，律受黄钟。黄钟者，钟已黄也。指丑，丑者，纽也，律受大吕。大吕者，旅旅而去也。❶

天帝布张四维，执掌北斗循着四维旋转，每月斗柄移动一辰，十二个月又返回到出发点，终而复始地运转下去。十二个月对应十二个音律，同时十二律中又隐含生命发展的不同状态。正月指向寅位，寅的含义是万物复苏萌动的样子，音律适用太蔟，太蔟的意思是万物聚集地下还没有长出来；二月指向卯位，卯的含义是万物冒出来的样子，音律适用夹钟，夹钟的意思是种子破甲壳而出；三月指向辰位，辰的含义是振动万物，音律适用姑洗，姑洗的意思是去旧来新；四月指向巳位，巳的含义是万物生长已经定型，音律适用仲吕，仲吕的意思是胎儿已在母腹中长大；五月指向午位，午的意思是阴气、阳气斗争，音律适用蕤宾，蕤宾的意思是阴气占据主位，阳气只好宾服；六月指向未位，未的意思是树木枝叶成荫，音律适用林钟，林钟的意思是阴气占据主位，阳气将告终止；七月指向申位，申的含义是万物在秋天杀气中呻吟，音律适用夷则，夷则的意思是改变法则，以阴刑取代阳德；八月指向酉位，酉的意思是秋收作物成熟，籽实饱满，

---

❶ 何宁：《淮南子集释》，中华书局1998年版，第238—243页。

音律适用南吕，南吕的意思是阴气布满天空大地；九月指向戌位，戌的意思是阳气全部藏匿，音律适用无射，无射的意思是阴气杀灭万物；十月指向亥位，亥的意思是阳气闭藏地下，音律适用应钟，应钟的意思是万物顺应时令而聚藏；十一月指向子位，子的含义是万物孕育着准备滋生，音律适用黄钟，黄钟的意思是阳气从黄泉升起；十二月指向丑位，丑的意思是阳气纽结，音律适用大吕，大吕的意思是辅助阳气升腾、布散。

可以看出，《淮南子》中的十二律并不只是单纯的音乐现象，而是一年十二个月运转规律的反映。因此，十二律作为一个音乐命题，体现了天人合一的美学精神，隐含着生命运动的规律。《淮南子·天文训》还讲了二十四节气与十二律之间的对应关系：

> 斗指子则冬至，音比黄钟；加十五日指癸则小寒，音比应钟；加十五日指丑则大寒，音比无射；加十五日指报德之维，则越阴在地。故曰距日冬至四十六日而立春，阳气冻解，音比南吕；加十五日指寅则雨水，音比夷则；加十五日指甲则雷惊蛰，音比林钟；加十五日指卯中绳，故曰春分，则雷行，音比蕤宾；加十五日指乙则清明风至，音比仲吕；加十日指辰则谷雨，音比姑洗；加十五日指常羊之维则春分尽，故曰有四十六日而立夏，大风济，音比夹钟；加十五日指巳则小满，音比太蔟；加十五日指丙则芒种，音比大吕；加十五日指午则阳气极，故曰有四十五日而夏至，音比黄钟；加十五指丁则小暑，音比大吕；加十五日指未则大暑，音比太蔟；加十五日指背阳之维则夏分尽，故曰有四十六日而立秋，凉风至，音比夹钟；加十五日指申则处暑，音比姑洗；加十五日指庚则白露降，音比仲吕；加十五日指酉中绳，故曰秋分雷戒，蛰虫北向，音比蕤宾；加十五日指辛则寒露，音比林钟；加十五日指戌则霜降，音比夷则；加十五日指蹄通之维则秋分尽，故曰有四十六日而立冬，草木毕死，音比南吕；加十五日指

第四章　阴阳五行宇宙图式与先秦两汉神秘诗学

亥则小雪，音比无射；加十五日指壬则大雪，音比应钟。❶

十二律是十二种不同的音高，由吹奏十二根长度不同的管子来确定。十五天为一个节气，一年二十四节气，每一个节气中动物、植物都在发生一定的变化，十二律应二十四节气而变。因而，整个音律应合着天的变化而变化。即冬至音比黄钟，小寒音比应钟，大寒音比无射，立春音比南吕，雨水音比夷则，惊蛰音比林钟，春分音比蕤宾，清明音比仲吕，谷雨音比姑洗，立夏音比夹钟，小满音比太蔟，芒种音比大吕。到夏至，又回到黄钟，然后，小暑音比大吕，大暑音比太蔟，立秋音比夹钟，处暑音比姑洗，白露音比仲吕，秋分音比蕤宾，寒露音比林钟，霜降音比夷则，立冬音比南吕，小雪音比无射，大雪音比应钟，然后再回到黄钟。可以看出，音律来自大自然，是自然之气变化节奏的体现。这就把音乐和宇宙自然联系起来了。

从《淮南子》有关音乐与天地自然关系的论述可以看出，音律与十二月、二十四节气等相互融通，音乐是自然节律的体现，是自然运化的一个有机组成部分。音律不是单纯的声音之美，而是对天地万物内在规律的折射。这是象天法地思维模式在音乐观念中的体现。

先秦两汉艺术体天象地、包蕴山海，体现了天人相类的哲学观念。在中国古人看来，天有春、夏、秋、冬四季与十二月，乐则相应的就有喜、怒、哀、乐四情与黄钟、大吕、太蔟、夹钟、姑洗、仲吕、蕤宾、林钟、夷则、南吕、无射、应钟十二律。在这种艺术观念中，充沛的生命精气与深邃的宇宙元气融会贯通、互相激荡，成就了艺术包孕天地、贯通宇宙的精神。

本章小结：人生活在世界上，总有一种努力确认自己所处位置，且将自己生存空间条理化的冲动，只有明确了自己在宇宙时空中的位置，人才

---

❶ 何宁：《淮南子集释》，中华书局1998年版，第214—217页。

有安全感。因而，中国古人力图把宇宙看成一个富有秩序的结构，然后将所有生灵、物品全部整合进这个系统之中，使其占有各自的位置。在这种冲动面前，汉代人将色彩斑斓的大千世界简单划分为阴阳五行等模式，这使人们生活的世界变成简单的两类或五类，从而显示出一种条理和秩序。阴阳和五行的分类具有一定的主观臆断性，被划分为阴阳或者五行的事物之间具有"同类"感应关系。五行生克的关系使万事万物之间产生各种神奇的联系。在这一宇宙模式中，音乐和色彩也成为关系模式中的组成部分，符合五行生克的内在运演逻辑。阴阳五行源于对自然和社会规律的总结，因而具有一定的现实性，但是，在构建庞大的阴阳五行体系时，人们充分发挥了想象力，将虚幻的神灵也纳入这一体系之中，并且被归之于阴阳或五行的事物并没有严格的科学依据，而是建立在想象和联想的基础之上，建立在超越因果和逻辑的关联思维的基础之上。所以，阴阳五行始于客观和理性，但终于虚幻和想象，仍是中国古代神秘文化的一种类型。对世界进行条理化和体系化的划分是秦汉时期的一种具有代表性的观察世界的方式，当时人们构建的宇宙模式不仅有阴阳五行，还有四时六方、十二月、二十四节气，在这些模式中，音乐同样被纳入宇宙框架之中，成为宇宙体系的一个组成部分，并遵循天地四时十二节气运转的规律。

第五章

「气」与先秦两汉神秘诗学

"气"的概念在中国文化中源远流长。气是物质实体,但它无始无终,无边无际,无处不在,或聚或散,缥缈不定,因而又神妙莫测。气在天地间氤氲流荡,使万物呈现出一种朦胧、流动、神秘的美。中国古代哲学家认为,整个世界都是由气构成的,由气贯通的万事万物成为有内在联系的有机整体。由于一气贯通,个体生命与宇宙大生命形成一个同源同流的整体。

"气"是一个携带着经验和感受的抽象概念,既是经验的又是超验的;既是物质性的实体又是抽象的精神性存在。"气"既是物质实体,又无形无影,因此最具灵活性,可以打通万物之间的壁垒。先秦两汉时期的哲学家将气与阴阳、五行、八卦等概念联系在一起,使其成为沟通不同理论体系的中介。

王充、王符等哲学家提出物质性的气概念。相较于人格化的天神概念,作为世界本原的气,具有唯物论色彩,是对天神观念和谶纬神学的反叛,是汉代哲学走出妖魔化迷雾的途径。另外,"气"决定论使鬼神、善恶都成为气化的结果,又使汉代哲学和美学陷入先验论的困境之中。

第一节　云气弥漫的时代

哲学中的气源于对自然之气的观察。水气、云气都具有虚无缥缈、不可捉摸的特点。中国古人从这些物质性的气现象中抽象出"气"的概念。先秦时期，气化哲学粗具雏形，表现出从具体的"气"向抽象的哲学之气演化的趋势。汉代气化哲学得到进一步的发展，并且受到神仙思想、养生思想以及道家哲学的影响，气化哲学得到发扬光大，使汉代成为一个云气弥漫的时代。

一　先秦时期的气论

先秦时期已经形成了不同层次的气论。气的本义是指一种充盈天地间的云气，是一种客观存在的物质。中国是一个古老的农业国，人们对烟气、云气、雾气、风气等与农业有关的自然现象非常关注，首先观察到的是与生活有关的气的运行和变化规律。

春秋时期有了六气的概念。《左传·昭公元年》记载医和将阴、阳、风、雨、晦、明六种天气状况与四时、五行、五味、五色、五声、六疾等并列在一起，认为它们是构建宇宙秩序的基本要素，且它们之间相互联系。显而易见，医和所说的六气还只是六种天气状况，还不是宇宙的本体和万物的本原，但六气已经具有了一定的普遍性和概括性。

《国语·周语上》记载，西周末幽王二年发生了大地震，三川壅塞。史官伯阳父用阴阳之气失衡来解释地震现象。他说：

> 夫天地之气，不失其序，若过其序，民乱之也。阳伏而不能出，阴迫而不能蒸，于是有地震。今三川实震，是阳失其所而镇阴也。阳失而在阴，川源必塞，源塞，国必亡。❶

伯阳父指出，天地之气失序，是国之将亡的征兆。阴阳之气不平衡是天地之气失序的具体表现，也是形成地震的原因。这里的天地之气是物质性的阴气和阳气，但又与国家兴亡有某种冥冥之间的联系。可以看到气的内涵逐渐扩大。

《国语·周语下》记载周灵王二十二年发大水，王宫几乎被淹没。周灵王准备叫人垒土加固王宫，但太子晋认为，这样做会阻滞阴阳之气的运行，因而极力劝谏。太子晋说："夫天地成而聚于高，归物于下，疏为川谷，以导其气。"❷ 太子晋的意思是说，自然界是一个普遍联系的有机体。山之所以高，水之所以深，是因为彼此之间发挥着协调、统一的功能。自然界通过川谷以导气，使整个山河川谷气流通畅，从而构成自然界的总体平衡。如果气的运行有所阻滞混乱，便会导致万物不丰、财用匮乏。这一文献中，气成为天地宇宙、山河大地的有机组成部分，就像人体之气一样。

在道家哲学中，道是世界的本原，但气在化生万物的过程中具有重要的作用。《老子》第四十二章云："道生一，一生二，二生三，三生万物。万物负阴而抱阳，冲气以为和。""冲气"就是一种先天地而存在，而又能化生天地万物的原动力。冲气不断地运动、变化，才使阴阳在和合中化生了万物。老子也用气和阴阳组合来解释宇宙万物的形成过程。从宇宙大生命的角度来看，阴阳二气交融相荡，聚散化合，生生不息，从而形成自然

---

❶ 徐元诰：《国语集解》，王树民、沈长云点校，中华书局2002年版，第26页。
❷ 徐元诰：《国语集解》，王树民、沈长云点校，中华书局2002年版，第93页。

万物。

《管子》最早明确把气作为宇宙万物的本原。《管子·内业》云:"凡物之精,此则为生。下生五谷,上为列星。流于天地之间,谓之鬼神。藏于胸中,谓之圣人。"❶意思是说,宇宙万物都是由精气产生的。在地上,气生五谷;在天上,气生星辰;精气流动于天地之间,就是鬼神;精气藏于人的胸中就产生圣人。

春秋战国时期,人们还认识到了气与生命的关系,认识到呼吸吐纳是生命之气的存在形态。《庄子·知北游》云:"人之生,气之聚也;聚则为生,散则为死。……故曰,'通天下一气耳'。"❷在庄子哲学中,气是构成生命的重要物质。气的聚散与人的自然生命有密切的关系。气聚,人生;气散,人死。庄子由此对气进行了理论提升:气是充溢于天地间的重要物质,万物皆禀天地之气而生。这就将形而下的物质之气上升为抽象的哲学之气。从人体到宇宙一气贯通,整个世界成为一个没有分别、能相互转换的整体。这是楚汉文化中大量存在"幻化"的动物、植物形象的哲学依据。尤其是在楚汉漆器和丝织品上,龙、凤等动物图案既像动物,又像云气或蔓草。其根本原因在于它们由气构成,因而具有云气般变幻莫测的特点,也由于一气贯通,所以它们相互之间并没有绝对的界限。

孟子所讲的气更多的是指一种带有道德情感的生命精神。《孟子·养气》云:"其为气,至大至刚,以直养而无害,则塞于天地之间。"在孟子看来,气是充盈宇宙,连续无间的物质存在,气的运动形式会影响到人的心理活动、精神活动,这就使客观物质之气演变为主观的精神之气。所以说,孟子所说的"养气"是养一种内在的精神之气。以孟子为代表的儒家学者是通过"气"肯定和提升人的尊严,使气具有了伦理道德色彩。

---

❶ 黎翔凤:《管子校注》,梁运华整理,中华书局2004年版,第931页。
❷ (清)郭庆藩:《庄子集释》,王孝鱼点校,中华书局1961年版,第733页。

可以看出，在先秦哲学中，"气"源于对云气、烟气、雾气、气息等自然现象的观察。作为物质的气虚无缥缈，无形无迹，很容易使人将其想象成宇宙的本原。于是，云气、烟气、气息等，不仅是身观目接之物，而且具有形上性，成为万物的本原。而云气致雨、气息吐纳又是对事物规律的总结。先秦时期，气的流动状况是宇宙秩序的重要指标，阴阳之气平衡，万物的运转就平衡有序。

二 汉代的气论

到了汉代，对气的讨论更为广泛和深入。汉代哲学美学中充满了缥缈之气，构成了一个富有特色的东方哲学语境。汉代文艺思想也受到了这种气化哲学的影响。但以往的研究者大多将汉代的气看成一个物质的概念，认为气的出现是对天神观念的否定。正如龚鹏程《汉代思潮》中说："他们通常把汉人讲气的哲学套上唯物标签，几于千人一声，黄茅白苇，一望靡余。"❶ 据笔者观察，汉代的气既包含唯物的成分，也包含神秘性，应当分别对待，综合考察。总体来看，汉代的气有以下几种类型。

(一) 汉代社会生活中的神秘之气

中国古人早已有通过望气来预测吉凶祸福的作法。据《左传》记载，鲁昭公十五年梓慎看到赤黑云气出现于武宫，认为是丧气；鲁昭公二十年春，梓慎根据气来断定，宋有乱、蔡有丧；鲁哀公六年，楚国上空有赤乌一样的云彩围绕太阳飞了3天，被认为是不祥之兆。秦汉时期望气的风俗更加盛行。秦始皇曾说"东南有天子气"，于是东游，希望压服此气。秦始皇想压服的天子气。在楚汉争霸时，项羽的军队望见刘邦的军队上空有

---

❶ 龚鹏程：《汉代思潮》，商务印书馆2005年版，第2页。

五色云气围绕。范增力谏项羽杀掉刘邦,也是因为:"吾使人望其气,皆为龙,成五色,此天子气。"❶《史记·天官书》中记载:"凡望云气,仰而望之,三四百里;平望,在桑榆上……"❷ "若烟非烟,若云非云,郁郁纷纷,萧索轮囷,是谓卿云。卿云,喜气也。"❸ 郁郁纷纷,若云似烟的卿云是吉祥之气。时人将这一片具有神秘气息的祥云与刘邦联系起来,说刘邦在哪里,哪里就祥云缭绕。汉宣帝也被赋予了这样的灵异之气。当宣帝还是襁褓中的婴儿时,因为巫蛊之祸,被判押在郡邸狱中,后元二年武帝往来长杨、五柞宫之间,有望气者禀告长安狱中有天子之气。❹ 显而易见,这是汉宣帝身上所散发出来的灵异之气。

气是一个物质性的概念,望气是气象学的萌芽,是对自然规律的总结,气也被赋予了社会性内涵,成为事物发展趋势的征兆。望气就成为一个具有神秘色彩的活动。

汉代的云气还与神仙思想有关。中国古人认为,人死之后灵魂变成轻盈之气升入天空。《礼记·郊特牲》记载:"魂气归于天,形魄归于地。"于是,人们想象出来能飘然飞升且长生不死的神仙。《庄子·逍遥游》中讲到,藐姑射山上有一个神人,肌肤若冰雪,绰约若处子,不食五谷,吸风饮露,乘云气,御飞龙,可以飞到四海之外。"乘云气,御飞龙"是云气纹与神仙发生联系的最早文本依据。王充《论衡·无形》篇描述仙人乘云的图画:"图仙人之形,体生毛,臂变为翼,行于云,则年增矣,千岁不死。"❺ 葛洪《神仙传》也谈到仙人竦身入云,无翅而飞,或驾龙乘云,或化为鸟兽浮游青云。可以看出,神仙总是和云气相关。神仙驾云飞升的

---

❶ (汉)班固:《汉书》,(唐)颜师古注,中华书局1962年版,第24页。
❷ (汉)司马迁:《史记》,中华书局1959年版,第1336页。
❸ (汉)司马迁:《史记》,中华书局1959年版,第1339页。
❹ (汉)班固:《汉书》,(唐)颜师古注,中华书局1962年版,第236页。
❺ 黄晖:《论衡校释》(附刘盼遂集解),中华书局1990年版,第66页。

想象逐渐固定下来。

(二) 云气缭绕的艺术世界

在汉代人的观念中,气首先是一种如云如烟般的物质存在。但云气这种物质总是显得虚幻、缥缈,颇能给人一种十分神秘的感觉。云气氤氲弥漫,山水、动物都沉浸在模糊、朦胧的云气之中。这种景象正是原始思维中主客不分、真实与虚幻不分、现实和梦幻交织的特征的现实背景。因而梦幻一样的云气促进了汉代诗性思维的发展。

这种云气弥漫、漫漶不清的景象在汉代艺术中有广泛体现。长沙马王堆汉墓的漆棺上画满了云气纹饰,在云气纹之间是怪兽、仙人等形象,整个画面充满了诡秘气息。如马王堆一号汉墓出土的黑地彩绘漆棺,在磅礴的云气之间描绘一百多个神怪、仙人、怪兽的形象。这些充满了神秘气息的形象千姿百态,有的长着鹿角,兽头,身体似人,身后拖着尾巴,有的张弓欲射,有的骑着马,有的手舞足蹈。他们也许是在追赶墓葬中的鬼怪,以保护墓主人的灵魂,但他们的形象本身又恐怖、神奇。

满城汉墓出土的错金博山炉上以粗细有致的金丝勾勒出山间的云气,各种动物和狩猎之人隐现在一片云气之中。同时,山的起伏感也增强了这种云雾感觉。满城汉墓出土的错金银鸟篆文铜壶,上面有云雾缭绕的鸟篆文,壶盖上有三个云纹纽。双龙谷纹白玉璧的外缘攀附着两条龙,二龙之间有呈向上飞腾之势的镂空云纹。龙、云融为一体,具

蟠龙纹铜壶(图片来源:中国社会科学院考古研究所、河北省文物管理处编:《满城汉墓发掘报告》,文物出版社 1980 年版。)

有云气升腾之感。满城汉墓还出土两件青铜鎏金当卢，正面以鎏银衬地，绘以流云纹，由下至上似藤绕蔓缠，内廓线将图案分为内外两组，外围一组的下部为一条张口吐舌、身躯柔曲的蟠龙，其上云间有朱雀、野猪及各种怪兽，内部一组饰流云、怪兽和狩猎纹。这种云雾缭绕、怪兽出没的图案摆脱了战国时期卷云纹的质朴，更具精细、繁复、梦幻的艺术气质。

在秦汉时期的器物图案，云气纹总是与龙、鸟等动物形象相互幻化，形成亦云亦凤，律动一体的云凤纹、云龙纹，甚至是亦龙亦凤纹。如南越王墓出土的透雕龙凤纹重环玉佩，游龙如云，凤冠和尾羽也上下幻化延伸成卷云纹。可以看出，这些形象缥缈，流动不息，形象变幻，具有云气的特点。能够感受到在汉代的云气纹饰中，气增强了画面的神秘性，在云气流荡的画面中，体现了楚汉文化主客不分、虚实不分的特点。云气的大量存在，使汉代成为一个云气弥漫的时代。

汉代墓葬艺术中的云气纹也与神仙思想有关。这一类型的图像艺术从西汉开始，到东汉达到鼎盛。如河南永城柿园等一批西汉初期墓都有与升仙思想有关的云气纹。成都新繁西王母画像砖和陕西神木大保当画像石上也都有云气纹。再如，洛阳西汉中后期卜千秋墓的壁画东西两端分别是人首蛇身的伏羲、女娲，流动的云彩穿插其中，构成了一幅充满动荡活跃气氛的升仙图。东汉桓灵时期的山东嘉祥武氏祠左石室顶部的画像中表现的是死后灵魂升天的景象，云气在画面中所占的比例很大，在一股股的云气之中，两辆由带翼骏马拉的车在众多仙女羽人的迎候下越升越高。可以看到，汉代人把死后的世界想象成一个"云气升腾"神仙世界。

随葬器物上也广泛刻画有云气纹。如河南洛阳出土的四神博局镜中的羽人戏龙图像，羽人、青龙周围刻画着不规则的线状云纹，该镜的铭文为"驾文龙兮乘浮云"。扬州"妾莫书"墓发现西汉末期漆耳杯，耳杯内刻一"仙"字，口沿饰卷涡纹、点纹，内饰云气纹。可以推测，该墓葬中的云气纹与成仙思想有关。同墓所出漆笥上大多饰云气纹，营造出浓厚的仙境氛围。

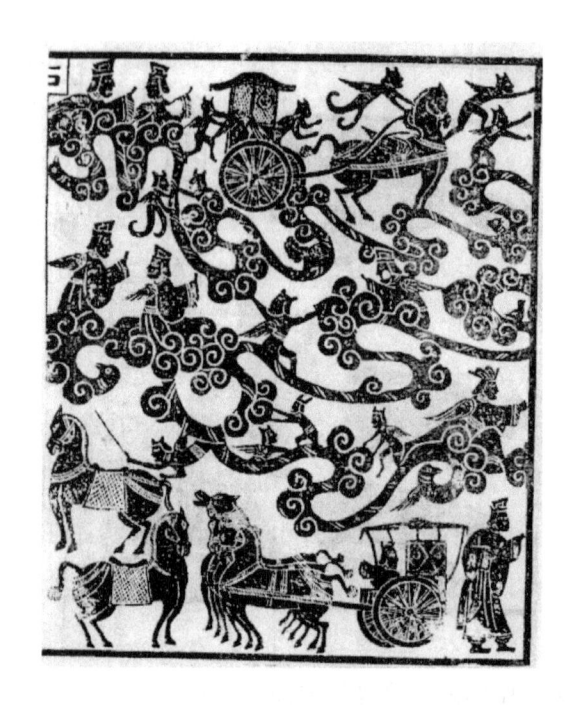

嘉祥武氏祠画像［图片来源：（清）冯云鹏、冯云鹓辑：《金石索》，书目文献出版社1996年版，第1399页。］

扬州妾莫书墓漆笥图案（图片来源：周长源、徐良玉、吴炜：《扬州西汉"妾莫书"木椁墓》，《文物》1980年第12期。）

通过这些出土实物可以看出，云气纹是中国古代艺术的一个代表性类型，具有鲜明的民族文化特征。汉代的云气纹繁满、交织、翻腾、流动，展现了气化流行、运转不息的生命活力，体现了汉代的审美观念以及这种审美观念中隐含的神仙思想。

（三）生命之气：养生思想与气的盛行

汉代气的盛行也与当时的养生思想有关系。《黄帝内经》认为，茫茫苍穹，宇宙洪荒，其间的一切都是由于气的运动变化产生的，气是构成世界的基本元素。人是自然的有机组成部分，人也是由气构成的，气是人体生命活动的根本。这样，整个世界一气贯通，气将外在的大宇宙与人体的小宇宙连成一体。《黄帝内经·素问》云："天复地载，万物悉备，莫贵于人，人以天地之气生，四时之法成。"❶ 人因为宇宙之气的贯通，因为顺应天地之气而生存。"苍天之气，清净则志意治，顺之则阳气固，虽有贼邪，弗能害也，此因时之序。"❷ "阳气者，精则养神，柔则养筋。"❸ 天地之气相交通，使体内之气通畅而不阻塞，从而使天地之气与人体之气处于一种动态的平衡中，也使人体生命之气与宇宙之气融成一个整体。气作为一种生命要素，在天地和人体间绵延流动，一气贯通，生生不息。

《太平经》也有对生命之气的广泛论述："天地开辟贵本根，乃气之元也。……夫一者，乃道之根也，气之始也，命之所系属，众心之主也。"❹ 元气是自然宇宙的本原，人和自然万物都始于元气。"元气归留，诸谷草木蚑行喘息蠕动，皆含元气，飞鸟步兽，水中生亦然"❺，无论天上飞的、地上跑的、水中游的，一切生命体都含有元气。人有了气的灌注，才会有

---

❶ 《黄帝内经素问》，人民卫生出版社1963年版，第158页。
❷ 《黄帝内经素问》，人民卫生出版社1963年版，第15页。
❸ 《黄帝内经素问》，人民卫生出版社1963年版，第17—18页。
❹ 王明编：《太平经合校》，中华书局1960年版，第12—13页。
❺ 王明编：《太平经合校》，中华书局1960年版，第581页。

精神。《太平经》指出："凡事人神者，皆受之于天气，天气者受之于元气。神者乘气而行，故人有气则有神，有神则有气，神去则气绝，气亡则神去。故无神亦死，无气亦死。"❶《太平经》认为人之初与自然元气是相通的，可以像神仙一样不饮不食。"天下人本生受命之时，与天地分身，抱元气于自然，不饮不食，嘘吸阴阳气而活，不知饥渴……"❷ 但人不知全神保气，因而影响到寿命。所以，《太平经》主张人当返归到婴儿状态，重新获得这种源自天地的原初之气。

可以看出，汉代哲学家很少孤立地看待生命之气，总是将个体生命之气的涵养与整个宇宙之气的运化联系起来，从而使个体生命之气成为宇宙之气的一个有机组成部分，将个体生命的涵养与周流宇宙的气联系起来。正如陈德礼所说："以气的观点看宇宙，人的自然生命、思想感情和存在方式被置于宇宙的大生命之中……反映了古人对宇宙生命的认识，从哲学本体论向文化功能论的演变。化宇宙生命为自我生命，强调自然生命与精神生命的统一，构成了中国古代文化的精神内核，也孕育出中国古代美学精神的生命本质。"❸ 气是生命体赖以存在的重要元素，有了一脉贯通的气，生命才富有活力，有了生命之气与自然宇宙之气的贯通，人体小宇宙与自然大宇宙成为能够交融、互浸的整体。

（四）通天下一气：宇宙本原之气

在汉代还有哲学家从宇宙论的角度来思考气。如王符认为宇宙的本原是混沌的元气，元气无边无际，不具形体，但元气能够化生万物，开辟宇宙，是天地万物生成的始基，山川河流、日月星辰，都是由元气构成的。《本训篇》中指出："上古之世，太素之时，元气窈冥，未有形兆，万精合并，混而为一，莫制莫御。若斯久之，翻然自化，清浊分别，变成阴阳。

---

❶ 王明编：《太平经合校》，中华书局1960年版，第96页。
❷ 王明编：《太平经合校》，中华书局1960年版，第43页。
❸ 陈德礼：《气论与中国传统美学精神》，《内蒙古社会科学》1998年第5期。

阴阳有体，实生两仪，天地絪缊，万物化淳，和气生人，以统理之。"❶ 在天地万物还没有形成的太素时代，宇宙间只是一团深邃难见的元气，元气窈冥无形，没有任何约束，没有任何主宰。这样的情况持续了很久，元气突然发生了飞跃性的变化，形成了清气和浊气，清气进一步形成了阳气，浊气则形成了阴气，阳阴二气又分别形成了天地，天地产生之后，天地之气又经过长时间的相互作用，产生了万物，其中和气形成了人，人成为世界的主宰和统治者。

在王符的哲学中，元气不仅是万物化生的始基，还是促使万物焕发出生命光彩的胚胎。"天之以动，地之以静，日之以光，月之以明，四时五行，鬼神人民，亿兆丑类，变异吉凶，何非气然？"❷ 天之动，地之静，日之光，月之明，四时五行，鬼神人民，亿兆丑类，都是因为元气的促进而运动变化，因为元气的促进而焕发光彩。因为天地万物都由元气构成，因而天地间就没有神秘的事物了。

此外，王符的元气具有自我化生的性质。元气在宇宙中存在着，无形无状，没有方向，也不受任何东西的主宰，具有"莫制莫御"的特点。元气的运动具有"翻然自化"的特点，即元气靠自我分化的力量进行演变。窈冥的元气，飘荡在宇宙间，自我孕育、自我变化、自为自在。元气的这一特点让人不由得想到天空中自在飘荡的云气。

以董仲舒为代表的官方神学目的论者认为，天是统治人间的至上神，自然界及人类社会的一切现象都是天意的显现。这一思想在汉代有很大的影响。然而，王符从唯物论的角度指出，宇宙间的一切事物都是由气构成的，与天意无关。将世界看成物质性的元气构成的，就从根本上否定了神

---

❶（汉）王符著，（清）汪继培笺，彭铎校正：《潜夫论笺校正》，中华书局1985年版，第365页。

❷（汉）王符著，（清）汪继培笺，彭铎校正：《潜夫论笺校正》，中华书局1985年版，第367—368页。

秘的天人感应说。

张衡也将宇宙创生过程分为溟涬、庞鸿、太元三个阶段。"太素之前"的"溟涬"阶段，幽清玄静，寂寞冥默，无名无象，宇宙处于"无"的状态之中；"庞鸿"阶段，气体混沌流荡，万物混成；"太元"阶段，"元气剖判"，分化为阴阳二气，又由于刚柔、清浊、动静等因素的作用，逐渐形成了天地万物，完成了由元气逐渐衍生出天地万物的全过程。显然，这里既没有一个作为至上神之天的存在，也没有作为道德理性之天的存在，只存在这样一个自然而然由混沌元气生化而来的天地宇宙。可见元气创生理论对神学观念具有一定的冲击力。

由上可知，作为物质的气，虚无缥缈，这种物质本身就具有变幻莫测的神秘色彩。汉代关注养生，发展了生命之气的学说，只是在广阔的宇宙论背景下，汉代医学和哲学更加紧密地以一气贯通人体小宇宙与外在大宇宙。此外，王符、张衡等唯物论哲学家从宇宙论的角度出发，指出气是构成宇宙的一种物质，并由此否定了在汉代影响深远的天人感应学说。所以，气在汉代是一个具有过渡性的概念，既有着神秘的气息，也有着突破神学体系，力求构建唯物主义宇宙观的努力。这是汉代艺术和诗学形成的又一背景。

第二节 《淮南子》中的阴阳之气及其美学内涵

《淮南子》中的"气"是"道"的表现形态，是一种原始物质，它变化着，流动着，与天地万物浑然不分。气流转交合，天地、日月甚至宇宙中的万物才得以生成，万物之美才得以展现，整个世界呈现出一种氤氲流动、生生不息的生命活力。音乐的产生也与这种流动的生命之气的灌注有密切联系。《淮南子》中的气虽然混沌不可捉摸，但相较于道而言，并不是一个抽象的、形而上的超验实体。

一 流动的生气之美

《淮南子》把物质性的气概念引进了宇宙生成论，认为宇宙由一气构成，而且由一气构成的宇宙大化流行，生生不已。《天文训》对气构成宇宙万物的过程进行了描绘，认为天地还没有形成时，一切都在幽深晦暝、混沌不明之中，无形无象，这种状态被称作太昭。这种虚廓迷离状态中生出道，道生出宇宙，宇宙产生元气。浑元之气迷离静默，是一种极细微的物质现象，虽然处于未形成具体事物的混沌状态，但它是一种客观存在。元气有一定的形态和界域，其中清明轻扬的元气扩散变成天，混浊沉重的元气凝结变成地。天地的精气相合形成阴阳二气，阴阳二气的精华融合集中，产生春夏秋冬四季，四季的精气分散产生万物。阳热之气积聚久了便产生火，火气的精华部分变成太阳；阴冷之气积聚久了便产生水，水气的精华变成月亮。太阳、月亮中过多的精气分散而产生星辰。气的流观合化呈现出流动的生命之美，而浑元之气则是这生命之美的精髓所在。

"道"不具有物质性，而"气"具有物质性。人的生命和万物一样都是由具有物质性的气构成的。在气化生万物的过程中，精气是最富有生命力的部分。人即是由精气化生而成，并成为万物之灵长，天地之精华的。化生人的精气也称为血气。《精神训》中说："是故血气者，人之华也，而五藏者，人之精也。夫血气能专于五脏而不外越，则胸腹充而嗜欲省矣。"[1] 血气是构成人的精华之气，血气充入五脏，才能达到养气的目的。这样，《淮南子》就用一气贯通了整个世界，古往今来，日、月、人体等

---

[1] 何宁：《淮南子集释》，中华书局1998年版，第510页。

都由一气贯通。

总之,在《淮南子》看来,气是一个具有本原意义的概念,宇宙万物均源于气。气不但能化生出琳琅满目的大千世界,也是生命的基础。因为气的灌注,天地间万事万物都饱含着生机,并呈现出千姿百态、生机活力之美。气的氤氲流荡形成了整个自然界,在这里,气已经上升到人类生命本体论的高度,气是生命运动的基本方式,又是事物衍化的根本动力。

二 阴阳之气相摩相荡呈现氤氲之美

阴阳二气由天地之精气相融合而生,它们又变为生成万物的质料。在宇宙的化生过程中,阴阳二气非常重要。《淮南子》把道视作包含阴阳二气的矛盾统一体,又以此为基点对气的属性及气与具体事物的关系作了深入探讨。

《精神训》从宇宙演化过程的动力着眼,强调了阴阳二气的作用:

> 古未有天地之时,惟像无形,窈窈冥冥,芒芠漠闵,澒濛鸿洞,莫知其门。有二神混生,经天营地,孔乎莫知其所终极,滔乎莫知其所止息。于是乃别为阴阳,离为八极,刚柔相成,万物乃形,烦气为虫,精气为人。是故精神天之有也,而骨骸者地之有也;精神入其门,而骨骸反其根,我尚何存?❶

在天地未形成之前,天地间一片混沌。这时,阴阳二气的推移运动,形成了天地、阴阳、八极、万物。显然,这里是把阴阳二气无休止的推移运动作为宇宙演化的根本动力。氤氲流动的气,分为精气和烦气。人与花鸟、

---

❶ 何宁:《淮南子集释》,中华书局1998年版,第503—504页。

动物不同，独具精神智慧，是因为人禀受精气而成，动物花鸟则禀受烦气而成。人去世之后，精神返回天这个本原，而骨骸返回大地。人由精气构成，通过气的流观合化参与天地万物的聚散周流，体现出"天人合气"的思想。人和万物都由气化生而成，那么，整个世界和生命都具有了流动氤氲的生命特征。《本经训》也指出："天地之和和，阴阳之陶化万物，皆乘人气者也。"❶ 天地之间的混一之气交互融汇而产生阴阳二气，阴阳二气往来升降、聚散盈虚，从而形成了万事万物。阴阳二气的流动性，使整个世界处于氤氲浩荡、大化流行的状态，从而形成了生生不息、流动不止的大美气象。

阴阳二气流转于天地之间，呈现出千姿百态的生命形式，构成一个阴阳平衡且极富诗意的美的世界。《淮南子》中多处描绘了阴阳二气交互作用下，草长莺飞、鸢飞鱼跃，天地间一片生机勃勃的美好景象。《俶真训》中写道："天气始下，地气始上，阴阳错合，相与优游竞畅于宇宙之间，被德含和，缤纷茏苁，欲与物接而未成兆朕。"❷ 在生命的初始，阴阳二气交错混合，宇宙间流畅周游，孕育着协和之气，相互演化聚集，才有了万物的生长繁茂，植物的青翠葱茏，动物的爬行飞翔。可见，阴阳之气的和谐可以使天地万物充满生机和活力。

阴阳的此起彼伏推动了寒暑四季的流转。《诠言训》指出："阳气起于东北，尽于西南；阴气起于西南，尽于东北。阴阳之始，皆调适相似，日长其类，以侵（渐）相远，或热焦沙，或寒凝水。"❸，意思是说，阴阳二气反复交替运行，由此形成一年四季的变化。同样，《天文训》中讲："夏日至则阴乘阳，是以万物就而死；冬日至则阳乘阴，是以万物仰而生。昼

---

❶ 何宁：《淮南子集释》，中华书局1998年版，第565页。
❷ 何宁：《淮南子集释》，中华书局1998年版，第92页。
❸ 何宁：《淮南子集释》，中华书局1998年版，第1037页。

者阳之分，夜者阴之分，是以阳气胜则日修而夜短，阴气胜则日短而夜修。"❶ 这是用阴阳二气的彼此消长来说明四时、昼夜的不同和万物的兴衰过程。可以说，没有相摩相荡的过程，气就不可能有氤氲浩荡、大化流行的运动特性。没有阴阳的消长，就不可能有气的往来升降、聚散盈虚。阴阳双方始终处于不停地运动变化的过程中，盈虚消长，至极而反，循环不已，构成了四时、昼夜和万物的兴衰存亡。

阴阳二气运行协调所达到的境界称为和。《氾论训》说："天地之气，莫大于和。和者，阴阳调，日夜分，而生物。春分而生，秋分而成，生之与成，必得和之精。"❷ 和是阴阳之气动态平衡的结果。《本经训》指出："阴阳者，承天地之和，形万殊之体，含气化物，以成形坏"❸，即阴阳秉承天地之和气，阴阳二气交感互动，才有生命活力的激荡，才能形成宇宙万有。同时，"物莫不合，而合各有阴阳"，即任何事物都是阴气和阳气的统一体，是阴阳二气交感的产物。

可以说，正是通过气息在天地之间的往来流动，才形成了宇宙间生命的轮回更替，才带来了勃勃生机。这种构成生命的气，充溢在天地之间，无限蔓延。在时间上，气无所谓产生与消亡，它无始无终、无限存在。在空间上，无边无际，不生不灭。正是由于时空上的这种无限性，气成了源源不断地产生和构成世界上万事万物的根据。气的存在凸显了世界的流变性，气的流观合化体现出流动的生命之美。

三 气化哲学观念对音律学的影响

在中国古代，风、气、音乐之间有密切的联系。《庄子·齐物论》中

---

❶ 何宁：《淮南子集释》，中华书局1998年版，第238页。
❷ 何宁：《淮南子集释》，中华书局1998年版，第934页。
❸ 何宁：《淮南子集释》，中华书局1998年版，第583页。

讲"大块噫气,其名为风",说的就是风和气之间的关系,即气的剧烈流动,就成为风。《淮南子·主术训》进一步说明了风、气与音律的关系。"乐生于音,音生于律,律生于风,此声之宗也。"❶ 意思是说,音乐产生于五音,五音产生于十二律,十二律产生于自然界中的风。风就是气的流动。风的大小轻重缓急成为音律的根据。音律也自然成为气的表现形式和艺术再现,气是自然、是宇宙,音律也就与天地自然相通。

八面之风与中国古代的音律有密切的联系。古人根据八面来风确定音律的做法在《吕氏春秋·古乐》篇中有较为详细的记载:黄帝让乐师伶伦制作乐律。伶伦从大夏的西方来到昆仑山,找到长度厚薄适宜的竹子,然后听风来确定音律。这里的风就是吹入笛管的气,所以对于吹奏乐器而言,气、风、乐具有天然的联系。黄帝制作音律的方法是根据八面来风,形成八音。八面来风是风的空间性。《淮南子·地形训》则明确将八风与方位联系起来:

> 东北曰炎风,东方曰条风,东南曰景风,南方曰巨风,西南曰凉风,西方曰飂风,西北曰丽风,北方曰寒风。❷

八风与八个方位相关联,形成八面来风的观念。所以根据八风确定音律,意味着音律是对地域特征的反映。

风的大小强弱与季节的变迁有密切关系。《吕氏春秋·音律》将十二律与季节变化联系起来说:

> 大圣至理之世,天地之气,合而生风,日至则月钟其风,以生十

---

❶ 何宁:《淮南子集释》,中华书局1998年版,第662页。
❷ 何宁:《淮南子集释》,中华书局1998年版,第317—318页。

二律。仲冬日短至则生黄钟,季冬生大吕,孟春生太蔟,仲春生夹钟,季春生姑洗,孟夏生仲吕;仲夏日长至则生蕤宾,季夏生林钟,孟秋生夷则,仲秋生南吕,季秋生无射,孟冬生应钟。天地之风气正,则十二律定矣。❶

天地之气交合而生风,太阳运行到一定位置,月亮就会聚集那个地方的风,从而产生十二律。由上可知,音律导源于"风",而"风"是"天地之气",所以,从根本上说,十二律本源于气在一年十二个月中的变化情况。气的流转合化生成宇宙万物,音律也是气和合而成。这样,音律就与时间取得了联系。《淮南子·天文训》中也对八风与时序的变换关系进行了阐述:

　　何谓八风？距日冬至四十五日条风至。条风至四十五日明庶风至。明庶风至四十五日清明风至。清明风至四十五日景风至。景风至四十五日凉风至。凉风至四十五日阊阖风至。阊阖风至四十五日不周风至。不周风至四十五日广莫风至。❷

《天文训》把八风置于时间框架之中。不同季节有不同的风,有不同的风物,决定着人们的生活节奏。在这里,八风又是时间概念,音律与风与气有关,因而四季、十二月与音律就有了密切联系,音律成为一个具有时间性的概念。

气与时间与音律的关系很大程度上与中国古人用律管来测定地气的做法有关。以律管测地气的具体方法是,按照四时方位放置与之相对应的律管,

---

❶ 许维遹:《吕氏春秋集释》,梁运华整理,中华书局2009年版,第136页。
❷ 何宁:《淮南子集释》,中华书局1998年版,第195—197页。

每个律管的口内放入用芦苇内的薄膜烧成的灰。当时令发生变化时，地气会将管内的灰吹出来。此之谓"葭灰候气"。人们根据律管中灰的反应，可以判断时气的变化，由此也形成了音律与气，与天地自然的天然联系。

《后汉书·律历志》较为详细地记载了"葭灰候气"，而且论述了不同时令气息的大小与乐律的关系：

> 候气之法，为室三重，户闭，涂衅必周，密布缇缦。室中以木为案，每律各一，内庳外高，从其方位，加律其上，以葭莩灰抑其内端，案历而候之。气至者灰动。其为气所动者其灰散，人及风所动者其灰聚。殿中候，用玉律十二。惟二至乃候灵台，用竹律六十，候日如其历。❶

如上所述，"候气法"体现的是古人对节气变化的测定办法，同时又将节气与音律相联系，从而使音乐与大自然成为相互贯通的一个整体，同时音律也像节气一样成为人们生活中必须遵循的规律。

如果说将"风"置于时空框架之中，又用音律体现方位和时序的变化，这体现了音律与大自然的联系以及音律的现实生活根据，那么，将气与音律与阴阳五行相联系，就使音律具有更加抽象的意义。比如《淮南子·天文训》中讲："二阴一阳成气二，二阳一阴成气三，合气而为音，合阴而为阳，合阳而为律，故曰五音六律。"❷ 二阴气一阳气形成阴气二，二阳气一阴气形成阳气三。这二阴气三阳气合成水、火、木、金、土五行之气，五行之气形成羽、徵、角、商、宫五音。二阴合一阳便得阳数三，将两个阳数合起来，便得六，成为六律。所以音调是五个，音律是六个。

---

❶（南朝宋）范晔：《后汉书》，（唐）李贤等注，中华书局1965年版，第3016页。
❷ 何宁：《淮南子集释》，中华书局1998年版，第222—223页。

可见，五音六律以阴阳之气为基础，但五音与五气的关系、六律与阴阳之数的关系又是理论设定的结果。所以五音六律是兼具客观性与主观的概念。《淮南子·泰族训》中指出："神农之初作琴也，以归神，及其淫也，反其天心。夔之初作乐也，皆合六律而调五音，以通八风；及其衰也，以沉湎淫康，不顾政治，至于灭亡。"❶可以说，《泰族训》将五音六律与八风相通作为政治清明的表现。反过来，如果统治者沉湎享乐，五音六律与八风的内在联系自然出现障碍，比如会出现衰亡景象。五音六律是一个音乐概念，与天地之气相通，因而与宇宙相通；又与社会政治相通。这样，五音六律就成了一个具有多重内涵的神秘概念。

第三节 《春秋繁露》：元气的情感化和伦理化

在董仲舒的哲学体系中，元气充塞于天地之间，流转变化，形成蓬勃的生命活力。阴阳五行是气的具体存在形式。董仲舒还赋予阴阳五行之气和四时之气以伦理和情感色彩，使它们成为具有人格化的气。

一 客观自然之气

董仲舒在宇宙观上持元气论观点，把元气理解为始气、原气和宇宙的本原，认为万物由一气化生，由一气统摄。一气的氤氲浩荡、周流旁通，形成一个畅通无阻的循环系统，万物沉浮于庞大的气流之中。《春秋繁露·天地阴阳》云："天地之间，有阳阴之气，常渐人者，若水常渐鱼也。

---

❶ 何宁：《淮南子集释》，中华书局1998年版，第1389—1390页。

所以异于水者，可见与不可见耳，其澹澹也。然则人之居天地之间，其犹鱼之离水，一也。"❶ 气澹澹然，充塞于宇宙之间，无处不在。人生活在气之中，就像鱼生活在水中一样。人离不开气，就像鱼离不开水。

气充满宇宙之间，构成万事万物，气的变化也成为四时不同的运化节奏。《春秋繁露·循天之道》指出："故天地之化，春气生而百物皆出，夏气养而百物皆长，秋气杀而百物皆死，冬气收而百物皆藏。是故惟天地之气而精，出入无形，而物莫不应，实之至也。"❷ 四时气候不同，春夏秋冬会呈现出不同的生命节奏。随着季节的变换，春气生，万物生出；夏气长养，百物生长；秋气衰落，百物死去；冬气收敛，百物隐藏。天地之气虽然无形无影，但它流灌天地之间，万物没有不与之相呼应的。

人类的生命活动应当与大自然的生命节奏相一致。从饮食方面来讲，四时之气不同，也会长养出不同的植物，会有不同季节的美食，人当遵循天意来享用这些美食。《春秋繁露·循天之道》云：

> 四时不同气，气各有所宜，宜之所在，其物代美。视代美而代养之，同时美者杂食之，是皆其所宜也。故荠以冬美，而荼以夏成，此可以见冬夏之所宜服矣。冬，水气也，荠，甘味也，乘于水气而美者，甘胜寒也。……春秋杂物其和，而冬夏代服其宜，则当得天地之美，四时和矣。凡择味之大体，各因其时之所美，而违天不远矣。❸

冬季水气大，荠菜的味道甘甜，借着水气在寒冷的季节生长到最好的状态。夏季火气大，荼菜的苦味在暑热时最为美好。冬天食荠，夏天吃荼，这就是得天地之美，四时之宜。

---

❶ （清）苏舆：《春秋繁露义证》，钟哲点校，中华书局1992年版，第467页。
❷ （清）苏舆：《春秋繁露义证》，钟哲点校，中华书局1992年版，第446页。
❸ （清）苏舆：《春秋繁露义证》，钟哲点校，中华书局1992年版，第454—455页。

气充塞于天地宇宙之间，与个体生命之气连成一体，构成一个大的循环系统。在汉代关注养生的时代大背景下，董仲舒的气论也涉及生命之气的涵养。养生的实质就是养气。《春秋繁露·循天之道》从鹤、猿等长寿的动物总结出："仁人之所以多寿者，外无贪而内清净，心和平而不失中正，取天地之美以养其身，是其且多且治。鹤之所以寿者，无宛气于中，是故食冰。猿之所以寿者，好引其末，是故气四越。天气常下施于地，是故道者亦引气于足；天之气常动而不滞，是故道者亦不宛气。"❶ 天地之气流畅没有阻滞，则万物得天地中和之气能够长寿。如鹤之所以长寿，是因为鹤没有郁结之气；猿猴之所以长命，是因为它喜欢引动自己的尾巴，使气四处流散。上天之气经常往下施放于地，所以养生之道也从脚部引来气；上天之气经常活动而不停滞，因此道也不郁结气。气若不能调治，即使充满也会空虚。中正平和，气会流畅，生命才会长久。《春秋繁露·循天之道》指出："凡气从心。心，气之君也，何为而气不随也。是以天下之道者，皆言内心其本也。"❷ 心是气的枢纽，气从心，因而既要避免过于高兴，又要避免过于悲伤，这些都不是中正平和的状态，不利于产生精良之气。

气分为阴阳，阴阳之气的消息盈虚，是万物运动变化的总根源，是生命运动的总规律。阴阳之气的变化流转构成了天地万物。董仲舒将气与阴阳五行等概念融合在一起，使阴阳五行成为气的不同存在形态。在董仲舒看来，"天地之气，合而为一，分为阴阳，判为四时，列为五行"❸。即天有天气，地有地气，合称为天地之气，阴阳、四时、五行，都是天地之气的具体表现形式。董仲舒说："阳，天气也；阴，地气也。……天地之符，阴阳之副"❹，天气属阳，地气属阴，混沌中的天气、地气经过分化就产生

---

❶（清）苏舆：《春秋繁露义证》，钟哲点校，中华书局1992年版，第449页。
❷（清）苏舆：《春秋繁露义证》，钟哲点校，中华书局1992年版，第448—449页。
❸（清）苏舆：《春秋繁露义证》，钟哲点校，中华书局1992年版，第362页。
❹（清）苏舆：《春秋繁露义证》，钟哲点校，中华书局1992年版，第356页。

阴阳，也就是说，天地派生出阴阳来，天地与阴阳相参才能化生万物。

阴阳之气的变幻形成天地间的动态平衡。《春秋繁露·循天之道》云："阳气起于北方，至南方而盛，盛极而合乎阴。阴气起乎中夏，至中冬而盛，盛极而合乎阳。"❶ 阴阳之气在宇宙间的运行有一定的规律，阳气从北方开始兴起，到南方发展到极盛，兴盛到极点便与阴气相合。阴气起于南方，从中夏开始兴盛，于中冬达到极盛，茂盛到极点就与阳气相合。这样阴往阳来，阳往阴来，阴阳交接就形成了大化流衍的动态过程。阴阳之气就这样在宇宙中流转，形成一个永恒的循环圈。

董仲舒所说的五行也是指五行之气。如《春秋繁露·治水五行》中云：

日冬至，
七十二日木用事，其气燥浊而青。
七十二日火用事，其气惨阳而赤。
七十二日土用事，其气湿浊而黄。
七十二日金用事，其气惨淡而白。
七十二日水用事，其气清寒而黑。
七十二日复得木。❷

在这里，五行实际上是气在不同时节的五种状态。如果说气是无形无影的物质的运动，具有不可捉摸的特点，那么，气与阴阳及五行的融合，则将无形的气秩序化、具体化。所以阴阳五行之气是具体与抽象的合一、有形与无形的合一，体现了天地万物相互影响、相互关联的整体思维。自然之气和阴阳五行之气，都具有客观自然的性质，董仲舒认为遵循自然和生命

---

❶（清）苏舆：《春秋繁露义证》，钟哲点校，中华书局1992年版，第445页。
❷（清）苏舆：《春秋繁露义证》，钟哲点校，中华书局1992年版，第381页。

的规律生活，才是得天地之美，合四时之宜。这是董仲舒天人合一思想的具体体现。

二 元气的情感性和伦理色彩

董仲舒元气思想中更富有特色的是，赋予气以情感和伦理色彩，从而使气不再是一种客观物质。如果说《淮南子》中主要用气来说明天地四时的自然运行状态，那么，董仲舒的气则不完全是气的自我运动。在董仲舒的气之上有一个无处不在的天。所以，气的运行是"天行气"（《阴阳义》）的结果。董仲舒的天是有意志和欲望的人格神，因而，天意之气，也不再是自然界的气，而是来自神灵的气。

董仲舒将在天的阴阳之气与在人的情感联系起来，形成一个内在沟通的整体。《春秋繁露·如天之为》云："阴阳之气，在上天，亦在人。在人者为好恶喜怒，在天者为暖清寒暑。"❶ 也就是说，天人之间由于一气贯通，因而具有同样的情感。

董仲舒认为阴气与阳气的盛衰屈伸，呈现出不同的伦理属性。春夏阳气盛，生养百物而繁盛；秋冬阴气盛，肃杀百物而收藏。阳气的特点是生，阴气的特点是杀。因此，阳气具有仁德之品性，阴气具有肃杀之品性。《阳尊阴卑》云："阳气暖而阴气寒，阳气予而阴气夺，阳气仁而阴气戾，阳气宽而阴气急，阳气爱而阴气恶，阳气生而阴气杀。"❷ 董仲舒把本属于人的善恶宽急品德归之于阴阳之气，并认为阳气具有好生之德。董仲舒讲的阴阳之气，已不是物质性的气，而是具有精神属性的人格化了的气。阴阳二气是具有意识、欲望和道德性质的神秘力量。董仲舒也赋予春

---

❶ （清）苏舆：《春秋繁露义证》，钟哲点校，中华书局1992年版，第463页。
❷ （清）苏舆：《春秋繁露义证》，钟哲点校，中华书局1992年版，第327页。

夏秋冬之气以爱乐严衰等情感，使季节的转换也具有了情感因素：

> 春气爱，秋气严，夏气乐，冬气衰。爱气以生物，严气以成功，乐气以养生，哀气以丧终，天之志也。（《王道通三》）❶

> 人有喜怒哀乐，犹天之有春夏秋冬也。喜怒哀乐之至其时而欲发也，若春夏秋冬之至其时而欲出也，皆天气之然也。（《如天之为》）❷

> 天之道，春暖以生，夏暑以养，秋清以杀，冬寒以藏。暖暑清寒，异气而同动，皆天之所以成岁也。（《四时之副》）❸

> 死之者，谓百物枯落也；丧之者，谓阴气悲哀也。天亦有喜怒哀乐之气、哀乐之心，与人相副。以类合之，天人一也。春，喜气也，故生；秋，怒气也，故杀；夏，乐气也，故养；冬，哀气也，故藏。四者天人同有之，有其理而一用之。（《阴阳义》）❹

在董仲舒以天为核心的哲学体系中，气是天的有形形式。气作为抽象的天的补充以及不可捉摸的天概念的形象化，且有重要地位。董仲舒认为气与人一样，有喜、怒、哀、乐的情感。正是由于气的这些意识和情感的变化，才形成了春、夏、秋、冬四季的不同情感色彩。每一个季节都因为所禀之气的不同，因而会有生、杀、乐、养的不同效果；因为四时中包孕着不同的气，因而具有不同的美。在这里，气也被人格化、意志化，变成

---

❶ （清）苏舆：《春秋繁露义证》，钟哲点校，中华书局1992年版，第331页。
❷ （清）苏舆：《春秋繁露义证》，钟哲点校，中华书局1992年版，第465页。
❸ （清）苏舆：《春秋繁露义证》，钟哲点校，中华书局1992年版，第353页。
❹ （清）苏舆：《春秋繁露义证》，钟哲点校，中华书局1992年版，第341页。

了一种与人为亲的审美对象。《春秋繁露》将气与阴阳五行等概念融为一体，并赋予气以浓厚的情感和伦理色彩，从而使气成为一个更具社会学意义的概念。如果说在《淮南子》中，气的情感和伦理色彩还是偶然现象，那么，在《春秋繁露》中，气的情感化和伦理化则是其气化美学思想的一个突出特征。

本章小结：气在中国古代哲学和美学中是一个非常重要的概念。气包含各种内涵，灵动变通。当气作为一种物质时，它弥漫于天地之间构成了一个神秘莫测的世界，也奠定了古人对宇宙混沌、朦胧特征的基本理解。风是气最强烈的状态，风也是中国古代音律的来源，八方之音或不同季节风的大小强弱成为不同的音律标准，因而音律是一个与宇宙时空相通的概念。春秋时期有根据云彩来判断吉祥祸福的"望气"术。卿云是吉祥文化的象征，也是神仙升天的阶梯，所以云气逐渐被赋予神秘寓意。气无形无影，因而还被认为是构成万物的基本元素，是宇宙的本原，甚至阴阳五行从根本上说都是阴阳五行之气。所以，气被泛化成所有系统和框架的内在沟通元素。万物因为一气相通，所以可以随意转化。因而气成为非逻辑思维的理论基础。中国古人努力对天地宇宙的规律进行总结，阴阳五行、四时八卦都是他们总结出来的宇宙秩序和框架，只是这些框架的出发点与视角不同，因而处于一种割裂状态。但随着思考的深入，人们需要寻找不同宇宙框架之间的联系。阴阳之间、五行之间、四时八卦之间需要有内在联系，尤其是事物之间超越经验、跨越时空的联系需要得到解释。"气"被选为解释不同宇宙不同框架和系统之间相互转化，以及事物之间超验联系的中介物。

第六章

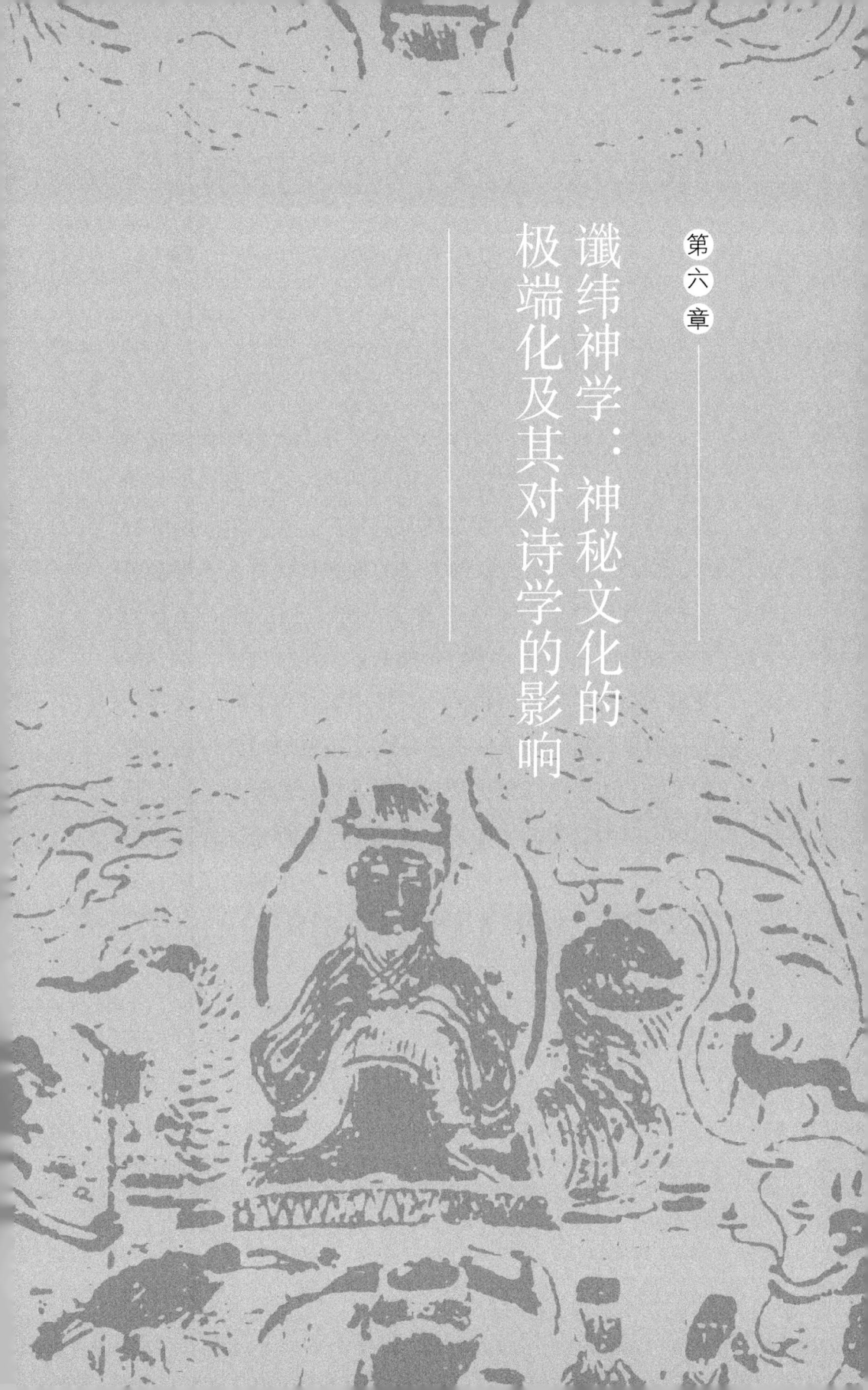

谶纬神学：神秘文化的极端化及其对诗学的影响

自西汉末期始，谶纬神学逐步登上政治舞台，成为社会生活的主宰。相较于之前的神秘文化，谶纬神学的理论体系更加庞大，涉及的范围更广，对政治的影响更大。在谶纬神学中，颠倒因果的现象更加普遍，更多现象被归之于"天意"。谶纬神学将儒家经典和阴阳五行均纳入神学体系，进行神学化的解读，而且创造了不少神化的人物、动物和植物形象，是中国神秘文化的又一个发展阶段。谶纬神学中依然延续了某些原始诗性思维的特征，从而使中国文化呈现出诡谲绮丽的诗性特征，同时因为对人的控制力增强，谶纬神学不再是一种灵动的思想观念，而成为僵化的教条，成为中国神秘文化的极端发展阶段，也必然遭到有识之士的批驳。

第六章　谶纬神学:神秘文化的极端化及其对诗学的影响

第一节　谶纬神学及其对汉代生活和艺术的影响

一　神秘力量蕴含其中的汉代社会生活

祭拜天地山河、祭祀祖先是帝王政治生活的重要内容。此外，鬼神和神仙信仰在汉代帝王中也较为盛行。方士经常活动在帝王身边。他们言鬼谈神，呼风唤雨，望气占星，卜筮占梦，编造图谶，增强了汉代政治生活的神秘色彩。

不仅仅在统治阶层，在汉代民间日常生活中也大量存在与信仰相关的活动。如果说官方关注的多与巩固统治地位有关，民间关注的则与日常生活相关、直接影响人的当下生活和生老病死。

汉代的民间信仰首先表现为对祖先神的崇拜。人们相信人死以后魂魄依然存在，并且会护佑自己的子孙后代。因此，汉代人非常重视养生送死，尤其是东汉时期大兴厚葬之风。

汉代无论官方还是民间都重视看相。当年吕后带着两个孩子在田地里劳动，有相面者路过，说这几个人都有富贵相。汉武帝的外祖母臧儿曾去卜筮，其结果是自己"两女当贵"。她就能依据卜筮的结果让长女与其夫婿金王孙离婚，然后将女儿送到太子刘启的宫中，等待富贵的机会。可见，汉代民间相面之风颇为盛行，而且人们对相面的结果深信不疑。

汉代民间崇拜的神灵很多，雷公、雨师、风伯、霓虹、北斗、朱雀、玄武、青龙、白虎、西王母等都是崇奉的对象，都广泛出现在汉代墓室壁画或画像石中。从西周开始到汉代更为盛行的是对切近百姓生活的五种神灵的祭祀，即五祀，包括门神、户神、井神、灶神、中溜（土地神和宅神) 等。比如，民间认为，灶神负责监管家庭中每个成员的善恶功过，并定期向天帝汇报，天帝会据此作出奖惩。

汉代的西王母信仰一度使民众疯狂。《汉书·哀帝纪》中记载，建平四年，天下大旱，关东民间传闻西王母将巡幸人间，于是大批流亡的饥民持西王母筹，西入京都长安，与长安居民会聚，祭祠西王母，有些人持火把登上屋顶，击鼓呼号，互相呼应。《汉书·五行志》也记载，汉哀帝建平四年，黎民百姓数千人，有的披头散发光着脚，有的乘车奔驰，最后在长安城中会聚，并相互传言："母告百姓，佩此书者不死。不信我言，视门枢下，当有白发。"❶ 意思是说，如果不信西王母，便是死期不远了。因此，人们不但以歌舞祠祀西王母，而且争相传递和佩带被认为得自西王母的符书，希望以此免除祸患。这次西王母崇拜的声势很大，直到当年秋天才慢慢平息下来。

汉代社会生活中也广泛存在着伏羲、女娲崇拜。如《论衡·顺鼓》篇作为辩驳的材料记载说："雨不霁，祭女娲，于礼何见？伏羲女娲俱圣者也，舍伏羲而祭女娲，《春秋》不言。"❷ 王充虽然谈的是对雨灾时祭女娲的做法的怀疑，却从反面揭示了伏羲、女娲信仰在汉代具有广泛的民众基础的事实。

汉代民间生活中有很多迷信观念，比较集中表现为辟邪、禁忌等。如汉代人认为，五色缕具有辟邪的作用。人们相信，"五月五日，以五彩丝系臂，名长命缕，一名续命缕，一名辟兵缯，一名五色缕，一名朱索，避兵及鬼，命人不病瘟"❸。五色丝由五种颜色的丝线编织而成，用来代表五方神灵，因而具有祓除厉鬼的作用，当然这也是五色审美深入民间的具体表现。《后汉书·礼仪志》也记载："仲夏之月，万物方盛。日夏

---

❶ (汉) 班固:《汉书》，(唐) 颜师古注，中华书局1962年版，第1476页。
❷ 黄晖:《论衡校释》(附刘盼遂集解)，中华书局1990年版，第688页。
❸ (汉) 应劭撰，王利器校注:《风俗通义校注》，中华书局1981年版，第605页。

至，阴气萌作，恐物不茂……故以五月五日，朱索五色桃印为门户饰，以难止恶气。"❶《易纬通卦验补遗》中也记载："正月五更，人整衣冠于家庭中，爆竹，帖画鸡子，或镂五色土于户上，厌不祥也。"❷ 可见，正月放爆竹，在门上刻画五色图案都具有辟邪厌胜的作用。

汉代人还认为桃枝、苇索等都具有辟邪的作用。《河图括地象》记载："桃都山有大桃树，盘曲三千里，上有金鸡，日照此则鸣。下有二神，一名郁，一名垒，并执苇索，以伺不祥之鬼，得则杀之。"❸ 这里所说的桃树、苇索等都是用来辟邪厌胜的神物，郁、垒是能驱邪的神。《山海经》中也记载了这棵盘曲三千里的大桃树以及能够镇服厉鬼的神人神荼、郁垒。

在汉代，人们还认为其他很多植物具有辟邪的作用或者有神奇的力量。如《诗含神雾》中讲："菖蒲益聪，茱萸耐老，郁金十叶为贯，百二十叶，采以煮之为酱，合芳物酿以降神。"❹ 菖蒲可以使耳聪，茱萸可以防老。这些植物的功能不可验证。生长了一百二十片叶的郁金可以降神就是彻底的想象了。《春秋内事》中记载："周人木德，以桃为梗，言气相更也。今人元日以苇插户。"❺《龙鱼河图》记载：七月七日，取赤小豆，男吞一七，女吞二七，可以使人终年不生病；七月七日，在太阳下暴晒革裘，可以一年不生虫；七月七日，取乌鸡血，和三月三日桃花末，涂面部及全身，三二日之后肌肤将莹白如玉。《河图括地象》中记载：嶓冢山上为狼星，山上有异草，花名骨容，食之无子。❻ 意思是说，这种奇异的花草吃了后就生不出孩子了。可以感受得到这些神奇的事物，有些可能是实有其事，有些可能只是民间传言。

---

❶（南朝宋）范晔：《后汉书》，（唐）李贤等注，中华书局1965年版，第3122页。
❷ [日] 安居香山、中村璋八辑：《纬书集成》，河北人民出版社1994年版，第248页。
❸ [日] 安居香山、中村璋八辑：《纬书集成》，河北人民出版社1994年版，第1098页。
❹ [日] 安居香山、中村璋八辑：《纬书集成》，河北人民出版社1994年版，第464页。
❺ [日] 安居香山、中村璋八辑：《纬书集成》，河北人民出版社1994年版，第887页。
❻ [日] 安居香山、中村璋八辑：《纬书集成》，河北人民出版社1994年版，第1099页。

在汉代，人们还认为很多动物具有辟邪的作用。汉代民间普遍盛行画虎于门以辟邪逐鬼的风俗。《风俗通义·祀典》记载："画虎于门，皆追效于前事，冀以御凶也。"❶ 意思是说，将虎画在门上，具有辟邪的作用。《风俗通义·祀典》记载："虎者，阳物，百兽之长也，能执搏挫锐，噬食鬼魅。今人卒得恶悟，烧虎皮饮之，击其爪，亦能辟恶此其验也。"❷ 意思是说，烧掉虎皮喝下去，或击打虎爪都能达到辟邪的目的。汉代人认为鸡鸣天亮，鸡是东方的象征，是阴阳晨昏的象征，鸡具有"御死辟恶"❸ 的作用。汉代人还认为以白狗血题写门户具有辟邪的作用，能够祓除不祥❹。《龙鱼河图》中说，在门上悬挂文虎鼻，会有官运，满一周年后，将虎鼻取下来烧成屑，给妇人喝，就会生贵子。

禁忌文化是指在某些特定的时日或场合，不可以做什么事或说什么话。禁忌文化的内在根据是，人们认为冥冥之中有一种力量可以对人有操控性，尤其是当人触犯某种禁忌时，这种力量迟早会起作用。这种文化对人的思想具有一定的控制力。汉代民间生活中凡搬家、盖房、祭祀、丧葬、嫁娶、生子、远行，甚至沐浴、裁衣等都要择吉日，避忌讳。如《风俗通义·佚文·释忌》记载："五月盖屋，令人头秃。"❺ "五月五日生子，男害父，女害母。"❻《龙鱼河图》中说，妇人的衣服如果和丈夫的衣服一起洗涤，将对丈夫不利；以卖马钱娶媳妇，人会生恶病，且会造成夫妻别离。《论衡》中作为批驳材料记载了汉代的众多禁忌。《论衡·四讳》篇中记载民间风俗，不养正月和五月生的孩子，认为这两个月生的孩子对父母不利；《论衡·讥日》篇中记载，沐书上说子日洗头，让人喜爱；卯日洗

---

❶ （汉）应劭撰，王利器校注：《风俗通义校注》，中华书局1981年版，第367页。
❷ （汉）应劭撰，王利器校注：《风俗通义校注》，中华书局1981年版，第368页。
❸ （汉）应劭撰，王利器校注：《风俗通义校注》，中华书局1981年版，第376页。
❹ （汉）应劭撰，王利器校注：《风俗通义校注》，中华书局1981年版，第378页。
❺ （汉）应劭撰，王利器校注：《风俗通义校注》，中华书局1981年版，第564页。
❻ （汉）应劭撰，王利器校注：《风俗通义校注》，中华书局1981年版，第561页。

头，会使人的头发变白。此外，盖房迁居、婚丧嫁娶、沐浴裁衣等日常生活中的事情都要选择良辰吉日，唯恐得罪了鬼神，触犯了禁忌。

中国是一个多神灵的国家，虽然有各种信仰，但没有形成对人有高度控制力的宗教。但到了东汉时期，一方面谶纬神学盛行对官方决策造成很大影响；另一方面民间生活中的各种迷信活动形成了较大规模，且对社会生活形成了较大影响。而且过多的迷信活动渐渐成为束缚人们思想的桎梏。神秘文化已经发展成控制人的枷锁。这也是一批有识之士努力要打破迷信的重要原因。

二 谶纬神学及其政治影响

在汉代，整个社会的迷信思想与谶纬神学是相辅相成的关系。"谶"是能预占吉凶的隐语，是能预示人间吉凶祸福的符验或征兆。"纬"相较于"经"而言，是根据现实需要，偏离经书元典原义，采用主观臆断的方式，对儒家经典的随意曲解。《易》《书》《诗》《礼》《乐》《春秋》《孝经》均有相应的纬书，称"七纬"。纬书把儒家经典变成了上天意志的转达，是儒学的宗教化和神学化。谶纬内容庞杂，有天官星历、谶语符命、灾异感应，以及风土人情、自然知识、驱鬼镇邪、神仙方术、神话幻想等，可以说是光怪陆离、无奇不有。

谶纬神学很早就有。秦始皇时，神秘的谶言就对社会产生了影响。秦始皇派方士卢生入海求仙，卢生在海中未能见到神仙，因害怕被杀，于是谎称得到了一本图书，上面有"亡秦者胡也"的谶言。这使秦始皇十分紧张，以为"胡"就是匈奴，派出三十万大军去攻打匈奴。后来秦二世而亡，人们又将之与秦二世胡亥的名字联系起来，认为此谶得到了应验。秦朝时还出现了"始皇帝死而地分"的刻石，秦始皇查不出刻石之人，索性将附近的居民全部杀掉。秦汉之际，群雄并起，逐鹿中原，各自作谶，假托神意，借此以笼络人心。陈胜、吴广也利用火狐夜鸣、鱼腹丹书"大楚兴、陈胜王"等谶言为起义做舆论宣传。

在汉代，谶是统治者为自己身份立法的工具。据说，昭帝时，"上林苑中大柳树断仆地，一朝起立，生枝叶，有虫食其叶，成文字，曰'公孙病已立'"❶。虫在树叶上咬出的文字，是典型的谶语，是天意的显现。

谶纬依然以天人感应关系为基础，但相较于西汉时期的天人感应关系而言，谶纬将神谕所指示的具体事件表达得更为清晰、明确。在谶纬神学中，但凡自然界发生的现象都与人事相对应，成为预测人事未来、判断当下行为得失的依据。如日食、蝗灾、河水逆流、宫瓦自堕等无不成为人事祸败的征兆。可以说，经学家为了适应现实政治的需要，借助符瑞灾异现象对经书进行任意发挥和肆意阐释，将一切非常的天象和自然现象都与天谴相联系，从而将天人感应扩大成谶纬迷信。谶纬神学援引圣人、儒经之言，明确而具有权威性，在东汉时期产生了广泛的社会影响。

在汉代，符瑞也配合着谶纬而发挥作用，如传说光武帝刘秀降生时，有赤光照耀室中；光武帝起兵时，远望舍南火光冲天。这就预示着光武帝将以火德而继承天下。谶纬和符瑞都成为带有浓厚宗教神学色彩的天人感应现象。

在西汉时期，祥瑞、灾异的出现是天人之间双向感应的结果。人的行为可以影响天，可以有效规避灾异。但在谶纬神学阶段，人对天的影响力相对弱化，天对人的控制力增强，非人力所能致而自至的"受命之符"对人的影响越来越大。如果说董仲舒对天人关系的认识还处在理论探索的阶段，到了西汉末和整个东汉时期，这种探索精神已经蜕化为对谶纬神学的被动适应和利用。

---

❶ （汉）班固：《汉书》，（唐）颜师古注，中华书局1962年版，第1412页。

第六章 谶纬神学:神秘文化的极端化及其对诗学的影响

三 谶纬中的艺术性

塑造离奇的前圣先贤形象是谶纬神学的主要内容之一。这首先表现为虚构的感生神话。先秦时期各种文献中已经有了感生神话。如《诗经》中就有商代的祖先契的母亲吞了燕卵而生契,周代的祖先稷的母亲踩了巨人的脚印而生稷的记载。在谶纬神学语境中,感生神话更加普遍和全面。如《诗含神雾》中讲:"大迹出雷泽,华胥履之,生伏羲。"❶ 意思是说,伏羲之母华胥氏踏雷泽大人之迹,感而生伏羲。《河图稽命征》中讲:"大星如虹,下流华渚,女节气感,生白帝朱宣。"❷ 据宋均的注释,朱宣即少昊氏。这是有关少昊氏的神奇出生神话。《河图稽命征》记载颛顼出生时,"瑶光之星,如虹贯月,感处女于幽房之宫,生帝颛顼于若水"❸。意思是说,颛顼之母感瑶光之星而生颛顼于若水。此外,还有少昊之母娥皇感太白之精而生少昊,尧母庆都感赤龙而生尧,舜母握登感大虹而生舜,大禹之母修已吃了薏苡而怀孕,将要生禹时,得到一块青色的玉圭。可以看到这些神奇的出生也大约具备了一定的套路,并且不同的传言中内容还有相抵牾的地方,说明了这些感生神话,已经"故事化"和文学化了,与事实并没有太大关系。

纬书也神化了孔、孟和刘邦的出生。《论语撰考谶》指出孔子之母在丘尼山感黑龙之精而生孔子。《春秋孔演图》说孔母游于大冢之坡时睡着了,梦中与黑龙精交,后生孔子于空桑。《春秋演孔图》也神化了孟子的出生,说孟子出生时,其母梦见神人乘云彩自泰山而来。孟母凝视良久,忽然片云坠而寤。当时闾巷中五色云弥漫,并覆盖了孟子家的居所。刘邦

---

❶ [日]安居香山、中村璋八辑:《纬书集成》,河北人民出版社1994年版,第461页。
❷ [日]安居香山、中村璋八辑:《纬书集成》,河北人民出版社1994年版,第1180页。
❸ [日]安居香山、中村璋八辑:《纬书集成》,河北人民出版社1994年版,第1181页。

的出生也得到了神化,也按照各种前圣先贤感生的套路而生成一个神奇的故事：有一天,刘邦的母亲刘媪在湖边休息,忽然雷电交加。刘邦的父亲太公前往看视,发现蛟龙伏在刘媪的身上。不久刘媪怀孕,生下了高祖。这些感生神话都是无父,感天而生,因而都是天之子,使圣王有了灵光环。

纬书为了神化前圣先贤,还为他们虚构了各种离奇的外貌特征。如伏羲龙身牛首,黄帝日角龙颜,尧眉八彩,舜重瞳,禹身长九尺、虎鼻河目、骈齿鸟喙,文王四乳。孔子的形象也被进行了神学化的处理。《孝经授神契》《春秋演孔图》《孝经钩命决》等纬书中说孔子身长十尺,腰粗十围,口大如海,唇厚如牛唇,手掌似虎掌,脊背如龟背,行走时像牵牛,静坐时如虎踞龙盘,身体放射奇光异彩。这些感生神话和帝王先贤的异貌表现出古人奇异的想象力。可以说在谶纬神学中,人们开始了新的造神运动。如果说先秦时期的造神运动更多的是人们对社会和自然现象的想象性解读,那么汉代被神化的圣贤则是为政治需要而造的神。

纬书中还创造了不少神异的动植物形象和地理空间。如《乐协图征》云："五音克谐,各得其伦,则凤凰至。冠类鸡头,燕喙蛇头,龙形麟翼,鱼尾五采,不啄生虫。"❶《尚书中候考河命》："庆云烂兮,纠缦缦兮,日月光华,旦复旦兮。"凤凰、庆云,显然是想象中的祥瑞景象。纬书中也有对昆仑仙境的塑造,如《河图括地象》中讲："昆仑山出五色云气。""昆仑山有五色水,赤水之气,上蒸为霞而赫然。"❷"昆仑墟北有玉树。"❸《河图括地象》还说到瀛洲多积石,有一种叫昆吾的积石,"炼之成铁,以作剑,光明如水晶石"❹。该篇还有"负丘之山上有赤泉,饮之不老。神宫

---

❶ [日]安居香山、中村璋八辑：《纬书集成》,河北人民出版社1994年版,第560页。
❷ [日]安居香山、中村璋八辑：《纬书集成》,河北人民出版社1994年版,第1091页。
❸ [日]安居香山、中村璋八辑：《纬书集成》,河北人民出版社1994年版,第1092页。
❹ [日]安居香山、中村璋八辑：《纬书集成》,河北人民出版社1994年版,第1101—1102页。

有英泉，饮之眠三百岁乃觉，不知死"❶。"太极山采华之草，一日服之，通万里之语。"❷ "神丘有火穴，光照千里。"❸《春秋元命包》中则记载，天门上有一种葱，以精神求取，则"不拔自出奇异辛香"。《龙鱼河图》中说，玄洲有一个芝著玄涧，涧水如蜜味，服之能长生。

纬书真是一个神奇的世界，将天上地下、古往今来、圣王先贤、人鬼神妖、奇葩仙山融为一体，形成一个神奇怪异、色彩斑斓的艺术世界。《文心雕龙·正纬》评价说："（纬书）事丰奇伟，辞富膏腴，无益经典而有助文章。是以后来辞人，采摭英华。"❹ 刘勰概括了纬书奇伟、绚烂的内容特征，以及情节丰富离奇、辞采富腴多姿的形式特征，同时也指出这些特征对经典无所补益，但对写文章是极有帮助的。毋庸置疑，谶纬虽然荒诞不经，但充满想象，具有一定的美学价值和艺术价值，可以说是中国奇幻小说的萌芽。

第二节　谶纬神学阶段的"天意"及其对艺术观念的影响

东汉时期，神秘文化发展到谶纬神学阶段，经书被解释成天意的显现，成为对人具有极大禁锢作用的宗教，且广泛影响到生活的各个层面。整个东汉社会弥漫着浓烈的诡秘气息。在谶纬神学语境下，艺术成为不可违背的天意，并控制着人们的头脑。如此，就将艺术的主体性瓦解了，使艺术成为完全脱离人的生活和思想情感的外来"神物"。

---

❶ ［日］安居香山、中村璋八辑：《纬书集成》，河北人民出版社1994年版，第1100页。
❷ ［日］安居香山、中村璋八辑：《纬书集成》，河北人民出版社1994年版，第1100页。
❸ ［日］安居香山、中村璋八辑：《纬书集成》，河北人民出版社1994年版，第1100页。
❹ （南朝梁）刘勰著，范文澜注：《文心雕龙注》，人民文学出版社1958年版，第31页。

一　不可违背的"天意"

如果说董仲舒的天人感应学说还是一种理论探讨，那么，谶纬神学阶段则将这种带有神学色彩的理论体系官方化、普遍化，使其从理论的探讨变成一种意义明确的官方意识形态。这在《白虎通义》和纬书中都有广泛体现。

（一）《白虎通义》中不可违背的天意

东汉初年，今文经学、古文经学、谶纬神学之间相互斗争，五经章句烦琐化，这些问题使汉代的思想领域出现了极其复杂而混乱的局面。为了正本清源，东汉建初四年，汉章帝接受校书郎杨终的建议，召集当时著名的博士、儒生在白虎观举行了一次大规模的经学讨论会，讲论《五经》，以便使谶纬迷信与儒家经典更好地结合起来，使神学经学化、经学神学化。白虎观经学会议讨论的结果由班固奉命加以总结整理，形成《白虎通义》。

《白虎通义》涉及古代中国社会的政治生活、人伦日常、礼制、法规等方方面面的内容，其中贯穿始终的仍是天人感应和阴阳五行思想。《白虎通义》认为，在宇宙万物之上，还有一个万能的至尊的天神在主宰着整个宇宙万物。天神有目的地创造了人，并授予天子无上的权力，让他代表上天来统治人民。《白虎通义·天地》中讲："天者，何也？天之为言镇也。居高理下，为人镇也。"❶ 天居高理下，坐镇天下，是至高无上的统治神。

《白虎通义》将人的一切行为都解释成天意的显现，人的行为根据都源于天。如《白虎通义·封公侯》云："王者所以立三公九卿何？曰：'天

---

❶ （清）陈立：《白虎通疏证》，吴则虞点校，中华书局1994年版，第420页。

第六章 谶纬神学:神秘文化的极端化及其对诗学的影响

虽至神,必日月之光。地虽至灵,必有山川之化。圣人虽有万人之德,必须俊贤。三公、九卿、二十七大夫、八十一元士,以顺天成其道。'"❶ "诸侯封不过百里,象雷震百里所润云雨同也。雷者,阴中之阳也,诸侯象焉。诸侯比王者为阴,南面赏罚为阳,法雷也。"❷ "君一娶九女何法?法九州,象天地之施也。"❸ "冬至所以休兵不举事,闭关商旅不行何?此日阳气微弱,王者承天理物,故率天下静,不复行役,扶助微气,成万物也。"❹ 诸如此类的许多问题,《白虎通义》都能从天那里找到内在根据。国家设立三公九卿的理论根据是天有日月,地有山川;一君娶九女的根据是天下有九州;冬至不用兵、闭关商旅的根据是,当日阳气微弱,王者应当遵循天意,不举行活动。因为有天作为行动的根据,因而国家事务都有了合法的根据,即便是一些很牵强的事情,如一君娶九女也有合法的根据。所有行为都需要在天那里寻找到根据,从理论建构来说,儒家哲学有了完备的理论体系,但儒家哲学也发展到了神学化、僵化的地步。

(二) 纬书中对天的强力意志的记载

纬书继承了董仲舒的天人感应思想,认为天与人有统一的本原、属性、结构和规律,"人与天、地并为三才。天以见象,地以效仪,人以作事,通乎天地,并立为三"❺。天意可以通过一些自然景象得到呈现。"天无言,以七耀垂文。地无言,以五云腾气。"❻ 天地虽然没有言语,但它们会通过星象、云气等信号来传达自己的旨意。揭示天人之间的关系是贯穿纬书始终的基本思想。

据纬书所载,能够呈现天意的自然景象常在以下两种情况出现。其

---

❶ (清)陈立:《白虎通疏证》,吴则虞点校,中华书局1994年版,第129页。
❷ (清)陈立:《白虎通疏证》,吴则虞点校,中华书局1994年版,第139页。
❸ (清)陈立:《白虎通疏证》,吴则虞点校,中华书局1994年版,第197页。
❹ (清)陈立:《白虎通疏证》,吴则虞点校,中华书局1994年版,第217页。
❺ [日]安居香山、中村璋八辑:《纬书集成》,河北人民出版社1994年版,第621页。
❻ [日]安居香山、中村璋八辑:《纬书集成》,河北人民出版社1994年版,第254页。

一，圣王继承天下大位时，天会降下祥瑞以示天意所向。如《易纬乾凿度》所言："天之将降嘉瑞，应河水清三日，青四日，青变为赤，赤变为黑，黑变为黄，各各三日。"❶ 天将要降下祥瑞之前，河水首先会有变化，清三日，青四日，赤三日，黑三日，黄三日。伏羲、黄帝、尧、舜、禹、汤、武等圣王即位时，均出现过祥瑞。《尚书中候》记载："黄帝时，麒麟在囿，鸾鸟来仪。"❷ 禹将受位，"天意大变，迅风靡木。"❸《尚书中候考河命》中还记载，禹梦见了九尾白狐。九尾狐被认为是王德的象征。《春秋演孔图》记载："天命汤，白虎戏朝。"❹《春秋感精符》云："天命于汤，白云入房。"❺

其二，如果统治者实行仁德，励精图治，出现了天下太平的局面，天就会对此予以赞赏和肯定，并示以祥瑞之象。《礼纬斗威仪》分别指出人君统治符合五行中的某一个方面，且政升太平，就会出现相应的瑞应。如人君乘水而王，则醴泉出；人君乘木而王，草木丰茂，嘉谷并生；人君乘火而王，地生朱草；人君乘土而王，凤凰集于苑囿；人君乘金而王，海出明珠。❻ 总之，只要人君顺应天意进行治理，就会出现祥瑞景象。《礼稽命征》记载："王者得礼之制，则山泽之中有赤龙。"③《孝经援神契》记载："德至山陵，则景云出；德至渊泉，海出明珠；德至草木，则朱草生；德至鸟兽，则凤凰翔；德至鸟兽，则狐九尾。"❼《尚书中候》中讲，禹治水有功，"天赐玄珪"。

这些言之凿凿的祥瑞景象，没有人能够对其进行科学的考证，但这些

---

❶ ［日］安居香山、中村璋八辑：《纬书集成》，河北人民出版社1994年版，第49页。
❷ ［日］安居香山、中村璋八辑：《纬书集成》，河北人民出版社1994年版，第401页。
❸ ［日］安居香山、中村璋八辑：《纬书集成》，河北人民出版社1994年版，第509页。
❹ ［日］安居香山、中村璋八辑：《纬书集成》，河北人民出版社1994年版，第575页。
❺ ［日］安居香山、中村璋八辑：《纬书集成》，河北人民出版社1994年版，第760页。
❻ ［日］安居香山、中村璋八辑：《纬书集成》，河北人民出版社1994年版，第520—523页。
❼ ［日］安居香山、中村璋八辑：《纬书集成》，河北人民出版社1994年版，第975—978页。

第六章 谶纬神学:神秘文化的极端化及其对诗学的影响

不可信，又不可不信的传言，构成了汉代的文化环境，使整个社会笼罩在浓厚的神秘氛围中。而且从纬书记载的情况来看，天人之间的感应基本上是单向度的，即高高在上的天对人的行为给予嘉奖或谴告。在董仲舒的体系中，天有威力左右王政，王政的好坏反过来又能影响天意，所以天有灾异是对人君的爱护，但在纬书系统中，人处于无法逃脱天意安排的被动地位。这样就把董仲舒天人感应的互动性转变为一种单向度的天启神学，从而使天人关系宗教化和僵化。

在纬书中，天人关系并不局限于天子与天的关系，而是广泛存在于人们的生活中。如《春秋感精符》中说："南至有云迎日，年丰之象。"❶ "有黄气如云如烟，环绕于列宿，明润不浊，百日之内，朝臣多升擢之喜。"❷ 汉代人还认为彩虹是阴阳交接之气，阳倡阴和之象。如果彩虹不按时出现，意味着夫人淫恣，人君心在房内❸。鹊为阳鸟，先物而动，先事而应。如果鹊失节不筑巢，意味着阳气不通。蟋蟀是随阴迎阳的虫类，蟋蟀居壁向外，促使妇女纺织，象征着女红。如果蟋蟀不居于壁间鸣叫，这意味着妇女有淫泆之行。反舌鸟能发出各种鸟的叫声，但在仲夏时，如果反舌鸟有声音，意味着有佞人在人君身边聒噪。鹰生边陲，得阴阳之气，动流天地之间。如果鹰失时不来，意味着远人不服。老鼠居土而藏，夜行昼伏，是奸人之象。如果老鼠白天大行其道，这意味着小人得势。可以看出，更多的自然现象被进行了社会学的解读，更多的自然现象被认为与人的行为之间存在感应关系。

在谶纬神学的阶段，天象对未来的影响更加深刻，具有咒语的性质。《易纬通卦验补遗》云：

---

❶ ［日］安居香山、中村璋八辑：《纬书集成》，河北人民出版社1994年版，第744页。
❷ ［日］安居香山、中村璋八辑：《纬书集成》，河北人民出版社1994年版，第758页。
❸ ［日］安居香山、中村璋八辑：《纬书集成》，河北人民出版社1994年版，第249页。

> 清明，明庶风至，荠菜花，不花，人多伤目。芒种，蝉始鸣，蝉不始鸣，婴儿多灾。立秋，凉风至，蜻蜓鸣，蜻蜓不鸣，奸盗起门。……大雪，寒花融，寒花不融，大水将至。❶

这里提到的"人多伤目""婴儿多灾""大水将至"都影响到人未来的生活。可以看出，在谶纬神学阶段，自然现象被作了更为广泛的附会。这种阐释和附会，一方面是汉代今文经学随意附会风气的体现；另一方面是神秘思维模式的延续。原始思维认为人和天地万物是一个有广泛联系的有机整体，人和自然之间具有远距离、间接影响的可能，而在纬书体系中，正是这些远距离感应左右着人们的生活，使生活中充满浓厚的神秘气息，并对人的思想和行为形成一定的限制。

二 诗的神学化与"天意"在诗学中的体现

纬书将"天"的学理预设转换为无须怀疑的信仰，将对"经"的个人性思考转换为强制性的普遍认同，使思想创造步入了贫乏时代。在此种时代语境下，诗文、音乐变成了本源于"天"或"神"的昭示。《礼》《乐》《诗》《书》等成为"天意"的载体，诗歌和音乐成为"天地之心"，诗乐中蕴藏着神的旨意。谶纬学家相信诗乐可以对社会文化甚至宇宙运行产生影响。他们把诗乐附会成推算阴阳灾异的占卜书，认为通过诗乐，人们可以"推得失，考天心"，预知王道安危。

（一）"诗为天地之心"

在谶纬系统中，经书是皇天上帝颁示于人的神章灵篇，各种经书变成了泄天地之秘的灵性之物，成了承载天意的神秘符号。如《春秋演孔图》

---

❶ ［日］安居香山、中村璋八辑：《纬书集成》，河北人民出版社1994年版，第258—259页。

被认为是天帝昭示孔子作《春秋》的神书。《尚书璇玑钤》云："《尚书》，篇题号，尚者，上也。上天垂文象，布节度，书也，如天行也。"❶《春秋说题辞》亦云："礼者，所以设容明天地之体也。"❷《礼稽命征》云："礼之动摇也，与天地同气，四时合信，阴阳为符，日月为明，上下和洽，则物兽如其性命。"❸ 由此可见，《春秋》《尚书》《礼记》等经典均与天相通，其中都蕴含着来自上天的秘密。对于《诗经》，纬书同样从天人感应的角度出发予以神秘解读：

《诗含神雾》："诗者，天地之心，君德之祖，百福之宗，万物之户也。"❹

《诗含神雾》："诗者，天地之心，刻之玉版，藏之金府。"❺

《春秋说题辞》："诗者，天文之精，星辰之度，在事为诗，未发为谋，恬澹为心，思虑为志，故诗之为言志也。"❻

《礼稽命征》："王者制礼作乐，得天心，则景星见。"❼

在纬书中，"诗者，天地之心"，"诗者，天文之精"等说法从宇宙论的高度对诗的性质作了重新界定。诗在天地之间居于核心和主宰地位，掌握着人类的一切，因而能够成为万事万物的始祖和本源。诗不是表情达意的文艺形式，而是来自宇宙深处的一种神秘声音，它隐含着来自上天的秘密，是沟通天地神人的神秘符号，是神通广大、包罗一切的天书。诗的意义如

---

❶ [日] 安居香山、中村璋八辑：《纬书集成》，河北人民出版社1994年版，第378页。
❷ [日] 安居香山、中村璋八辑：《纬书集成》，河北人民出版社1994年版，第857页。
❸ [日] 安居香山、中村璋八辑：《纬书集成》，河北人民出版社1994年版，第507页。
❹ [日] 安居香山、中村璋八辑：《纬书集成》，河北人民出版社1994年版，第464页。
❺ [日] 安居香山、中村璋八辑：《纬书集成》，河北人民出版社1994年版，第464页。
❻ [日] 安居香山、中村璋八辑：《纬书集成》，河北人民出版社1994年版，第856页。
❼ [日] 安居香山、中村璋八辑：《纬书集成》，河北人民出版社1994年版，第510页。

此重大而神秘，因而当刻之玉版，藏之金府。纬书将诗看成天意的载体，其目的在于使诗具有权威性，从而在社会政治领域发挥更大的作用。这样，原本发自人心的诗也就成了天心或天意的显见，进入了神秘的境地，有关诗的理论也被罩上了神学的光环。谢松龄说："（纬书）展示出一个神奇怪异色彩更为浓厚的体验世界。""纬书进一步提高了儒家经典在宇宙秩序和体验世界中的地位。"❶ 所言极是。"天地之心"的诗歌定位的确超越了诗的现实伦理道德功用论，把诗提升到天道的高度，实现了诗的超验功用论。

对于诗的阐释，纬书也是将诗句解释成天意的神秘启示。如《诗·大雅·灵台》写周王的灵囿里，麀鹿潜伏，鸟儿在空中飞翔，鱼儿在水里游动。周王悬挂编钟、编磬，鼓钟，按秩序演奏。盲人乐手在演奏音乐，鼍鼓嘭嘭地响着。周王在辟雍里享受音乐。严格来说，《灵台》一诗本身就具有沟通神人的作用，但诗中描写的却是人与自然和乐的场面，充满生动的人间情味。然而在《诗泛历枢》中，却被阐释为："灵台候天意也。经营灵台，天下附也。"❷ 这样的阐释使这首诗的神性遮蔽了人间情味，灵台变成了沟通天意，等候上天下达命令的场所，而通过"经营灵台"，也就能听到上天的旨意，从而可以使天下人民归附天的统治。这就是《诗经》与纬书的不同，一个以神灵为背景，但展现的是人间生活情景，一个是去除了人的情感色彩和艺术性，而完全将艺术神学化。

《诗·小雅·十月之交》本身也是具有天人感应的思想，写权贵乱政殃民，遇到日食、地震、山崩、河沸等巨大灾异，也不知道警醒。诗中写道："烨烨震电，不令不宁。"这是说打雷闪电，是不祥的征兆。《诗含神雾》解释说："烨烨震电，不宁不令，此应刑政之大暴，故震电惊人，使天下不安。"❸ 纬书从天人感应的角度对诗进行了解说，认为是由于刑政的

---

❶ 谢松龄：《天人象：阴阳五行学说史导论》，山东文艺出版社1989年版，第82页。
❷ ［日］安居香山、中村璋八辑：《纬书集成》，河北人民出版社1994年版，第479页。
❸ ［日］安居香山、中村璋八辑：《纬书集成》，河北人民出版社1994年版，第460页。

第六章 谶纬神学:神秘文化的极端化及其对诗学的影响

暴乱，造成上天的不满，上天又以震电的形式使天下不安，给统治者敲响警钟。诗中还写道："百川沸腾，山冢崒崩。高岸为谷，深谷为陵。"这是统治者的不当行为引起的天的感应。《诗推度灾》将其解释成："百川沸腾，众阴进，山冢崒崩，人无仰，高岸为谷，贤者退，深谷为陵，小临。"❶ 纬书强调的是自然灾害与世间政治活动的对应关系。可以看到，在《诗经》中已经体现出来的天人感应思想，在纬书中得到了强化。

纬书解诗，将诗中的含义更加具体地与政治联系在一起。如此解诗，诗中的意境就没有了，诗只剩下生硬的天意的图解。纬书中大量存在抛开诗的意境，而从天人感应的角度对其进行生硬解释的现象。如"立秋促织鸣，女工急促之候也"❷。"蒹葭秋水，其思凉，犹秦西气之变乎。"❸ 可以看出，天人感应的思维模式笼罩着这个时代，使谶纬神学家们总是能从这个角度出发来思考所有问题，因而反映生活情态和人间情怀的诗均被解读为神意的启示。

在谶纬时代，诗是天对统治者的暗示，诗妖是天对统治者的谴告。诗妖，是说在君王暴虐无道，而人臣又畏刑缄口的情况下，社会上会弥漫着一股怨谤之气，这种怨谤之气能通过诗歌表现出来，就是所谓的诗妖。正如《易纬是类谋》中所说："春霜杀草者，世无正道，国君为奸，不救，礼乐乱，人伦反常，诗妖播于四方，兵铁飞扬。"❹《汉书·五行志》也说："君炕阳而暴虐，臣畏刑而柑口，则怨谤之气发于歌谣，故有诗妖。"❺

之所以被称为诗妖，也是因为这些童谣、民谣具有预言的性质，会在相应的社会事件中得到应验。或者说，作为社会上流传的童谣、民谣具有

---

❶ ［日］安居香山、中村璋八辑：《纬书集成》，河北人民出版社1994年版，第469页。
❷ ［日］安居香山、中村璋八辑：《纬书集成》，河北人民出版社1994年版，第481页。
❸ ［日］安居香山、中村璋八辑：《纬书集成》，河北人民出版社1994年版，第481页。
❹ ［日］安居香山、中村璋八辑：《纬书集成》，河北人民出版社1994年版，第303—304页。
❺ （汉）班固：《汉书》，（唐）颜师古注，中华书局1962年版，第1377页。

一定的魔力。因为孩童是天真无邪的,他们并不懂得政治斗争,因而从他们口中传唱的歌谣就被认为是天意所在,具有一定的符咒性质。《汉书·五行志》中记载汉元帝时民间有童谣:"井水溢,灭灶烟,灌玉堂,流金门。"❶ 井水为阴,灶烟为阳,玉堂、金门都是至尊之所。井水漫溢,流灌玉堂,进金门,这象征着阴盛而灭阳,是窃有宫室之象,暗示汉家国运在劫难逃。这首童谣中预言的事情最终在王莽篡汉的事情上得到应验。《汉书·五行志》还记载民间童谣:"燕燕尾涎涎,张公子,时相见。木门仓琅根,燕飞来,啄皇孙,皇孙死,燕啄矢。"❷ 这首童谣是说汉成帝曾与富平侯张放微服出游,在阳河公主家遇到了赵飞燕。童谣中预言了赵飞燕被立为皇后又阴谋毒害皇帝子孙的事情。童谣中的预言一一在现实生活中应验。《后汉书·五行志》也记载汉献帝初刚登基时京都童谣:"千里草,何青青。十日卜,不得生。"❸ 千里草为董,十日卜为卓。这首童谣预言董卓将以下篡上,但飞扬跋扈,不得人心,最终落得"不得生"的结局。这首童谣的预言同样应验。

由此可见,童谣一定程度上被理解为一种神奇的谶语,它说的可能是生活中的自然现象,但具有预言的性质。总之,在纬书系统中,诗不是言志的工具,更不是个体情感的表达,而是"天道幽微"的展现。

(二) 与天意相通的礼乐

商周以来,礼乐具有沟通天人的中介作用,在谶纬神学话语体系中,礼乐与天相通的观念得到了进一步加强。如《白虎通义·五经》指出:"人情有五性,怀五常不能自成,是以圣人象天五常之道而明之,以教人成其德也。"❹ 意思是说,人的五性、五常的根据是天有五常之道。再如

---

❶ (汉) 班固:《汉书》,(唐) 颜师古注,中华书局1962年版,第1395页。
❷ (汉) 班固:《汉书》,(唐) 颜师古注,中华书局1962年版,第1395页。
❸ (南朝宋) 范晔:《后汉书》,(唐) 李贤等注,中华书局1965年版,第3285页。
❹ (清) 陈立:《白虎通疏证》,吴则虞点校,中华书局1994年版,第447页。

第六章 谶纬神学:神秘文化的极端化及其对诗学的影响

《白虎通义》解释辟雍、明堂等礼仪建筑时指出:"辟者,璧也,象璧圆,以法天也。雍者,雍之以水,象教化流行也。"❶ "天子立明堂者,所以通神灵,感天地,正四时,出教化,宗有德,重有道,显有能,褒有行者也。明堂上圆下方,八窗四闼,布政之宫,在国之阳。上圆法天,下方法地,八窗象八风,四闼法四时,九室法九州,十二座法十二月,三十六户法三十六雨,七十二牖法七十二风。"❷ 由此可见,汉代帝王的辟雍、明堂完全变成了宇宙的象征符号,建筑的实用价值和艺术价值被弱化。

可以说,在谶纬神学语境下,汉代人有一种趋于僵化的思维模式,即将一切事物的价值和意义归之于天意。因此礼乐与天意的联系更加紧密。如《白虎通义》认为,祭天作乐的目的是降神。《白虎通义·礼乐》篇指出:"降神之乐在上何?为鬼神举也。故《书》曰:'戛击鸣球,搏拊琴瑟以咏,祖考来格。'所以用鸣球搏拊者何?鬼神清虚,贵净贱铿锵也。"❸ 天神喜欢清净,好听清雅的音乐,厌恶"铿锵之声",所以音乐要保持端庄典雅的特点。

乐用于祭祀天地的场合。《乐稽耀嘉》指出:"冬至日,祭天于圜丘,用苍璧,牲同玉色,乐用夹钟为宫,乐作六变。"❹ 这是冬至祭日的情况:在南郊的圜丘奏乐六遍,天神会感应到。此外,"用声和乐于中郊,为黄帝之气,后土之音。歌黄裳从容,致和散灵"❺。黄裳、从容,都是乐曲名。这段话的意思是,在中郊奏乐,可以形成黄帝之气,后土之音,然后使天地和谐,水流通畅。还有"用动和乐于郊,为颛顼之气,玄冥之音。歌北凑大闱,致幽明灵"❻。动,应当是勲,即埙,一种土乐。北凑、大

---

❶ (清)陈立:《白虎通疏证》,吴则虞点校,中华书局1994年版,第259页。
❷ (清)陈立:《白虎通疏证》,吴则虞点校,中华书局1994年版,第265—266页。
❸ (清)陈立:《白虎通疏证》,吴则虞点校,中华书局1994年版,第116—117页。
❹ [日]安居香山、中村璋八辑:《纬书集成》,河北人民出版社1994年版,第548页。
❺ [日]安居香山、中村璋八辑:《纬书集成》,河北人民出版社1994年版,第551页。
❻ [日]安居香山、中村璋八辑:《纬书集成》,河北人民出版社1994年版,第551页。

闺,都是乐篇名称。北方为藏物之所,所以称为幽明。就是说,用勋在南郊奏乐,发出玄冥之音,用来祭祀颛顼;在北郊歌唱北凑、大闺,可以用来与幽明相感应。即在不同的地方,奏不同的音乐,会使不同的神灵得到感应。乐也用于祭祀先祖的场合。《孝经纬》云:"受命而王,为之制乐,乐其先祖也。"❶

不但礼乐具有通天地、鬼神的作用,各种乐器,如"埙""管""鼓""笙""弦""磬""钟""祝敔"等八类乐器即所谓"八音"也都具有通神的性质,正如《白虎通义·礼乐》所说:"鼓,震音,烦气也。万物愤懑震动而出。雷以动之,温以暖之,风以散之,雨以濡之。奋至德之声,感平和之气也。同声相应,同气相求,神明报应,天地佑之,其本乃在万物之始耶?故谓鼓也。"❷《白虎通义》发挥了西周礼乐通神的理念,同时将乐器的性质进行了神秘化阐释。

箫的神秘化解释。《易纬通卦验补遗》指出:"箫,夏至之乐。"❸《易纬》指出:"夏至之乐,辅以箫,箫长四寸。"❹《易纬通卦验补遗》郑玄注:"箫亦管形,似鸟翼。鸟,火禽也。火数七,夏时火,用事二七十四,箫之长由此也。"❺ 这里的箫指的是排箫,意思是说,箫的形状像凤鸟,凤鸟是火鸟,因而箫仅仅因为形状上的这一联系,从而成为夏至之乐。这其中的关联非常神奇,其思维模式属于弗雷泽所说的相似律,即只要形状相似,就被认为是有内在必然联系的事物,也具有了相关联事物的属性。

鼓是我国传统的打击乐器。据《礼记·明堂位》记载,在尹耆氏之时,就有陶土制作的土鼓了。鼓的声音激越,具有良好的共鸣作用,传声

---

❶ [日]安居香山、中村璋八辑:《纬书集成》,河北人民出版社1994年版,第1057页。
❷ (清)陈立:《白虎通疏证》,吴则虞点校,中华书局1994年版,第123页。
❸ [日]安居香山、中村璋八辑:《纬书集成》,河北人民出版社1994年版,第253页。
❹ [日]安居香山、中村璋八辑:《纬书集成》,河北人民出版社1994年版,第332页。
❺ [日]安居香山、中村璋八辑:《纬书集成》,河北人民出版社1994年版,第332页。

第六章 谶纬神学:神秘文化的极端化及其对诗学的影响

很远,所以古人认为鼓是最能与天沟通的一种神器,因而受到较多关注。《乐叶图征》云:

> 故圣王法承天以立五均。五均者亦律调五声之均也。音至众也,声不过五,物至蕃也,均不过五。为富者虑贫,强者不侵弱,智者不诈愚,市无二价,万物同均,四时当得,公家有余,恩及天下,与天地同德,故乐用鼓。❶

由此可见,恩及天下、与天地同德,是用鼓乐的前提和资格。《乐稽耀嘉》指出:"凡求雨男子,欲和而乐,开神山神渊,积薪夜击鼓,噪而燔之。"❷ 在求雨的仪式中,夜晚击鼓是感通神灵的重要环节。鼓乐具有神奇的作用,《乐协图征》云:"鼓和乐于东郊,致灵魂,下太一之神。"❸《乐稽耀嘉》云:"用鼓和乐于东郊,为太皞之气,勾芒之音。歌随行,出云门,致魂灵,下太一之神。"❹ "随行"是乐篇名,意思是物随气而出。"云门"为黄帝乐名。用乐随气,足以致精魂之灵,使天神得到感应而显灵。

钟是中国古代大型演奏乐器,声音深沉,节奏缓慢,具有撼动人心的艺术效果。纬书体系中也延续了钟乐的神圣性。《乐叶图征》指出:"圣王往承天定爵禄人者,不过其能,尊卑有位,位有物,物有宜,功成者赏,功败者罚,故乐用钟。"❺ 圣王是根据天来定爵禄、尊卑的,也是根据天意来选用钟乐的。

纬书认为礼乐得当可以使天地感应,从而出现和乐祥瑞的景象。《乐

---

❶ [日]安居香山、中村璋八辑:《纬书集成》,河北人民出版社1994年版,第562—563页。
❷ [日]安居香山、中村璋八辑:《纬书集成》,河北人民出版社1994年版,第548页。
❸ [日]安居香山、中村璋八辑:《纬书集成》,河北人民出版社1994年版,第559页。
❹ [日]安居香山、中村璋八辑:《纬书集成》,河北人民出版社1994年版,第551页。
❺ [日]安居香山、中村璋八辑:《纬书集成》,河北人民出版社1994年版,第555页。

动声仪》说,圣王"制礼作乐者,所以改世俗,致祥风,和雨露,为万牲,获福于皇天者也"❶。《礼稽命征》说:"王者制礼作乐,得天心,则景星见。"❷《尚书中候》说:"周公作乐而治,蓂荚生。""王者得礼制,则泽谷之中,有白玉焉。"❸"王者得礼之宜,则宗庙生祥木。"❹《易纬通卦验 卷上》也指出,冬至,人主让八能之士,或调黄钟,或调六律,或五声,或调五行,然后人主与群臣击黄钟之钟、黄钟之磬、黄钟之鼓、黄钟之琴,奏乐五日,以迎日至。演奏黄钟之音,如果气息调和,蕤宾之律就会受到感应,天地间一片和谐,人主就要赏赐公卿大夫。夏至之礼也要肃穆庄重地舞八乐。如果"黄钟之音调,诸气和。人主之意慎,则蕤宾之律应。磬声和,则公卿大夫列士诚信。林钟之律应"❺。在政治状况和音乐之间有内在的必然联系,音乐的神秘力量是很清楚的。

在纬书的理论框架中,礼乐被赋予了神圣的性质,只要五乐调理得当,不仅人间万事可以和谐,就连天地鬼神也可被感动,进而呈现出春和景明、凤凰来翔的景象。反之,如果五乐不调,与之相应的人事就会发生混乱,甚至自然界也会出现反常。《尚书中候》记载:"周公归政于成王,天下太平,制礼作乐,凤凰翔庭。成王挨琴而歌曰:凤凰翔兮于紫庭,予何德兮以感灵。赖完王兮恩泽臻,于胥乐兮民以宁。"❻周公归政于成王,这是天意的体现,在这种政治背景下的礼乐演奏,可以使凤凰受到感应,出现凤凰翔庭的美好景致。《乐动声仪》也讲:"宫音和调,填星如度,不逆则凤皇至。"❼相反的,如果音乐不得当,则会出现灾异之象。如《春秋

---

❶ [日]安居香山、中村璋八辑:《纬书集成》,河北人民出版社1994年版,第538页。
❷ [日]安居香山、中村璋八辑:《纬书集成》,河北人民出版社1994年版,第510页。
❸ [日]安居香山、中村璋八辑:《纬书集成》,河北人民出版社1994年版,第509页。
❹ [日]安居香山、中村璋八辑:《纬书集成》,河北人民出版社1994年版,第510页。
❺ [日]安居香山、中村璋八辑:《纬书集成》,河北人民出版社1994年版,第202页。
❻ [日]安居香山、中村璋八辑:《纬书集成》,河北人民出版社1994年版,第417页。
❼ [日]安居香山、中村璋八辑:《纬书集成》,河北人民出版社1994年版,第543页。

第六章 谶纬神学:神秘文化的极端化及其对诗学的影响

运斗枢》云:"玉衡星散为菖蒲,远雅颂,著倡优,则玉衡不明、菖蒲冠环。""玉衡星散为鸡,远雅颂,著倡优,则雄鸡五足。"❶ 远离了雅诗,靠近了倡优,就会出现玉衡星晦暗不明、菖蒲冠环、雄鸡五足等怪异现象。

如果说强调音乐沟通天人的中介作用延续了商周礼乐文化的路数,那么,强调音乐对天地自然有一定的反作用,夸大音乐的作用,这在一定程度上是神化了音乐的作用。当然,这种夸大和神化音乐的作用在中国文化史上并不陌生。比如《尚书》和《吕氏春秋·古乐》篇都指出音乐具有影响自然的作用。但到了谶纬神学中,天的作用被绝对化。如纬书中将郑卫之音看作"邪恶"的"淫声",而把"雅乐"看作神圣的艺术,认为如不"放郑卫,进雅乐",就会遭到"天"的惩罚。这就将原始儒家对郑声的排斥推向一个极端,具有了咒语的性质。

(三) 音乐与人君治理状况的神秘关系

我们今天也说艺术是对社会生活的折射。这实际上是对艺术与社会生活关系的理性认识,但在纬书体系中基本不谈艺术与现实生活的关系,更不谈艺术是生活的反映。纬书更多关注的是冥冥之中艺术与人君治理的关系。

纬书对礼乐与天地相通性的强调,其目的是强化礼乐天经地义的教化功用。《白虎通义·礼乐》指出:"乐以象天,礼以法地。人无不含天地之气,有五常之性者。故乐所以荡涤,反其邪恶也。礼所以防淫洪,节其侈靡也。"❷ 既然礼乐是圣人象天法地而制作的,而圣人天生就具有仁、义、礼、智、信等五常之性,因而,圣人所制作的礼乐就具有荡涤邪恶,防止淫洪的教化作用。《白虎通义》中对礼乐的这种教化作用进行了较多的强调。《辟雍》篇指出:"行礼乐宣德化",《礼乐》篇指出:"王者有六乐

---

❶ [日] 安居香山、中村璋八辑:《纬书集成》,河北人民出版社1994年版,第716页。
❷ (清) 陈立:《白虎通疏证》,吴则虞点校,中华书局1994年版,第93—94页。

者，贵公美德也，兴四夷之乐，明德广及之也"❶，"王者之乐有先后者，各尚其德也"，"王者食所以有乐何？乐食天下之太平，富积之饶也"。❷ 这些都旨在表明"乐"就是为"王者"歌功颂德的。同样，五经的教化目的，即温柔敦厚的诗教，疏通知远的书教，广博易良的乐教，洁净精微的易教，恭俭庄敬的礼教，属辞比事的春秋教，等等，都是天意如此显现，人间才如此去教化。

在纬书的话语体系中，音乐、天、人是相通的，音乐是天意的昭示，乐是人君政治治理状况的无意识反映，这种反应是冥冥之中进行的，并无理性分析的可能性。《乐动声仪》云："宫唱而商和，是谓善，太平之乐。角从宫，是谓哀，衰国之乐。羽从宫，往而不反，是谓悲，亡国之乐也。音相生者和。"❸ 不同的乐音关系中折射着不同的社会状况。这里隐含的内在逻辑关系是，五音是客观存在的、纯粹的声音，它不是对社会生活状况的直接反应，它只是物理性的乐音，但它与政治治理之间具有超越逻辑的联系。从乐音关系就可以推断出社会治理的状况。如上文所说，如果宫唱而商和，这就是太平之乐；角音之后是宫音，这就是衰国之乐；如果羽从宫，且往而不返，这就是亡国之乐。不是因为人们沉迷音乐导致国家灭亡，而是音乐如同承载着天意的密码一样，直接能够显示出国家的兴亡。

在纬书的话语体系中，圣人作乐的目的不是娱乐，而是调节阴阳音律，进而反作用于政治状况。《乐叶图征》指出：

> 夫圣人之作乐，不可以自娱也，所以观得失之效者也。故圣人不取备于一人，必从八能之士，故撞钟者当知钟，击鼓者当知鼓，吹管者当知管，吹竽者当知竽，击磬者当知磬，鼓琴者当知琴。故八士

---

❶（清）陈立：《白虎通疏证》，吴则虞点校，中华书局1994年版，第106—107页。
❷（清）陈立：《白虎通疏证》，吴则虞点校，中华书局1994年版，第118页。
❸ [日] 安居香山、中村璋八辑：《纬书集成》，河北人民出版社1994年版，第543页。

第六章 谶纬神学:神秘文化的极端化及其对诗学的影响

曰:或调阴阳,或调律历,或调五音。故撞钟以知法度,鼓琴者以知四海,击磬者以知民事。钟音调,则君道得,君道得,则黄钟、蕤宾之律应。君道不得,则钟音不调,钟音不调,则黄钟、蕤宾之律不应。鼓音调,则臣道得,臣道得,则太簇之律应。管音调,则律历正,律历正,则夷则之律应。磬音调,则民道得,民道得,则林钟之律应。竽音调,则法度得,法度得,则无射之律应。琴音调,则四海合,岁气百川一合德,鬼神之道行,祭祀之道得,如此则姑洗之律应。五乐皆得,则应钟之律应,天地以和气至,则和气应,和气不至,则天地和气不应。钟音调,下臣以法贺主;鼓音调,主以法贺臣;磬音调,主以德施于百姓;琴音调,主以德及四海八能之士。❶

从《乐叶图征》的这段文献可以看出,第一,在纬书看来,音乐与圣王的统治之间有必然的联系,音乐是君主治国为政的工具,是用来观察圣王政治得失的神秘符号,而不是供人娱乐的享受品。第二,音乐被赋予了神圣的性质。具有神圣意义的音乐由八能之士来演奏,八能之士或调阴阳,或调律历,或调五音。由此可知,八能之士不仅在圣王的乐队中担任着或敲钟或击磬的不同职责,还承担着通过奏乐来调阴阳、五音、律历的重要作用。第三,就音乐与圣王的统治之间的联系来看,钟声中可以超越时空而获得法度的信息,琴声中可以超越时空而获得四海治乱的消息,磬声中可以听到人民欢乐或忧愁的信息。第四,通过钟音是否协调,可以得知君王的治理情况。如果君道得,那么,黄钟、蕤宾之律会有感应。之所以通过钟音即可知道君道的情况,这是因为钟上的"九乳"象征着九州。同样的,鼓音、磬声、竽音、琴音等都与圣王统治的某一方面有冥冥之中的对应关系。

在中国历史上,艺术沟通神人的作用是较为常见的。商周时期,人们

---

❶ [日] 安居香山、中村璋八辑:《纬书集成》,河北人民出版社1994年版,第555—556页。

就认为音乐具有沟通天地神人的作用，音乐中也隐含着一个时代的文化精神。纬书延续和继承了这种音乐观念，认为诗乐是天意的体现，是天人关系的纽带，诗乐中折射着人君统治的状况，隐含着社会治理状况的信息。纬书在这种音乐神秘性的基础上，更进一步强调了冥冥之中音乐与天意的神秘关系，指出音乐适时，则会出现祥瑞景象，音乐对自然具有一定的反作用。这在一定程度上神化了音乐的作用，显示出谶纬神学阶段文化艺术观念的极端神学化倾向。

（四）纬书中祥瑞意义的明晰化与固定化

在谶纬神学语境中，美丽灿烂的祥瑞景象自然成为天意的载体，天意全面笼罩在人们的生活中。如果说在这个时代中还有审美可言的话，那么，美就是具有神性的自然景观。如《易纬通卦验补遗》描述了随着二十四节气的变化而出现的种种美好的景致。清明，明庶风至，荠菜花开；芒种，蝉儿鸣叫；惊蛰时节，桃花开始绽放；立夏时分，清风徐来，鹤声悠扬；立秋之时，老虎开始长啸；冬至之日，伯劳鸟不再鸣叫。百姓安宁，则日华五彩。这些自然景色都是在政通人和的情况下才会出现的，它们是天下太平的征兆。

在谶纬神学思想的影响下，尤其是那些出现在帝王登基，或其治理得到上天肯定时的祥瑞景象，笼罩着神秘的灵光，成为带有神学色彩的审美现象。如《尚书中候》说在帝尧统治的70年里，"凤凰止庭，朱草生郊，嘉禾孳连，甘露润液，醴泉出山，修坛河雒"❶。周成王时举尧舜礼，沉璧于河，"白云起，而青云浮至，乃有苍龙负图临河也"❷。《诗含神雾》云："尧时嘉禾七茎，连三十五穗。"❸《礼斗威仪》云："君乘木而王，其政升平，则草木丰茂，嘉谷并生。"❹《礼稽命征》云："天子祭天地、宗庙、

---

❶ ［日］安居香山、中村璋八辑：《纬书集成》，河北人民出版社1994年版，第403页。
❷ ［日］安居香山、中村璋八辑：《纬书集成》，河北人民出版社1994年版，第415页。
❸ ［日］安居香山、中村璋八辑：《纬书集成》，河北人民出版社1994年版，第464页。
❹ ［日］安居香山、中村璋八辑：《纬书集成》，河北人民出版社1994年版，第521页。

第六章 谶纬神学:神秘文化的极端化及其对诗学的影响

六宗、五岳,得其宜,则五谷丰,雷雨时至,四夷贡物,青白黄马,黄龙翔,黄雀集。"❶ 这里提及的草木丰茂、年丰岁美、凤凰来庭、黄龙飞翔、黄雀云集的景致,都是帝王渴盼的美景,甘露、朱草、凤凰、黄龙等都是审美想象的结果,且都带着灵光圈。但是,如果人君统治不当,不但不会出现能给人带来精神愉悦的和谐宁静美景,而且会出现灾异现象。如《诗推度灾》中讲:"逆天地,绝人伦,则蚊蚕兴。"❷ "逆天地,绝人伦,则二日出相争。"❸ "逆天地,绝人伦,当夏雨雪。"❹ "在下不臣,虫食叶。"❺ 相较于甘露、嘉禾、若英、朱草等景象,二日相斗、当夏雨雪、虫食叶等,都是让人精神紧张的灾异现象。

在至上神天的笼罩下,天地自然以及美好的景致等都成为天意的体现。《白虎通义·封禅》中指出,景星、白鸟等都是吉祥的迹象,并对这些祥瑞之物的意义进行了明晰化的诠释:

> 景星者,大星也。月或不见,景星常见,可以夜作,有益于人民也。甘露者,美露也。降则物无不盛者也。朱草者,赤草也,可以染绛,别尊卑也。醴泉者,美泉也。状若醴酒,可以养老也。嘉禾者,大禾也,成王之时,有三苗异亩而生,同为一穗,大几盈车,长几充箱,民有得而上之者,成王访周公而问之,公曰:"三苗为一穗,天下当和为一乎。"以是果有越裳氏重九译而来矣。凤凰者,禽之长也。上有明王,太平乃来,居广都之野。雄鸣曰节,雌鸣足足,小音中钟,大音鼓,游必择地,饥不妄食。❻

---

❶ [日]安居香山、中村璋八辑:《纬书集成》,河北人民出版社1994年版,第509页。
❷ [日]安居香山、中村璋八辑:《纬书集成》,河北人民出版社1994年版,第468页。
❸ [日]安居香山、中村璋八辑:《纬书集成》,河北人民出版社1994年版,第468页。
❹ [日]安居香山、中村璋八辑:《纬书集成》,河北人民出版社1994年版,第468页。
❺ [日]安居香山、中村璋八辑:《纬书集成》,河北人民出版社1994年版,第472页。
❻ (清)陈立:《白虎通疏证》,吴则虞点校,中华书局1994年版,第287—288页。

景星、甘露、朱草、醴泉、嘉禾、凤凰等祥瑞之景，作为天人感应的必然结果，长久地影响着汉代人的生活和思想。景星的出现，是有益于人民的；甘露降临，万物茂盛；朱草之所以吉祥，是因为朱草即赤草，可以染绛色，绛色是尊贵的颜色；醴泉甘甜醇美，可以养老；嘉禾三苗一穗，象征着天下归一；凤凰的叫声如钟如鼓，凤凰常食竹，栖则梧桐，具有君子之气。因而景星、甘露、朱草等都是祥瑞之物。

《白虎通义·封禅》不但描述了这些神奇的审美对象所包含的伦理道德蕴含，也对这种奇幻的美景进行更准确和详细的解说：

> 孝道至，则萐莆生庖厨。萐莆者，树名也。其叶大于门扇，不摇自扇，于饮食清凉，助供养也。继嗣平则宾连生于房户。宾连者，木名也。其状连累相承，故生于房户，象继嗣也。日历得其分度，则萱荚生于阶间。萱荚者，树名也。月一日生一荚，十五日毕。至十六日荚去，故夹阶而生，以日月也。王者使贤不肖位不相逾，则平路生于庭。平路者，树名也。官位得其人则生，失其人则死。狐九尾何？狐死首丘，不忘本也，明安不忘危也。必九尾者也？九妃得其所，子孙繁息也。于尾者何？明后当盛也。❶

萐莆是一种叶子大得像门一样的树，不用摇动，就可以生出凉风，让食物变凉。当君主富有孝道时，萐莆就会生长在厨房中。宾连也是一种树的名字，它的枝叶连绵不绝。当子孙平安昌盛时，宾连就会生长在房户之中。前面已经提到过，萱荚是一种可以计时日的树。这种树每个月的前半个月每日都长出一个荚果，到十五日停止，从十六开始，每日脱落一个荚果。它长在台阶间，伴随日月的消息而生长。平路也是一种神奇的树，当官位

---

❶（清）陈立：《白虎通疏证》，吴则虞点校，中华书局1994年版，第285—286页。

与人相称时，它就生长，不相称时，它就死亡。九尾狐作为祥瑞的动物，象征着对君主的忠心耿耿和子孙的繁息。这些硕大丰茂的树木和神奇的动物是天给人间统治者的嘉奖，它们本身也表达了时人的一种审美想象。

归根结底，祥瑞的出现与天子的行为有更为密切的关系。当天子的行为具有德行时，将会出现各种祥瑞的景象：嘉禾生，景星见，朱草生，凤凰翔，白鸟下，等等。当天子富有德行时，从天地日月星辰到动物、植物，整个世界充满了祥瑞奇观，呈现出和谐有序的景象。在自然美和社会政治气候之间存在感应关系，自然美是社会政治的影像，人君的治理状况会反映到自然景象上。此外，值得关注的是，纬书系统中的审美现象并不都是亲见亲闻的生活实景，还有文化想象的结果。这就是汉代美学思想的浪漫精神和神秘色彩所在。

第三节 谶纬神学阶段的阴阳五行观念及其对审美观念的影响

阴阳五行是中国古人对宇宙组成及其运动规律的朴素认识，具有唯物论色彩，但在原始关联性思维模式的影响下，阴阳五行从对具体事物关系的粗浅概括，逐渐被抽象化、体系化，到最终成为可以解释一切自然和社会现象的神秘阐释体系。阴阳五行说，是两千多年来迷信的大本营，也是汉代谶纬神学重要的思想资源。在纬书和《白虎通义》中，阴阳五行学说是阐释自然和解决社会问题的理论根据。纬书中的诗文和声乐被认为具有影响社会的功用，这是先秦音乐神秘作用的延续。《白虎通义》以声训为出发点，将谐音当成两类事物联系的纽带，认为同声的事物之间就会有同样的属性，这种看问题的出发点带有今文经学主观臆断的特点。

一 纬书中的阴阳五行观念及其影响下的审美观念

(一) 纬书中的阴阳五行及审美观念

阴阳五行思想是纬书的核心思想，同时，纬书将阴阳五行与观照宇宙人生的视角连在一起，构成了一个更为丰富和庞大的宇宙模式，这个宇宙模式又成为人们行为的根据。

纬书以阴阳五行思想为构架，认为季节的变化是因为阴阳消息而形成的。《稽览图》以农历十月为纯阴，坤卦主之，到农历十一月冬至开始，阳气逐渐回升，阴气下降以至于消亡。到了次年农历四月为纯阳，阳极则阴起，到农历五月夏至始，阴气又开始上升，阳气开始下降，到了农历十月又回到纯阴，然后又向阳极转化。这种阴阳周而复始的转化推动了一年又一年四季寒暑的转化。风霜雪雨等自然景象的出现也是阴阳和散的结果。《春秋元命包》中讲："阴阳散而为露。阴阳凝而为霜。阴阳合而为雷。阴阳激而为电。阴阳交而为虹蜺。……虹蜺者，阴阳之精。雄曰虹，雌曰蜺。"❶ 蜺，古同"霓"，虹的一种。意思是说，风雨雷电都是阴阳变化的结果，同时阴阳也被神化成阴阳之精。

纬书用阴阳关系解释自然和社会现象，很多解释并不符合现代逻辑，充满神秘色彩。如《易纬中孚传》中讲："蚕者，阳之火，火恶水，故食不饮。桑者，木之液，木生火，故蚕以三月食叶……"❷ 在阴阳五行理论框架中，万事万物成为相互联系的有机整体。在这里，蚕食而不饮，是因为蚕属阳、属火，火是忌水的，因而蚕就不喝水。桑是木之液，木能生火，因而蚕在三月时吃桑叶。这里对事物因果关系的解释，其根据不是现

---

❶ [日] 安居香山、中村璋八辑：《纬书集成》，河北人民出版社1994年版，第607—608页。
❷ [日] 安居香山、中村璋八辑：《纬书集成》，河北人民出版社1994年版，第314页。

代意义的科学,其逻辑起点是五行生克的关系。蚕被设定属火,按照五行生克的关系,水克火,所以蚕怕水,蚕就不喝水。问题是蚕为什么属火,却没有任何现实根据,是一个主观臆断的逻辑起点。

纬书认为包含阴阳之气的动物和植物直接与人的生活状况相对应。如《易纬通卦验补遗》中说:"虹不时见,女谒乱公。"❶ 为什么虹霓不见,就意味着女性乱政呢?这与时人对虹霓的认识有关。虹霓被认为是阴阳交接之气,是阳倡阴和之象。如果虹霓不见了,就意味着人君的心思在后宫,而不关注政事了。所以,通过虹霓就可以判断人君的私生活状况。还有蟋蟀如果不处于墙壁之中,而跑到外面,这意味着女人有淫洪的行为。为什么这样呢?这是因为,时人认为"蟋蟀之虫,随阴迎阳",是女红之象。如果蟋蟀失节不居壁间,就意味着女性不在家纺织,且于夜晚将门户大开,这其中一定有作风问题。所以蟋蟀和女性品节的联系,其纽带是基于阴阳结构的同一性,蟋蟀的阴阳与女性的阴阳关系应当一致,因而蟋蟀的行动成为女性行为的风向标。鸟反哺是一种自然现象,纬书却认为飞翔者为阳,阳与仁慈之心有必然联系。所以,《春秋运斗枢》云:"飞翔羽翮为阳,阳气为仁,故乌反哺"❷,鸟类属阳,阳对应道德品质中的仁,所以乌鸟儿能够反哺。乌鸟反哺是阴阳关系的必然结果。

艺术也是纬书阴阳逻辑的一个部分。如《诗泛历枢》中讲:"巳者,已也。阳气已出,阴气已藏,万物出,成文章。"❸ 巳对应的阴阳状态是,阳盛阴衰,所以能够成华彩文章。反过来讲,文章肇始于阴阳,阳盛阴衰是成文采的原因。

阴阳五行成为谶纬神学的逻辑起点。两种事物之间只要有一点关联,那么两种事物就被认为具有必然联系。正如卡西尔在论述神话思维时所说

---

❶ [日]安居香山、中村璋八辑:《纬书集成》,河北人民出版社1994年版,第249页。
❷ [日]安居香山、中村璋八辑:《纬书集成》,河北人民出版社1994年版,第722页。
❸ [日]安居香山、中村璋八辑:《纬书集成》,河北人民出版社1994年版,第483页。

的:"任何事物只要与给定的事物相类似,它就以整体出现。"❶ 也就是说,甲事物与乙事物之间,只要有一点是相类似的话,那么,在原始思维中,这两种事物之间就是可以对等的。同样的,这两种事物之间,部分关联就等于是全体关联。这种关联模式是不可以用现代科学逻辑去进行衡量的,但时人就是这样认识的,他们不怀疑这种看问题的角度的正确性。这种观念在《乐动声仪》中被进行了更为详细的阐发:

> 五脏,肝仁、肺义、心礼、肾智、脾信也。肝所以仁者何?肝,木之精也,仁者好生,东方者,阳也,万物始生,故肝象木,色青而有枝叶。……肺所以义者何?肺者金之精,义者断决,西方亦金,成万物也,故肺象金,色白也。……心所以为礼何?心,火之精也,南方尊阳在上,卑阴在下,礼有尊卑,故心象火,色赤而锐也。……肾所以智何?肾者水之精,智者进而止,无所疑惑,水亦进而不惑,北方水,故肾色黑,水阴,故肾双。……脾所以信何?脾者土之精也,土尚任养万物,为之象,生物无所私,信之至也,故脾象土,色黄也。❷

这里将五脏与五常、五方、五色等组合在一起,成为一个整齐有序的关系网络。而且在这个关系网络中,只要对应了五行中的某一个方面,也就拥有了其他方面的属性。如肝为木之精,同时也就拥有了仁而好生的品质。至于为什么肝脏与仁的品格、与东方的青色搭配起来,这其中的原因是无法用现代逻辑进行解释的。但这种关系网络一旦形成,就会对人们的社会生活和思想观念有非常强的制约作用。

在纬书的阴阳五行体系中,所谓的声色之美等自然也不能游离于这个

---

❶ [德] 恩斯特·卡西尔:《神话思维》,黄龙保、周振选译,中国社会科学出版社1992年版,第76页。
❷ [日] 安居香山、中村璋八辑:《纬书集成》,河北人民出版社1994年版,第541—542页。

体系之外。纬书将五行与方位、色彩搭配起来。《易纬坤灵图补遗》指出，五帝：东方木色苍，七十二日；南方火色赤，七十二日；中央土色黄，七十二日；西方金色白，七十二日；北方水色黑，七十二日。这是汉代最为普遍的色彩审美观念。色彩之美是一种逻辑推理的结果。比如，青色，因为处于东方，因此被认为具有仁的性情。同样的，金色，因为处于西方，因此被赋予礼的属性而美。色彩完全成为一种象征性的比附符号，而不是单纯的、视觉的、感性的知觉对象。五行框架中的色彩之美，与个体感受和情感无关，是推理的结果，其意义是被赋予的。

纬书还将色彩、五灵、五常、仁义道德看成一个有机整体，只要有一个方面是对应的，其他方面也就被纳入五行的框架之中，被赋予了多重意义。《尚书刑德放》云："东方春，苍龙，其智仁。南方夏，朱鸟，好礼。西方秋，白虎，执义。北方冬，玄龟，主信。会中央土之精。"❶《礼稽命征》云："古者以五灵配五方：龙木也，凤火也，麟土也，白虎金也，神龟水也。"❷ 五行之间相生，木热生火，火烛生土，土甘生金，金澟生水，水液生木。所以，"水官修龙至，木官修凤至，火官修麟至，土官修白虎至，金官修神龟至"❸。龙属木，水生木，因而，要使龙出现，就要治理水。在五行之间有推理关系，龙是怎样与木发生关系的，却无法实证。

《乐叶图征》中指出凤凰和四种形似凤凰的鸟与方位与伦理之间的关系：

> 五音克谐，各得其伦，则凤凰至。冠类鸡头，燕喙蛇头，龙形麟翼，鱼尾五采，不啄生虫。
>
> 焦明，南方鸟也，狀似凤凰，鸠喙疏翼负尾，身礼，戴信，婴仁，膺智，负义。焦明至，为雨备。

---

❶ ［日］安居香山、中村璋八辑：《纬书集成》，河北人民出版社1994年版，第384页。
❷ ［日］安居香山、中村璋八辑：《纬书集成》，河北人民出版社1994年版，第515页。
❸ ［日］安居香山、中村璋八辑：《纬书集成》，河北人民出版社1994年版，第515页。

> 发明，东方鸟也，状似凤凰，鸟喙大颈羽翼，又大足胫，身仁，戴智，婴义，膺信，负礼，至则兵丧之感，为兵备也。
>
> 鹔鹴，西方鸟也，状似凤凰，鸠喙专形，身义，戴信，婴仁，膺智，至则旱疫之灭，为旱备也。
>
> 幽昌，北方鸟也，状似凤凰，锐喙小头，大身细足，脏翼若麟叶，身智，戴义，婴信，膺仁，负礼，至则旱之感，为旱备也。❶

"五凤"与五方与五常相配：焦明配南方，是防水之神；发明配东方，是防兵之神；鹔鹴配西方，是防旱之神；幽昌配北方，也是防旱之神。凤凰作为百鸟之王，处于中央核心位置，与五音中的宫相配。而且五凤身体的各个部位均成为仁、义、礼、智、信等伦理品质的象征。这样，五凤就成为伦理品德的象征符号。通过这么完备和系统的五行对应关系，我们可以做一个更明确的论断，即在《淮南子》和《春秋繁露》中，虽然已经有了五行与天地万物的对应关系，但也只是一个较为笼统的构想和框架，到了谶纬神学体系中，五行与天地万物之间有了更加明确和细致的对应关系。这是神秘文化发展的必然结果，也是导致神秘文化僵化的重要原因。

综上所述，纬书以阴阳五行来统一宇宙万物，上至日月星辰，下至动植飞潜，人类社会的伦理道德，纷繁复杂的大千世界都被规划到一种体系与模式之下，使复杂的世界简单化和系统化。这是中国古人经过长期观察总结出的世界的秩序，更是主观想象的结果。因而在纬书中构建的世界秩序带有虚实结合、人神一体的神话色彩。纬书中的阴阳五行思想具有鲜明的原始思维的特征。"原始思维则是缺乏理性和逻辑观照的强制性类比，这种类比在寻找到了一种思维框架后，可以不计较事物的本质属性，一股

---

❶ [日]安居香山、中村璋八辑：《纬书集成》，河北人民出版社1994年版，第560—561页。

第六章 谶纬神学:神秘文化的极端化及其对诗学的影响

脑地填装进所有的事物,无限地扩大它的类比联系。换言之,原始思维的基本特征之一,就是把在一定条件下发生的现象或形成的经验不适当地甚至是无条件地扩大和推广,从而导致完全脱离客观实际的认识,也就是泰勒所说的'错误的联想和推理'。"❶ 纬书中事物之间的广泛联系,正是因为它们处于一种关系模式中,所以被认为具有某种相互影响的关系,而事实上,未必就有这种影响关系或属性。在这种框架中,美是类比和推论的结果,与个体经验关系不大。换言之,只要处于阴阳五行的框架之中的具体位置,就必然会具有某种属于这个框架的属性和关系。所以在这种思维模式中所形成的五行五色的审美观念具有浓厚的非实证性。

在一定程度上,我们承认纬书的原始思维仍是构建诗意化宇宙图式的基础,这是纬书中值得认可的地方。人类伊始大多是对宇宙的科学实证思考与想象性阐释并存的状态。倘若一个时代只剩下科学实证思维,那个时代必将是缺乏想象和干枯的时代,但倘若那个时代铺天盖地都是神秘思维,尤其是到了汉代,科学技术和人类的理性思考能力已经有一定的发展的情况下,重新将整个时代纳入神秘和玄幻之中。这不是文明和进步,而是时代的倒退。正如李中华在《谶纬与神秘文化》一书中所说的:"纬书的天人感应论实质上是一套吉凶验占的体系,自然界的一切现象均可与人事挂钩,从而判断和预测人间的一切事物,这实际上已经不同于董仲舒的天人感应论。……纬书的天人感应论在包含董氏思想的基础上,把这种感应论泛化为一种普遍的神学原理,或泛化为一种符号系统。在这一符号系统中的一切现象,均有对应关系,故出此可以见彼,出彼可以见此,谁也无法逃脱这种神意的安排。"❷ 笔者认可李中华的观点,觉得还可以再补充一点,那就是谶纬神学之前,同样存在颠倒因果的现象,但到了谶纬神学

---

❶ 邢玉瑞:《阴阳五行学说与原始思维》,《南京中医药大学学报》(社会科学版) 2004 年第 1 期。

❷ 李中华:《谶纬与神秘文化》,中央编译出版社 2008 年版,第 56—57 页。

阶段，倒因为果的阐释更加普遍了。

(二) 纬书中的诗学观念

纬书广泛地将诗乐与阴阳二气的消长联系起来，使诗乐成为阴阳消长的结果。如"蒹葭苍苍，白露为霜"（《秦风·蒹葭》）。这本是渲染气氛，用以起兴的句子，但在《诗含神雾》中被解释为："阳气终，白露为霜。"❶一句起兴的诗句，被解释成阴阳交替转换的规律。

纬书在对诗的阐释中，也包含着浓厚的五行思想。《诗泛历枢》将诗与四个地支及五行联系起来，认为："大明在亥，水始也。四牡在寅，木始也。嘉鱼在巳，火始也。鸿雁在申，金始也。"❷这段话中的第一重关系是地支与五行之间的对应关系。可以参考《诗推度灾》中的对应关系：

> 亥者，核也，阂也。十月闭藏，万物皆入核阂。
> 寅者，移也，亦云引也。物牙稍吐，引而申也，移出于地也。
> 巳者，巳也，故体洗去，于是巳竟也。
> 申者，伸也，伸犹引也，长也，衰翟引长。

可以看到，四个地支其实对应的是自然界植物一年生长的几个关键时期，分别是冬天敛藏，春天萌芽，夏日成长，秋季结果并渐趋衰亡。

在此基础上，我们可以明白在纬书体系中这四首诗与地支及五行之间的对应关系：《大明》写文王降生、成长并受命，为建立周朝奠定了基础，积蓄了力量。"亥"为立冬，是生命收敛元气，孕育新的力量的时期，是万物的开始。这与《大明》所表现的精神是相通的。

《四牡》写周虽仍臣服于殷，但三分天下已有其二，呈现出蓬勃发展

---

❶ [日] 安居香山、中村璋八辑：《纬书集成》，河北人民出版社1994年版，第460页。
❷ [日] 安居香山、中村璋八辑：《纬书集成》，河北人民出版社1994年版，第480页。

第六章 谶纬神学：神秘文化的极端化及其对诗学的影响

的势头。"寅"为立春，是事物逐渐长大，是呈现少阳之气的时期。《诗推度灾》认为："四牡，草木萌生，发春近气，役动下民。"❶ 意思是说，将周王朝初具雏形并乘机发展，与立春万物萌发联系起来。

《嘉鱼》是一首贵族宴饮宾客的诗歌。诗人借鱼的欢快，写宴会的轻松和愉悦氛围，借茂盛的藤蔓在大树上缠绕写主人与贤士之间的依附关系。这首诗是周朝推行礼乐文化，达到太平盛世时的状态。《诗推度灾》将《嘉鱼》与巳、火、文联系起来，认为"立火于嘉鱼，万物成文"❷。巳、火、夏，代表事物发展到鼎盛状态时的华美景象，因而说"万物成文"，但当事物发展到鼎盛的极端时，也就潜伏着衰落的危机，所以："巳者，己也。阳气已出，阴气已藏，万物出，成文章。"这样的文章中包含丰富而多重的意蕴，既有事物发展到鼎盛时期的华美，又孕育衰亡的迹象。

《鸿雁》写翩翩飞翔于空中的鸿雁扇动着翅膀，发出阵阵哀鸣，写离家的征人心中的哀伤。如果借此阐释周王朝的发展阶段，那这首诗似乎是在赞美宣王的中兴，值得注意的是，周王朝其实已经在走下坡路了，这与秋天肃杀的环境正好相应。因而《诗推度灾》将其与表示秋季的"申"相联系，指出"金立于鸿雁，阴气杀，草木改"❸。意思是万物凋零，应当引起警惕。

由上可知，《诗泛历枢》实际上是将《诗经》中的四组诗篇与五行配置，使之成为宇宙秩序的一部分。其中，《大明》为水；《四牡》为木；《嘉鱼》为火；《鸿雁》为金。这四首诗歌隐喻着周王朝兴衰存亡的历史过程，是冥冥之中就已经存在的必然趋势。宇宙自然与历史人事均按照五行相生的顺序而循环不息，如果按照这种法则，王者似乎不必哀叹于衰败，因为衰败只是五行发展运演的必然结果。

---

❶ ［日］安居香山、中村璋八辑：《纬书集成》，河北人民出版社1994年版，第477页。
❷ ［日］安居香山、中村璋八辑：《纬书集成》，河北人民出版社1994年版，第477页。
❸ ［日］安居香山、中村璋八辑：《纬书集成》，河北人民出版社1994年版，第477页。

纬书还将不同地域诗歌的风格与阴阳五行联系起来。《诗含神雾》中指出：

> 齐地处孟春之位、海岱之间，土地污泥，流之所归，利之所聚，律中太蔟，音中宫角。陈地处季春之位，土地平夷，无有山谷，律中姑洗，音中宫徵。❶
>
> 曹地处季夏之位，土地劲急，音中徵，其声清以急。❷
>
> 秦地处仲秋之位，男懦弱，女高膝，白色秀身，音中商，其言舌举而仰，声清而扬。❸
>
> 唐地处孟冬之位，得常山太岳之风，音中羽，其地硗确而收，故其民俭而好畜，此唐尧之所起也。❹
>
> 魏地处季冬之位，土地平夷。❺
>
> 郑，代己之地也，位在中宫，而治四方，参连相错，八风气通。❻

文学的地域风格显然与这个地区的地貌特征、民风民情有一定的关系，但诗纬更为广泛地将五音、十二律与干支、季节、地理位置、地貌特征、民风民情等贯通起来，认为它们之间有某种内在的关系。如齐地处孟春之位，干支为寅，音位为角，律中太蔟，方位为冬。如前所述，这是一种关联性思维，即认为某地诗歌的风格特征，只是因为位于五行和干支系统中的某一位置，因而就必然拥有某种特征。这实际上是一种推论出来的诗歌地域风格，而不一定是对现实情况的概括。但神奇的是，这种在某一

---

❶ [日]安居香山、中村璋八辑：《纬书集成》，河北人民出版社1994年版，第460页。
❷ [日]安居香山、中村璋八辑：《纬书集成》，河北人民出版社1994年版，第460页。
❸ [日]安居香山、中村璋八辑：《纬书集成》，河北人民出版社1994年版，第460页。
❹ [日]安居香山、中村璋八辑：《纬书集成》，河北人民出版社1994年版，第460页。
❺ [日]安居香山、中村璋八辑：《纬书集成》，河北人民出版社1994年版，第460页。
❻ [日]安居香山、中村璋八辑：《纬书集成》，河北人民出版社1994年版，第461页。

框架中推演出来的风格特征,竟然也与事实有一定的契合度。这就是神秘文化的神奇之处。总的来看,纬书中的艺术观念淡化了汉代儒家的政教道德色彩,强化了神学色彩和对人的禁锢性。

(三) 纬书中的音乐观念

中国古人认为音乐具有感通天地、调节阴阳的作用。在先秦时期,音乐与阴阳五行已经形成了基本的对应关系,且认为音乐对阴阳五行及社会生活具有反向的调节作用。也就是说,音乐具有感通天地的作用,带有强烈的巫术色彩。这种神秘文化在纬书中被发挥得淋漓尽致。

纬书将音律也划分为阴阳两种。《乐叶图征》云:"六律:黄钟十一月,太簇正月,姑洗三月,蕤宾五月,夷则七月,无射九月。六吕:大吕十二月,夹钟二月,仲吕四月,林钟六月,南吕八月,应钟十月。阳为律,阴为吕,总谓之十二月律。"❶ 这里讲的是律吕之间的阴阳关系,阳为律,阴为吕,六律对应奇数月份,六吕对应偶数月份。《乐叶图征》亦云:"阳乐黄钟,阴乐蕤宾也。"❷ 也是将音律分为阴阳两种。纬书认为乐器也有阴阳属性的不同。《乐动声仪》云:"钟,太阳,其声宏宽。瑟,少阴,其声清远。"❸ 钟,属于太阳,声音宽厚;瑟,属于少阴,其声清远。

在纬书语境中,阴阳是构成事物不可缺少的因素,也是形成"天文""人文"的主要动因。《乐叶图征》云:"常以日冬至成天文,日夏至成地理,作阴乐以成天文,作阳乐以成地理。"❹《易纬通卦验补遗》亦云:"作阴乐,以成天文。作阳乐,以成地理。"❺ 天地万物因禀受了阴阳而成文采,圣人又效法阴阳,制礼作乐,以成文章。因而,冬至日成天文,夏

---

❶ [日] 安居香山、中村璋八辑:《纬书集成》,河北人民出版社1994年版,第561页。
❷ [日] 安居香山、中村璋八辑:《纬书集成》,河北人民出版社1994年版,第557页。
❸ [日] 安居香山、中村璋八辑:《纬书集成》,河北人民出版社1994年版,第548页。
❹ [日] 安居香山、中村璋八辑:《纬书集成》,河北人民出版社1994年版,第556页。
❺ [日] 安居香山、中村璋八辑:《纬书集成》,河北人民出版社1994年版,第249页。

至日成地理，作阴乐成天文，作阳乐成地理。这样，音乐与天地、阴阳就成为一种固定的联系。

纬书认为，"金石之声""管弦之鸣"并不是音乐的主旨与目的，音乐的根本在于"阴阳和顺"。《诗泛历枢》云："乐者，非谓金石之声、管弦之鸣，谓阴阳和顺也。"❶ 强调的是音律对阴阳的协调作用。这些讲的都是音乐对自然会有影响的问题。

在纬书中，音乐与五行的联系也非常广泛。纬书将音乐与方位联系起来，五声不再是单纯的乐音，而成为宇宙结构的组成部分。如《乐稽耀嘉》云："五音非宫不调也，五味非甘不和。"《乐稽耀嘉》亦云："东方春，其声角，乐当宫于夹钟。余方各以其中律为宫。"❷ 纬书将乐与五个方位、五种神灵联系起来。《乐稽耀嘉》指出："用鼓和乐于东郊，为太昊之气，勾芒之音。歌随行，出云门，致魂灵，下太一之神。用声和乐于中郊，为黄帝之气，后土之音。歌黄裳从容，致和散灵。乐当宫于中郊，为皇帝之气，后土歌黄裳从容，致散云下太一之神。用动和乐于郊，为颛顼之气，玄冥之音。歌北凑大闱，致幽明灵。"❸ 在这里，每一个方位都有固定的音乐，这些音乐都具有沟通各方神灵的作用。甚至蛮夷之乐，也与五行有内在的关联："东夷之乐，持矛舞，助时生也。南夷之乐，持羽舞，助时养也。西夷之乐，持戟舞，助时杀也。北夷之乐，持干舞，助时藏也。"❹ 东、西、南、北各方都有固定的音律和乐器，各方音乐所起的作用也是不同的。这样，音乐就不是从生活中来的，而是先验地就存在在那里，它们的存在也不是为了表达人的情感，反映人的生活，而是为了与生、养、杀、藏的自然运行秩序相配合。东夷之乐，协助万物生长；南夷

---

❶ [日]安居香山、中村璋八辑：《纬书集成》，河北人民出版社1994年版，第482页。
❷ [日]安居香山、中村璋八辑：《纬书集成》，河北人民出版社1994年版，第549页。
❸ [日]安居香山、中村璋八辑：《纬书集成》，河北人民出版社1994年版，第551页。
❹ [日]安居香山、中村璋八辑：《纬书集成》，河北人民出版社1994年版，第549页。

第六章 谶纬神学:神秘文化的极端化及其对诗学的影响

之乐,协助万物养成;西夷之乐,协助万物丰收;北夷之乐,协助万物收藏。音乐变成了一种与人的日常生活没有关系的神秘力量,但又在冥冥之中影响和调节着人间的生活。

纬书将五音与五脏相联系,认为宫音动脾属土,商音动肺属金,角音动肝属木,徵音动心属火,羽音动肾属水。纬书中还将五音跟季节相配。如《乐纬》云:"春气和则角声调,夏气和则徵声调,季夏气和则宫声调,秋气和则商声调,冬气和则羽声调。"❶ 音律是否和谐,决定于不同季节的气是否和谐。

纬书认为五声会与天上的星宿相感应。《乐动声仪》云:"五音和,则五星如度。"❷ 即五音协调会影响到五星的运行。具体来讲,"宫音和调,填星如度,不逆则凤凰至"。"角音知调,则岁星常应。太岁月建以见,则发明(金精鸟)主为兵备。""徵音和调,则荧惑日行四十二分度之一……致焦明(水鸟),至则有雨,备以乐之和。"❸ 宫音与填星相配,角音与岁星相配,徵音与荧惑相配。另外,商与太白相配,羽与辰星相配。同时,还与凤凰、发明、焦明等祥瑞之鸟相感应。

纬书论述了五音对政治的神秘作用。《乐动声仪》指出音乐与君臣之间的神秘对应关系:

> 宫为君,君者当宽大容众,故其声弘以舒,其和清以柔,动脾也。商为臣,臣者当以发明君之号令,其声散以明,其和温以断,动肺也。角为民,民者当约俭,不奢僭差,故其声防以约,其和清以静,动肝也。徵为事,事者君子之功,既当急就之,其事当久流亡,故其声贬以疾,其和平以功,动心也。羽为物,物者不齐委聚,故其

---

❶ [日]安居香山、中村璋八辑:《纬书集成》,河北人民出版社1994年版,第568页。
❷ [日]安居香山、中村璋八辑:《纬书集成》,河北人民出版社1994年版,第545页。
❸ [日]安居香山、中村璋八辑:《纬书集成》,河北人民出版社1994年版,第543—544页。

> 声散以虚，其和断以散，动肾也。❶

这样，音乐、五行、政治就成为一体。这正是我们在前文中反复论证的，不同类型的事物被纳入五行体系之中，它们之间成为可以互浸的同类关系。在这里，五音与五脏与政治系统联系在一起。宫为君，宫声当宽缓，清柔。宫声乱既是人君荒淫骄奢的结果，也可能是导致人君荒淫骄奢的原因。以此类推，商声与臣道相通，角声与民事相通，徵声与政事相通，羽声与财力相通。既然五音与政治有这样的对应关系，所以五音混乱，将会导致政治混乱。《乐纬》也指出，如果五声不调，政治必然混乱："声放散则政荒；商声欹散，邪官不理；角声忧愁，为政虐民，民怨故也；徵声哀苦，事烦民劳，君淫佚；羽声倾危，则国不安。"❷ 纬书将伦理道德与五行五音相联系，目的是证明音乐对社会风俗有着不可抗拒的强烈影响。《乐协图征》云："(乐) 稽天地之道，合人鬼之情，发于律吕，计于阴阳，挥之天下，注之音韵。有窃闻者，则其声自间。"❸ 音乐的创作是圣王体会天地之道，以阴阳为法则，靠八能之士为辅佐，凭借律吕为手段而完成的。音韵与天地鬼神相通，如果音韵得其时，则悠扬不绝。有窃听的，钟鼓声会消失，管竽声会停止，琴瑟的弦会断绝。

综合纬书中的阴阳五行及其影响下的文艺思想来看，纬书将阴阳五行作为一种毋庸置疑的社会生活模式和解释一切现象的理论根据。在纬书系统中，五声与五脏、五星、五常联系起来，形成了一套自然与社会、生理与伦理相匹配的图式，使宇宙人生成为一个相互关联的整体。纬书强调音律协调阴阳，影响政治的作用。这种诗乐观念在一定程度上脱离了儒家所强调的文艺教化作用，淡化了政教、道德色彩，而成为某一系统中的一个

---

❶ [日] 安居香山、中村璋八辑：《纬书集成》，河北人民出版社1994年版，第542页。
❷ [日] 安居香山、中村璋八辑：《纬书集成》，河北人民出版社1994年版，第566页。
❸ [日] 安居香山、中村璋八辑：《纬书集成》，河北人民出版社1994年版，第562页。

环节。所以，纬书将五行和五音的作用神化了。

二　《白虎通义》中的阴阳五行思想及其影响下的审美观念

《白虎通义》认为从自然到人事，都遵循阴阳五行的规律。官方审美观念也被全面纳入阴阳五行体系之中，其意义得到明晰化的界定，但在明晰化的同时，也存在主观臆断和封闭僵化的弊端。

（一）《白虎通义》中的阴阳五行思想

《白虎通义》认为从自然到人事，都遵循阴阳五行的规律，也用阴阳五行来解释世间万事万物。春夏秋冬四时的变化是阴阳消长的不同阶段："岁时何谓？春夏秋冬也。时者，期也，阴阳消息之期也。"❶ 春夏秋冬就是阴阳消长的不同阶段。日食产生的原因，是由于"阴侵阳也"；月食则是由于"阴失明也"；庄稼收成不好，也是由于"阴阳不调，五谷不熟"（《谏铮》）。

人的性情以及善、恶、仁、贪等道德品质，是由阴阳决定的。《白虎通义·性情》指出："性者阳之施，情者阴之化也。人禀阴阳气而生，故内怀五性六情。"❷ 人禀阴阳之气而生，因而有五性六情。五性，指的是仁、义、礼、智、信五种道德品质；六情，指的是喜、怒、哀、乐、爱、恶六种情感。性为阳，情为阴。

天子的一切行动更要"承天地，顺阴阳"。《白虎通义·乡射》指出，初春时，天子要参加乡射礼。这是因为担心春天阳气微弱，会窒塞而不能通达万物。而射箭自内发外，就像万物的萌生，所以射礼与万物之萌生之间有异质同构的感应关系。也就是说，在射箭和万物生长之间有着同样的

---

❶　（清）陈立：《白虎通疏证》，吴则虞点校，中华书局1994年版，第429页。
❷　（清）陈立：《白虎通疏证》，吴则虞点校，中华书局1994年版，第381页。

力的方向，因而它们之间可以感应互浸，将箭头射出去，这种向外伸展的力会带来庄稼生长发育的效果。❶ 到了冬天，天子就不能再用兵打仗了，边防上的关卡也要关闭起来，不让商人通行，这是因为"此日阳气微弱，王者承天理物，故率天下静，不复行役，扶助微气，成万物也"❷。

《白虎通义》也将阴阳和五行结合起来，认为五行之中，火属阳，地位尊贵，所以向上。水属阴，地位卑下，所以向下。木为少阳，金为少阴，有中和的属性，所以可以扭曲、伸直、顺从、变化。土最大，包容万物，将要萌生的从此出现，将要死亡的从此消失。五行之中，土最尊贵，与天相配，金（少阴）、木（少阳）、水（阴）、火（阳），阴阳自然相配。不仅五行中包含着阴阳的因素，而且土的尊贵性也得到了凸显❸。

这样阴阳就和五行相配，成为一套可以自由解释世界的理论框架以及处世的依据。"五祀"是西周以来就有的五种祭祀方式。之前只是笼统地设定了五种生活中需要祭祀的神灵。《白虎通义·五祀》则认为"五祀"的根据是五行。户是人出入的地方。春天，万物复苏，从户中走进外面的大自然，因而春天应当祀户。灶中有火，与夏天的炎热类似，具有长养万物的作用，所以夏天祀灶。门具有闭藏自固的性质，与秋天万物成熟后，内备自守的性质相似，所以，秋天祀门。井中深藏着水，与冬天万物伏藏有类似的特征，所以冬天祀井。中霤如同土一样居于中央，因而一年中间的时间六月当祭中霤。在这里，五行已经变成了"五祀"的根据、至高的法则。

人君的行为应当依据五行的规律。《五行顺逆》篇指出：

> 木者春，生之性，农之本也。劝农事，无夺民时，使民，岁不过

---

❶ （清）陈立：《白虎通疏证》，吴则虞点校，中华书局1994年版，第242页。
❷ （清）陈立：《白虎通疏证》，吴则虞点校，中华书局1994年版，第217页。
❸ （清）陈立：《白虎通疏证》，吴则虞点校，中华书局1994年版，第170页。

三日，行什一之税，进经术之士。挺群禁，去稽留，除桎梏，开门阖通障塞。恩及草木，则树木华美，而朱草生；恩及鳞虫，则鱼大为，嬗鲸不见，群龙下。❶

火者夏，成长，本朝也。举贤良，进茂才，官得其能，任得其力，赏有功，封有德，出货财，振困乏，正封疆，使四方。恩及于火，则火顺人而甘露降；恩及羽虫，则飞鸟大为，黄鹄出见，凤凰翔。❷

以此类推，五行都对应不同的季节，有一定的行为规范，如果君主行为得当，恩惠将泽被万物。如果君主不能遵循五行的规律安排政务，则会发生灾异现象。值得注意的是，君主为什么要在春季劝农事，其根据在于，在五行框架中春季五行属木，所以应当重视种植。

在阴阳五行关系中伦理道德，也能找到最合理的依据。如"子顺父，妻顺夫，臣顺君，何法？法地顺天也。男不离父母何法？法火不离木也。女离父母何法？法水流去金也。娶妻亲迎何法？法日入，阳下阴也"❸。子顺父，妻顺夫，臣顺君，这是依据阴阳规则，必须如此的结果。男子不离开父母，遵循的是五行关系中火不离木的规则。这样，整个人世的所有行为都能够得到阴阳五行的解释，都被纳入阴阳五行的系统之中，获得了依据和意义。

《白虎通义》以五行为框架，建立起五脏与四时与道德品质之间的内在关系：

肝所以仁者何？肝，木之精也。仁者好生，东方者，阳也，万物始生，故肝象木色青而有枝叶。……肺所以义者何？肺者，金之精。

---

❶ （清）苏舆：《春秋繁露义证》，钟哲点校，中华书局1992年版，第371—372页。
❷ （清）苏舆：《春秋繁露义证》，钟哲点校，中华书局1992年版，第373页。
❸ （清）陈立：《白虎通疏证》，吴则虞点校，中华书局1994年版，第195页。

> 义者断决，西方亦金，杀成万物也。故肺象金色白也。……心所以为礼何？心，火之精也。南方尊阳在上，卑阴在下，礼有尊卑，故心象火，色赤而锐也。人有道尊，天本在上，故心下锐也。……肾所以智何？肾者水之精。智者进而止无所疑惑，水亦进而不惑。北方水，故肾色黑，水阴，故肾双。……脾所以信何？脾者，土之精也。土尚任养，万物为之象，生物无所私，信之至也。故脾象土，色黄也。❶

可以看出，这与纬书《乐动声仪》中的相关记载是一样的。这里用的是类比推演的方法，即先有了一个五行的框架，然后认为这个框架中的各个组成部分必然具有某种属性。因而，肝就属木，与东方对应，象征万物的萌生。从伦理道德的角度讲，好生，即有仁慈的品德。同样，其他脏器也与五行、五声、五色，乃至道德品质具有对应关系。五行是从事物发展的规律中抽象出来的事物存在发展的规律。根据推演的结果，五脏与仁、义、礼、智、信也有必然性的联系。仁、义、礼、智、信的"五常之道"就变成人固有的、必然的本性。

《白虎通义》从各个角度构建阴阳五行与时令、动植物相互影响的关系，从而使整个宇宙都被纳入一个富有规律的运行体制中。如肝的颜色是和草木一样的青色，木的方位是东，象征万物始生，而仁者好生，所以仁同肝、木、青、东相配。同样，义同肺、金、白、西相配；礼同心、火、赤、南相配；智同肾、水、黑、北相配；信同脾、土、黄、中相配。通过比附，将本属伦理道德范畴的五常与自然相沟通。东方万物始生，南方万物怀妊，西方万物迁落，北方万物伏藏。这是五行中的生命情怀。事物的各种品质和属性之间相互交织，甚至五脏与五行与伦理道德也发生了必然的联系，肝仁、肺义、心礼、肾智、脾信也。

---

❶ （清）陈立：《白虎通疏证》，吴则虞点校，中华书局1994年版，第384—385页。

第六章 谶纬神学:神秘文化的极端化及其对诗学的影响

同样,只要事物具备了五行体系中的某一属性,就可以超越时间、超越距离地把这一属性传输给另一事物,另一事物就被认为必然"沾染"上其他同类的属性。在互浸思维模式的影响之下,天地四方五行阴阳没有孤立存在的,它们之间有广泛的内在联系。水之咸,木之酸,火之苦,金之辛,土之甘,既是感官所能知觉的滋味,又是一种生命状态和伦理品质。咸乃坚,酸乃达,苦乃养,辛乃煞,甘乃中和。这是五味中的伦理情怀。

可以看出,相较于《春秋繁露》,《白虎通义》更多的不是在阴阳五行理论体系的建构方面用心思,而是直接对阴阳五行思想的运用。相较于纬书系统中的阴阳五行思想,《白虎通义》的阴阳五行更具有实践性,《白虎通义》的最终目的是将人伦道德纳入阴阳五行体系中,从而证明人伦关系的不可违背性。但《白虎通义》显然有将五行关系庸俗化的倾向。这必然导致对事物关系的狭隘和僵化理解。

(二)《白虎通义》中阴阳五行思想对审美观念的影响

《白虎通义》阴阳五行观念也渗透在音乐和色彩等艺术领域。《白虎通义》认为音乐属阳。"乐者,阳也。故以阴数,法八风、六律、四时也。八风、六律者,天气也。助天地成万物者也。亦犹乐所以顺气变化,万民成其性命也。"❶ 音乐属阳,所以用阴数相配,取法于八风、六律、四时。八风、六律是天气,是协助天地成全万物的。这就好像音乐是用来顺应天地之气,使万民发生变化并成全他们的性命一样。所以,各级贵族的舞蹈队伍分别是,天子八佾,诸公六佾,诸侯四佾,均为阴数。《白虎通义·礼乐》篇还指出:"乐言作,礼言制何?乐者,阳也。动作倡始,故言作。礼者,阴也。系制于阳,故言制。乐象阳也,礼法阴也。"❷ 乐属阳,是动作的开始,所以说成作。礼属阴,受制于阳,所以说成制。乐模仿阳,礼

---

❶ (清)陈立:《白虎通疏证》,吴则虞点校,中华书局1994年版,第104—105页。
❷ (清)陈立:《白虎通疏证》,吴则虞点校,中华书局1994年版,第98—99页。

效法阴。《白虎通义》用阴阳五行之说来解释五声,《礼乐》篇指出:

> 声音者,何谓也?声者,鸣也,闻其声即知其所生。音者,饮也,言其刚柔清浊和而相饮也。……所以名为角何?角者,跃也。阳气动跃。徵者,止也。阳气止。商者,张也。阴气开张,阳气始降也。羽者,纡也,阴气在上,阳气在下。宫者,容也,含也。含容四时者也。❶

声即鸣的意思,听到他的声音就知道他的出身。音即饮的意思,是指刚柔清浊互相调和如同饮水一样。宫、商、角、徵、羽等五声中,角是跃动的意思,指阳气跃动;徵就是止,指阳气终止;商是张的意思,指阳气升张,阳气开始下降;羽就是舒的意思,指阴气在上,阳气在下;宫就是容的意思,指包含容纳四时。这样,五声就成为阴阳之气消长的五个阶段。但问题是,在对五音与阴阳之气关系进行阐释的过程中,《白虎通义》所运用的是音韵训诂的方法,将"角"训为"跃",仅仅因为谐音,角音与阳气的跃动联系起来了。其他也同样是因为谐音而拥有了某种自然品质。

谐音的字之间会产生相通性,这一观念一直延续到今天。人们认为字音相同,就会有相同的含义。如名字中避免出现与"死""伤""败"等同音的字。在音相同,命运、品性就相同的观念影响下,甚至还会有这样的关联出现:"所以名之为东方者,动方也。万物始动生也。"❷ "东"和"动"同声,因而东方,也就是动方,即万物生长的方位。这种同音必同义的观念在《白虎通义》中广泛存在。这种联系当然具有牵强附会的性质,然而,当这种牵强附会的联系成为一种稳固的关系模式后,就会对人

---

❶ (清)陈立:《白虎通疏证》,吴则虞点校,中华书局1994年版,第119—120页。
❷ (清)陈立:《白虎通疏证》,吴则虞点校,中华书局1994年版,第173页。

们的精神产生一定的控制力。

基于五声与其他各种因素之间联系的必然性，《白虎通义·礼乐》指出，"闻角声，莫不恻隐而慈者；闻徵声，莫不喜养而好施者；闻商声，莫不刚断而立事者；闻羽声，莫不深思而远虑者；闻宫声，莫不温润而宽和者也"❶。角对应的是木，是东方，是春天，是恻隐仁慈的情怀，因而听角声，可以激起人的恻隐之心。徵对应的是火，是南方，是夏天，是长养好施的品性，因而听角声，可以激起人乐善好施的品格。商对应的是金，是西方，是秋天，具有刚断的品性，因而听商声，可以激起人做事果断的品性。羽对应的是水，是北方，是冬天，是深远冷静的性格特点，因而听羽声，可以培养起人深思远虑的性情。宫对应的是土，是中央，是季夏，是温润不偏的性格特点，因而听宫音，可以培养起人温和宽缓的性情。这里强化了五声对人的性情的影响力。但由"阳气动跃"而成的"角声"，为什么使人闻之一定会"恻隐而慈"呢？由"阴气开张，阳气始降"而成的"商声"，为什么使人闻之一定会"刚断而立事"呢？诸如此类的说法，都是因为它们处于同一关系网络之中，在互浸思维和关联思维的作用下，主观上被认为必然具有这些属性。

《白虎通义·五行》篇还构建了一个五行与阴阳、四季、四方、四色、五音、五帝、五神相配的庞大体系。在这个体系之下，宇宙秩序井然，活跃着生命气息，有着神奇的灵光：

> 春之为言偆，偆动也。位在东方。其色青，其音角者，气动跃也。其帝太皞。太皞者，大起万物扰也。其神句芒。句芒者，物之始生，芒之为言萌也。❷

---

❶ （清）陈立：《白虎通疏证》，吴则虞点校，中华书局1994年版，第95页。
❷ （清）陈立：《白虎通疏证》，吴则虞点校，中华书局1994年版，第175页。

> 夏之为言大。位在南方。其色赤，其音徵。徵，止也。阳度极也。其帝炎帝。炎帝者，太阳也。其神祝融。❶
>
> 秋之言愁也。其位西方。其色白，其音商。商者，强也。其帝少皞。少皞者，少敛也。其神蓐收。蓐收者，缩也。❷
>
> 冬之为言终也。其位北方。其音羽，羽之为言舒，言万物始孳。其帝颛顼。颛顼者，寒缩也。其神玄冥。玄冥者，入冥也。❸
>
> 土为中宫……宫者，中也。其帝黄帝，其神后土。❹

在汉代人的意识中，音乐与天地宇宙、阴阳五行同处于一个统一的格局之中，且赋予五行某种精神品质。春天万物复苏，一切蠢蠢欲动。与春天相应的颜色是青色、角音，与春天相应的神灵是太皞和句芒；夏天太阳火热，阳气发展到极点，与夏天对应的颜色是赤色，对应的神灵是炎帝和祝融；秋天万物萧索，秋天人的心情忧愁，与秋对应的颜色是白色，对应的音律为商，对应的神灵为少皞和蓐收；冬天是一年的终点，万物伏藏，与冬天对应的颜色为黑色，对应的音律为羽音，对应的神灵为颛顼和玄冥；中央为宫，对应的神灵是黄帝和后土。这是一个非常整齐的宇宙空间，所有的事物都被纳入五行的体系中，连五种神灵也被纳入这一体系之中。在《白虎通义》所构建的宇宙时空中，人和物相互融为一体，虚和实融为一体，神灵虽然不是最高的主宰，却是广泛联系的人类生活结构中的重要一环。这是一个充满奇异色彩的宇宙观念。

《汉书·律历志》中也论述了五行与五音的关系：

---

❶ （清）陈立：《白虎通疏证》，吴则虞点校，中华书局1994年版，第177页。
❷ （清）陈立：《白虎通疏证》，吴则虞点校，中华书局1994年版，第178—179页。
❸ （清）陈立：《白虎通疏证》，吴则虞点校，中华书局1994年版，第180—181页。
❹ （清）陈立：《白虎通疏证》，吴则虞点校，中华书局1994年版，第181页。

第六章 谶纬神学:神秘文化的极端化及其对诗学的影响

声者,宫、商、角、徵、羽也。所以作乐者,谐八音,荡涤人之邪意,全其正性,移风易俗也。八音:土曰埙,匏曰笙,皮曰鼓,竹曰管,丝曰弦,石曰磬,金曰钟,木曰柷。五声和,八音谐,而乐成。商之为言章也,物成孰可章度也。角,触也,物触地而出,戴芒角也。宫,中也,居中央,畅四方,唱始施生,为四声纲也。徵,祉也,物盛大而繁祉也。羽,宇也,物聚臧宇覆之也。夫声者,中于宫,触于角,祉于徵,章于商,宇于羽,故四声为宫纪也。❶

《汉书·律历志》五行与五音的关系显然与《白虎通义》及纬书的内在精神是相通的,都带有一定的主观性和牵强性,即将五声并入五行框架,并认为音乐对自然和社会具有神奇的影响力,最终会对社会事务具有影响力。相较于西汉时期的五行与五音的关系,《汉书》的训诂具有明显的主观随意性,事物之间的影响关系自然也更加随意。

如前所述,这种将五行、五音、五色、五神等都纳入同一框架之中的思维模式,同样属于关联思维,或者叫作类比思维。在阴阳五行框架中,事物之间的联系正具有这种原始思维的性质。这种将方位与声色等其他事物属性相联系的做法,在其他民族中也存在。叶舒宪在《探索非理性的世界》中指出,美洲的祖尼人就把世界分为东、西、南、北、中五个领域,一切存在物都要在某一空间领域中占据一个位置。东、西、南、北分别与地、水、火、风和秋、春、夏、冬相对应,似乎离开了具体的颜色,他们就无法把握空间方位了。❷ 这应当是人类早期把握世界的一种基本模式,但当这种模式构建成熟之后,即便是带有想象的性质,但它作为一个理论起点,也会成为人们解读世间关系的法则。但我们知道这个理论法则本身

---

❶ (汉)班固:《汉书》,(唐)颜师古注,中华书局1962年版,第957—958页。
❷ 叶舒宪:《探索非理性的世界》,四川人民出版社1988年版,第78页。

具有不可实证的性质，所以建立于它之上的关系，大都无法实证。但这种无法实证的观念常常成为影响深远的民族审美意识。如春天和绿色被用作生命的象征；夏天万物生长茂盛，红红火火，兴旺发达，因而红色为喜庆的颜色；秋天和冬天是万物衰老、死亡的季节，故民间的丧服从白从黑。土在五行中处于中间位置，地位最尊，故土的黄色被用作皇帝的专用服色。就《白虎通义》的阴阳五行和美学观念来看，显然，天、地、人之间的联系更加广泛了，但也更加随意了。

第四节 谶纬神学中庞大的气化宇宙体系

谶纬神学把先秦以来的阴阳、五行、八卦、天人感应等思想观念完全接受下来，作为内在框架，又统一到天神的名义之下，而打通各种不同宇宙体系的一个很好途径是"气"。万物以气相通，也通过气而相互感应，从而构成一个复杂而庞大的神学体系。《淮南子》、《春秋繁露》、纬书以及《白虎通义》虽然侧重点不同，但都将气与阴阳五行、伦理道德等联系在一起，从而使气成为一个主观色彩很强的概念，尤其是谶纬神学中，八卦之气注定了吉凶祸福，具有一定的先验性和神秘色彩。

一 谶纬神学语境中的元气论

在纬书系统中，宇宙是由元气生成的，元气源于无。《易纬乾凿度》指出，宇宙生成的过程分为"太易""太初""太始""太素"四个阶段❶。

---

❶ ［日］安居香山、中村璋八辑：《纬书集成》，河北人民出版社1994年版，第11页。

第六章 谶纬神学:神秘文化的极端化及其对诗学的影响

在"太易"之时,宇宙中无形象、无气;"太初"阶段,气开始萌发;"太始"阶段,不仅有气,而且有形;"太素"阶段,不仅有气、形还有质,但是,这时的气、形、质尚未分化,万物相混还没有区分,所以称为"浑沦"。从混沌一片的虚无开始,之后逐渐有了气,有了万物。这就是纬书所说的宇宙生成过程。在这一过程中,气起到了关键性的作用,气不但是万物的始基,气的不同状态还成为宇宙演化阶段的标志。

天地间的一切物质和自然现象,都是阴阳之气运动变化而形成的。具体来讲,日月星辰是由阴阳二气的消长而形成的。《河图叶光纪》云:"元气闿阳为天。"❶《春秋说题辞》云:"盛阳之气温暖,为雨。阴气薄而胁之,则合而为雹。盛阴之气凝滞,为雪。阳气薄而胁之,则散而为霰。"❷雨是温暖的盛阳之气形成的;冰雹是由于阴气遇到阳气凝合而形成的;雪是由于盛阴之气凝滞而形成的;霰是由于阳气遇到阴气散开而形成的。雨、雹、雪、霰都是由阴阳之气形成的。《春秋元命包》讲:"阴阳之气,郁积成精。聚而上升,则为星;聚而下凝,则为石。"❸"气相渐错,以云纠,故三月榆荚落。"❹天是由元气形成的。元气上升,在天空可以形成星星;元气凝而下沉,在地下可以形成石头。气流交错,榆荚就纷纷飘落了。大自然中的天地日月星辰都由元气构成,自然界的变化也由气的流荡而形成,所以,元气是万物的胚胎和始基。

元气不仅是构成万物的始基,也是促使宇宙运转的动力。《春秋元命包》具体分析了天左转、地右转的原因,"地所以右转者,气浊精少,含阴而起迟,故转迎天,佐其道"❺。阴阳二气形成天地,阳气轻清上升成为

---

❶ [日]安居香山、中村璋八辑:《纬书集成》,河北人民出版社1994年版,第1162页。
❷ [日]安居香山、中村璋八辑:《纬书集成》,河北人民出版社1994年版,第862页。
❸ [日]安居香山、中村璋八辑:《纬书集成》,河北人民出版社1994年版,第608页。
❹ [日]安居香山、中村璋八辑:《纬书集成》,河北人民出版社1994年版,第603页。
❺ [日]安居香山、中村璋八辑:《纬书集成》,河北人民出版社1994年版,第598页。

天，阴气重浊下降成为地，轻清容易运动，所以天行健，运动速度快；重浊起动慢，运行迟缓。天左转、地右转是因为地气重浊含阴，所以转得较慢，相较于天来说，地向右转。元气不仅是化生万物的始基，也是促成事物变化的原因。

天地万物是由气构成的，人自然也是由气构成的。人禀阴阳之气而生，所以才有了性情。据《白虎通义·情性》篇转引《纬书》中的内容："故《钩命决》曰：情生于阴，欲以时念也。性生于阳，以就理也。阳气者仁，阴气者贪，故情有利欲，性有仁也。"❶ 也就是说，阴阳之气决定了人的性情。

神灵也由元气构成。《春秋文曜钩》指出："中宫大帝，其精北极星，含元出气，流精生一也。"❷《春秋合诚图》指出："天皇大帝，北辰星也，含元秉阳，舒精吐光，居紫宫中，制御四方，冠有五采。"❸ 在纬书看来，"中宫大帝""天皇大帝"，都是"含元气""舒精吐光"的结果，都是由元气构成的，这就使元气成为一个神学概念。

综上所述，在谶纬神学中，气是一种没有形体的物质性的东西，是太极的产物，又是宇宙的胚胎和万物的始基，四时五行、阴阳变化、飞潜动植等都是由元气构成的。同时，各种神灵也由元气构成。因此，谶纬中的元气既是神学的基本概念，又是自然宇宙构成论的概念。元气源于形而上的太极，其变化充满了神秘性，但也是自然万物尤其是一年中草木作物生长和衰亡的过程。元气既是天人感应的神学目的论的结果，又是向东汉时期以王充为代表的元气自然论过渡的中间环节。

---

❶ （清）陈立：《白虎通疏证》，吴则虞点校，中华书局1994年版，第381页。
❷ ［日］安居香山、中村璋八辑：《纬书集成》，河北人民出版社1994年版，第662页。
❸ ［日］安居香山、中村璋八辑：《纬书集成》，河北人民出版社1994年版，第767页。

二 气、风与谶纬语境中的艺术观念

在谶纬神学语境中，日月星辰、自然美景、音乐、色彩等都与气有密切的联系。自然界种种动植物的变化，都是因为地气在一年不同的季节有盈长消退的不同变化。也就是说，是气的变化赋予自然景象某种内在的秩序。正如《易纬乾凿度》所说，气的运动分别会引起地之上、地之中、天之上的各种植物和动物的反应。

《易纬乾凿度》认为五常源于东、南、西、北、中五方之气，其中，"仁"生于东方，是由于东方之卦为震，而震又代表阳气始生，万物始出，生养万物有爱，故东方之气为仁。"礼"生于南方，是由于南方之卦为离，而离代表阳气当令得位，阳得正于上，阴得正于下，上下有等，尊卑有定，这是"礼"的精神实质，故南方之气为礼。"义"生于西方，是由于西方之卦为兑，兑代表阴气用事而物得其宜，宜者义也，故西方之气为义。"信"生于北方，是由于北方之卦为坎，坎代表盛阴，阳气含闭，是信的状态。中央之气统摄四方之气，最为重要，为"智"。这就将卦气与伦理道德相联系，使仁、义、礼、智、信奠基在阴阳五行之气运行的基础上。

在汉代谶纬语境中，气与音律有密切的联系。一般来讲，不同的季节有不同的气，属于某一季节的气如果协调的话，就会使相应的声调受到感应。《乐纬》将音乐与节气联系起来，认为："春气和则角声调，夏气和则徵声调，季夏气和则宫声调，秋气和则商声调，冬气和则羽声调。"❶《乐动声仪》云："冬至阳气应，则乐均清，景长极，黄钟通土灰，轻而衡仰。夏至阴气应，则乐均浊，景短极，蕤宾通土灰，重而衡低。"❷ 也就是说，

---

❶ [日] 安居香山、中村璋八辑：《纬书集成》，河北人民出版社1994年版，第568页。
❷ [日] 安居香山、中村璋八辑：《纬书集成》，河北人民出版社1994年版，第544页。

自然之气能够在音律中有内在的对应关系。角声调是因为春气和，徵声调是因为夏气和，以此类推，音律的和谐与气运行的状况密切相关。音律不再是单纯的音乐，且与个体情感关系不大，音律是由气的运行状况所决定的。

如果季节与音律不相配，就会有灾异产生。如《乐动声仪》所说："春宫秋律，百卉必凋。秋宫春律，万物必劳。夏宫冬律，雨雹必降。冬宫夏律，雷必发声。"❶ "五音和，则五星如度。"❷ 圣人制礼作乐时，必须根据天时气变，使五音相和，五星为度，这样才能观得失之效。如果春季演奏了秋季的音乐，百卉必将凋零，同样，各个季节的节气如果不能与相应的音律相协调的话，都会出现各种灾异现象。音律是否协调成为灾异出现的原因。

圣人制礼作乐时，必须根据天时气变，《乐动声仪》云：

> 作乐制礼，时有五音，始于上元，戊辰夜半，冬至北方子。上元者，天气也，居中调礼乐，教化流行，揔五行为一。中元者，人气也，气以定万物，通于四时者也。承天心，理礼乐，通上下四时之气，和合人之情，以慎天地者也。下元者，地气也，为万物始，生育长养，盖藏之主也。风气者，礼乐之使、万物之首也。物靡不以风成熟也，风顺则岁美，风暴则岁恶。❸

《乐纬》也表达了同样的意思：

> 上元者，天气也，居中调礼乐，教化流行，揔五行气为一。下元

---

❶ [日]安居香山、中村璋八辑：《纬书集成》，河北人民出版社1994年版，第544页。
❷ [日]安居香山、中村璋八辑：《纬书集成》，河北人民出版社1994年版，第545页。
❸ [日]安居香山、中村璋八辑：《纬书集成》，河北人民出版社1994年版，第537—538页。

第六章 谶纬神学:神秘文化的极端化及其对诗学的影响

者,地气也,为万物始质也,为万物之容范。中元者,人气也,其气以定万物,通于四时,承天心,理礼乐,通上下四时之气,和合人之情,以慎天地者也。时元者,受气于天,布之于地,以时出入万物者也。风元者,礼乐之本,万物之首,物莫不以风成熟也。圣王知物极盛则衰,暑极则寒,乐极则哀,是以日中则昃,月盈则蚀,天地盈虚,与时消息。制礼作乐者,所以改世俗,致祥风,和雨露,为万姓获福于皇天者也。圣人作乐,绳以五元,度以五星,碌贞以道德,弹形以绳墨,贤者进,佞人伏。❶

综合上述两段文献的意思,可以看出,纬书将"元气"归为五大类,即天气、地气、人气、时气和风气。其中,上元之气为天气,居中,协调礼乐;中元之气为人气,通于四时,承天心,是人的情感的体现,也与礼乐相联系;地气为万物之始,是万物生育长养的基础;时气,受之于天,布之于地,表现为不同季节万物生长的不同状态;风气是礼乐之使、万物之首,会影响到作物的生长,也会影响到社会风气。这五种气之间相互作用,因而天地人四时万物由气所贯通,整个世界笼罩在一片神秘之气中。礼乐是依据五种气而制定的,因而能够贯通天地。

《白虎通义·五行》还将十二律与一年之中十二个月不同月份阴阳之气的消长变化联系起来:

> 十一月律谓之黄钟何?黄者,中和之色。钟者,动也。言阳气动于黄泉之下动,养万物也。
>
> 十二月律之谓之大吕何?大者,大也,吕者,拒也。言阳气欲出,阴不许也。吕之为言拒也,旅抑拒难之也。

---

❶ [日]安居香山、中村璋八辑:《纬书集成》,河北人民出版社1994年版,第566页。

正月律谓之太蔟何？太亦大也，蔟者凑也。言万物始大，凑地而出也。

二月律谓之夹钟何？夹者，孚甲也。言万物孚甲，种类分也。

三月谓之姑洗何？姑者，故也。洗者，鲜也。言万物皆去故就其新，莫不鲜明也。

四月谓之仲吕何？言阳气将极中充大也，故复中难之也。

五月谓之蕤宾何？蕤者，下也。宾者，敬也。言阳气上极，阴气始起，故宾敬之也。

六月谓之林钟何？林者，众也，万物成熟，种类众多。

七月谓之夷则何？夷，伤也。则，法也。言万物始伤，被刑法也。

八月谓之南吕何？南者，任也。言阳气尚有，任生荠麦也，故阴拒之也。

九月谓之无射何？射者，终也。言万物随阳而终，当复随阴而起，无有终已也。

十月谓之应钟何？应者，应也。钟者，动也。言万物应阳而动下藏也。❶

十二律与十二月相配，每个月，每一种音律又与某一种生命状态相对应，整个十二律以及十二月正是一个完整的生命过程。从阳气萌动于黄泉，到阳气欲出阴气不许的斗争；从万物开始在地面萌生到万物孚甲；从万物去故就新到阳气将发展到极端的充大状态；从阴气始起到万物成熟；从万物始伤到阳气只能生养荠麦；从万物随阳而终到万物应阳而动下藏，都有不同的音律与之相配。因而，十二律是阳气萌动、上升、下降到闭藏的过程，是万物复苏、成长、茂盛、衰微到终结的过程。纬书中的十二律延续

---

❶ （清）陈立：《白虎通疏证》，吴则虞点校，中华书局1994年版，第182—187页。

第六章 谶纬神学:神秘文化的极端化及其对诗学的影响

了《淮南子》中的音律观念,音律与大自然的变化节奏相一致,从而具有了宇宙论的性质。这就是汉代的音律思想,音律对应的是万物生长发育的过程,以及阴阳之气消长变化的不同阶段。

风是气给人的最直接的感受,因而风与气在中国古代哲学中有密切的关系。《河图括地象》指出,天地之间有对应的关系,天有五行,地上就相应地有五岳;天有八气,地上就相应地有八风❶。纬书中的风,一是指自然之风气;二是指社会之风气。自然之风气可以使庄稼生长成熟;社会风气正则社会稳定,风气不正则社会道德低下。

中国古人根据气的变化安排生活,也就是根据风的变化来安排生活。《易纬通卦验》指出,一年四季万物生长变化,都是因为风运化的结果。立春,条风吹拂,冰雪融化,春雨开始降临,野鸡鸣叫,家鸡开始产卵,杨柳吐露花絮,一切都是欣欣然的样子;春分,明庶风吹来,雷雨并至,桃花盛开;立夏,清明风至,盛阳之气来到,白鹤鸣叫,走兽奔走;夏至景风至,暑气湿,蝉儿鸣叫,螳螂隐藏在茂密的枝叶间;立秋,凉风习习,清晨的草丛上有了露水,猛虎在秋山上的吟啸,更显出秋的寒意;寒露节气,草上落满了白霜,秋草枯萎,鸟儿飞向南方;小雪时节,天气一天天寒冷,熊罴钻入洞穴开始过冬。《易纬通卦验》几乎是用诗化的语言将二十四节气中不同的景象进行了描述。这显然是对《礼记·月令》和《吕氏春秋》思想的延续,与之不同的是,纬书中将自然景物变化的原因都归于气的变化。气的运化决定了地上是否会风调雨顺,是否会阳光灿烂。

《白虎通义》也认为八风是阴阳之气的消长变化造成的。每过四十五天就刮一种风,从条风到广莫风,循环往复。其实,八风就是八气,是气的不同流动速度和强度。八风影响到作物的生长。《白虎通义·八风》云:

---

❶ [日]安居香山、中村璋八辑:《纬书集成》,河北人民出版社1994年版,第1090页。

条风至地暖。明庶风至万物产。清明风至物形乾。景风至棘造实。凉风至黍禾乾。昌盍风至生荠麦。不周风至蛰虫匿。广莫风至，则万物伏。是以王者承顺之。条风至，则出轻刑，解稽留。明庶风至，则修封疆，理田畴。清明风至，出币帛，使诸侯。景风至，则爵有德，封有功。凉风至，则报地德，祀四乡。昌盍风至，则申象刑，饰囹仓。不周风至，则筑宫室，修城郭。广莫风至，则断大辟，行狱刑。❶

随着八风的变化，斗转星移，自然变迁，人们面对不同的生活景象，"条风至地暖"，"昌盍风至生荠麦"，等等，这是感觉中的风，是风中的自然风光。

风是气的强烈运动，气与音乐有密切关系，那么，风也和音乐有密切关系。乐由风、气而生，古人常将"风""气""乐"三者相提并论。"乐曲以音符作为媒介，靠空气的震动传播，同样诉诸人的听觉。风和乐曲都是无形的，又都有声音可闻，二者非常相似，所以，古人以风喻乐是非常自然的。"❷

三 五行之气与谶纬语境中的美学观念

在纬书系统中，气、阴阳、五行、四时、八卦、二十四节气等几种并行不悖的宇宙构成模式相互交融、相互印证。这样，元气就被具体化为阴阳之气、五行之气、八卦之气等。可以说，由于气的超强联通能力，使所有事物之间的界限都能被打通，整个宇宙成为一个相互关联的整体。

---

❶ （清）陈立：《白虎通疏证》，吴则虞点校，中华书局1994年版，第343—346页。
❷ 李炳海：《先秦阴阳五行学说与风的文艺学内涵》，《社会科学战线》1998年第3期。

在气范畴中，五行生克关系也就成了五行之气的生克关系。《孝经援神契》中讲："土之精黄，木之精青，火之精赤，金之精白，水之精黑。木气生风，火气生蝗，土气生虫，金气生霜，水气生雹。失政于木，则风来应；失政于火，则蝗来应；失政于土，则虫来应；失政于金，则霜来应。失政于水，则雹来应……"❶ 意思是说木、火、土、金、水是由不同的五行之气构成，同时五行之气又分别产生了风、蝗、虫、霜、雹等自然现象。木气生风，因而，失政于木，在自然界的风上会体现出来。同样失政于火、土、水等其他方面，亦会有相应的自然现象来感应。在五行框架中，只要有一个地方有联系，其他方面也被联系起来。这就是政治与木、与风联系起来的原因。

《白虎通义》将气与五行相匹配，使五行被统一于气范畴之中，气成了五行的本体，五行之气成为宇宙生成变化的根本。《白虎通义·封公侯》说："五行者，何谓也？谓金、木、水、火、土也。言行者，欲言为天行气之义也。"《白虎通义·五行》篇说：

> 水位在北方，北方者阴气，在黄泉之下，任养万物。水之为言准也。养物平均，有准则也。木在东方。东方者，阳气始动，万物始生。木之为言触也。阳气动跃触地而出也。火在南方。南方者，阳在上，万物垂枝。火之为言委随也。言万物布施。火之为言化也。阳气用事，万物变化也。金在西方，西方者，阴始起，万物禁止。金之为言禁也。土在中央。中央者土，土主吐含万物，土之为言吐也。❷

《白虎通义》对五行之气所作的阐释是，水位于北方，属于阴气，在黄泉

---

❶ [日]安居香山、中村璋八辑：《纬书集成》，河北人民出版社1994年版，第989页。
❷ （清）陈立：《白虎通疏证》，吴则虞点校，中华书局1994年版，第167—168页。

之下，涵养万物，同时水没有偏私，因而可以作为准则。这就是北方、水的品质和美学精神；木在东方，阳气始动，万物始生，象征着植物破土而出的欣欣向荣之气。因而东方与生生不息的生命精神相联系；火在南方，阳气在上，植物垂下它们的枝条，呈现出蓬勃的生命活力；金在西方，阴气开始萌动，万物停止生长，所以金意味着禁止，这是万物成熟的阶段。土在中央，吞吐万物，最具有包孕精神。五行之气，决定了五方、四时的流转以及自然景观的变化。五个方位代表五种生活景象和五种生命状态。

四　八卦之气与谶纬语境中的美学观念

谶纬神学也将气与八卦联系起来。认为阴阳、五行、八卦以无形的气在天地间运行，与有形世界万物的同类之气进行感应，并以此控制有形世界的变化。《易纬乾凿度》中讲：

> 其布散用事也，震生物于东方，位在二月。巽散之于东南，位在四月。离长之于南方，位在五月。坤养之于西南方，位在六月。兑收之于西方，位在八月。乾制之于西北方，位在十月。坎藏之于北方，位在十一月。艮终始之于东北方，位在十二月。八卦之气终，则四正四维之分明，生长收藏之道备；阴阳之体定，神明之德通，而万物各以其类成矣。❶

这是一种宇宙秩序，八卦代表八个方位的气，分别对应八个季节，其运转的秩序是：震卦位在东方，主春分；巽卦位在东南，主立夏；离卦位在南方，主夏至；坤卦位在西南，主立秋；兑卦位在西方，主秋分；乾卦

---

❶ ［日］安居香山、中村璋八辑：《纬书集成》，河北人民出版社1994年版，第8页。

第六章 谶纬神学:神秘文化的极端化及其对诗学的影响

位在西北,主立冬;坎卦位在北方,主冬至;艮卦位在东北,主立春。按照顺时针方向运转,对应一年时序的运转,以及万物的生长、养育、成熟、衰落的整个过程。进一步来讲,震、离、兑、坎四正卦表示东、南、西、北四方以及与之相应的春、夏、秋、冬四季,每一卦中的六爻分别代表六个节气,一年二十四个节气就与八卦对应起来。在这个关系中,人们把经验的事实,如四季的更替、寒温的变化与主观想象结合起来,并反过来通过卦象进行类比和推论,得出世界应有何秩序的结论。

八卦之气具有自然之气的性质,但按照纬书的思路,八卦之气并非源于对自然运行规律的总结,八卦之气的源头是太极。太极是虚幻的状态,它视之不见,听之不闻,是一个形而上的概念。八卦之气的源头正是这形而上的太极,所以,纬书中的八卦之气,并不是自然之气,而是神秘的超验之气。八卦之气的盈长消退使世界呈现出某种秩序。《易纬乾凿度》云:"易始于太极。太极分而为二,故生天地,天地有春秋冬夏之节,故生四时。四时各有阴阳刚柔之分,故生八卦。八卦成列,天地之道立,雷风水火山泽之象定矣。"❶ 太极分为二,形成天地。天地间有春夏秋冬四时,四时各有阴阳、刚柔,相互交错就形成八卦。从太极到天地、四季的变迁、万物的生长、八卦的形成,这是一个存在渊源关系的生成系列,它表明太极天地、四时万物之间因为一气贯通可以相互感应。

既然人与万物皆由气化生而成,那么,万物与人就处于一个相互类同、相互感应的关系之中,人体生命之气与自然万物生命之气可以相互感应。因而纬书认为,卦气是有色彩的且卦气不顺的话会引起灾异。《易纬通卦验》指出八卦之气与自然之间的关系。乾位在西北,主立冬,为白气。乾气不至,则立夏有寒,伤禾稼;坎位在北方,主冬至,为黑气。坎气不至,则夏至大寒雨雪,涌泉出;艮位在东北,主立春,为黄气。艮气

---

❶ [日]安居香山、中村璋八辑:《纬书集成》,河北人民出版社1994年版,第7—8页。

不至，则立秋山陵多崩，万物华实不成，五谷不收；震位在东方，主春分，为青气。震气不至，则岁中少雷，万物不实；巽位在东南，主立夏，为青气。巽气不至，则岁中多大风，发屋扬沙，禾苗遭到损坏；离位在南方，主夏至，为赤气。离气不至，则无日光，五谷不荣；坤位在西南，主立秋，为黄气。坤气不至，则万物不茂，地震多发，牛羊多死；兑位在西方，主秋分，为白气。如果兑气不至，则岁中多霜，草木枯落。❶ 八卦之气是地下之气运演的不同状态，地上的禾苗庄稼、草木雨雪受到卦气的感应，都会产生相应的变化。

八卦之气与天地万物的关系主要是神秘感应。八卦之气不仅会引起自然界的变化，也会引起人间政治的微妙变化。《易纬通卦验》云："凡易八卦之气，验应各如其法度，则阴阳和，六律调，风雨时，五谷成熟，人民取昌，此圣帝明王所以致太平法。故设卦观象，以知有亡。夫八卦谬乱，则纲纪败坏，日月星辰失其行，阴阳不和，四时易政。"❷ 八卦之气和谐，则阴阳、六律协调，风调雨顺，但如果八卦之气有了偏差，无论偏左或偏右，都会引起一系列的灾异现象发生。可以说，纬书将卦气与自然联系的目的是最终将卦气与人君的政治相联系，以说明天下的兴衰存亡。《易纬是类谋》将帝王以五行八卦的方式排列，预言易位和将亡帝王的隐名、易位之际的天象、卦气、卦候、灾异等。如震气不效，发生在仓帝世，鼠孽食人，天下亡；离气不效，发生在赤帝世，女为诬，虹霓数兴，石飞山崩，天下亡。这样，某一帝王的易位和衰亡就与君王自己的作为没有必然的联系，在纬书的框架中，兴衰都带有必然性，是卦气变化的必然结果。卦气学说被置于神学理论支配之下。在这套体系中，事物的发展是方程式运算的必然结果，所以人生活的主动性在这套体系中就消失了，人被自己

---

❶ ［日］安居香山、中村璋八辑：《纬书集成》，河北人民出版社1994年版，第208—217页。
❷ ［日］安居香山、中村璋八辑：《纬书集成》，河北人民出版社1994年版，第207页。

第六章 谶纬神学:神秘文化的极端化及其对诗学的影响

概括出来的框架绑架了。所以,基于经验的不完全归纳概括出来的规律不但变成了一个想象性的宇宙关系图景,而且成为预知未来的方程式。推论的结果往往是在这个框架中运算的结果,而不一定与事实相符,但是生存在这个框架和体系中,对未来的预测却对人们的生活有极强的影响力。

在音乐观念方面,纬书将八卦之气与八种乐器对应起来,即与八音对应起来。八音,指八种材质制成的各种乐器,其中包括土制的乐器埙,竹制的管,革制的鼓,匏制的笙,丝制的弦,石制的磬,金制的钟,木制的柷敔。八音包含了世间万物的声音。《乐叶图征》云:

> 坎主冬至,宫者君之象。人有君,然后万物成,气有黄钟之宫,然后万物调,所以始正天下也。能与天地同仪、神明合德者,则七始八终,各得其宜。而天子穆穆,四方取始,故乐用管。艮主立春,阳气始出……故乐用埙。震主春分,天地阴阳分均……故乐用鼓。巽主立夏……故乐用笙。离主夏至,阳始下,阴又成物……故乐用弦。坤主立秋,阳气方入,阴气用事,昆虫首穴欲蛰……故乐用磬。兑主秋分,天地万物人功皆以定……故乐用钟。乾主立冬,阴阳终而复始、万物死而复生……故用柷敔。❶

八卦就是阴阳之气消长的八个阶段,表现为八个不同的季节,同时对应八种乐器。可以将《乐叶图征》中八卦与八种乐器的关系列表如下。

坎	冬至	管
艮	立春	埙
震	春分	鼓
巽	立夏	笙

---

❶ [日]安居香山、中村璋八辑:《纬书集成》,河北人民出版社1994年版,第562—564页。

续表

离	夏至	弦
坤	立秋	磬
兑	秋分	钟
乾	立冬	柷敔

八卦之气对应八个方位，八个节气，又必然地与八种乐器相对应。再进一步与圣王的活动相对应。这种将八卦之气与季节、乐器对应起来，形成一个系统的做法，是汉代神秘主义哲学的基本方法，然后再与人事相对应，构成"天人合一"的基本模式。

《白虎通义》也将八音与气联系起来，认为天子之所以用八音，是因为天子承继万物，当知其数，知其声。《白虎通义》将八音与八风以及一年之中万事万物发展演进的八种状态联系起来，使八音成为整个宇宙和社会生活的浓缩形式。据《白虎通义·礼乐》篇讲，八音所包含的文化蕴含如下。

先说埙，埙是土制成的乐器。"埙在十一月，埙之为言熏也，阳气于黄泉之下熏蒸而萌。"❶《白虎通义》用今文经学主观臆断的方式，将"埙"训为"熏"。埙是阳气在黄泉下熏蒸而萌生。这与十一月的地下阳气萌动有同样的结构，因而埙被用于十一月。

笙是匏制的乐器。"匏之为言施也，牙也。在十二月，万物始施而牙。笙者，太蔟之气，象万物之生，故曰笙。"❷ 匏即施或牙的意思，是指万物开始舒展而萌芽的状态。笙是太蔟之气，象征万物出生，所以叫作笙。因而十二月用笙。

鼓和鼗是皮制作的乐器。"鼓，震音，烦气也。万物愤懑震而出。雷以动之，温以暖之，风以散之，雨以濡之。奋至德之声，感和平之气也。

---

❶ （清）陈立：《白虎通疏证》，吴则虞点校，中华书局1994年版，第122页。
❷ （清）陈立：《白虎通疏证》，吴则虞点校，中华书局1994年版，第122—123页。

同声相应，同气相求，神明报应，天地佑之，其本乃在万物之始耶？故谓之鼓也。鞉者，震之气也。上应昴星，以通王道，故谓之鞉也。"❶ 鼓是震卦的声音，烦闷的气数。万物愤懑震荡而出，并受到暖风的吹拂，受到雨的滋润。鼓是激发表现最高德行的声音，其中充满了和平的气数。相同的声音互相应和，相同的气息互相寻求，神灵报答它，天地保佑它，它是万物的开始。所以叫作鼓。"鞉"是"鼗"的异体字。鼗是一种小鼓，是震卦的气数。在上与昴星相应，以便通达王道，所以叫作鼗。鼓和鼗都具有通天的作用。

箫是竹制的乐器。"箫者，中吕之气也。万物生于无声，见于无形，勠也，肃也。故谓之箫。箫者，以禄为本，言承天继物为民本，人力加，地道化，然后万物勠也。故谓之箫也。"❷ "肃"与"勠"意思相近，都指的是严肃。箫，从竹，肃声。在这里就被认为具有严肃之义。这当然是一种相当牵强的解释。但箫是中吕之气，这与万物生于无声，见于无形的寂寥、肃静之气是相通的，因而也勉强可以将"箫"训为"肃"，那么，人力施加，地道变化，万物清肃，就叫作"箫"。

磬是石制的乐器。"磬者，夷则之气也。象万物之成也。其声磬。"❸ 磬为夷则之气，象征万物的成熟。它的声音铿然坚强，具有区别尊贵卑贱的作用。《乐叶图征》也记载："坤主立秋，阳气方入，阴气用事……故乐用磬。"❹ 磬与秋天、与法度相关联是谶纬神学对磬乐的共同认识。

钟是金作的乐器。"钟之为言动也。阴气用事，万物动成。钟为气，用金为声也。"❺ 《白虎通义》将"钟"训为"动"，认为阴气动，万物就

---

❶ （清）陈立：《白虎通疏证》，吴则虞点校，中华书局1994年版，第123—124页。
❷ （清）陈立：《白虎通疏证》，吴则虞点校，中华书局1994年版，第124页。
❸ （清）陈立：《白虎通疏证》，吴则虞点校，中华书局1994年版，第125页。
❹ ［日］安居香山、中村璋八辑：《纬书集成》，河北人民出版社1994年版，第563页。
❺ （清）陈立：《白虎通疏证》，吴则虞点校，中华书局1994年版，第126页。

会萌动生成。

《白虎通义》用了很大的篇幅对八音进行了较为详尽的阐释,除琴瑟和柷敔两类乐器外,其他乐器都与天地之气有密切关系。这样,《白虎通义》将乐器都神性化了。乐器与气相通,万物都由气构成,因而乐器及乐音是沟通天人的中介。

总的来看,谶纬语境中的元气具体表现为阴阳之气、四时之气、二十四节气等,这些气影响到自然界的变化,成为自然美景变化的内在原因,同时气也决定了音律的季节性变化。气对色彩、音律等具有一定的决定性,遵循卦气、阴阳之气等生存,整个气场才能良性循环,但如果不能顺应气的规则而生存,就会产生灾难性的后果。这看起来说的是自然的气,是具有唯物论色彩的气,但纬书中元气的渊源却来自太极,所以在纬书中气与人的关系又具有浓厚的天人感应神学色彩。对气运演规律的遵循,也是对某种神秘力量的遵循。在元气概念影响下的音律就着上了更为强烈的神秘色彩,音律不是以人的意志为转移的。综观谶纬语境中的气化思想及其影响下的文艺美学思想,就会发现,它力图建构一个意义世界,目的在于使人伦道德意义更具有合理性,同时也将艺术与宇宙和人事联系起来,将艺术置于宏阔的宇宙背景之中,成为阴阳五行八卦系统的一个有机组成部分,使天地万物都被置于一个相互关联的系统之中。这样,乐器、乐音等都与自然景象相互对应,且会影响自然和政治发展的趋势。但这毕竟是性质不同的几种事物,因而在自然、艺术与人伦的关系网络中有一定的牵强性。

本章小结:谶纬是中国神秘文化的一个极端发展阶段。谶纬神学中构建了一系列前圣先贤的神奇出生和奇异面相,可以说是虚构小说创作的萌芽阶段。所以,纬书无益经典的解读,但丰富的想象和离奇的艺术风格有利于文章写作。谶纬神学将元气、八风、阴阳、五行、四季等更加广泛地联系起来，使神秘文化在汉代社会生活中更加广泛。尤其是对事物关系的某些解释，具有更强的"颠倒因果"的性质，主观臆断性更强。音乐几乎成为社会发生变化的根本原因。谶纬神学阶段，色彩、音律、礼乐、服色等具有来自天意的神圣性，同样也被纳入更为广泛的阴阳五行、八风四时的框架和体系之中。这表明谶纬神学阶段的审美观念仍延续着先秦以来的互浸和关联性思维模式，只是到了谶纬阶段神秘主义诗学进入更为全面、深入和精致化的阶段。

第七章

神秘主义诗学的休止与余音

从西周开始，人们就对神秘文化产生了怀疑，到春秋战国时期，由于神秘文化赖以存在的王权受到了冲击，且随着科技发展和各诸侯国法律观念的建立，天命鬼神观念也受到冲击。到了汉代，王符、张衡、王充等思想家从经验和实证出发，对谶纬神学进行质疑，理性认识逐渐代替了原始想象。在这样的文化背景下，文艺突破神学框架，开始关注人的肉体和精神存在等问题。在文艺思想层面表现出用科学思维来匡正文艺，并使文艺摆脱神秘文化影响的倾向。

第一节　汉代经验论哲学的兴起

在中国神秘文化氛围中，科学理性意识一直都没有完全缺席。早在西周天神观念还很浓厚的历史时期，人们就开始怀疑天的神秘性了。如《诗·大雅·云汉》是一首向上天祈雨的诗歌。诗中写到，上帝、百神都已祭祀，圭璧、牺牲都用完了，却没有一个神灵来佑助，也没有一个神灵能给予同情，天下依然大旱不止，人们禁不住发出无望的哀叹：昊天上帝什么时候才能赐福给人间！天庇护人类的承诺并没有实现，因而，在实证思维的萌动中，天的神圣性受到质疑和拷问。春秋战国时期，随着科学技术的进步和生产力的发展，人们进一步认识到许多事情的成败得失，天是无法控制的。因此，孔子要求不语怪力乱神。子产响亮地提出"天道远，人道迩"的思想，认为天道遥远，是不可实证的，还是关心人的现世生存更为重要。这就是先秦时期与神秘文化相伴而生的科学理性思维。

西汉时期，为了维护统治的合法性，也为了实现长生的愿望，统治者在人的现世生活之上建立了一个不可实证的虚妄精神空间，形而上的生存空间时时与人间生活相联系，左右着现世生活。这使神秘文化进入一个新的发展阶段。神秘文化在汉代铺天盖地，尤其是到了谶纬神学阶段，随着经学的全面神学化，牵强附会成风。过度神秘化禁锢了人们的自由思考。当神秘文化走向极端时，必然会出现一股力求推翻神秘文化的思潮。

一　汉代的科学发展及科学意识的觉醒对神秘文化的冲击

汉代思维一个最为突出的特点是，以宏阔的视野，仰观天文，俯察地理，认为天人之间存在相互感应的关系，互为因果，人应该根据天意决定该采取什么行动。但天象与人事之间毕竟有一定的距离，不能完全相对应，天人感应理论和谶语纬书在具体事实面前常常捉襟见肘。随着科学观念的发展，人们对天地自然有了新的认识，这为突破神学樊篱奠定了思想基础。

天文学领域对天的观测将人们对天的认识提升到一个新的高度，还原了天的本来面目，证明了天地都是具体的物质实体，而不是神秘的、人格化的神灵。在汉代，浑天说、盖天说、宣夜说在一定程度上冲击了天人感应的神秘学说。盖天说是中国古人有关宇宙结构最早的学说，较早出现于《周髀算经》中。盖天说认为天圆地方，天像覆盖着的斗笠，地像一个大棋盘，天地相距八万里，并不相交。浑天说以张衡为代表，认为天像鸡蛋壳，包裹着地。地像鸡蛋黄，孤居于天之中，天半覆地上，半绕地下。浑天说不仅确立了以地球为中心的地心说，而且认识到地球自转就如同人在大舟中，关着窗子坐着，舟行进了而人没有感觉到。宣夜说否定了盖天说、浑天说，把天看作一个坚硬的球体，认为天无形无质，宇宙高远无极，所有天体都在气体中飘浮运动，日月星辰依附在天体上，依靠气的推动在天空中自由浮动。每种天体都在自己的轨道上，按照自身的速度运行。每一种天体学说都在证明，天不是神灵，而是物质实体。

在科学实践领域，张衡制造了浑天仪。浑天仪外面是一个圆形球壳，相当于天，里面是一个实心的半球，相当于地。在天球拦腰处有一道环，为地平圈，它使天球的一半在地上，一半在地下。天球体内有一根长轴斜穿其心，叫作天轴。天球之上画有日月星象，它们随天球一同绕天轴旋转。

张衡的另一重大发明是候风地动仪。地动仪以精铜制成，径为八尺，合盖隆起，形似酒樽，分为内外两层，内层中央竖着都柱，都柱的周围有八条滑道，滑道中装有八根由都柱推动的曲杠杆，即"牙机"。内层的这些机巧，皆隐藏在樽内，从外面是看不见的。外层是按八个方位铸成的八条口含铜丸的青龙。每条龙的下方又各有一只张着嘴的蟾蜍。当地震发生时，地震波传来，中央的天柱因震动失去平衡向地震方向倾倒，使相应方向的龙口张开，铜丸即落入蟾蜍口中，发出响亮的声音。观测者就可以知道地震发生的时间和方位了。

地动仪

张衡还从科学的角度出发，对很多自然现象努力做出科学的解释。如张衡认为，日月星辰是水气、精气等物质凝聚形成的客观存在的自然实体，星体陨落也是自然现象。因此，他说："天之历数，不可任疑从虚，以非为是"（《后汉书·律历志》），应当尊重科学事实。张衡对天象的观察以及制作多种科学仪器必然会对天人感应论神学思想提出怀疑，为批判谶纬神学提供了有力的科学证据。

张衡不仅以科学来揭示天的本来面目，还从理论上反对虚妄的主观臆测和随意附会。《后汉书·张衡传》说张衡"以图纬虚妄，非圣人之法"❶，并上书反对谶纬神学。张衡说，汉代成帝、哀帝之前很少有谶纬神学，

---

❶ （南朝宋）范晔：《后汉书》，（唐）李贤等注，中华书局1965年版，第1911页。

但之后谶纬大盛。人们迷信谶纬，可能是因为画现实的犬马不易，而画鬼魅容易。

二 汉代的经验论哲学观念

在汉代，除科学的发展对神秘文化具有一定的冲击外，人们对社会人生问题的思考，一直都隐含着理性分析的成分，只是这些理性的思索在神秘文化的大背景下不占主导地位。

（一）扬雄的唯物主义思想

扬雄是一位重视现实经验，并将求真作为自己奋斗目标的文学家和哲学家。扬雄的观点具有鲜明的经验实证论色彩和人本色彩。他认为董仲舒的天人感应思想以及汉代的神仙思想等都是无稽之谈。比如，扬雄否定了以龙求雨的做法。《法言·问神》中说："君子之言幽必有验乎明，远必有验乎近，大必有验乎小，微必有验乎著。无验而言之谓之妄。"❶ 意思是说，一个人所有的话都必须有根有据落到实处，没有事实根据的话是虚妄之言。

《法言·君子》中有关于神仙是否存在这一问题的讨论。扬雄说，伏羲、神农、黄帝、尧、舜都去世了。文王埋葬在毕原，孔子葬在鲁城之北。谁能不死？因此，长生不死，羽化升仙，这不是人力所能够达到的。❷ 因此，扬雄通过一系列圣人已经死亡的事实，得出"有生者必有死，有死者必有终，自然之道也"❸ 的结论。人总是要死的，因而所有关于圣王不死的想象都没有现实根据，与其制造出成仙的神话，不如做好当下的事情。这是一种实证论思维。

---

❶ 汪荣宝：《法言义疏》，陈仲夫点校，中华书局1987年版，第159页。
❷ 汪荣宝：《法言义疏》，陈仲夫点校，中华书局1987年版，第517页。
❸ 汪荣宝：《法言义疏》，陈仲夫点校，中华书局1987年版，第521页。

扬雄也反对"美""受命于天"的观点。《法言·问道》曰:"或问:雕刻众形者匪天与? 曰:以其不雕刻也,如物刻而雕之,焉得力而给诸?"扬雄的意思是说,美的事物不是天有意"雕刻"出来的,而是自然产出的,与"物刻而雕之"是不同的。也就是说,他否定了"上帝之美",肯定了自然之美与人工之美。扬雄在"疾虚妄"的精神指引下,表现了对人的重视,削弱了天的神性和宗教性。

(二) 桓谭的唯物论

桓谭生活的时代,光武帝用谶言决定朝廷大事。桓谭上书指出,从先王的记载可以看出,仁义是治理国家的正道。在子贡之前,就没有听说有奇怪虚诞之事。所以,图谶与以仁义为本的儒学格格不入,宣扬图谶者使用的是欺骗手段。他强烈建议帝王应摒弃谶纬邪说,斥逐制造妄言的小人,回归到儒家经典的正路上来。

桓谭多次对神仙方术、长生不老的神话进行批驳。《新论·辨惑》中分析楚灵王的故事。楚灵王骄逸轻下,信巫祝之道。有一天,他正手执羽毛翩翩起舞于坛前祭祀上帝,礼拜群神。这时吴人来攻打,国人告急。他却鼓舞自若,并说,他正在祭祀上帝,取悦神明,应当能得到神灵的保佑。但神灵并没有保佑他,吴兵遂至,俘获了太子及后妃。桓谭通过此事证明,神并没有显灵,并没有保佑楚灵王。

《新论·正经》篇中讲,曲阳侯王根跟方士西门君惠学习养性却老之术。君惠说:龟能活三千年,鹤能活千年,龟鹤尚能长寿,人怎能还不如虫鸟呢? 所以人也应该能通过方术实现长生不老。但桓谭从科学的、实证的角度指出,龟鹤长寿只不过是人对自然缺乏细心观察而导致的误解。如果人能与龟鹤同居,长期观察的话,会发现龟鹤未必是长寿的。进一步讲,如果人可以通过修习却老之术长寿,那么也一定有办法使知了之类的昆虫延续生命,事实上,这些昆虫的生命是很短暂的,没有任何人可以使它们的寿命得以延长。由此可见,通过方术达到长生不死的想法是荒谬的。

《新论·正经》篇还记载，刘子骏信方术虚言，认为神仙可学，他曾经问桓谭，是否人减少嗜欲，闭目塞听，就可以保持身体不衰竭？桓谭看到庭下有棵大榆树，已经老到树皮都斑驳脱落了，就说："彼树无情欲可忍，无耳目可合，然犹枯槁朽蠹；人虽欲爱养，何能使之不衰？"❶ 在道教中，"抑嗜欲，合耳目"是闭关的修炼法。但在桓谭看来，人生存的过程是形与神整体耗散的过程，再高明的养生之道也无法使人长生不死。

桓谭具有如此卓识，却引起光武帝的不满。有一次，朝臣商议灵台的选址问题，光武帝问桓谭说：他将根据图谶来决定灵台的选址，怎么样？面对光武帝的问题，桓谭沉默良久，但面对巨大压力，他仍不作违心之论。他回答说：自己不读谶。接着又当着大臣们的面，批驳图谶的荒谬性。光武帝大怒，责骂桓谭胆大包天，要将他问斩。桓谭只好叩头请罪，直至流血，光武帝才平息了怒气，却罢了这位70多岁老人议郎给事中的官职，并将桓谭赶出京城，流放外地。桓谭在流放途中抑郁而死。桓谭的经历说明，在汉代，神学仍有强大的势力。因而，在当时用理性的、科学的态度来思考问题需要极大的勇气。

（三）王符的唯物思想

在东汉，王符也是批驳谶纬迷信的重要代表人物。王符《潜夫论·务本》篇指出："虚无谲诡，此乱道之根也。"《潜夫论·本训》篇指出："天之以动，地之以静，日之以光，月之以明，四时五行，鬼神人民，亿兆丑类，变异吉凶，何非气然？……天之尊也气裂之，地之大也气动之，山之重也气徙之，水之流也气绝之，日月神也气蚀之，星辰虚也气陨之，旦有昼晦，霄有夜明，大风飞车拔树，歘电为冰，温泉成汤，麟龙鸾凤，螫贼蠓蝗，莫不气之所为也。"❷ 王符认为世界是一个由元气构成的统一

---

❶ （汉）桓谭撰，朱谦之校辑：《新辑本桓谭新论》，中华书局2009年版，第37页。
❷ （汉）王符著，（清）汪继培笺，彭铎校正：《潜夫论笺校正》，中华书局1985年版，第367—368页。

体，元气横扫寰宇，并吞八荒，是无处不有、无所不包的物质实体。这样，王符就完全排除了超自然的精神力量的干扰和纠缠，把一个神秘的世界解读为一个由物质性的气构成的世界。

《潜夫论·浮侈》篇批评了因巫术盛行而耽误生产和生活的社会现象。他说："今多不修中馈，休其蚕织，而起学巫祝，鼓舞事神，以欺诬细民，荧惑百姓。妇女羸弱，疾病之家，怀忧愦愦，皆易恐惧，至使奔走便时，去离正宅，崎岖路侧，上漏下湿，风寒所伤，奸人所利，贼盗所中，益祸益祟，以致重者不可胜数。或弃医药，更往事神，故至于死亡，不自知为巫所欺误，乃反恨事巫之晚，此荧惑细民之甚者也。"❶ 王符指出，民众放弃农耕和纺织而学巫祝，鼓舞事神，造成了极大的社会影响。人们的身体羸弱，有病不能及时得到救治。由于信巫术而耽误了科学的医治，从而导致死亡，迷信麻木的人们还说这是因为事巫太晚。

王符用物质性的元气取代了有意志的天神，并指出上天干预人事的种种祥瑞异兆是阴阳二气本身自然而然的发展变化、交互作用的结果，既与超自然的上天无关，也与社会人事无关。

(四) 仲长统从政治治理的角度对神秘文化提出批判

仲长统站在政治治理的角度，对当时社会上流行的神怪迷信进行批判。仲长统对固守天道，鼓吹天人感应、冥顽不化的思想进行了严厉的批判："故知天道而无人略者，是巫医卜祝之伍、下愚不齿之民也。信天道而背人事者，是昏乱迷惑之主、覆国亡家之臣也。"❷ 他认为，不理人事实务，专门敬神祝鬼，败亡命运必然速至。

仲长统辩证地分析说，掘地九仞而取水，凿山百步以采矿，进山伐木而不选择吉日，到野外割草不会挑选时辰，等到建造房屋住进去，制作器

---

❶ (汉) 王符著，(清) 汪继培笺，彭铎校正：《潜夫论笺校正》，中华书局1985年版，第125页。

❷ 孙启治译注：《政论　昌言》，中华书局2014年版，第275页。

具使用，却又怀疑它们的吉凶，这不是糊涂吗？

此外，仲长统也反对祈神祛灾，认为长寿与健康需要个人在日常生活中注意调节，如果能做到"和神气，惩思虑，避风湿，节饮食，适嗜欲"，自然会长寿。倘若不幸有疾则"针石汤药之所去也"；不幸有灾祸则"克己责躬"反省言行失当。吉祥平安之术是"肃礼容，居中正，康道德，履仁义"❶。对于世俗迷信"淫厉乱神之礼"和"侉张变怪之言"种种荒唐举动，仲长统也予以批判。

（五）《风俗通义》揭秘神怪之事

《风俗通义》中记载有很多神秘离奇的事情，但也对神怪之事进行了揭秘。如《风俗通义·怪神》中讲，汝南南顿张助在田中种禾，见到一个李核，本想扔掉，回头看见还有些空地，就种了下来，用剩下的水予以灌溉。后人见桑田中竟然生出一棵李树，以为神奇，相互转告。有眼睛痛的人，坐到树下，眼病就好了，认为是李树之神治好了自己的病。就这样，李树之下车骑常数以千百。过了一年，张助远出归来，看到这种情况，大吃一惊，他说，这不就是我种下的那棵李树吗？哪有什么神灵啊，并把那棵李树砍掉了。

《风俗通义·怪神》还记载，汝南汝阳彭氏墓路旁立了一个石人，有一个田家老母到市场去买了几片饵回来，途经此地，暑热身疲，在石人下睡了一觉，掉了一片饵，自己也不知道，醒来后就离开了。路过的人不知怎么回事，看到石人旁边平白无故的有一片饵，很是神奇，于是说这个石人可能能治病吧。这话一传开，大家都跑到石人这里来治病，头疼的摸石人的头，腹痛的摸石人的腹。那些治好了病的人还回来表达对石人的感谢。就这样，石人旁车来人往，非常热闹。《风俗通义》通过一些具体的事例揭示了神灵都是人造出来的。

---

❶ 孙启治译注：《政论　昌言》，中华书局2014年版，第235页。

第二节 王充对神秘诗学的否定

在实证思想的影响下，汉代一批哲学家和有识之士力求突破神秘文化对社会生活和文学艺术的影响，反对虚妄之说，追求科学理性精神。其中表现最为突出的唯物主义文艺观念来自王充。

一 王充对神秘文化的质疑

王充生活的时代，谶纬迷信充斥整个社会。王充作为具有朴素唯物主义宇宙观的哲学家，反对神秘主义的天人感应说，强调天道自然，对天的性质作了唯物论的说明，成为时代的强音。

王充从唯物主义角度出发，对天的神秘性进行了系统的、具体的批判，确立了无神论。王充对天的认识，一言以蔽之，即"天道自然"。王充认为天是物质实体，是自然的一部分，人也是物质实体，也是自然界的一部分。人和万物一样，都是自然而然产生的。天自然而然地运行，人无法改变天的运行轨迹，同样，天也不能左右人的行为。王充以各种自然现象来证明天道自然无为的特点。比如，太阳早晨从东方升起，傍晚从西边落下，这是不以人的主观意志为转移的运动规律。又如，春夏秋冬四季的变换，也是天道自然现象，而不是天有意为之。王充说："天道无为，故春不为生，而夏不为长，秋不为成，冬不为藏。阳气自出，物自生长；阴气自起，物自成藏。"❶ 天是物质性的实体，它和万物一样，是无目的、无

---

❶ 黄晖：《论衡校释》（附刘盼遂集解），中华书局1990年版，第782页。

意识的，整个天体运行变化的规律都是自然无为的。

针对汉儒天是有意志的人格神的观点，王充指出，天没有意志，天地的运行是一个自然变化的过程，不具备精神因素，人和万物都是在天地运行中自然产生的，绝不是天有意地生人和万物。王充在《论衡·福虚》篇中质问：如果说天是有意志的，天能赏善罚恶，那么，为什么谋财害命、鱼肉百姓、发荒年财的人，不但未能受天的惩罚，反而享有好的命运；为什么恶人不短命，而善人不长命？王充认为，所谓天能够惩恶扬善的说法，是由于统治者欲劝人为善，人为地编造出来的，而一般人对某些偶然巧合的事情无法解释，也就相信了天赐祸福的谬说。为什么说天地是自然物质呢？因为"天无口目也。案有为者，口目之类也。口欲食而目欲视，有嗜欲于内，发之于外，口目求之，得以为利欲之为也。今无口目之欲，于物无所求索，夫何为乎？"❶ "物自然也。如谓天地为之，为之宜用手，天地安得万万千千手，并为万万千千物乎？"❷ 在王充看来，有意志的、有意识的生物，必定会有耳目鼻口，而天没有耳目鼻口，因而天是无意志的。反之，如果天有为，那么，天需要多少只手啊？显然，天没有手脚，天是无为的、自自然然的存在物。王充把天还原为无意志、无目的的自然物质，这从根本上动摇了董仲舒建构起来的具有意志的天的观念，也摧毁了天人感应的理论基础。

王充对儒家所说的天人感应现象的分析，一方面指出这些现象具有偶然性，另一方面指出它与其他地方的论述有矛盾性。在《感类》篇中，王充分析说，如果秦始皇登泰山筑坛祭天，雷雨突然出现，是表示发怒，那么刘邦的母亲刘媪在大泽中休息，梦中与神人交合，生下了汉高祖，但那时雷雨大作，天色昏暗，难道是天对生圣人有什么不满吗？王充的发问可

---

❶ 黄晖：《论衡校释》（附刘盼遂集解），中华书局1990年版，第775页。
❷ 黄晖：《论衡校释》（附刘盼遂集解），中华书局1990年版，第780页。

谓一语中的,揭示了天人感应学说中的不科学性和对自然现象阐释的主观随意性。

在《寒温》篇中,王充否定了君主欢喜天气就温暖,君主发怒天气就寒冷的天人感应说。王充分析说,战国时期,诸侯互相讨伐,到处是战争,国与国之间有互相攻打,但当时天气未必经常寒冷;尧舜时期,太平盛世,百姓安宁,君主常常欢喜,弹琴唱歌,击鼓起舞,但当时的天气未必经常温暖。可见君主欢喜与否和天气没有关系。

如果承认天是无为的,那么,就推翻了天赋君权的观念,帝王就与普通人没有区别。汉代统治者为了神化自己的统治,构想了刘邦母亲与龙交感而生刘邦的传说。在《奇怪》篇中,王充批驳了这一神话的荒谬性,他说非同类的动物是不能相互交感的,如牡马与雌牛、雄雀与牝鸡,它们之间不会有感应,就是因为它们不是同类。那么,龙与人不属于同类,怎么可能与人感应呢?王充反问:儿子的本性应与父亲相同,如果刘邦真的是龙的儿子,那么他为什么不能像龙那样乘云驾雾。刘邦是龙的儿子,但刘邦不能乘云驾雾,可见这是一个悖论。这样,王充彻底去除了笼罩在帝王身上的神秘光环。

如果天是没有意志的,那么,天也就不能与人发生感应,也就不能通过谴告的方式来实现对人间事务的干涉。谴告说是汉代神秘感应学说的重要内容。汉代神秘学说认为,日食、月食常常被解说成天对君主的行为的谴告,旱灾是天神对君主骄横暴虐的谴责,涝灾是天神对君主迷恋酒色的惩罚,虫食谷物、老虎吃人是天神对官吏为奸的警告。在《自然》篇中,王充一一对这些观点进行了批驳,并说,如果天能谴告人君,天也就知道任命像尧舜那样的人君进行统治了。天没有能力派来圣明的贤君,却偏偏要任命那些失道废德的君主,然后再去谴告他?这不是自讨苦吃,多此一举吗?如果洪水和干旱是天对人君的谴告,那在尧和商汤时期发生的洪水和干旱怎么解释,难道尧和商汤也是人间的暴君?所以灾异谴告是无稽之谈。

王充认为儒家所宣扬的天降祥瑞是偶然现象，不具有必然性。在《论衡·初禀》篇中，王充指出，物质世界的本质和规律即自然而然，自然界的诸现象是自己生成的，是由于自然的原因，而并非由上天或神的意志生成的。周代文王得赤雀，武王得白鱼、赤乌都带有偶然性。文王当兴，赤雀恰好飞来；鱼跃乌飞，恰好被武王看见。赤雀、白鱼都是极偶然的事情，而并非天降下福瑞的结果。这就否定了君权神授的观点，解构了君王统治的灵光圈。

王充还指出，汉儒对祥瑞和灾异的解释都带有很大的随意性。在《异虚》篇中，王充举出近十个例子，证明对每件事、每种自然现象都存在着吉凶两种不同的解说，从而否定了灾异、祥瑞与统治者行为的必然联系。如解释灾异者说，殷高宗时，宫廷中长出合抱粗的桑树和榖树，是一种凶兆，象征天要惩罚高宗，由于高宗"修政改行"，结果桑树和榖树都死了，然后出现了远方诸侯来朝，高宗"享有百年之福"的景象。王充分析说，如果宫廷中长出桑树和榖树是灾异现象，朱草、蓂荚都是野草，也应该生长在野外，却长在宫廷中，这也应该是不吉利的，为什么要说它吉祥呢？同样是野生的植物，却有两种不同的解释，看来有关灾异和祥瑞的解释中有太大的随意性，并没有科学依据，因而是不可信的。再如，大禹南渡长江时，有黄龙来驮船只，船中的人吓得魂不守舍。大禹却神情自若，没有惧色。于是龙离去而灾祸消除。王充说，从古到今有龙出现都是吉兆，而船中的人却被黄龙吓得六神无主，并认为黄龙是凶兆。可见，所谓的祥瑞、灾异都没有什么必然性。

王充也否定了阴阳五行观念。《论衡·物势》篇分析说，鹰隼攻击斑鸠麻雀，鸥鹗啄食天鹅、大雁，未必是因为鹰隼、鸥鹗生在南方属火，而斑鸠、麻雀、天鹅、大雁生在西方属金，火克金，而是由于这些飞禽体力强健、生性凶猛能够制服弱小的鸟类。在汉代用阴阳五行之气解释时令的人还认为，虫灾泛滥，就要抓住象征害虫的官吏予以鞭打。王充在《顺鼓》篇中对这种做法进行了批驳。他说，这样做只是迎合了人们的心理而已。如果这种做法具有合理性，那么，下了很久的雨，就应当攻击属阴的同类。月亮是众阴所集，月亮中有玉兔和蟾蜍。月亮在天空亏缺时，螺蚌的肉就会缩小，它们同属一类。按照月令家的逻辑，天旱久不雨，就应当捕捉斩杀兔子和蟾蜍，掘破螺蚌的壳。事实上，人们并没有这样做，这说明月令家说的是不对的。

王充对天象有科学的认识。古人认为彗星出现会发生社会动乱。齐景公时有彗星从天空划过，景公让人禳除灾异。晏子说：这没有什么好处，只能是自寻欺骗罢了。经过晏子的劝说，齐景公停止了祭祀彗星的活动。王充《论衡·变虚》篇中说他非常赞赏晏婴的观点。

古代占星术认为荧惑星是灾星。据说宋景公时，荧惑星侵犯代表宋国的心宿，这预示着荧惑星将要对宋国实施惩罚。宋景公非常担心，问宋国的太史子韦该怎么办。子韦说，可以把惩罚转嫁到宰相、老百姓身上。宋君不同意，坚持自己接受惩罚。宋君的"善言"感动了上天，荧惑星后移"三舍"，并给宋景公延寿21年。在《变虚》篇中，王充批驳这些现象说，天是一种与人不同的物质实体。人不能使星移动，荧惑星迫近或离开心宿，是它本身运行的规律，是一种自然现象。进一步讲，因为三句善言就可以延长寿命21年，如果有一百句善言，那又该延长寿命多少年了？

从董仲舒天人合一的神学目的论到谶纬神学，以及五花八门的世俗迷信，构成了一个影响极大的神学体系。王充从经验论和实证论出发，论证了天的物质性，否定天的意志性，肯定天道无为，万物自生，驳斥了天人感应论、人死为鬼说以及各种神仙方术的虚妄性，从理论上揭穿了一切关于天的神秘说教，一定程度上摧毁了谶纬神学的理论基础。

二 王充对华彩之章的否定

在"求实诚"思想的影响下,王充走向了另一个极端,即反对一切虚妄之言,从而实际上否定了文(学)中的虚构、夸张的艺术方法。王充首先否定了人们对天的人格化塑造。在王充的科学实证理论中,天没有眼睛,没有耳朵,只是客观存在的实体。天的确没有眼睛,也没有耳朵,但人类赋予了天以丰富的人格特征,天有了生命,有了喜怒哀乐,天成了人的同类,这样,人将自己生存的世界变成了一个意义的世界,变成了一个诗意的世界。但是,这个人格化的神灵也被统治者利用,变成了无处不在的统治者力量,变成了为统治者立法的形而上根据。为了突破无所不在的天人感应的牢笼,为了击破谶纬神学的樊篱,王充走向了对天的神秘蕴含彻底否定的路子。正如同倒洗澡水时,连婴儿都倒掉了一样,王充将人类生存在这大地上的一种不可或缺的诗意想象空间也取缔了。如果按照这种理论走下去,人类将走上一个干瘪的、没有色彩的、没有情感和想象的纯物质世界。

王充在《自然》篇中否定了华彩文章为天所造的神话。他说:"草木之生,华叶青葱,皆有曲折,象类文章,谓天为文字,复为华叶乎?"❶ 草木青青,花叶茂盛,它们的纹理像文章一样。如果说文字是天造的,那么,自然的文采也是天造的结果。但天没有手,没有眼,怎么能进行创造呢?王充举例说宋国有个人用木头雕刻精美的楮叶,三年才雕刻好一个。如果认为花叶是天所为的话,那么,天三年才造一片美丽的树叶,这世界上岂不没有树叶了。王充得出结论认为,树叶是自己生长出来的,不是外力所为。同样,鸟兽美丽的羽毛,也不可能是天所制造,而是自生自长的

---

❶ 黄晖:《论衡校释》(附刘盼遂集解),中华书局1990年版,第779页。

结果。

在"求实诚"思想的影响下,王充反复强调文章要根据事实来写。在《定贤》篇中,王充指出:"以敏于赋颂,为弘丽之文为贤乎?则夫司马长卿、扬子云是也。文丽而务巨,言眇而趋深,然而不能处定是非,辩然否之实。虽文如锦绣,深如河、汉,民不觉知是非之分,无益于弥为崇实之化。"❶ 王充的意思是说,把善于作赋、颂,能写宏伟华丽文章的人称为贤人的话,那么司马长卿、扬子云就是这样的人。他们的文章华丽且篇幅巨大,言辞精妙而且旨趣高深,却不能判断是非,不能作出正确与错误的判断。即使文章像锦绣那样美,含义像黄河、汉水那样深,老百姓却不能从中明白是与非的界限,这样的文章对老百姓有什么用呢?当王充把一切要落到实处作为判断一切的标准时,华美的文艺因为是虚妄之辞,自然会遭到否定。

在《对作》篇中,王充也指出:"是故《论衡》之造也,起众书并失实,虚妄之言胜真美也。故虚妄之语不黜,则华文不见息;华文放流,则实事不见用。故《论衡》者,所以铨轻重之言,立真伪之平,非苟调文饰辞,为奇伟之观也。"❷ 王充指出,《论衡》主要是针对许多书的记载已经失实,虚妄的言辞超过了真实的言辞这种现象而创作的。其目的是要消除那些华而不实的文章,保存敦厚朴素的本质,矫正当时流行的不良风俗,恢复伏羲时代那种纯朴的习俗。如果虚妄的言语不废除,华而不实的文章就不会被制止。华而不实的文章泛滥,实事求是的文章就不会被采纳。所以王充认为《论衡》的写作,是用来权衡是非之言,确立判断真伪标准的,并不是随意玩弄笔墨修饰文辞,故作奇伟的论著。

---

❶ 黄晖:《论衡校释》(附刘盼遂集解),中华书局1990年版,第1117页。
❷ 黄晖:《论衡校释》(附刘盼遂集解),中华书局1990年版,第1179页。

但是，王充的内心深处并非否认文和人都应当有文采。《书解》篇言："龙鳞有文，于蛇为神；凤羽五色，于鸟为君；虎猛，毛纷纶；龟知，背负文。四者体不质，于物为圣贤。且夫山无林，则为土山；地无毛，则为泻土；人无文，则为仆人。土山无麋鹿，泻土无五谷，人无文德，不为圣贤。"❶ 王充认为道德越高的文辞就越多彩，道德越明显文饰就越鲜明。官高位尊的人道德丰盈，他的文饰就华美；君子的道德高尚，他的文饰就华丽。这正如龙的鳞上有花纹，所以在蛇类中是神物；凤的羽毛有五色，所以在鸟类中是首领；老虎威猛，毛色花纹繁多；龟富有智慧，背甲上就有花纹。这四种动物的躯体花色华丽，所以是动物中的圣贤。同理，人拥有道德和文采也是人类中的圣贤。反之，人没有体现德行的文采就不会是圣贤。正如山没有林木，就是土山；地上不长草木，就是泻土。土山上不会有麋鹿，泻土上不会生五谷。王充认可文采的价值，但认为文章的文采必须与人的道德品质相一致。显然，其思想的出发点依然是追求文章的实际功用，而不是将文章作为独立的审美对象。

在《自纪》篇中，王充说道："玉隐石间，珠匿鱼腹，故为深覆。及玉色剖于石心，珠光出于鱼腹，其犹隐乎？吾文未集于简札之上，藏于胸臆之中，犹玉隐珠匿也。及出荷露，犹玉剖珠出乎！烂若天文之照，顺若地理之晓，嫌疑隐微，尽可名处。且名白，事自定也。"❷ 王充认为，美玉本来隐藏在石头里面，珍珠蕴藏在鱼腹之中，所以都隐而不显。等到美玉从石头中剖出来，珍珠从鱼腹中取出来，难道它们还隐蔽着吗？王充认为自己的文章没有写在简札上，还隐藏在内心的时候，就像美玉隐藏在石头里，珍珠蕴藏在鱼腹中一样。等到文章一旦写出来，就如同美玉从石头里

---

❶ 黄晖：《论衡校释》（附刘盼遂集解），中华书局1990年版，第1149页。
❷ 黄晖：《论衡校释》（附刘盼遂集解），中华书局1990年版，第1195页。

剖出，珍珠从鱼腹中取出一样了。它的光辉像天上的日月星辰一般灿烂，它的条理像地上的山脉河流一般清晰。

由上可知，王充并非不能认识到文艺的审美性质，他甚至将富有文采作为有地位、有道德的人的标志，但面对当时浮华不实的文风，王充矫枉过正地提出，文章应当有用，应当实诚，似乎这是文章的唯一标准，从而导致了对文艺的偏颇理解。

三 王充对神仙思想和飘升文学主题的否定

在汉代文化中，神仙思想占有很重要的位置。黄帝铸鼎骑龙升天，王子乔辟谷不食遂为仙人等是当时流行的仙话传说。神仙形象是汉代文化中绵延不断的主题，也是楚汉墓葬壁画、帛画中常用的主题，但王充用有生必有死，有始必有终的朴素辩证思想，否定了成仙得道、长生不死的迷信观念。在《论衡·道虚》篇中，王充批判了黄帝骑龙升仙的虚妄之谈。王充认为，如果"龙起风雨，因乘而行；云散雨止，降复入渊"的话，那么，黄帝骑龙就不应是升天，而应是入水。王充用辩证的思想，指出了黄帝骑龙的虚妄性。

在《道虚》篇中，王充还证明了卢敖游北海的虚妄性。卢敖是战国时燕国人，秦始皇时为博士，奉命去求仙。卢敖在北海遇到了一个"雁颈而鸢肩"、能举臂飞于云中的人。王充指出，只有有羽毛的生物才能乘云驾雾，而这位大士仅仅靠"举臂而纵身"就能跃入云中，这是缺乏科学根据的。而且，能飞上云霄的人，一定与一般人不同，而这位举臂纵身就能飞入云海的人，吃的是海蚌，这与一般人没有什么区别，他由此推断，卢敖所见的飞翔之人是虚妄之谈。

王充在《道虚》篇中论证了淮南王得道是虚妄不实的。当时传言，淮南王得道后，举家升天，畜产皆仙，犬吠于天上，鸡鸣于云中。王充驳难说，要升仙就得有羽毛，人作为一种大地上的存在物没有羽毛，那么，人怎么能够升仙呢？还有传言，淮南子是服食药物成仙的。王充对此也进行了尖锐的反驳，他说：吞药养性，能令人无病，但不能让人成为长生不死的神仙。即便服食药物能让人产生"体轻气强"的感觉，但也不足以使人生毛羽，轻举高飞。另外，如果要成仙飞升的话，根据中国地理的特点，也应该从地势比较高的西北昆仑山开始攀登。而刘安及其家人并没有向西北迁移，更没有生出羽衣，所以淮南王的成仙应当是虚妄之谈。王充指出，淮南王因为谋逆之罪被汉武帝处死，这是天下并闻当时并见的事情，而儒书上说他得道仙去，这着实是荒诞不经的言论。

依据实证的方法，王充还批判了"入水不濡，入火不焦"而成金刚不坏之身的说法。齐王以鼎生烹文挚，三日三夜，但文挚颜色不变。针对文挚不死的故事，王充指出，世间有生命、有呼吸的存在物，都是"烹之辄烂"，如果三天三夜颜色不变的话，除非他是金石，而不是肉身生命体。但金石不会呼吸，也不会有阴阳之气，由此证明文挚入鼎不死的说法是靠不住的。

对于绘画，王充也是反对虚妄不实的作品。《无形》篇指出："图仙人之形，体生毛，臂变为翼，行于云，则年增矣，千岁不死。此图虚也。"[1] 王充认为那些画着羽毛、乘云驾雾飞升的仙人形象，都是"虚妄之象"。这就否定了艺术的虚构性和艺术想象的合理性。

王充对神仙传说的批评具有一定的说服力，但犯了用科学思维来权衡神话思维的错误。人类生存在这个世界上，并非任何时候都要依靠科学来生活，在很多时候，人们从神话的角度对这个世界进行诠释，从而获得了很多生存的乐趣。王充从科学的角度出发，完全否定了神仙故事的价值，

---

[1] 黄晖：《论衡校释》（附刘盼遂集解），中华书局1990年版，第66页。

否定了人们对这个世界的审美想象。

四 王充对神奇故事的否定

汉代解释儒家经典的人,在传书中讲了很多神奇的故事。王充提出文学作品应当"疾虚妄,求实诚"的原则,即作品所记之事要真实可靠,要如实反映现实生活中的实事,作品中所包含的道理也必须是真理,要具有实证性。

传书上说周武王讨伐商纣,过孟津,遇到惊涛骇浪,逆流而上,大风吹得天昏地暗,人马都看不清楚。于是周武王怒目圆睁,大喝一声,于是风停了,波浪平息了。王充认为这个说法不真实。他分析说,周武王经过孟津的时候,将士们都欢喜快乐,前边的歌唱,后边的跳舞。按传书的说法,天和人是互相感应的,人欢喜,天也当欢喜,事实上,人欢喜而天发怒,这实在不合情理。进一步讲,既然周武王讨伐商纣是对的,天如果有知觉,就应当用安静的环境来保佑他。此时,天怎么可以发怒呢?既然道理上讲不通,就说明所谓的精诚感动天地鬼神、天人感应等说法是不能成立的。在对这个故事的荒谬性进行剖析之后,王充得出结论:"天道自然无为",自然界是无目的、无意识的,但又有自身运动的规律。而这种运动规律不因人的主观感情的"精诚"而能发生改变的。因而,诸如商汤遭大旱,以身为牲自责祷雨,于是上天便为他降雨;杞梁妻因失去丈夫向城痛哭,感动了城,城为此崩塌;山崩堵塞黄河三日不流,晋景公穿着丧服对河哭泣,河水便流通了;鲁阳公跟韩国打仗,打得正起劲的时候,太阳落山了,鲁阳公举戈一挥,太阳因此退了三舍。这些故事至多不过是人们的行动与自然变化偶然巧合而已,与人的至诚毫不相干,绝不是人们的"精诚"感动天地鬼神所造成的。

《论衡·书虚》篇列举了一系列带有传说色彩的故事,王充对其一一进行了分析和批驳。汉儒说孔子葬在泗水边，泗水为之回流，是因为"孔子之德"感动了上天，天神保佑，所以泗水才不冲刷他的坟墓，并以此证明其后代该封爵。王充质问：孔子生时，天神不使人尊敬，为什么偏偏到其死后才保佑，为什么不保佑孔子自己，却去保佑他的后代？王充分析说，泗水回流只是偶然现象。江河之流，有回复之处；百川之行，有时会改变河道，这与河水回流没有什么不同。所以，泗水却流，算不上神奇之事。传书上说：舜葬在苍梧，象为他耕地；禹葬在会稽，鸟为他耕田。大概因为圣人的德操感动了上天，上天让这些富有灵性的鸟兽来报答他们，佑助他们。在《书虚》篇中，王充分析说，实际的情况可能是，苍梧是多象的地方，会稽是众鸟栖息的地方。象自然踩地，鸟自然吃草，土被象踩翻，草被鸟吃尽，土壤稀松了，泥块被扒平了，就好像被耕过的样子。所以有人说象在耕地、鸟在耕田，这是虚妄之词。

在《谈天》篇中，王充也否定了共工怒触不周山的传说。王充分析指出，与别人争当天子没有成功，发怒撞不周山，把撑天的柱子弄折了，把系地四角的绳子弄断了，既然有这样大的力量，那么天下就没有敌手。用这样大的力量，跟三军打仗，那么敌方的士兵像蝼蚁，武器盔甲像毫毛、麦芒一样不堪一击，怎么会有失败的怨恨，会发怒去撞不周山呢？进一步讲，天是气呢？还是实体呢？如果是气，那跟云烟没有什么区别，怎么会有撑它的柱子而且折断柱子的情况呢？此外，用兽腿来代替天柱支天，兽骨会腐朽，怎么能永久地顶住它呢？王充的分析的确言之凿凿，但他以合逻辑性的分析，摧毁了人们以想象的方式构建的精神世界。

此外，司马迁说黄河源出昆仑，昆仑山高2500多里，日月都被相互隔开而各自发出光亮，昆仑山上有玉泉、华池。王充在《谈天》篇中批驳说，如今张骞出使大夏之后，穷究黄河源头，哪里能看到昆仑山呢？所以王充认为，《禹本纪》《山经》所记载的，都是没有根据的谎言。

在中国古代传说，太阳里有三只脚的乌鸦，月亮里有兔子和蟾蜍。对于这种说法,王充在《说日》篇中反驳说:其实,太阳是天上的火,它与地上的火没有什么区别。地上的火中没有有生命的东西,天上的火中为什么有乌鸦呢?火中不存在有生命的东西,有生命的东西进到火里,会被烧焦而死,乌鸦怎么能生存呢?月亮是水。水里存在有生命的东西,但不是兔子和蟾蜍。兔子和蟾蜍若长期生活在水里,没有不死的。而且,日食发生时,太阳会完全看不见,月亮在每月末经常会消失,那么乌鸦、兔子、蟾蜍又都在什么地方呢?

《山海经》中说,在海外的东方有座旸谷,旸谷上有棵巨大的扶桑树,十个太阳在那里的水中洗澡,然后,九个太阳在树的低枝上,一个太阳在树的高枝上。《淮南子》中又说,尧的时候十个太阳同时升起,万物焦枯而死,于是尧朝天上射十个太阳,因此十个太阳就不会同时在一天出现。关于这些传说,王充在《说日》篇中从各个角度予以批驳。他说:天文历算家计量了太阳的光,推算了太阳的质地,知道太阳的直径是1000里。如果太阳是扶桑树上的,扶桑树就应该能遮盖1万里,才能承受住它们。而天离人6万多里,抬头看十个太阳,眼睛会昏花,因为阳光太明亮了,人无法忍受。即便出来的太阳是扶桑树上的太阳,人也无法看见。何况太阳是火,旸谷是水。水火相克,那么十个太阳浸入旸谷,就该熄灭毁坏了。火烧木,扶桑树是木,十个太阳在它上面,扶桑树也会被烧焦枯死。如今它们浸泡在旸谷中而光不熄灭,爬在扶桑树上而树枝不枯焦。王充推测这是不符合事实的。

王充通过科学的论证确实起到了正本清源的作用,但是中国文化史上,富有传奇色彩的故事的价值都被他否定了。可以说,王充从实证的角度出发,否定了文艺想象、夸张的艺术手法的价值。实际上,王充将神话思维与科学思维混同起来,否定了神话思维中想象夸张的特点,否定了神话思维中人和自然一体化、万物互浸的特点,也否定了神话思维中万物富有生命的特点。

五　王充对艺术神秘作用和夸张艺术手法的否定

在神秘文化语境中，所谓美就是介于天人之间的祥瑞景象。此外，礼乐、诗书、色彩等也是天意的体现，艺术的根源在于天。针对这种天人关系学说，王充给予了有力的反驳。在科学实证思维的影响下，王充以亲见、亲闻作为是否真实的标准。因而，他认为自己没有见过的事情就一定是虚妄的。进一步讲，王充认为，接近自己时代的事情是真实的，而离自己时代远的、自己没有亲自验证的，就是虚妄不实之词。由此出发，王充批评了贵远贱近的做法。《论衡·齐世》篇中指出："画工好画上代之人，秦、汉之士，功行谲奇，不肯图今世之士者，尊古卑今也。贵鹄贱鸡，鹄远而鸡近也。……世俗之性，贱所见，贵所闻也。"[1] 画工好画古代的人，秦汉时期的人，纵使功绩操行再突出，画工也不肯画他们。同样，人们会以天鹅为贵，而轻贱鸡。因为天鹅离得远而鸡离得近。这都反映了人们贵古贱今的毛病。在这里，王充批评了尚古、崇古的思潮。相反的，他认为应当以亲见亲闻的事情为描写的对象。

根据文艺实诚化的标准，王充批判了文艺与人之间的神秘感应关系。在《感虚》篇中，王充首先以反证法责难说，师旷演奏《白雪》之曲，雷电击了下来；演奏《清角》之曲，暴风雨突然来到。如果认为打雷下雨是上天发怒，上天为什么憎恨《白雪》《清角》二曲，而恼怒师旷演奏它们呢？王充还分析，《白雪》和《清角》也许是同曲异名，因为它们导致的灾祸情况相同。那么，《清角》的什么声音能导致如此大的灾害呢？如果说《清角》是木音，所以能招致风产生，那么进一步推论，木能招风，雨就会跟着风一起来。三尺长的一把木琴，几根弦发出的声

---

[1] 黄晖：《论衡校释》（附刘盼遂集解），中华书局1990年版，第810页。

音,就能感动天地,这怎么可能呢?另外,师旷能弹奏《清角》,肯定有传授之人,不可能天生就会。他开始学习这首曲子的时候,肯定不止一次两次地练习弹奏。如果《清角》果真能够感应上天,那么师旷学习演奏《清角》时,每一弹奏必然会有风雨到来。王充的言外之意是,没有什么地方记载着师旷每一弹奏《清角》就会有风雨到来,可见师旷弹琴感天动地可能带有偶然性。也许某一次师旷弹奏《清角》的时候,天正好要刮风下雨,风雨过后,晋国碰巧遇上大旱。晋平公喜欢听乐曲,淫乐过度,偶然得了手脚麻痹的病。总之,师旷的演奏与晋国的大旱、与平公的病之间并没有必然的联系。王充以此否定了艺术沟通天地的作用。

在《纪妖》篇中,王充针对闻濮水之上师延所奏乐曲必然亡国的说法,又换一个角度批驳说:师延投濮水自杀,形体腐烂在河水中,精气消失于污泥之中,怎么能再奏琴呢?屈原自投于汨罗江而死,屈原生前擅长写文章,师延善于奏琴,如果师延能在水中奏琴,那么屈原也能在江底写文章了。扬子云写文章悼念屈原,屈原为什么不回答呢?屈原在世之时,什么文章都能写,但死后变成污泥,手已经腐烂了,所以不能写文章了。同样,师延的手指腐烂了也不能在濮水之中弹琴了,孔子死后也不能在泗水岸边教书传授知识了。人死后不能再作文,也不能再鼓琴,所以,所谓先闻濮上之音其国亡,以及所谓"濮上之音,亡国之音也"的说法也就成为"虚言"。这也就进一步深刻地批判了所谓晋平公闻《清角》之曲而癃病,晋国大旱,赤地三年的谬论,再次否定了音乐能"通乎鬼神力,产生妖异"的种种传说,否定了人有与天沟通、感应的能力。

同样,传说瓠巴弹瑟,深渊里的鱼会冒出水面来听。王充认为这种说法也带有偶然性。王充分析说:"风雨暴至,是阴阳乱也。乐能乱阴阳,则亦能调阴阳也。王者何须修身正行,扩施善政?使鼓调阴阳之曲,和气自至，太平自立矣。"❶ 意思是说，风雨突然到来，这是阴阳错乱。乐声能使阴阳错乱，那么也能使阴阳调和。既然如此，作君王的又何必要修养身心，端正操行，广泛施行善政呢？只要让人弹奏能调和阴阳的曲子，和气自然到来，太平景象自然就会呈现。显而易见，乐曲没有这么大的能力，能代替君王的治理，那么，音乐与天人感应的说法就是虚妄不实的。这就否定了艺术与天人感应的说法。

《雷虚》篇则对想象出来的雷公的形象进行了批评。王充说当时的画工画了雷公的形象：

> 累累如连鼓之形。又图一人，若力士之容，谓之雷公。使之左手引连鼓，右手推椎，若击之状。其意以为雷声隆隆者，连鼓相扣击之音也；其魄然若敝裂者，椎所击之声也；其杀人也，引连鼓推椎，并击之矣。世又信之，莫谓不然。❷

这幅图画表现了天公发怒要惩罚有罪过的人而"用雷杀人"的情景。这幅画中首先画着一个接一个的雷，像把鼓连在一起。又画一个人，像力士的容貌，称为雷公。雷公左手拉着连在一起的鼓，右手举槌，像要击鼓的样子。这幅画表示，雷声隆隆就是连成一起的鼓相互扣击的声音。雷劈死人，是雷公一边擂鼓，一边举槌，同时撞击造成的。对于如此生动的、富有想象力的雷公击鼓图，王充从科学实证的标准出发，认为是虚妄之象。王充分析，雷不是声音就是气。声音和气都是无形的东西，怎么能变成鼓连在一起的样子呢？能互相敲打而发出响声的，不是鼓，就是钟。隆隆的声音，是鼓呢，还是钟呢？如果是钟鼓，那么钟鼓不能凭空悬挂，必须

---

❶ 黄晖：《论衡校释》（附刘盼遂集解），中华书局1990年版，第245页。
❷ 黄晖：《论衡校释》（附刘盼遂集解），中华书局1990年版，第303页。

要有簨虡，然后才能稳固，然后才能发出响声。如今钟鼓成了没有依托悬空挂着的东西，雷公的脚没有踩踏的地方，怎么能打雷呢？王充要让绘画表现的内容——都落到实处的做法，是完全违背艺术原则的要求，是对艺术的全面否定。

王充以科学实证的思想要求所有的记载都必须符合事实，他不允许艺术夸张的存在。在《语增》篇中，王充批评商纣王酒池肉林的传说。王充解释说，酒醉打翻了酒缸，酒倾泻遍地，就说酒流成池；酒糟堆积在一起，就说酒糟堆成了山丘；悬挂的肉有点像树林，就说肉成了树林。所以酒池肉林的说法是不真实的。在《语增》篇中，王充还指出，"董仲舒读《春秋》，专精一思，志不在他，三年不窥园菜"，这种说法也是有失真实的。王充分析，董仲舒即使专心一意，也有松懈和休息的时候，在松懈和休息的时间，也应当到门和厅堂边走走，能到门和厅堂边，怎么会不看一眼菜园呢？听说用心专一的人察看东西看不见，专心思考，会忘掉自身，但没有听说不到门和厅堂去，要坐着思考三年，来不及看一眼菜园的。所以，不窥园菜是事实，但说一个人三年不窥园，就有失真实。王充对语言表达完全符合事实的要求，一方面是对虚妄之词的批判，另一方面又否定了夸张艺术手法的合理性。

在《艺增》篇中，王充批评了浮夸之词。他说："世俗所患，患言事增其实，著文垂辞，辞出溢其真，称美过其善，进恶没其罪。"❶ 为什么会这样呢？因为一般人好奇，不奇，话就没人听了。所以称赞人不夸大他好的地方，那么听的人心里就不痛快；诽谤人不增加他的过错，那么听的人心里也不满足。一要夸大成十，看见百要增加到千，这就与事实有很大的背离。王充举例说，唐尧与周部落，都治理着五千里内的土地。西周时有一千七百九十三个诸侯国，加上要服、荒服地区和所有海外不吃五谷的

---

❶ 黄晖：《论衡校释》（附刘盼遂集解），中华书局1990年版，第381页。

人，像穿胸、儋耳、焦侥之类，总共不到三千。但《尚书·尧典》为了赞美尧的品德崇高，教化的人很多，中原和边远的民族没有不和睦的，所以称"万国"。王充认为"万国"是溢美之词。《诗·大雅·假乐》为了赞美周宣王德行高，受到天地保佑，子孙众多，就说周宣王时"子孙千亿"。王充分析，说子孙多是可能的，说有千亿，是夸大。子孙即使再多，也不可能到千亿。

《诗·小雅·鹤鸣》中讲道，白鹤在沼泽深处长声鸣叫，声音在天上都能听到。王充也认为这种说法有失真实。他分析，诗人说声音在天上能听到，这是因为看见白鹤在云中叫，从地面能听到它的声音。因此推测它在地上鸣叫，在天上也应当听得到。白鹤在云中鸣叫，人听到声音抬头看它，并看见了它的形状。然而耳朵能听到的，眼睛能看见的，不超过十里，即使它在天上鸣叫，人也不可能听见。为什么呢？天离人有几万里远，眼睛怎么能看见，耳朵怎么能听到呢。所以，白鹤在曲折深奥的沼泽长声鸣叫，声音就像在天上听到一样，用它比喻君子在穷乡僻壤修养德行，名声就像上达了朝廷一样，这是夸张失实的说法。

《诗·大雅·云汉》："维周黎民，靡有孑遗"，意思是说，周宣王的时候，遇到严重的旱灾。王充分析，说旱灾很严重，那是有的；说没有一个人留下，则是夸大。因为周朝的百姓，跟今天的百姓一样。如果今天的百姓遇上严重的旱灾，由于贫穷瘦弱没有积蓄，肯定急得捶胸。但像那些富人粮食充裕，粮仓满满的，肚子不饿，还会有什么忧愁呢？天大旱，山林里草木不会全枯萎，就像地上发大水，丘陵的高处不会全淹没一样。天大旱，山林里的草木、富贵的人，一定有遗留逃脱的，而说没有一个人留下，是夸张的文辞。

同时王充也说道，《尚书》中祖伊进谏纣王，说"今我民罔不欲丧"，这一句话有失真实。人们希望纣王灭亡，是可能的；说没有一个人不希望纣王灭亡，则是夸大。因为纣王即使罪大恶极，老百姓和大臣们蒙受他恩惠的也不止一个,而祖伊是想用夸张的话让纣王有所畏惧,并不是事实。此外,王充也认为,苏秦说齐王"临淄之中,车毂击,人肩摩,举袖成幕,连衽成帷,挥汗成雨"是夸张不实之词。因为齐国再富有,也不至于到这种程度。

根据崇实的艺术标准,那些具有夸张性的描写成为王充批驳的对象。古书上说武王伐纣,兵不血刃;古书上讲楚国养由基射杨叶,百发百中。王充认为这些都是夸张不实之词。在文艺真实客观的标准下,神话、传说以及文艺中的丰富想象等都被排除在文艺真实的门槛之外。《论衡·别通》篇中说:"人好观图画者,图上所画,古之列人也。见列人之面孰与观其言行?置之空壁,形容具存,人不激劝者,不见言行也。古贤之遗文,竹帛之所载灿然,岂徒墙壁之画哉?"意思是说,图画不能表现人的言行,所以不像文字记载那样有"激劝"之功,不具有真实性。

综上所述,王充发现了汉代以来艺术中过分夸张的神秘色彩,并对其进行了尖锐的批评。但王充也具有矫枉过正之嫌,他未能将事实的真实与文学的真实区分开来,笼统地用科学思维代替了艺术思维,在追求真实的同时,却否定掉了艺术想象和夸张的价值。王充对谶纬神学的批评具有正本清源的作用,但他以狭隘的实证思想来看待文学作品,将作品中的夸张、想象全都否定掉了,而且对作品只做字面上的分析,将作品的本意都歪曲了。王充将生活真实、历史真实与艺术真实混为一谈,用符合事实这一标准来衡量艺术,完全否定了艺术表达的特殊性。这是汉代人们初步思考艺术问题时遇到的理论困境。

六 王充的形神观念及其对艺术精神的否定

形神关系是中国哲学和美学中一个被较多关注的问题。大致来说,分为神存在论和形神一体不可分两种观点。

(一) 王充之前的形神分离观

较早直接涉及形神关系问题的是《管子》。《管子·内业》云:"凡人之生也,天出其精,地出其形,合此以为人。"❶ 人由精神和形体构成,形体来自地,精神来自天,精神和肉体合一,人才能存在。

《庄子》一书中虽没有关于形神的明确阐释,但已经出现了形神关系的萌芽。庄子认为,形体是生命的基础,即生命的宅所和载体,神是生命的主宰。《庄子·知北游》云:"夫昭昭生于冥冥,有伦生于无形,精神生于道,形本生于精,而万物以形相生"❷,即精神生于无形的道,形体则是由精气而组成。源于无形之道的精神只是暂时寄居在形体之中,所以,精神能离开形体而独立存在,人的形体与精神可以各自分离而独立存在,人可以超越肉体而以精神的形态存在。这显然是灵魂不死观念的延续。

《庄子·养生主》中用薪和火的关系来说明肉体和精神的关系:"指(脂)穷于为薪,火传也,不知其尽也。"❸ 这里以薪脂比喻形体,以火喻精神。意思是说,形体就如薪脂一样慢慢地燃烧,终有燃尽之时,但火可以继续传存下去,可以永存。薪和火的比喻虽然不是很恰切,但庄子的意思是很清楚的,即形体可以不健全甚至消亡,但精神可以永存。《庄子·德充符》叙述的几位形残而神全、体畸而德充者,他们的形体虽然不完整,精神却是健全的。这些形象诠释了庄子形神可以分离的观点。

庄子认为形体过于劳累,精神就会受到影响而陷于混乱。相反的,如果形体失去了精神的支配和主宰,也会出现错乱反常现象。《庄子·刻意》中追求恬淡寂寞虚无的人生境界,认为:"形劳而不休则弊,精用而不已则劳,劳则竭。"❹ 形体精神是有限的,如果无限制地劳累不知休息,形体

---

❶ 黎翔凤:《管子校注》,梁运华整理,中华书局2004年版,第945页。
❷ (清) 郭庆藩:《庄子集释》,王孝鱼点校,中华书局1961年版,第741页。
❸ (清) 郭庆藩:《庄子集释》,王孝鱼点校,中华书局1961年版,第129页。
❹ (清) 郭庆藩:《庄子集释》,王孝鱼点校,中华书局1961年版,第542页。

和精神都会受到损伤。但庄子主张精神的永恒性，因而养生时对精神有所侧重。

由上可知，形神关系包括肉体和灵魂、鬼神的关系问题，也包括肉体和精神、思想、情感等方面的问题。中国先秦时期基本上认为肉体死后，精神还能独立存在。这对汉代形神关系有很大影响。到了汉代，灵魂、鬼神观念依然存在。如刘邦对沛县父老乡亲说："吾虽都关中，万岁后吾魂魄犹乐思沛。"❶ 刘邦所说的魂魄指的就是人死后脱离肉体而存在的精神。《史记·太史公自序》指出："神者生之本也，形者生之具也。"强调了神的本原地位。

《淮南子》显然较多继承了老庄形神关系的影响，认为："夫形者，生之舍也；气者，生之充也；神者，生之制也。"同时认为"形""神""气"三者具有内在的紧密联系，形体是生命的房舍，气是生命的实质，精神是生命的主宰。只要一个失去作用，其他都受影响。《淮南子》从养生的角度指出，"夫精神气志者，静而日充者以壮，躁而日耗者以老"。也就是说，要通过恬淡无欲的方式保养精神志气。但相较而言，"神贵于形"。《淮南子·诠言训》中说："神贵于形也，故神制则形从，形胜则神穷。"这是《淮南子》神仙思想的理论基础。

《淮南子》认为人死以后形归大地而消失，精神返归天地之间永存。这意味着精神可以脱离形体而存在，具体到艺术问题，则是强调对精神的关注，对作品内在艺术精神的提炼。《淮南子·说山训》云："画西施之面，美而不可说，规孟贲之目，大而不可畏：君形者亡焉。"❷ 也就是说，画西施之面和孟贲之目之所以不美，是因为缺少了内在精神。《说林训》云："使但吹竽，使工厌窍，虽中节而不可听。无其君形者也。"❸ 乐师的演

---

❶（汉）司马迁：《史记》，中华书局1959年版，第389页。
❷ 何宁：《淮南子集释》，中华书局1998年版，第1139页。
❸ 何宁：《淮南子集释》，中华书局1998年版，第1189页。

奏如果只是按竽上的孔，但没有传达内在精神，即使符合节拍，也不悦耳。《说林训》亦云："明月之光，可以远望而不可以细书；甚雾之朝，可以细书而不可以远望寻常之外。画者谨毛而失貌，射者仪小而遗大。"❶ 也就是说，绘画如果过分拘谨于外在的形象，便会失去事物的内在精神，不会产生令人感动的艺术效果。《俶真训》云："夫目视鸿鹄之飞，耳听琴瑟之声，而心在雁门之间，一身之中，神之分离剖判六合之内，一举而千万里。"❷ 眼睛看着大雁高飞，耳朵听着琴瑟之声，而精神却可以飞到雁门关一带，一个人的精神可以分离四散在六合之内，一下子飞越千万里。这里所说的就是精神能够在一定程度上摆脱声色、耳目的约束而自由驰骋的思想。

由于对神的关注，因而汉代许多艺术作品表现出传神生动，但不注重细节刻画的特点。比如，汉武帝茂陵的石雕，因势象形，古拙质朴，但外形相对简单粗糙。

(二) 王充对精神存在的否定

从董仲舒的天人感应学说到东汉的谶纬神学，汉代文化笼罩在一片神秘氛围之中。东汉后期，在谶纬神学得到广泛发展的同时，一股从唯物主义角度出发，反谶纬神学的思潮也在潜滋暗长。与谶纬神学中流行鬼神观念不同，唯物论哲学要打破的正是鬼神观念。这一点在形神关系问题上得到体现。无神论哲学家从形神相互依存的角度指出肉体死亡，精神也就不存在了。因而无神论哲学语境中的形神关系，摆脱了灵魂观念，以科学的、唯物的态度来认识构成人体的几个重要因素。但这种唯物论形神关系，也否定了精神独立存在的价值。

王充从元气论出发，认为人未生时存在于元气之间；人死之后，又复归于元气，从而对鬼魂观念进行否定。《论死》篇云："人之所以生者，精

---

❶ 何宁：《淮南子集释》，中华书局1998年版，第1193页。
❷ 何宁：《淮南子集释》，中华书局1998年版，第116页。

气也,死而精气灭。能为精气者,血脉也。人死血脉竭,竭而精气灭,灭而形体朽,朽而成灰土,何用为鬼?"❶ 精气如同血脉一样,具有物质性的特点。人之所以出生,是因为有精气灌注,人死之后精气也就不复存在了。人死之后血脉就枯竭了,血脉枯竭则精气不存,精气不存,则形体就会腐朽而化为灰土,因而鬼是不存在的。

王充还将人的肉体和精神的关系与阴阳之气结合起来。《订鬼》篇指出:"夫人所以生者,阴、阳气也。阴气主为骨肉,阳气主为精神。人之生也,阴、阳气具,故骨肉坚,精气盛。精气为知,骨肉为强,故精神言谈,形体固守。骨肉精神,合错相持。故能常见而不灭亡也。"❷ 人的身体是阴气构成的,人的精神是阳气构成的。形体和精神互相持守而不分离,这样人就能生存,否则人就会死亡。

王充还强调人的精神是依附于肉体而存在的,人活着时,有肉体可以凭附,人死之后,肉体腐烂,精神也就无所凭依了。《论死》篇讲:人的精神藏于形体之内,人活着时,精神依托于形体;人死之后,形体腐烂,精神也就失去了赖以存在的物质基础,也就散亡了。同样,"夫物未死,精神依倚形体,故能变化,与人交通;已死,形体坏烂,精神散亡,无所复依,不能变化"❸。王充强调形体与精神的一体性,否定在形体之外,还有精神的存在。

王充用烛和火的关系来说明肉体与精神的关系。《论死》篇云:"形须气而成,气须形而知,天下无独燃之火,世间安得有无体独知之情?"❹ 精神和形体的关系就如同蜡烛和火光,蜡烛燃完了,火光也就消失了。没有蜡烛,火就无所依凭;人死之后没有肉体,精神也就无所依凭了。"人之

---

❶ 黄晖:《论衡校释》(附刘盼遂集解),中华书局1990年版,第871页。
❷ 黄晖:《论衡校释》(附刘盼遂集解),中华书局1990年版,第946页。
❸ 黄晖:《论衡校释》(附刘盼遂集解),中华书局1990年版,第882页。
❹ 黄晖:《论衡校释》(附刘盼遂集解),中华书局1990年版,第875页。

死,犹火之灭也。火灭而耀不照,人死而知不惠,二者宜同一实。论者犹谓死者有知,惑也。人病且死,与火之且灭何以异？火灭光消而烛在,人死精亡而形存,谓人死有知,是谓火灭复有光也。"❶ 世间不存在无燃料而燃烧之火,也不存在无形体而独自发生作用的精神。王充在这里很明确地指出,人的精神产生于形体,并依赖于形体而存在。

王充还力求运用粟米和囊橐的关系来说明形神关系。他说："人之精神,藏于形体之内,犹粟米在囊橐之中也。死而形体朽,精气散,犹囊橐穿败,粟米弃出。囊橐无复有形,精气败亡,何能复有体而人得见乎！"❷ 在这里,王充将形神关系比作米袋与米的关系。人的肉体即是米袋,人的精神就是装到袋子中的米。人死之后形体朽坏就像米袋破漏,精神消散就像粟米从袋中漏出。正如米袋破漏而粟米漏出之后不能再恢复原状,人死后精神消散同样不能再恢复原状。

可以看出,王充反复强调精神对形体的依附关系,认为形体消亡之后,精神将不复存在。这也符合王充以实证为出发点的思想。精神的存在是不可以实证的,因此王充对此进行否定是符合他的实证的逻辑的,既然形体腐烂之后精神就消亡了,这就否定了鬼神存在的可能性,揭露了鬼神的荒谬性,也揭露了吃药可以成仙的荒谬性。吃药可以保养身体,医治疾病,但不能逃脱死亡,死亡是人不可抗拒的自然规律。人死之后,血脉就枯竭了,精气也就消失了,人不仅没有感觉,而且知觉等精神活动也就停止了。王充否定了精神独立存在的可能性,也就否定了文艺创作中想象活动的合理性。

王充对神的否定有其发展的时代必然性。在形神问题上,东汉时期桓谭与王充的观点比较接近。《新论·祛蔽》云："精神居形体,犹火之然烛

---

❶ 黄晖：《论衡校释》（附刘盼遂集解），中华书局1990年版,第877页。
❷ 黄晖：《论衡校释》（附刘盼遂集解），中华书局1990年版,第873页。

矣。如善扶持，随火而侧之，可无灭而竟烛。烛无火，亦不能独行于虚空，又不能后然其他。他，犹人之耆老，齿坠发白，肌肉枯腊，而精神弗为之能润泽，内外周遍，则气索而死，如火烛之俱尽矣。"[1] 蜡烛是火的载体，蜡烛没有了，火就不能够单独存在；形体是精神的载体，形体败坏了，精神也就无所凭依了。

王充将精神看成由精气构成的一种特殊物质，或者将精神看成如同火光或粟米一样与外在包裹不可分离的物质。然后指出精气、火、粟米在外在包裹不复存在的情况下会消失，那么，精神自然也就不复存在了。从而证明了精神与形体的一体性。但王充没有认识到精神并非物质存在，所以他的论证存在逻辑上的矛盾。他的精神不能独立存在的结论，不仅不能证明鬼神存在的不可能性，也将汉代哲学美学中一以贯之的、具有神秘色彩的形神关系颠覆了。今天看来，人们对鬼神自然不能完全相信，但天命鬼神对于人的生存是一种调节，因为天命鬼神的存在，人的生活多了一个层面，从而变得更加丰富多彩起来。如果完全按照王充对形神关系的逻辑进行推演，人的精神生活就没有存在的可能性，人就会成为真正的物质性存在，或者变成"行尸走肉"。

第三节　物质性的元气与走不出的神秘怪圈

王充去除了气的神秘色彩，认为天地是包含元气的物质实体，在天地之外并没有一个造物主，从而使气成为一个具有朴素唯物论色彩的概念。但当一切都由气构成时，人的主观性就失去了，人的发展就带上了宿命论色彩。

---

[1] （汉）桓谭著，朱谦之校：《新辑本桓谭新论》，中华书局2009年版，第32页。

一　客观物质性的气与神秘文化色彩的消退

本书第五章通过对先秦气论的分析，以及对《淮南子》和《春秋繁露》中情感化、伦理化色彩的气的分析，可以看到气不是一个纯粹客观的物质。但到了东汉时期，王充、王符、张衡等哲学家开始从元气一元论的角度出发将气看成纯粹的物质实体。他们认为，元气是天地万物和人类的形体及其道德精神的唯一生成本原。如王符认为宇宙的本原是混沌的元气，元气无边无际，不具形体，但元气能够化生万物，开辟宇宙，是天地万物生成的始基，山川河流、日月星辰，都是由元气构成的。《潜夫论·本训》篇指出："上古之世，太素之时，元气窈冥，未有形兆，万精合并，混而为一，莫制莫御。若斯久之，翻然自化，清浊分别，变成阴阳。阴阳有体，实生两仪，天地氤氲，万物化淳，和气生人，以统理之。"❶ 在天地万物还没有形成的太素时代，宇宙间只是一团深远难见的元气，元气窈冥无形，没有任何约束，没有任何主宰。这样的情况持续了很久，元气突然发生了飞跃性的变化，形成了清气和浊气，清气形成阳气，浊气形成阴气，阳阴二气又分别形成了天地，天地产生后，阴阳之气又经过长时间的相互作用，产生了万物，其中和气形成了人，人成为世界的主宰和统治者。

在王符的哲学中，元气不仅是万物化生的始基，还是促使万物焕发出生命光彩的胚胎。"天之以动，地之以静，日之以光，月之以明，四时五行，鬼神人民，亿兆丑类，变异吉凶，何非气然？"❷ 天之动，地之静，日

---

❶ （汉）王符著，（清）汪继培笺，彭铎校正：《潜夫论笺校正》，中华书局1985年版，第365页。
❷ （汉）王符著，（清）汪继培笺，彭铎校正：《潜夫论笺校正》，中华书局1985年版，第367—368页。

之光，月之明，四时五行，鬼神人民，亿兆丑类，都是因为元气的促进而运动变化，因为元气的促进而焕发出光彩。因为天地万物都由元气构成，因而天地间就没有神秘的事物了。

此外，王符的元气具有自我化生的性质。元气存在于宇宙中，无形无状，没有方向，也不受任何东西的主宰，具有"莫制莫御"的特点。元气的运动具有"翻然自化"的特点，即元气靠自我分化的力量进行演变。窈冥的元气，飘荡在宇宙间，自我孕育、自我变化、自为自在。元气的这一特点不由得人不想到天空中自在飘荡的云气。以董仲舒为代表的官方神学目的论者认为，天是统治人间的至上神，自然界及人类社会的一切现象都是天意的显现。这一思想在汉代有很大的影响。然而，王符从唯物论的角度指出，宇宙间的一切事物都是由气构成的，与天意无关。将世界看成由物质性的元气构成，就从根本上否定了神秘的天人感应说。

张衡也将宇宙创生过程分为溟涬、庞鸿、太元三个阶段。"太素之前"的"溟涬"阶段，幽清玄静、寂寞冥默、无名无象，宇宙处于"无"的状态之中；"庞鸿"阶段，气体混沌流荡、万物混成；"太元"阶段，"元气剖判"，分化为阴阳二气，又由于刚柔、清浊、动静等因素的作用，逐渐形成了天地万物，完成了由元气逐渐衍生出天地万物的全过程。显然，这里既没有一个作为至上神之天的存在，也没有作为道德理性之天的存在，只存在这样一个自然而然由混沌元气生化而来的天地宇宙。可见，元气创生理论对神学观念是具有冲击力的。

王充也提出了气一元论的观点，认为物质性的气是生成人和万物的本原。王充说："气若云烟"❶"气者云烟"❷"元气荒忽"❸。从王充的这些描述可以看出，气像云烟一样弥漫于天地之间，给人的感觉是若有若无，

---

❶ 黄晖：《论衡校释》（附刘盼遂集解），中华书局1990年版，第776页。
❷ 黄晖：《论衡校释》（附刘盼遂集解），中华书局1990年版，第206页。
❸ 黄晖：《论衡校释》（附刘盼遂集解），中华书局1990年版，第875页。

恍惚缥缈。人类面对这样云烟缭绕的景象，几乎是本能性地开始对其进行哲学抽象，将气抽象成万物的本原，并认为天地万物，动植飞潜都是由气构成的。

王充认为天地是由元气的分化而形成的，天地形成之后，天气下降，地气上升，两气相摩相荡，从而生出万物。《论衡·自然》篇云："夫天覆于上，地偃于下，下气蒸上，上气降下，万物自生其中间矣。"❶《谈天》篇云："天地，含气之自然也。"宇宙万物，无论怎样千变万化，如何千差万别，都是由气构成的。《齐世》篇云："万物之生，俱得一气。"❷ 元气是天地间更为精微的气。《言毒》篇云："万物之生，皆禀元气。"❸ 所以，天地间的一切，包括天上的日月星辰、地上的飞禽走兽及各种植物，也都是由元气构成的。《感虚》篇云："夫风者，气也。"❹《难岁》篇云："夫雷，天气也。"❺《商虫》篇云："夫虫，风气所生。"❻《艺增》篇云："山气为云。"《讲瑞》篇说草是"地气自出之也"。由此可见，从天上的日月星辰，地上的植物动物，到天地间的风雨雷电等自然现象，无一不是由元气构成的。自然界的风雨雷电、草木飞虫都是由气构成的。没有元气，世界上的动植飞潜，就没有了生命。

万事万物都是由元气构成的，人也禀气而生。《四讳》篇云："夫妇之乳子也，子含元气而出。元气，天地之精微也。"❼ 人由元气凝聚而产生，人死之后又散还为元气。《论死》篇云："人用神气生，其死复归神气。"❽

---

❶ 黄晖：《论衡校释》（附刘盼遂集解），中华书局1990年版，第782页。
❷ 黄晖：《论衡校释》（附刘盼遂集解），中华书局1990年版，第803页。
❸ 黄晖：《论衡校释》（附刘盼遂集解），中华书局1990年版，第949页。
❹ 黄晖：《论衡校释》（附刘盼遂集解），中华书局1990年版，第229页。
❺ 黄晖：《论衡校释》（附刘盼遂集解），中华书局1990年版，第1021页。
❻ 黄晖：《论衡校释》（附刘盼遂集解），中华书局1990年版，第715页。
❼ 黄晖：《论衡校释》（附刘盼遂集解），中华书局1990年版，第975页。
❽ 黄晖：《论衡校释》（附刘盼遂集解），中华书局1990年版，第873页。

"人未生,在元气之中;既死,复归元气。元气荒忽,人气在其中。"❶ "阴阳之气,凝而为人,年终寿尽,死还为气。"❷ 在王充看来,人的生命是由物质性的血和气组成的,人死之后,又重新变成了气。

王充从物质性的气的角度出发指出,人之所以能说话、叹息,是由于气在口腔、喉咙间流动,这就好比吹奏箫笙,因为有气流动,箫笙才能发出乐音。如果箫笙折断破损了,气就不能包含在其中,也就不能发出声音。箫笙的管子,好比人的口喉,手按箫笙的孔,就像人活动舌头。人死了,口喉就腐烂了,舌头不能再动,所以夜间枯骨不可能说话。再换个角度说,因为有生气灌注,植物有青青的颜色。植物死后青色就消失了,青色消失后植物不能再发青。青青的颜色,好比是袅袅的乐音,枯死的植物的颜色不能再转青,死去的人自然也不能再说话。

人的生长发育,生命长短都离不开元气。人禀气而生,含气而长。《无形》篇云:"人禀元气于天,各受寿夭之命,以立长短之形。"❸ 《气寿》篇云:"夫禀气渥则其体强,体强则其命长;气薄则其体弱,体弱则命短,命短则多病寿短。……人之禀气,或充实而坚强,或虚劣而软弱。充实坚强,其年寿;虚劣软弱,失弃其身。"❹ 人的寿命长短是由所禀之气的强弱厚薄决定的。

人与万物皆由气构成,因而人体生命之气与自然万物生命之气是相同的,因而也是相通相应、相感相交的,万物与人处于一个相通、相感的关系中。这样,人的自然生命、思想感情和存在方式被置于宇宙大生命之中,天地间一气贯通,不断地氤氲化生、相摩相荡,人与自然融合为一。这构成了中国古代文化的精神内核,也孕育出中国古代美学精神的生命

---

❶ 黄晖:《论衡校释》(附刘盼遂集解),中华书局1990年版,第875页。
❷ 黄晖:《论衡校释》(附刘盼遂集解),中华书局1990年版,第877页。
❸ 黄晖:《论衡校释》(附刘盼遂集解),中华书局1990年版,第59页。
❹ 黄晖:《论衡校释》(附刘盼遂集解),中华书局1990年版,第28—29页。

本质。

由上可知，作为物质的气，虚无缥缈，这种物质本身就具有变幻莫测的神秘色彩。王符、张衡、王充等唯物论哲学家从宇宙论的角度出发，指出气是一种构成宇宙的物质，并由此否定了在汉代影响深远的天人感应学说。所以，气在汉代是一个具有过渡性的概念，既有神秘性，也有突破神学体系，力求构建唯物主义宇宙观的努力。这是汉代艺术和诗学形成的又一背景。

二 气一元论的社会意义

王充指出人是由气构成的，禀受怎样的气，就会成为怎样的人，这是先天的，人的后天努力不可改变。这就使气具有先验性。《命义》篇讲："凡人受命，在父母施气之时，已得吉凶矣。"一个人所秉承的元气的多寡与后天的训练和修养没有关系，在父母施气的那一瞬间就已经决定了。王充还说："祸福之至，时也；死生之到，命也。人命悬于天，吉凶存于时。"❶ 也就是说，人的形体、骨骼、高矮、寿夭、生死、性命等都是由冥冥之中不可改变的神秘力量决定的，这一神秘力量就是气。总之，元气决定了一个人的一切，而且是无法改变的。

气不但决定了人的自然身体状况，而且决定了人的伦理道德品质。王充认为气是万物的始基，人的生死存亡是气之聚与散，人的贵贱贫富根源于气的多与寡，人的聪明智慧也根源于先天所禀之气。"气有多少，故性有贤愚。"❷ 即禀受的气不同就会产生贤愚不同禀性的人。《论死》亦云："人之所以聪明智慧者，以含五常之气也。"❸ 人有贤愚之别，那是由所

---

❶ 黄晖：《论衡校释》（附刘盼遂集解），中华书局1990年版，第1009页。
❷ 黄晖：《论衡校释》（附刘盼遂集解），中华书局1990年版，第81页。
❸ 黄晖：《论衡校释》（附刘盼遂集解），中华书局1990年版，第875页。

禀之气的多少以及气的性质所决定的。气对智慧贤愚的决定作用，使气越出了物质性的界限，变成了一种先天决定人所有方面的神秘力量。

人的贵贱祸福也是由元气决定的。《命义》篇云："人禀气而生，含气而长，得贵则贵，得贱则贱。"❶ 人禀气而生，含气而长，贵贱、祸福都由先天所禀之气所定。《骨相》篇中讲了很多人因为面相富贵而最终得到富贵的故事。如卫青的父亲郑季与阳信公主婢女卫媪私通，生下卫青。卫青在建章宫时，一个项上带着铁钳的刑徒看了他的面相说，富贵到被封侯的程度。卫青说："做人家奴仆的人，能不挨打受骂就够了，哪里敢希望被封侯！"但事实是，从那以后卫青做了军官，打仗屡次有功，被越级封爵升官，终于成为大将军，受封为万户侯。这就证明相面人所说的话是有道理的。因此，王充总结说："禀气于天，立形于地，察在地之形，以知在天之命，莫不得其实也。"❷ 人从上天禀受了气，在地上成形，考察在地上的形体，便可知天命，因而刑徒考察卫青的形体，能够算出他的未来。

既然人的一切都由先天所禀的气决定，那么，后天的努力就没有意义，人也就不必与命运抗争，一切都听命于先天的安排即可。这样，王充从物质性的气出发，将气作为决定一切的力量时，气就变成了不可抗拒的天命。

王充提出物质性的气，是针对汉代铺天盖地的天人感应学说和谶纬神学观念而提出的。毋庸置疑，将一切事物和现象都解释成物质性的气，那么，不可捉摸的"天"就不存在了，神秘的不可解释的感应关系就不存在了。在气一元论哲学语境中，鬼魂也不存在了。《论死》篇讲："人未生，在元气之中；既死，复归于元气。"❸ 人由精气组成，所以人死之后，气就散了，不会有鬼魂的存在。所以，气一元论使世界简单化，使很多问题都

---

❶ 黄晖：《论衡校释》（附刘盼遂集解），中华书局1990年版，第48页。
❷ 黄晖：《论衡校释》（附刘盼遂集解），中华书局1990年版，第122页。
❸ 黄晖：《论衡校释》（附刘盼遂集解），中华书局1990年版，第875页。

可以获得清晰明了的解释。

董仲舒的气不仅表现出自然之属性，而且具有道德属性，能够贯通"天人之际"，气是天人感应的中介，而王充的元气则不同，作为生化万物的本原，元气只是表现出它的自然性。元气作为一个核心词语，使王充的思想具有较为彻底的唯物论色彩。王充说："气也恬澹无欲，无为无事者也。"❶ 元气恬淡无为，几乎对人没有任何操控性。针对天人感应和谶纬迷信思想中作为人格神的天，王充以气的自然运化理论，否定了天有意志，否定了天对人的控制。《自然》篇云："天动不欲以生物，而物自生，此则自然也。施气不欲为物，而物自为，此则无为也。"❷ 天动的目的并不是为了生物，但物自生，这就是自然而然。天地合气，物偶然而生。万物都是天地所含之气自然产生的。基于此王充驳斥了天的目的性和意志性。

王充的气一元论，一定程度上校正了鬼鬼祟祟的汉代神秘文化，因而其意义是积极的。但将复杂的事情简化以后，也存在很多理论困境。比如将人的存在解释成气化的结果后，首先，人和父母之间的亲情关系就消失了。人是由气自然而然产生的结果，人的出生是父母偶尔合气而形成。正如《自然》篇所说："天地合气，万物自生，犹夫妇合气，子自生矣。"❸父母合气生子只不过是天地化育万物的一个方面。因为父母所"合"的气并不属于他们，而属于天地。父母只是天地之气凭附的载体，他们在生子中所起到的作用，是对天地之气的传导。所以，人的生命与父母没有关系，是阴阳之气和合的结果，人是宇宙万物的一部分。人的成长过程也是，"人禀气而生，含气而长"❹。这样，人的成长与父母的养育也就没有多大关系了。

---

❶ 黄晖：《论衡校释》（附刘盼遂集解），中华书局1990年版，第776页。
❷ 黄晖：《论衡校释》（附刘盼遂集解），中华书局1990年版，第776页。
❸ 黄晖：《论衡校释》（附刘盼遂集解），中华书局1990年版，第775页。
❹ 黄晖：《论衡校释》（附刘盼遂集解），中华书局1990年版，第48页。

其次，当万事万物都由一气构成时，人和万物就没有差别了。《论死》篇云："人，物也；物，亦物也。"❶《辨祟》篇云："人，物也，万物之中有知慧者也。其受命于天，禀气于元，与物无异。"❷ 人和物都由元气构成，因而没有本质上的差异。人生于天地之间，就像鱼生于渊，虮虱生于人。在中国哲学中并没有人驾驭和统治自然的霸道思想，但中国哲学一直努力构建人的尊严。如《礼记》指出，人以礼仪区别于禽兽。荀子则认为："水火有气而无生，草木有生而无知，禽兽有知而无义，人有气、有生、有知，亦且有义，故最为天下贵者也。"❸ 水火、草木、禽兽虽然都禀气而生，但只有人由最为精微的气构成，所以人是自然界中最高贵的，这是中国哲学中对人的主体地位的确立。但在王充气一元论的哲学语境中，一切都是气的不同形态，因而一切都没有本质差别。以气来"齐物"的思想在庄子那里也有充分的表现。庄子视天地万物齐一，不以个人的好恶来决断客观世界的形态，而气是万物平等的一个重要理论前提。《大宗师》云："彼方且与造物者为人，而游乎天地之一气。"❹《秋水》云："自以比形于天地而受气于阴阳，吾在于天地之间，犹小石小木之在大山也，方存乎见少，又奚以自多！"❺ 庄子认为有灵万物皆受气而生，人的生命也无非一气所化，与其他生物相比，并无特殊性。庄子和王充构建的世界是平等的，同时他们构建的也是一个客观但缺乏人情的世界。沿着王充的逻辑一直顺下来，就会发现，一个生动的、有血有肉、有情感、有主见的人，变成了机械的人，变成了没有情感的人。这就使其学说陷入理论困境。

王充认为，万物的生灭都是由于元气的聚散，气聚就出生，气散就消

---

❶ 黄晖：《论衡校释》（附刘盼遂集解），中华书局1990年版，第871页。
❷ 黄晖：《论衡校释》（附刘盼遂集解），中华书局1990年版，第1011页。
❸ （清）王先谦：《荀子集解》，沈啸寰、王星贤点校，中华书局1988年版，第164页。
❹ （清）郭庆藩：《庄子集释》，王孝鱼点校，中华书局1961年版，第268页。
❺ （清）郭庆藩：《庄子集释》，王孝鱼点校，中华书局1961年版，第563页。

亡。人和物秉承了阴阳二气，所以就能精气旺盛，成为鲜活的生命体。在《指瑞》篇中，王充指出醴泉、朱草、凤凰、麒麟、白鱼、赤乌等都是"和气所生"。因此，自然就与天人感应没有关系。王充揭开了祥瑞之物的神秘面纱，同时也斩断了人对世界的想象性理解。神秘的想象使人类的生活丰富多彩，纯粹物质关系的推演，清晰明了，但缺少意义感和价值感。因而，"老天爷"、祥瑞虽然带有迷信色彩，虽然缺乏足够的科学根据，却与人的精神世界紧密相连，成为人类生存的一个重要维度。正如同宗教对于人的意义一样，人不可以被宗教控制，但完全没有宗教，人类将失去重要的精神家园。王充的哲学为反驳谶纬迷信，矫枉过正，将人类生存的精神空间也摧毁了。

三 王充气论的神秘色彩及其影响下的诗学观念

王充的元气论使世界的构成具有了物质性，但是元气来自先天，这又使元气语境下的艺术才华变成某种不可把握和不可改变的神秘力量。结果，王充在批驳神秘文化的同时又回到了神秘之途。

（一）在先验性的物质之气中，文艺具有先天决定性

与汉代颇为盛行的天神观念相比，王充否定了天对人的主宰，指出气不是某种外来的神秘力量，而是来自天然，存在于主体自身之中。这一观点影响到艺术，形成了艺术观念的重大转变：艺术不再是神的意志的体现，同时艺术又陷入机械决定论的樊篱之中。王充认为具有文学才华的人，必定禀气丰沛。《效力》篇云："'行有余力，则以学文'，能学文，有力之验也。"❶意思是说，只有力多之人，才能在本职范围之外去学习文化。而且，王充认为力多者创作量也必然大。《效力》篇讲："谷子云、唐

---

❶ 黄晖：《论衡校释》（附刘盼遂集解），中华书局1990年版，第580页。

子高章奏百上,笔有余力,极言不讳,文不折乏,非夫才知之人不能为也。"王充又称赞孔子"作《春秋》,删五经,秘书微文,无所不定"❶,因此是力多之人。王充还称董仲舒、扬子云是文之乌获。乌获是战国时秦国的大力士。可见,力的多少影响到创作主体的创作才能,进而影响到文学创作成果的质量,而力是由气决定的。所以,文的质和量最终都是由气决定的。

王充认为,来自先天的才力对作文能力有很大影响。《超奇》篇指出:"足不强则迹不远,锋不铦则割不深。连结篇章,必大才智鸿懿之俊也。"❷即脚力不强,就不能走得远;刀锋不利,就不能割得深。要想写出洋洋洒洒的好文章,必然需要才智双全的人。在王充看来,创作能力更多地源于人的先天才力,因而只是后天博闻强识,未必能培养出创造力。在《效力》篇中,王充进一步指出:"书五行之牍,书十奏之记,其才劣者,笔墨之力尤难,况乃连句结章,篇至十百哉!力独多矣!"❸只有具备创造潜能的人,才能在博闻强识的基础上,写出优秀的文章。

同样,由于所禀之气不同,不同的作家会创作出不同风格和样式的文学作品。《自纪》篇云:"百夫之子,不同父母,殊类而生,不必相似,各以所禀,自为佳好。……文士之务,各有所从,或调辞以巧文,或辨伪以实事。"❹作家就是要根据自己的先天气质,发挥个体特点,创作出具有个人风格的作品。

在元气论语境中,人没有古今之间的差异。《齐世》篇云:"上世之民,下世之民也,俱禀元气。元气纯和,古今不异。"❺上古之民与下世之

---

❶ 黄晖:《论衡校释》(附刘盼遂集解),中华书局1990年版,第582页。
❷ 黄晖:《论衡校释》(附刘盼遂集解),中华书局1990年版,第610页。
❸ 黄晖:《论衡校释》(附刘盼遂集解),中华书局1990年版,第583页。
❹ 黄晖:《论衡校释》(附刘盼遂集解),中华书局1990年版,第1201页。
❺ 黄晖:《论衡校释》(附刘盼遂集解),中华书局1990年版,第803页。

民，没有什么差别，因为人无论古今，都是禀气而生的。《齐世》篇还指出："天不变易，气不改更……一天一地，并生万物。万物之生，俱得一气。气之薄渥，万世若一。帝王治世，百代同道。"❶ 万事万物都是由气构成的，因而由气构成的世界也具有永恒性。王充用气化哲学否定了"贵古贱今"的世俗偏见。《超奇》篇云："俗好高古而称所闻，前人之业，菜果甘甜，后人新造，蜜酪辛苦。……天禀元气，人受元精，岂为古今差杀哉？"❷ 中国自古文人相轻，一般人喜欢推崇古代而称颂传说中的事情，认为古人的东西即使是瓜菜也是甜美的；后人的创作，即使是蜜酪也是苦辣的。王充认为，上天施放的元气对古今之人都是相同的，因而前世人所造的菜果都是甘甜的，后世人所酿的蜜酪都是苦涩的，这一说法是不对的。可以看出，王充将文艺问题的讨论奠定在气一元论的基础之上，把文人相轻的复杂问题进行了简单化的处理，争端是没有了，同时世界的丰富性也没有了。

在生命一体化思维模式的影响下，中国美学将天地自然看成具有情感和生命的同类。如天人感应理论中，天具有寒暑冷暖、喜怒哀乐赏罚等特点。但在元气自然论中，天道变成纯自然现象，天之寒暑冷暖只是随气而变，并不是应人之感应而起。王充指出，天不会为冬夏易气，寒暑有节，也不会因人而改变。在王充的哲学世界中，天变成了一个没有情感和意志的天，变成了一个冰冷的纯客观的天。这是科学思维的必然结果，有其合理性，但与人的生存和审美心理有太大的距离。

（二）极盛之阳气与带有鬼魅色彩的美

王充的气具有唯物的性质，但当气成为构成虚无缥缈的鬼神的元素时，王充的气又着上了神秘色彩。在气一元论的语境中，鬼妖神魂也由元

---

❶ 黄晖：《论衡校释》（附刘盼遂集解），中华书局1990年版，第803页。
❷ 黄晖：《论衡校释》（附刘盼遂集解），中华书局1990年版，第615页。

气构成，但构成鬼的不是阴阳平衡之气，而是极盛的阳气。如《订鬼》篇云："鬼，阳气也，时藏时见。"❶"天地之气为妖者，太阳之气也。"❷《龙虚》篇云："寒暑风雨之气乃为神。"❸《纪妖》篇云："夫魂者，精气也。"❹《自然》篇云："妖气为鬼，鬼象人形。"❺ 极盛的阳气，如果没有阴气配合，也只能形成虚象，不能构成形体，会产生恍惚迷离的感觉。由于虚象没有骨肉，只有精气，所以恍恍惚惚地出现一下，马上又消失了。《订鬼》篇云，龙是随阳气而出没的动物，所以时常变化；鬼是阳气构成的，所以有时隐藏有时出现。

由极盛的阳气构成的人和物具有很强的毒性。《论死》篇云："气之害人者，太阳之气为毒者也。"❻《订鬼》篇云："天地之气为妖者，太阳之气也。妖与毒同，气中伤人者谓之毒，气变化者谓之妖。"❼ 王充的意思是说，天地间的气能变成妖的是极盛的阳气。妖与毒相同，能够中伤人的阳气称为毒，能够变化的阳气称为妖。所以，药并不生于一地，但太伯要到南方的吴地去采药；鸩鸟生在南方，人饮了鸩酒会被毒死；冶葛生长在东南，巴豆生长在西南，所以都有毒性。

由阳气构成的人和物都有美丽的外形。这样，美丽的外表与极大的危害就常常相伴而生。《言毒》篇云："妖气生美好，故美好之人多邪恶。"❽妖气会使人容貌美丽，所以美貌的人大多是邪恶的。《言毒》篇亦云："儇者奢丽，故蝮、蛇多文。文起于阳，故若致文。眑若则言从，故时有诗妖。"❾

---

❶ 黄晖：《论衡校释》（附刘盼遂集解），中华书局1990年版，第942页。
❷ 黄晖：《论衡校释》（附刘盼遂集解），中华书局1990年版，第941页。
❸ 黄晖：《论衡校释》（附刘盼遂集解），中华书局1990年版，第285页。
❹ 黄晖：《论衡校释》（附刘盼遂集解），中华书局1990年版，第918页。
❺ 黄晖：《论衡校释》（附刘盼遂集解），中华书局1990年版，第779页。
❻ 黄晖：《论衡校释》（附刘盼遂集解），中华书局1990年版，第882页。
❼ 黄晖：《论衡校释》（附刘盼遂集解），中华书局1990年版，第941页。
❽ 黄晖：《论衡校释》（附刘盼遂集解），中华书局1990年版，第958页。
❾ 黄晖：《论衡校释》（附刘盼遂集解），中华书局1990年版，第958页。

意思是说，僭越本分的人和动物讲究奢侈华丽，所以蝮、蛇身上多花纹。花纹是由阳气构成的。天旱伴随君王的骄横出现，言语便不顺从，所以经常有"诗妖"出现。蛇有美丽的外表，但与蝎子一样常常危害人。诗妖含有怨恨和不满情绪，虽然言辞华美，但对统治具有一定的威胁。同样，鬼是极盛的阳气构成的，属阳，所以为红色，人们看见红色的鬼都害怕。

美丽的女人也是由阳气构成的，像蝮、蛇一样美丽，但具有一定的危害性。在《言毒》篇中，王充举例说，晋国大夫羊舌虎的母亲长得很漂亮，羊舌虎的异母哥哥叔向的母亲明白，美貌之人多邪恶，所以不让她去服侍丈夫就寝。叔向劝谏母亲，他的母亲说：深山大泽是产生龙、蛇一类毒物的地方。她长得漂亮，我担心她生下如龙、蛇般的子女给你带来灾祸。后来，这个美丽的女人生下了羊舌虎，羊舌虎长得健美有勇力，受到栾怀子的宠爱。到了范宣子驱逐栾怀子时，范宣子杀了羊舌虎，灾祸果真波及叔向。王充对这件事评价说：深山大泽是龙、蛇产生的地方，用它比喻羊舌虎的母亲，是因为容貌美丽的人都怀有毒汁。美丽的女人所生的儿子健美而有勇力，勇力产生于美色，祸难来自勇力。火有光亮，树有容貌。龙、蛇属于东方，属木，含有火的精气，所以色美貌丽。胆附着在肝上，所以能产生勇力。胆火气猛烈，所以多有勇气；木属刚强，所以多有力气。产生妖怪现象的，经常是因为美色；产生祸难的，经常是因为勇力；产生毒害的，全都在于美色。❶ 显而易见，王充运用了五行相配以及妖气属阳等理论，将羊舌虎母亲的美丽与羊舌虎的勇猛有力，以及叔向的被囚居等事件联系起来，证明了女人美丽是阳气太盛，但具有妖魔性的观点。

王充认为小人的话语属阳、属火，具有极大的杀伤力。阳地的小人，毒气尤其厉害，如南越国之人祝誓时最容易生效。进一步讲，童谣属阳，

---

❶ 黄晖：《论衡校释》（附刘盼遂集解），中华书局1990年版，第959页。

为妖,也就有极大的社会影响力。《订鬼》篇云:"世谓童子为阳,故妖言出于小童。童、巫含阳,故大雩之祭,舞童暴巫。雩祭之礼,倍阴合阳。"❶ 意思是说,世人认为童子属阳,所以妖言出于儿童之口。儿童、巫师含有阳气,雩祭的目的是助长阴气以调和阳气,所以举行大雩祭时,要让儿童不停地跳舞,把巫师晒在太阳下。这样的舞蹈和童谣自然带有巫术的性质,具有神秘性。《订鬼》篇还指出:"世谓童谣,荧惑使之,彼言有所见也。荧惑火星,火有毒荧,故当荧惑守宿,国有祸败。火气恍惚,故妖象存亡。"❷ 即人们说童谣是荧惑星的精气诱导的缘故,王充认为这话有一定道理。因为荧惑星是火星,火有毒光,如果荧惑星侵犯心宿,国家就会有祸败。因为荧惑星的火气是恍恍惚惚的,所以它产生的妖象时有时无。童谣和巫师的咒语一样,在唱童谣和念咒语时,儿童和巫师没有清醒的意识,那些话语好像是通过巫师的口迸发出来的,是通过儿童的嘴里自动唱出来的,即"童谣口自言,巫辞意自出"❸。这类似于荣格所说的集体无意识,对于巫师和儿童而言,他们并不代表自己在说话,而是某种积淀在人类意识深层的无意识通过他们的口表达出来,而这些都是由于阳气盛而导致的。可以看出王充明显陷入一种神秘论证之中。

综上所述,在王充的哲学体系中,气虽然是一个物质性的概念,但气的存在并没有使王充的哲学仅仅停留在一清二楚的物化世界。元气的设定虽然使王充的哲学在表面上摆脱了冥冥之中神力的控制,但自然界的氤氲之气、人体的生命之气等构成的世界,又成为一个不能由人的意志控制的气的世界。因而在这一哲学体系中,作家的才气不是作家的努力就可以达到的,而是由先天禀受的气的多少和清浊决定的。而且,王充将一切艺术中梦幻的、想象的成分都逐出了艺术圣地,艺术就成为实证论的俘虏。同

---

❶ 黄晖:《论衡校释》(附刘盼遂集解),中华书局 1990 年版,第 944 页。
❷ 黄晖:《论衡校释》(附刘盼遂集解),中华书局 1990 年版,第 941—942 页。
❸ 黄晖:《论衡校释》(附刘盼遂集解),中华书局 1990 年版,第 940 页。

时王充作为谶纬盛行时代的知识分子,他的思想境界并不能完全摆脱他所生活的时代的影响,他努力否定谶纬神学,但他的思想也具有浓厚的神秘性。比如,《论衡》中对厉鬼、诗妖、童谣,以及文王得赤雀、武王得白鱼赤乌等都深信不疑,均认为"盖不虚矣"。王充的气具有客观化、物质化的特点且亘古不变,但王充又赋予气以道德伦理色彩,而且气的阴阳失衡会产生妖魔化的结果,极盛的阳气可以拥有美丽的色彩和外形,但具有鬼魅气息。这又使其美学和文艺思想显示出神秘色彩。

第四节　汉代科学中的神秘色彩及其对文艺思想的影响

在神秘文化发展的同时,科学的、实证的思想也在发展。但在汉代,科学技术是在神秘文化背景下发展起来的,因而汉代唯物论思想和科学观念具有一定的神秘色彩。在这样的文化背景下,汉代的文艺和美学观念也徘徊在科学理性与超验神秘之间,具有鲜明的过渡性和矛盾性。

一　神学羽翼下发展起来的汉代科学

汉代的科学理性精神是在天人感应、谶纬神学的背景下发展起来的。尤其是神仙方术、天人感应、谶纬神学等此起彼伏的神秘文化氛围中,人们对所有事情的认识,几乎都跳不出神秘文化的框架。不仅是统治者,汉代的很多大学者研究学习过纬学。史学家班彪多有以谶纬思想宣扬汉代君命天授的观点。《后汉书·班固传》记载,班固"博观载籍,九流百家之言,无不穷究"。《后汉书·郑玄传》记载,郑玄师从马融和张恭祖,马融曾会集郑玄等学生考论图纬,郑玄"睹秘书纬术之奥"。此外,郑玄以谶纬注经，著有《诗纬》《礼纬》《乐纬》《易纬》《书纬》《春秋纬》《孝经纬》七种，可以称得上谶纬大家。东汉大语言学家许慎也博通经籍，他的著作《说文解字》中处处可见谶纬的影子。可见，汉代笼罩着神秘文化的氛围，大家几乎都逃不脱神秘文化的影响。

汉代科学家张衡的官职是太史令。在中国，远古以来，史官便与星象家合二为一。史官一方面负责记录史实；另一方面要负责掌管天文星象，记载观星占测的结果，最终为王朝的统治服务。身居太史令之职的张衡观察天象的直接目的是，为大汉王朝的治国方针、政治决策提供神圣的依据。比如，浑天仪制造的目的是更清晰更直观地观测天象，以显示吉凶征兆。地动仪的创制也是出于占测灾异、避凶趋吉的目的。只是在精密的观察与占测中，张衡发现了天体运行的客观规律，成就了他伟大的科学发现。所以，汉代的科学是在神学的羽翼下发展起来的。

两汉时期，各种天象的变化在汉人眼中都直接关系着政治的得失。谶纬迷信用天象变化来附会人事，灾异天谴说流行，日食、陨星等异常天象往往会成为大臣们互相倾轧的政治工具。张衡虽然上书揭露过谶纬"虚妄"，但也致力于天文阴阳历算，对谶纬是颇有研究的。如张衡的《灵宪》研究的是宇宙的生成过程，但也用天象灾祥学说解释社会现象和自然现象，他说："（星辰）在野象物，在朝象官，在人象事。"❶ 张衡还认为，"日者，阳精之宗。积而成鸟，象乌而有三趾。阳之类，其数奇。月者，阴精之宗。积而成兽，象兔蛤焉。阴之类，其数偶。……日月运行，历示吉凶，五纬经次，用告祸福，则天心于是见矣"❷。张衡深受天人感应思潮的浸染，这显然是天人一体化思维模式的体现。所以，奥地利汉学家雷立柏研究了张衡的论著后说："他将大自然的现象与神明混在一起，所以他

---

❶ 严可均辑：《全后汉文》，商务印书馆1999年版，第565页。
❷ 严可均辑：《全后汉文》，商务印书馆1999年版，第566页。

的观察就成为一种浪漫的、罗列的、宏观式的欣赏,而不是一种分析性的、微观式的观察。"❶ 雷立柏看到了将想象和真实世界并列在一起是属于张衡的一种浪漫做法,同时也是中国人的特殊思维模式。这种思维模式在张衡的身上体现得更为集中。再比如,张衡的《思玄赋》中也徘徊在各种神灵鬼怪和现实世界之间,是现实和虚幻交织并存的混沌状态。

在汉代,从科学实证论出发,但不由自主又陷入神秘文化之中的还有王符、王充等理论家。如王符反对谶纬迷信,但对卜筮的作用基本是认可的,他认为"立卜筮以质神灵"(《卜列》),认为占卜的蓍草、龟壳是天生的神物,圣人可以用来决定嫌疑,所以他说"天生神物,圣人则之,蓍龟卜筮,以定嫌疑"(《叙禄》)。王符也认为占梦能够预示吉凶,只是他反对将卜筮的测定绝对化。由此可见,在汉代,科学理性的发展与神学迷信交织融合在一起,甚至可以说科学理性是在神学的羽翼下发展起来的。这就使汉代的科学理性中夹杂着丝丝神秘文化的痕迹。

二 王充思想中的神秘色彩及其对文艺观念的影响

(一) 王充思想中的神秘色彩

王充作为汉代的无神论斗士,对天人感应神学思想进行了全方位的批判,但在神秘文化语境中,王充的思想却不由自主地沾染上神秘色彩。在汉代神秘文化语境中,王充的这种唯物论的努力具有冲锋陷阵的价值,但是蓦然回首,会发现他也不由自主地陷入了神秘文化的樊篱,赋予自己的思想和认识诸多迷离奇幻的色彩。

王充认为人死无知,不能为鬼,不能害人。人之所以能够存在是由于

---

❶ [奥地利] 雷立柏:《张衡,科学与宗教》,社会科学文献出版社2000年版,第100页。

阴阳二气的凝聚与结合，人死则精气离散而形体腐朽，怎么还能作为鬼而存在？王充在《纪妖》篇中指出，万物都是由气构成的，因而各种神鬼传说，从上帝到石头精，都是虚幻而不真实的。进一步讲，如果死后为鬼，那么已死的人已经数以万计，死后的鬼比生着的人还多。王充说，人们之所以相信鬼，实质是人们的一种幻想。同时王充又没有从根本上否定鬼神的存在，他说，人的形体重浊而为阴，所以人死后，形体归地，归地所以称鬼，鬼就是归的意思；人的精气轻清而为阳，所以人死后，精气升天，精气升天恍惚可见，所以称为神。"鬼之类人，则妖祥之气也。"❶ 即各种鬼怪都是由妖气构成的。王充也承认魂是存在的，他说："夫魂者，精气也，精气之行与云烟等。"❷ 王充认为魂是精气，精气运动和云烟相同，飘得比较慢。这就等于承认了鬼魂的存在。

王充否定了祥瑞是天人感应的结果，但并没有完全否定祥瑞景象的存在。在《验符》篇中，王充描述了汉章帝建初三年发生的祥瑞景象。建初三年，零陵泉陵女子傅宁的家中长出了五棵芝草，高的有一尺四五寸，矮的有七八寸，茎叶为紫色。这一祥瑞景象的出现使上至帝王下至平民百姓皆大欢喜。建初四年甘露又降临在泉陵、零陵等地，榆、柏、梅、李树丰茂，枝叶瑞泽而下垂，甘露甜美如饴蜜一般。在《讲瑞》篇中，王充指出，天那里并没有祥瑞的种子，祥瑞都是由天地间的"和气"产生的，它生长于平常的事物之中，但具有奇特的本性，就成为祥瑞。如嘉禾生长在一般禾之中，与一般禾的穗不同。醴泉、甘露是特别甘美的泉水、露水。萱荚、朱草也生长在地上，夹杂在众草之中，没有固定的根茎，十天半月就枯折了，所以被称为祥瑞。祥瑞的确存在，只是由气决定。王充说："甘露，和气所生也。露无故而甘，和气独已至矣。和气至，甘露降，德

---

❶ 黄晖：《论衡校释》（附刘盼遂集解），中华书局1990年版，第920页。
❷ 黄晖：《论衡校释》（附刘盼遂集解），中华书局1990年版，第918页。

洽而众瑞凑。案永平以来,讫于章和,甘露常降,故知众瑞皆是,而凤皇骐骥皆真也。"❶ 在王充看来,甘露是由和气产生的。露水无缘无故地发甜,是因和气早就已经来到了。和气来到,甘露降临、恩德普施,所以各种祥瑞都凑集来了。凤凰、麒麟以及各种祥瑞都是真实存在的。王充还认为,天下太平时,阴阳之气和谐,獐就变成了麒麟,天鹅就变成了凤凰。

王充否定天人感应学说,他明确指出,晴久自雨,雨久自晴,水旱灾害是自然现象,与祭祀、祈祷没有关系。但王充还是认为,人君应当举行雩祭。君主不祭祀、不祷求,"恬居安处,不求己过",天也仍然会下雨或天晴。人既不能用操行感动天,天也不因人的操行而施以谴责。但久旱不雨,君主就举行雩祭,能够表达对人民的关怀。汉代占卜算卦之风盛行,针对这种现象,王充提出"天道自然无为"的观点,指出天能回答人提出的疑问纯属谎言。但王充也认为"卜筮非不可用",为神秘文化留下了一条退路。

(二) 王充认可文艺的神秘作用

王充有时候又肯定具有"虚假"性的艺术对人的影响力。在《乱龙》篇中,王充围绕土龙能否降雨进行了多层面、多角度的讨论,他举了15个例子来说明土龙与雨之间是有些联系的,但联系的根源不在于天。他讲的其中一个例子是,上古时代有神荼、郁垒二兄弟是捉鬼的能手。他们居住在东海度朔山上,站立在桃树之下查看天下的恶鬼。看到恶鬼,他们就用芦索捆住他们,把他们抓去喂虎。因而,汉代的人们将桃树砍下来做成木头人,让桃人站立在门旁,画上虎的形象,把它附在门框上,希望它能够降服恶鬼。《乱龙》篇分析说,桃人并不是神荼和郁垒,画的虎也不是吃恶鬼的那只虎,但承认通过刻桃人、画老虎模仿它们的形状,是能够用来抵御凶鬼的。王充认为土龙致雨,神荼、郁垒的图像画在门上能降鬼,就

---

❶ 黄晖:《论衡校释》(附刘盼遂集解),中华书局1990年版,第738—739页。

如同木鱼能够吸引其他鱼一样。钓鱼的人用木头雕刻成鱼，用红漆漆在鱼身上。把木鱼放在水里，木鱼漂浮起来。游鱼以为它是真鱼，一齐游来聚会。红漆的木鱼不是真的鱼，但真鱼能够被它吸引来。王充认为真鱼能来是因为假鱼具有一定的欺骗性，由此推断，土龙能够将雨吸引来，画在门上的神荼、郁垒能够降服恶鬼。

在这里，我们暂且不管王充的论证中间有什么漏洞，我们从中可以看出他对泥土造的龙、木头做的漆鱼，以及神荼、郁垒的画像，画在柱子上的龙的作用是认可的。王充还举例说，舜凭借他的圣德进入大山脚下的旷野中，虎狼不伤害他，虫蛇不伤害他。禹铸了带有百物图像的大铜鼎，把鼎带入山林，铜鼎也具有避灾的作用。这就和人们祭祀时制作的土龙能够降雨是一样的道理。在《定贤》篇中，王充说到贤能之士时，提到了邹衍吹奏律管使寒温得到改变的现象。"燕有谷，气寒，不生五谷。邹衍吹律致气，既寒更为温，燕以种黍，黍生丰熟，到今名之曰黍谷。"❶ 燕国有一个山谷，因谷中气候寒冷，导致庄稼不能生长。邹衍吹奏律管招来暖气，寒谷变成温谷，燕国用它来种黍，黍生长得很茂盛，获得了丰收，到今天还被称为"黍谷"。在这里，王充虽然不是在专门谈论音乐与气候的关系，但也表现了对音乐能够使阴阳之气调和这一做法的认可。

显然，王充认可这些神秘的艺术现象，只是认为它们产生作用不是某些神秘的原因造成的。实际上，王充所谓土龙致雨的讨论是针对董仲舒的。董仲舒提倡设土龙求雨的理论根据就是他的"天人感应"论。显而易见，王充一定程度上也认可事物之间有神秘的感应关系，只是他较为固执地不愿意认可感应的根源是天。

本章小结：当谶纬神学发展到极盛时，汉代一批先知先觉者认识到了

---

❶ 黄晖：《论衡校释》（附刘盼遂集解），中华书局1990年版，第1108页。

谶纬的欺骗性和对社会生活的危害，因此开始批驳谶纬神学。但在神秘文化依然非常强盛的历史时期，对谶纬的批判往往陷入自相矛盾的境地。王充对神秘文化的极端批判，以及王充最终不能摆脱神秘文化的影响，这使我们认识到，中国文化发展中实证论和诗性智慧是同时存在的，其实社会的发展在一定程度上需要某种精神的指引，需要营造一个虚幻的艺术空间。处理好人类生活的两个层面非常重要，一方面不能让无形的神秘存在完全成为控制人的自由的枷锁；另一方面也应当承认，人除有可实证性的生存境域之外，还应当有价值空间，人除物质生活之外，想象世界也具有重要意义。纯粹科学的思维，并不利于人的生存，插上想象的翅膀，遨游于一个虚幻的世界，也是人类生存很必要的一个方面。只有两个层面共存，人类才能既有形而下的现实生活，又有情感生活和丰富的想象空间，从而使生命状态更为充盈。可以说，中国古人正是将浪漫的想象与深刻的理性思考相结合，在深邃广阔的时空里，创造出无比绚烂壮观的艺术境界。

结 论

神秘文化与人类的精神生存空间及艺术的灵晕

一　先秦两汉神秘文化及神秘主义诗学的嬗变历程

先秦两汉时期的神秘文化经历了几个不同的阶段，神秘主义诗学观念也经历了相应的几个发展阶段。

史前时期鬼神观念和巫术观念具有重要的地位，艺术具有沟通天地神人以及对自然产生神奇影响力的作用。彩陶和岩画等早期艺术形式上依稀可见神灵的影子。

商代文化依然存在浓厚的鬼神色彩，祭祀是社会生活的重要内容。商代王权和神权结合，青铜器、舞蹈等既是王权的象征，也是取悦和沟通鬼神的途径。这一历史时期的艺术是巫术活动的有机组成部分，是宗教活动的副产品。

西周时期，天命鬼神观念有所弱化，统治者将社会制度建设和人的伦理道德素质的培养提上议事日程，因而周代文化以具有审美意识形态属性的礼乐文化为典型文化形态，但天命鬼神依然是礼乐文化的底蕴，在《诗经》中保存着大量祭祀祖先的诗篇，《礼记·乐记》则较为集中地对礼乐的神秘性进行了阐释。

春秋战国时期，随着生产力的进步，"天"遭到进一步的质疑。这一时期，诸子百家的学说大都围绕"礼崩乐坏"，以及"天"的神圣性的衰微等社会核心话题展开。孔子弱化了天命鬼神观念，突出了伦理道德的重要性，将诗看成伦理道德的载体，弱化了诗的神秘性，开启了挖掘诗歌微言大义的伦理阐释之路。墨子以鬼神天命增强统治者合法性的思路是非常明确的。基于此，墨子反复论证鬼神天志的客观实在性。但墨子鬼神天志是理性设定的结果，显然不同于人类早期由于无知和恐惧而自然形成的鬼神观念。《韩非子》《列子》中还能看到明显的艺术神秘化的相关记载。这说明春秋战国时期艺术虽然在一定程度上摆脱了鬼神的束缚，但依然保留着神秘诗学的痕迹。

战国时期，北方中原地区逐渐觉醒，进入理性发展阶段，南方楚地重峦叠嶂、云雾弥漫的自然环境和闭塞的文化环境中却孕育出另外一种神秘文化。这种神秘文化以对宇宙的"混沌"集体无意识记忆为基础，以巫鬼观念为核心，具有梦幻特征。这种具有梦幻感的神秘文化广泛存在于楚地青铜器、丝织品、漆器等艺术形式上。云雾缭绕中穿梭着各种奇形怪状的虚构形象成为中国早期艺术的一种范式。

西汉时期，刘邦以一介平民贵为天子，他的内心深处并没有对文化的敬畏感，同时也没有文化禁忌。无知无畏是刘邦的特点，但是为了统治的需要，西汉建立后恢复了礼乐文化，也开始重视对各种神灵的祭祀。到汉武帝时，董仲舒将"天"构建成一个具有威力的人格神，对天子的权力进行监督。董仲舒宣扬君权神授和"天人感应"观念，为儒学注入了神学的色彩。"天"成为一个巨大的人格神和统治力量，也成为一个饱含情感的诗意想象对象。此外，西汉时期神仙思想也较为普遍，折射到西汉艺术中则形成了满溢云气纹饰，并以神仙鬼怪交织其中的艺术风格。

东汉时期，谶纬神学成为影响官方重大决策和民众生活的神秘力量。四时、五行、八卦、二十四节气等关联在一起，构成一个元气氤氲又广泛联系的宇宙图式。随着越来越多的社会现象和自然现象被纳入这个图式之中，牵强附会的性质也就更强，人文精神更加弱化。在谶纬神学语境中，祥瑞景象的意义固定化、僵化；诗乐成为附会天意的符号；音律成为谶纬庞大系统中的一个有机组成部分。

当神秘文化发展到极端时，张衡、王充等思想家从实证和经验的角度出发，对神秘文化进行批判，指出神秘文化的内在矛盾性。沿着王充的逻辑可知，亲见亲闻的事情就是"实"，想象的、传说中的事物就是"虚"。

在"疾虚妄,求实诚"思想的影响下,王充否定了中国文化中带有想象和传说性质的层面,从而使艺术变成生活的实录。这样的艺术观念具有机械论的特点。王充等极端反对虚构的做法,使先秦两汉神秘文化出现休止。这样,从先秦到两汉,神秘诗学也完成了一个从萌芽、发展、演进到衰微的相对完整的过程,为我们反思神秘文化与诗学的关系提供了很好的实践基础。

二 先秦两汉神秘文化及诗学的五种类型

神秘文化是人类把握世界、把握生命的诗性智慧的结晶。仔细辨析从史前到东汉的神秘文化发展历程,可以看到不同历史阶段神秘文化的内涵存在着一定差别。粗略来看,先秦两汉历史时期的神秘文化包含以下五种类型。

其一,灵魂和巫鬼观念。在原始社会,人们认为万事万物都具有生命和灵魂,人和动植物之间并没有清晰的界限,整个世界都是一个神秘互浸的整体。此外,人们认为在人可以感知和把握的世界之外还有鬼神等神秘力量。人可以通过法术与鬼神沟通,可以通过法术作用于自然并改变自然。艺术伴随巫术而产生和发展,并在巫术体系中扮演着改变世界、影响生态的神奇作用。这种形成于史前时期的灵魂和巫鬼观念在中国文化中一直存在,反复呈现,甚至已经内化为国人的一种民族集体无意识。

其二,"道"的神秘性。荆楚之地烟云缭绕、植被茂密,处身这样的自然环境中的古人有着对宇宙朦胧和梦幻性的深切感受,加之受到混沌集体无意识记忆的影响,形成了以混沌和梦幻为突出特征的神秘文化。这种神秘文化围绕"道"这一概念而展开。无影无踪、无边无际、不可把握的"道"是时人对宇宙存在状态的认识。庄子将这种弥漫于宇宙间的朦胧之美呈现在其哲学论著中。《淮南子》进而认为这种以"无"为特征的"道"也是艺术的本原，最美妙的音乐不是任何具体的声音，最美丽的色彩不是任何可见的色彩。而那些素淡、质朴的色彩和音乐因为趋近于"无"，更加接近"道"的精神，所以最具本原性和美学价值。此外，"道"朦胧和梦幻的特征也成为中国艺术审美的一种范式，对后世影响深远。

其三，神秘的天人关系。汉代在"天人相副"哲学观念影响下，"天"被想象成一个有眼耳鼻舌身意、有情感、有意志，且与人有亲缘关系的人格神。这就将一个无情的客观物质世界变成了一个有情世界。中国古人仰观俯察，将"象天法地"作为器物制作的根据，从而使器物成为天地宇宙精神的象征符号。在汉代哲学中更富有特色的是"天人感应"观念，在这种哲学观念中，事物之间存在着远距离作用的可能。不同的音律之间会互相感应，人和音乐之间也会互相感应。在天人感应的思维模式下，万物富有灵性。这种观念中依然保留着原始交感巫术思维的痕迹。

其四，作为中国古人对世界进行抽象化概括的结晶，阴阳五行成为世界结构的基本框架。阴阳五行的分类标准带有很强的主观性和情感色彩，甚至带有以偏概全、以部分代替全体的特征。分类本身具有关联思维特征，被归为同一类的事物之间就被认为具有同样的属性，这样就将不同性质的事物联系起来，世界就成为一个互浸的整体。在五行生克的宇宙图式中，色彩和音律就成为整个宇宙框架中的一个有机组成部分，并借助阴阳五行图式与其他事物形成广泛的联系，而这些联系大多不具有实证性，却成为人们解释世界的一个重要视角，也在一定程度上成为阐释艺术问题的内在根据。

其五，"气"的神秘性。中国古代哲学家认为整个世界都是由气构成的。由于一气贯通，个体生命与宇宙大生命形成一个同源同流的整体。气既是经验的，又是超验的；既是物质的实体，又是抽象的精神性存在。气具有非常强的整合性，因而先秦两汉时期的哲学家将气与阴阳、五行、八卦等概念联系在一起，使气成为能够打通所有壁垒的一种中介物质。王充、王符等哲学家提出物质性的气概念。相较于人格化的天神概念，作为世界本原的气，具有唯物论的色彩，是对天神观念和谶纬神学的反叛，是汉代哲学走出妖魔化迷雾的路径，但气决定论使鬼神、善恶、命运都成为气化的结果，这又使汉代哲学和美学滑入神秘文化的陷阱。

以上五种类型的神秘文化奠定了之后中国神秘文化和艺术发展的基本类型。天命鬼神观念成为中国艺术的一个母题，且在之后的发展中产生了各种各样离奇古怪的艺术形象。朦胧和梦幻的荆楚神秘文化对后世艺术的影响主要体现在抽象性和装饰性艺术方面。天人关系内化为中国人的集体无意识，也成为中国艺术博大气象的哲学基础，并奠定了中国古人与天地万物的亲和关系。阴阳五行在医学和建筑风水中有广泛体现，对音律影响也很深远。气的观念不断深化，在魏晋时期演化为艺术的内在精神和生命力。

三 先秦两汉文化的灵性和诗意性

先秦两汉是中国文化自我孕育、自我发展的阶段，充分体现了中华民族文化的精神特质。通过对这一历史阶段哲学、美学和艺术现象的梳理，可以看出，这一阶段的文化中具有明显的灵性和诗意性。

灵性的存在，首先是因为中国古代文化中有各种神灵鬼怪。先秦两汉时期的文学艺术要么是祭祀神灵的工具，要么表现的是各种巫鬼神灵。这就形成了这一时期艺术的神秘性和灵性。

其次，灵性的存在，还是因为在这份文化中的所有物象都有生命、有情感、有灵魂。人能感受到大自然中一草一木的灵，且能懂得与自然之灵对话。无论在哲学还是艺术中，人们都保持着对生命价值的认可，都在歌唱这富有灵性的世界。

再次，灵性的存在，还是因为中国文化涉及各种微妙的"动"。"动"指的是万物都因为神奇的力量而生长变化动，也指的是不同的事物之间在人的感官不能知觉的地方有神秘的互动关系。我们将这样的"动"或事物超越感官的关联称为"静中之动"。这种"动"不可分析，不可计算，于不知不觉中存在，所以有着神奇的魅力。这种"动"在看不见的地方、在无法实证的地方发生，可以说是因"灵"而动。天人之间的感应如此，五行之间的生克也是如此，因此古人说不能听之以耳，不能视之以目，只有听之以气，只有屏气凝神才能隐约感受到宇宙间的这种神奇的"动"。

先秦两汉神秘文化包含着诗性思维特征。诗性思维以直觉和想象为基础，具有主客不分、缺乏逻辑等特征，但包含着人对世界最为丰富和多样的感知。因此诗性思维是"诗意性"得以产生的基础。中国文化的特殊之处是反复在原始思维和理性思维之间徘徊。比如在商周时期，已经出现了对"天"的质疑，到了战国秦汉时期，一方面是科学理性的进步；另一方面是为了统治的需要，神秘的原始思维和鬼神观念依然在社会上有很大影响力。具体来讲，先秦两汉时期文化中的诗性思维表现在以下几个方面。

第一，先秦两汉文化是充满了情感和生命的文化。在神秘文化语境下，人们以自己的情感和心理为尺度去认知、了解、把握外在世界，认为万事万物都富有生命力，花草树木是有生命的，天空大地是有灵魂的。这种诗意性的基础是以己度物的思维模式。在以己度物的思维模式中，空间和时间都成为以人的感受为出发点而构建出来的有情时空。其实，这种万物有灵的观念有两种表现形式，其一是动植飞潜充满了灵动的气息，是一种无形的"灵"的存在；其二是人们将万物人格化，于是，天成为有眼睛耳朵鼻子、有手有脚的人格神，延续到后世则出现了童话故事。在童话中，小山羊和大灰狼是可以说话且有人的思维。人赋予天地自然以生命力,与天地自然进行对话。这虽然不符合理性逻辑,却是一种面对世界的诗意态度,它丰富了人的生命感知。

第二,诗性思维的另一个突出特征是具有丰富的想象力。诗性思维是一种想象力极发达的思维,其核心是"凭着想象来创造"。先秦两汉时期的中国古人想象出了天命鬼神的存在;想象出了人与天地同在,人与天具有同构关系,具有相互感应的关系,从而将人置于与宇宙万物神秘互动的关系之中;通过想象将整个宇宙万物纳入阴阳五行框架之中,认为不同类别的事物之间存在相生相克的关系;通过想象编造出了一个个奇异的前圣先贤的形象,也通过想象虚构了神奇的西王母神话;通过想象,色彩、声音和滋味之间就可以相互感通。

中国古人的想象力还表现为,将现实的描写和想象性的形象相结合、将实和虚融为一体。比如楚辞,在真实的生活世界和虚幻世界之间自由穿梭;再比如在阴阳五行的宇宙框架中,既有现实生活基础,又有虚幻的神灵。两重世界交织并存,形成了中国文化视野开阔、灵动飞扬的浪漫气质。

在科学不发达的人类童年时期,人具有最为强烈的感觉力和广阔的想象力,所以能创作出各种奇异的文化。可以说,没有丰富的想象力,是不可能将完全没有联系的两件事物关联在一起的;没有想象力,就没有《山海经》《淮南子》,也不会有丰富灿烂的楚辞。想象力不仅是文学创造的前提,也是人类生存必不可少的一种能力。如果没有超越眼前可见世界而展开想象的能力,人类将被窒息在有限的时空中。先秦两汉时期,想象力更多存在于神秘文化领域,艺术想象只是神秘文化的次生产品。

第三,对事物之间的联系性的关注,尤其是关注事物之间超越时空的关联性是诗性思维的又一个侧面。如果说维科等人所探讨的是人类共同的原始思维模式,那么安乐哲、怀特海等一批海外汉学家作为"旁观者"则更为深切地看到先秦两汉文化相较于西方文化的一些特质,即关联思维的特质。关联性思维常通过比喻、象征、类比、移情等方式来表达,是诗性思维的一个方面，在阴阳五行学说中体现得最为充分。在关联性思维中，事物之间有广泛而神奇的联系，整个宇宙成为一个具有超因果联系的有机整体，从而成为一个类艺术化的世界。在神秘文化中，人处于一个灵动的宇宙之中，与山河大地、花草树木有着各种神奇的联系。正如卡西尔所说的，在这样的空间中，一切物种在某处都有他们的"家"。

四　神秘文化：中国古代艺术灵晕形成的沃土

神秘文化本身表现出灵性和诗意性，而且反观先秦两汉时期的神秘文化与艺术发展历程就会发现，神秘文化对艺术发展有重要的影响。正如刘勰所说，纬书事丰奇伟，辞富膏腴，无益经典，但有助文章。的确，神秘文化无益于经典，但能够丰富人们的生活，开拓人类的精神生存空间。神秘文化更是艺术得以存在和发展的必要土壤。

从史前时期开始，艺术就是祭祀的手段，具有沟通神人的重要作用。诗歌在祭祀中具有重要作用，与神秘文化有天然的渊源关系。在汉大赋和各种墓葬艺术中更是形成了一个祥云缭绕、人鬼神交织、灵动感应的神秘艺术世界。谶纬神学对人的自主性和灵活性有一定的禁锢作用，但谶纬神学语境下却产生了三足乌、九尾狐、木连理等富有魅力的艺术形象。罗丹说："而神秘，即是至美的艺术品所浸浴其间的氛围。"[1]的确最富有生命活力的艺术品生长在神秘文化的土壤中，又汲取神秘文化的营养，使自己的枝叶摇曳多姿。

---

[1] ［法］奥古斯特·罗丹述，葛赛尔记：《罗丹艺术论》，傅雷译，山东画报出版社2017年版，第100页。

神秘文化与艺术有不解之缘。没有神秘文化的滋养，没有对神秘文化的表现，艺术多多少少总缺乏一点灵晕。神秘文化促进了艺术的发展，丰富了艺术的表现内容，让艺术能够超越现实生活之上，形成一个充满奇幻色彩的艺术空间；神秘文化丰富了人们的想象力，为艺术创作提供了丰厚的土壤。

先秦两汉时期艺术中的神仙鬼怪形象，以及诗学中的阴阳五行观念、形神观念等在魏晋之后虽然逐渐式微，但作为一种民族集体无意识依然存在着，不绝如缕。魏晋时期的志怪小说、唐宋时期的传奇、明清时期的神魔小说等构成了一条神秘艺术发展的线索。《红楼梦》中有太虚幻境，还有图谶、诗谶、语谶等，神秘文化伴随故事发展的始终。新时期以来，在文学环境逐渐宽松和文学话语更加自由多样的时代背景下，神秘写作悄然归来。贾平凹、陈忠实、迟子建、莫言、陈应松等作家都有不同程度的神秘书写。正因为有神秘维度，这些文学作品才有文化的厚度；也正是因为有神秘的维度，这些文学作品更加扑朔迷离，耐人寻味。科技已如此发达，但我们并不会与作家笔下的神秘书写产生违和感。甚至可以说，我们不知不觉走进《红楼梦》的太虚幻境，我们从不怀疑《白鹿原》中的白鹿，我们也从不怀疑《西游记》中的如来佛祖。这说明在我们的集体无意识中存在着神秘文化基因。

在西方艺术世界中，虽然其未必是中国的阴阳五行思想的体现，未必是中国的花妖狐媚的书写，但在作品中书写神秘是人类艺术发展中的一个共同侧面。比如，以波德莱尔为代表的法国象征主义植根于其独特的宇宙观念。在他们看来，宇宙神秘莫测，人类对无限宇宙的了解极其有限。只有通过隐喻暗示的方式才能领悟到宇宙的神秘性。诗歌是把握世界神秘性的极好方式。诗以无言的静默引导人们去领会概念与逻辑之外宇宙的无限。可以说恰恰是以西方象征主义为参照，梁宗岱等学者才看到了中国艺术中最为幽微和灵动的层面，并激活了这个层面。

结论　神秘文化与人类的精神生存空间及艺术的灵晕

神秘文化使人的生存多了一个维度，使艺术多了一层灵光。在神秘文化语境中，艺术有了更为丰富的想象力和虚幻性。神秘文化是艺术发展的原动力之一，也是丰富艺术表现力的重要因素。因为滋生于神秘文化的土壤之中，中国艺术不只是对现实生活状况的反映，也不只是对主观情感的表达，更是能够展现一个想象的、虚幻的艺术空间。

神奇鬼怪、仙妖狐媚构成了一个独特的艺术类型。所以应该重新思考艺术分类的问题。之前在文学艺术的分类方面，我们依据艺术与生活的关系，将其分为现实型艺术（现实主义）、理想型艺术（浪漫主义）、意象型艺术等三类，但将很多作品归入以抒情为主要特征的浪漫主义，这的确在理论上有不周延之处。正如束有春在《屈原作品的逻辑及其神秘主义》一文中所说："屈原作品中的《离骚》《九歌》《招魂》等篇章，向来被认为是《楚辞》'浪漫主义'的核心部分，但其中的神秘色彩无疑是其主旋律，与其用'浪漫主义'作高帽子，倒不如用'神秘主义'来进行概括更为贴近中国传统本土文化的实质。"[1] 笔者认同这一观点，并认为应当将以变形夸张、非写实为主要特征的文学艺术作品与以抒情为主要特征的浪漫主义文学艺术作品区分开来，另列一类。而且从中国古代文学和艺术的实际状况来看，单纯抒情并非中国古代文学艺术的突出特征，而变形夸张和对奇异想象世界的描写在中国古代文学艺术中却绵延不绝，并形成中国古代艺术的一个重要类型。这个艺术类型以神秘文化为背景，以原始诗性思维为主要特征，极大地拓展了人们的想象空间，丰富了人类的生活。可以说，鲁迅的《中国小说史略》就是对这类艺术全面的梳理。但相对来说鲁迅主要关注的是小说文本，其实这个层面的视觉艺术也需要全面梳理，并在此基础上形成对中国艺术史新的认识。

---

[1] 束有春：《屈原作品的逻辑及其神秘主义》，《广西民族学院学报》（哲学社会科学版）1999年第2期。

五 实证论对诗性智慧的冲击及人类与神秘文化关系的反思

中国很早就有了实证论的萌芽。商周时期，统治者依靠先验的天命鬼神来实现自己的统治，但到春秋战国时期，随着生产力和科学技术的进步，天命鬼神的存在受到怀疑，人们逐渐从神秘文化氛围中走出来，关注人的现世存在。在汉代，为了统治的需要，神仙鬼怪、谶纬神学成为弥漫于社会生活各个层面的代表性文化形态。伴随着谶纬神学阶段神秘文化的极端发展，一些有识之士开始对神秘文化进行猛烈抨击。桓谭、张衡、王充等是这方面的代表理论家。尤其是王充从各个方面对汉代神秘文化进行批驳，为走出谶纬迷雾发挥了积极作用。

实证论以亲见亲闻为根据，否定了天神的存在，否定了自然的意志和情感，也否定了人与自然的互浸关系。虽然这些观点都是正确无误的，却把人与天之间的情感联系割裂开来。这种哲学观念在使世界清晰化、科学化、客观化的同时，也使人和世界的关系停留在机械化和简单化的层面。

在王充的哲学体系中，没有为想象留下空间，没有为精神留下空间，艺术成为亲见亲闻的生活实录。从王充对虚妄之事的批判也可以看出，在机械唯物论者那里，艺术作为一个虚幻自足的世界，也是没有存在理由的。此外，在汉代神秘文化语境下，事物之间具有神奇的感应关系，在实证论的逻辑中，这些不可实证的感应关系同样是没有存在可能性的。总之，沿着王充极端批驳神秘文化的逻辑下去，这个世界就只剩下可见可闻、可以触摸得到、可以测量和把握的现实事物，精神存在和神灵鬼怪全部都得从这个世界上消失。

王充以实证论为出发点对艺术进行了方方面面的否定,作为一个极端的个案恰好给我们很好的反思契机。事实证明,在神秘文化语境中文艺根深叶茂。而当科学理性、技术理性去除了自然万物上的神秘光环,万物变得清晰可见,变得可以测量和算计,这个世界却缺少了一些灵性。在王充的哲学体系中,天人感应、鬼神信仰等被无情批驳,神灵退出了,结果是人的世界也变得贫乏。东汉时期神秘文化的极端发展和对神秘文化的极端否定,让我们可以更加清晰地看到,人类不能去除想象性的生存空间,甚至不能完全排斥神灵的存在。

张衡和王充在否定神秘文化的同时,又与神秘文化有千丝万缕的联系。作为科学家的张衡,其科学研究和文学创作中都保留着神秘文化的踪迹。张衡的浑天仪、地动仪以浓厚的神秘文化为出发点和归宿。王充用元气自然观来解释鬼神的存在,但他的实证论哲学走不出神秘文化的怪圈。张衡等唯物主义哲学家虽然没有清醒地认识到混沌一片、氤氲一团的不可实证的想象世界对于人的重要性。但是,他们在科学理性和神秘文化之间徘徊的身影说明,他们不可能完全抛弃一个神秘莫测的想象空间,去建构一个由纯粹清晰明确的物质构成的世界。这不只是时代的局限,更是人类生存的需要。在西方,科学和理性发展的历程中人们否定了神灵的存在,但当生活中失掉神灵的层面后,人变得惶惶然。18世纪法国思想家伏尔泰曾深刻地认识到神灵对于人的重要性。他指出,即便世间没有上帝,人类也要造出一个上帝。毛峰表达了同样的意思:"世界丧失了神性,也就丧失了文明的基础和道德的基础。因为人有所敬畏,才会规范、约束自己的行为,由此,人建立了文明。"❶ 罗丹则从神秘的宗教体验与艺术的关系的角度说:"假使没有宗教,我将感到发明宗教的需要","真正的艺人其实

---

❶ 毛峰:《神秘主义诗学》,生活·读书·新知三联书店1998年版,第48页。

是世间最有信仰的人"❶。任何一种宗教都可以将人从有限世界扩大到无限世界。当失去无限的想象空间时，人在有限的世界中会有一种窒息感。正如牛顿、爱因斯坦在科学探索的终极处，又回到上帝和神灵一样，张衡和王充从否定神秘文化出发，最后发现他们思想的根须依然深埋在神秘文化的土壤之中。可见，无限和永恒是人类生存必需的维度，而这一维度很大情况下是伴随宗教和神秘文化而存在着的。

中外历史发展的过程中，都有过"祛魅"的经历。祛魅之后的世界，祛除了千万年来积淀在人类心中的愚昧和迷信，从而使理性和科学获得了至高无上的权威地位，成为"一个无神的、没有预言者的时代"❷，但在祛魅的同时，人类长期守护的亲和感与敬畏意识也随之消失。随着科技的长足发展，越来越多的人认识到，科学理性带给人们的并不只是进步与利益，还带来意义感匮乏而形成的精神困顿。甚至人类已经无法把控技术发展的内在逻辑，并沦为技术的奴隶。科学理性以真实、客观为出发点，却也失去了诗性思维的灵光。

面对"祛魅"所造成的意义和价值感的严重缺失，让世界"复魅"的呼声日益高涨。"世界的复魅"虽然并不意味着重建人对世界的神秘化认识，但是重新思考人在宇宙中的位置，重建人和天地万物之间的亲和关系，重建人对天地自然的敬畏意识却是人类进一步发展的基础。我们不可能再回到蒙昧憷懂的原始时代，也不应该回到蒙昧时代，但应该辩证认识神秘文化和诗性思维对人类的意义。对世界的敬畏感以及诗性思维也许是我们走出贫乏时代的路径之一。而解读古代美学和诗学中的神秘性，是拯救日渐萎缩和枯干的人类幻想力的很好途径，也是现代艺术走出困境的必要借鉴。

神秘文化相较于后世发达的理性文化，自然有其愚昧和落后之处。尤

---

❶ [法] 奥古斯特·罗丹述，葛赛尔记：《罗丹艺术论》，傅雷译，山东画报出版社 2017 年版，第 98 页。

❷ [德] 马克斯·韦伯：《社会科学方法论》，杨富斌译，华夏出版社 1999 年版，第 29 页。

其是通过阴阳五行的推演，通过卦气的推演来决定社会发展的方向，简直就是政治家玩弄于股掌的工具。而且我们看到了无论是墨子，还是王莽、刘秀都很清楚神秘文化只是达到政治目的的手段，但为了统治的需要必须让神秘文化存在。神秘文化也会阻碍科技的进步和社会的发展。这些都是不容否认的。但从先秦两汉神秘文化的发展来看，中国一直都没有发展出严格意义上的宗教。这正是先秦两汉时期神秘文化氛围浓厚，但文化艺术并未完全被控制的原因。即便到了谶纬神学阶段，存在着各种各样的禁忌，但也并没有一个至高无上的神灵。所以这一时期的神秘文化还不是完全禁锢人们思想的枷锁。

在今天，我们不是要提倡神秘文化，而是要辩证认识神秘文化的价值，辩证思考神秘文化与人类存在及艺术的关系。从人类在科学理性和神秘文化之间徘徊、难以抉择的情况来看，事实上，在人类生活的世界中本应有两个维度。一个是经验维度，一个是想象维度；一个是可以把握、可以操纵的物质维度；一个是不可把握、不可操纵的想象维度和精神世界。在客观的、科学的生活领域之外，还应当允许神秘文化的存在，允许神灵存在，允许人做白日梦，允许人们构建一个想象的世界。有了神秘的生存空间，人类的生活才能更加丰富多彩。现实的可以理性分析的世界和虚幻的想象世界应该是人类生存的两个维度，缺一不可。科学理性和梦幻想象应当是人类面对天地宇宙的两种姿态，这两种姿态相互斗争，交织并存。在这两者之间保持张力，维持动态平衡，人类生活可以有多个丰富的层面，艺术发展可以有更丰富的营养。

参考文献

一 古籍

（汉）班固：《汉书》，（唐）颜师古注，中华书局 1962 年版。

陈鼓应注译：《庄子今注今译》，中华书局 1983 年版。

（清）陈立：《白虎通疏证》，吴则虞点校，中华书局 1994 年版。

（南朝宋）范晔：《后汉书》，（唐）李贤等注，中华书局 1965 年版。

费振刚等校注：《全汉赋校注》，广东教育出版社 2005 年版。

高明：《帛书老子校注》，中华书局 1996 年版。

（清）郭庆藩：《庄子集释》，王孝鱼点校，中华书局 1961 年版。

何宁：《淮南子集释》，中华书局 1998 年版。

（宋）洪兴祖：《楚辞补注》，白化文等点校，中华书局 1983 年版。

（汉）桓谭撰，朱谦之校辑：《新辑本桓谭新论》，中华书局 2009 年版。

黄晖：《论衡校释》（附刘盼遂集解），中华书局 1990 年版。

（汉）贾谊撰，阎振益、钟夏校注：《新书校注》，中华书局 2000 年版。

（汉）刘向撰，向宗鲁校证：《说苑校证》，中华书局 1987 年版。

（汉）司马迁：《史记》，中华书局 1959 年版。

（清）苏舆：《春秋繁露义证》，钟哲点校，中华书局1992年版。

（清）孙希旦：《礼记集解》，沈啸寰、王星贤点校，中华书局1989年版。

（清）孙诒让：《周礼正义》，中华书局1987年版。

汪荣宝：《法言义疏》，陈仲夫点校，中华书局1987年版。

（汉）王符著，（清）汪继培笺，彭铎校正：《潜夫论笺校正》，中华书局1985年版。

王利器：《新语校注》，中华书局1986年版。

王明编：《太平经合校》，中华书局1960年版。

（清）王先谦：《荀子集解》，沈啸寰、王星贤点校，中华书局1988年版。

（清）王先慎：《韩非子集解》，钟哲点校，中华书局1998年版。

（梁）萧统编：《文选》，（唐）李善注，上海古籍出版社1986年版。

徐元诰：《国语集解》，王树民、沈长云点校，中华书局2002年版。

许维遹：《吕氏春秋集释》，梁运华整理，中华书局2009年版。

严可均辑：《全后汉文》，商务印书馆1999年版。

杨伯峻编著：《春秋左传注》，中华书局1990年版。

杨伯峻译注：《论语译注》，中华书局1962年版。

杨天宇：《仪礼译注》，上海古籍出版社2004年版。

二 中文译著

［英］爱德华·泰勒：《原始文化》，连树声译，上海文艺出版社1992年版。

［日］安居香山：《纬书与中国神秘思想》，田人隆译，河北人民出版社1991年版。

［日］安居香山、中村璋八辑：《纬书集成》，河北人民出版社1994年版。

［法］奥古斯特·罗丹述，葛赛尔记：《罗丹艺术论》，傅雷译，山东画报出版社2017年版。

［德］恩斯特·卡西尔：《神话思维》，黄龙保、周振选译，中国社会科学出版社1992年版。

［德］格罗塞：《艺术的起源》，蔡慕晖译，商务印书馆1984年版。

［美］郝大维、安乐哲：《汉哲学思维的文化探源》，施忠连译，江苏人民出版社1999年版。

［美］郝大维、安乐哲：《期望中国：对中西文化的哲学思考》，施忠连等译，学林出版社2005年版。

［英］胡司德：《古代中国的动物与灵异》，蓝旭译，江苏人民出版社2016年版。

［法］列维-布留尔：《原始思维》，丁由译，商务印书馆1981年版。

［法］列维-斯特劳斯：《野性的思维》，李幼蒸译，商务印书馆1987年版。

［英］鲁惟一：《汉代的信仰、神话和理性》，王浩译，北京大学出版社2009年版。

［英］马林诺夫斯基：《巫术 科学 宗教与神话》，李安宅译，中国民间文艺出版社1986年版。

［英］唐·库比特：《后现代神秘主义》，王志成、郑斌译，中国人民大学出版社2005年版。

［美］巫鸿：《黄泉下的美术：宏观中国古代墓葬》，施杰译，生活·读书·新知三联书店2016年版。

［美］巫鸿：《武梁祠——中国古代画像艺术的思想性》，柳杨、岑河译，生活·读书·新知三联书店2006年版。

［英］詹·乔·弗雷泽：《金枝：巫术与宗教之研究》，徐育新等译，中国民间文艺出版社1987年版。

三 中文著作

艾兰、汪涛、范毓周：《中国古代思维模式与阴阳五行说探源》，江苏古籍出版社 1998 年版。

陈戍国：《中国礼制史·秦汉卷》，湖南教育出版社 2002 年版。

陈莉：《周代贵族的艺术精神》，中国社会科学出版社 2013 年版。

丁原明：《黄老学论纲》，山东大学出版社 1997 年版。

邸积意：《经典的批判——西汉文学思想研究》，东方出版社 2000 年版。

龚鹏程：《汉代思潮》，商务印书馆 2005 年版。

顾易生、蒋凡：《先秦两汉文学批评史》，上海古籍出版社 1990 年版。

贺西林：《古墓丹青：汉代墓室壁画的发现与研究》，陕西人民美术出版社 2001 年版。

何星亮：《中国图腾文化》，中国社会科学出版社 1992 年版。

金春峰：《汉代思想史》，中国社会科学出版社 2006 年版。

李存山：《中国气论探源与发微》，中国社会科学出版社 1990 年版。

李生龙：《道家及其对文学的影响》，岳麓书社 2005 年版。

李泽厚：《美的历程》，中国社会科学出版社 1984 年版。

李泽厚：《中国古代思想史论》，天津社会科学院出版社 2003 年版。

李志林：《气论与传统思维方式》，学林出版社 1990 年版。

李中华：《谶纬与神秘文化》，中央编译出版社 2008 年版。

李中华：《神秘文化的启示·纬书与汉代文化》，新华出版社 1993 年版。

马昌仪：《中国灵魂信仰》，上海文艺出版社 1998 年版。

毛峰：《神秘主义诗学》，生活·读书·新知三联书店 1998 年版。

聂春华：《董仲舒美学思想研究》，广西师范大学出版社 2013 年版。

漆绪邦：《道家思想与中国古代文学理论》，北京师范学院出版社 1988 年版。

钱穆：《秦汉史》，生活·读书·新知三联书店 2005 年版。

施昌东：《汉代美学思想评述》，中华书局 1981 年版。

孙机：《汉代物质文化资料图说》，文物出版社 1991 年版。

王步贵：《神秘文化》，中国社会科学出版社 1993 年版。

王玉德：《神秘主义与中国近代社会》，中国社会科学出版社2003年版。

谢松龄：《天人象：阴阳五行学说史导论》，山东文艺出版社1989年版。

熊铁基：《秦汉新道家》，上海人民出版社2001年版。

徐复观：《两汉思想史》，华东师范大学出版社2001年版。

徐华：《两汉艺术精神嬗变论》，学林出版社2003年版。

许结：《汉代文学思想史》，南京大学出版社1990年版。

易小斌：《道家与文艺审美思想生成研究》，岳麓书社2009年版。

于迎春：《秦汉士史》，北京大学出版社2000年版。

余英时：《东汉生死观》，侯旭东译，上海古籍出版社2005年版。

袁济喜：《两汉精神世界》，中国人民大学出版社1994年版。

袁珂校注：《山海经校注》，上海古籍出版社1980年版。

曾振宇：《中国气论哲学研究》，山东大学出版社2001年版。

詹鄞鑫：《神灵与祭祀——中国传统宗教综论》，江苏古籍出版社1992年版。

张峰屹：《西汉文学思想史》，南开大学出版社2001年版。

张世英：《天人之际——中西哲学的困惑与选择》，人民出版社2007年版。

张新科：《文化视野中的汉代文学》，中国社会科学出版社2006年版。

张义宾：《中国古代气论文艺观》，山西人民出版社2003年版。

钟肇鹏：《谶纬论略》，辽宁教育出版社1991年版。

朱狄：《艺术的起源》，中国青年出版社1999年版。

朱狄：《原始文化研究》，生活·读书·新知三联书店1988年版。

邹华：《中国美学原点解析》，中华书局2004年版。

四　期刊论文

蔡仲德：《董仲舒的音乐美学思想》，《中央音乐学院学报》1992年第3期。

林剑鸣：《秦汉政治生活中的神秘主义》，《历史研究》1991年第4期。

蔺若：《"气"：诗性感知的生命基础》，《四川师范大学学报》（社会科学版）2012年第4期。

束有春：《屈原作品的逻辑及其神秘主义》，《广西民族学院学报》（哲学社会科学版）1999年第2期。

谭桂林：《论现代中国神秘主义诗学》，《文学评论》2008年第1期。

陶东风：《艺术与神秘体验》，《学术月刊》1990年第9期。

邢玉瑞：《阴阳五行学说与原始思维》，《南京中医药大学学报》（社会科学版）2004年第1期。

徐公持：《论诗纬》，《求是学刊》2003年第3期。

张晶：《中国美学中的宇宙生命感及空间感》，《社会科学辑刊》2010年第2期。

后记

本书是在我的博士后出站报告的基础上完成的。2011年到2015年，我在中国传媒大学艺术研究院跟从张晶教授做了几年博士后。因为是在职博士后，因而在本来就繁忙的工作和生活之外又增添了些忙乱。博士后出站报告也是一拖再拖。好在张老师并没有给我布置任何其他研究任务，使我在工作之余还能得拿得出一篇表面上看章节结构还算完整的出站报告。出站报告主要研究的是"汉代神秘文化语境下的文艺美学思想"，并以此为题申请了中国博士后科学基金第50批面上资助，获得资助。这给我之后多年不断深入思考这个选题提供了一些精神上的支持。

之所以选择这样一个课题，与我在中央民族大学的教学工作也有很大关系。有几年时间给本科生开设了《中国古典美学》课，课程涉及这个话题。此外，大约从2009年开始，每一年都要随着教学的节奏和文艺学专业的研究生们一起把中国古代美学和文艺思想从先秦两汉到元明清整个"摸索"一遍。因为不喜欢重复他人，也不喜欢重复自己，所以每一轮的教学过程中都努力提炼出一些值得探讨的专题，以专题研究的形成展开教学。比如，曾经有几年时间探讨了礼乐文化与先秦两汉文艺思想的关系问题，最终形成了《礼乐文化与先秦两汉文艺思想研究》一书，并于2014年正式出版。在近些年的教学过程中，我发现对很多问题的讨论都绕不开神秘

后　记

文化。虽然我们对神秘文化颇为警惕，但是神秘文化如影随形，以不同形式贯穿中国古代文化发展始终。这促使我思考神秘文化对艺术到底有什么作用？对古代的艺术发展有什么作用？对未来艺术发展有何价值？完全去掉神秘维度的艺术会是什么状况？因而，"神秘文化与先秦两汉诗学"成为我在教学过程中关注的又一个专题。近几年来几乎每个春季学期，总有一两个月，我都会伴随教学的节奏，在相对集中的时间摊开神秘文化与中国古代诗学这个专题，不断地研读文献，不断地思考。这个思考的过程本应该再持续一两年，恰逢学院有一笔双一流建设的经费可以支持具有教材性质的书籍出版，因而在学院的支持下，在中国社会科学出版社的支持下，尤其是在王小溪编辑的支持和帮助下，这个思考了若干年其实还没有完全想清楚的课题集结成书得以出版。在此，对各种机缘和来自各方的帮助表达诚挚的谢意！

我和父亲学同一个专业，前些年几乎所有的文章和书稿出手前都由父亲最后把关，包括这本书作为出站报告提交前也得到了父亲的批评和指正。这几年父亲眼神不好了，加上他做事情太上心，我知道书稿只要交给他，他必定会时刻惦记。我不忍心看见父亲再半夜三更爬起来拿着放大镜一字一句地看，因此，把书稿付梓前的最后审读任务交给了儿子罗元皓和学生闫仕英、金鹭、田凤、蔡紫豪。在此也表达对几位的谢意！

如何辩证认识神秘文化与人类生存的关系，如何认识神秘文化与艺术的关系？对于这些问题，我虽以先秦两汉时期的艺术发展状况为基础给出了一些自己的思考，但是离这些问题的圆满解答还有很远的距离。神秘文化与诗学的关系，乃至与人类存在的关系，依然是一个值得进一步讨论的话题，希望我的思考对有缘读到拙著的读者能起到抛砖引玉的作用。

是日，受到超强台风杜苏芮的影响，本是炎热的中伏却连降大雨。隔窗望去，远山雾气茫茫，楼下茂密而浓绿的柳树沉浸在绿色的雨雾中。外面没有了喧嚣，大自然在静默中，似乎又在强烈地表达着什么。我在想，万物是否有灵？我们是否该静下心来，无听之以耳，无听之以心，而是屏气凝神，去捕捉来自天地宇宙间最为幽微而奇妙的信息？

陈　莉

癸卯年六月十四于北京昌平